Donars Rache

Das Buch

Die junge Tierärztin Gunhild, Heldin des erfolgreichen ersten Bandes dieser Sachsen-Saga, kehrt erneut auf wundersamem Wege in die Zeit der Frankenkriege zurück, um ihren geliebten Gerowulf wiederzusehen. Doch was sie dort vorfindet, ist entsetzlich: Die Zwangsbekehrung der Sachsen durch die Franken ist in vollem Gange, Gerowulfs Männer wurden in alle Winde zerstreut. Gunhild kann dieses Unrecht nicht dulden. Mit Hilfe ihrer medizinischen Kenntnisse erwirbt sie sich Ansehen, sammelt Frauen um sich und ermutigt sie zum Widerstand gegen die christliche Eroberung. Unter Führung von Gerowulf kehren schließlich auch die Krieger zurück. Der große Aufstand gegen die Franken nimmt seinen Lauf.

Die Autorin

Kari Köster-Lösche, geboren in Lübeck, hat als Tierärztin zahlreiche wissenschaftliche Bücher veröffentlicht, bevor sie mit ihren spannenden historischen Romanen wie *Die Hakima* und *Die Heilerin von Alexandria* zur Bestsellerautorin avancierte.

Von Kari Köster-Lösche sind in unserem Hause bereits erschienen:

Das Blutgericht (Band 1 der Sachsen-Saga)
Das Deichopfer
Die Hakima
Die Heilerin von Alexandria
Die Hexe von Tondern
Hexenmilch
Die Wagenlenkerin
Die Raubritterin (Trilogie Bd. 1)
Tod allen Reichen! (Trilogie Bd. 2)
Die Tochter der Raubritterin (Trilogie Bd. 3)

Kari Köster-Lösche

Donars Rache

Roman

List Taschenbuch

Besuchen Sie uns im Internet:
www.list-taschenbuch.de

Umwelthinweis:
Dieses Buch wurde auf chlor- und säurefreiem Papier gedruckt.

List Verlag
List ist ein Verlag der Ullstein Buchverlage GmbH.
Originalausgabe
1. Auflage Mai 2004

Lektorat: Barbara Lauer
Umschlagkonzept: HildenDesign, München – Stefan Hilden
Umschlaggestaltung: Hauptmann und Kampa Werbeagentur, München – Zürich
Titelabbildung: Ausschnitt des Gemäldes von Fernando Yánez de la Almedina »Die heilige Katharina«
© Foto: Museo National del Prado, Madrid
Gesetzt aus der New Baskerville
Satz: hanseatenSatz-bremen, Bremen
Druck und Bindearbeiten: Clausen & Bosse, Leck
Printed in Germany
ISBN 3-548-60428-5

Kapitel 1

»Ich habe am eigenen Leib erfahren, welch schreckliche Waffe das Christentum ist, und bin aus der Kirche ausgetreten«, bekannte Gunhild trotzig und sah ihren Freund Günter an. War er überhaupt noch ihr Freund? Das Erlebnis ihrer Zeitreise ins achte Jahrhundert stand zwischen ihnen und machte die Atmosphäre frostig[1]. Aber sie war unfähig, etwas dagegen zu tun. Und auch nicht willens, denn die Begegnung mit dieser ganz anderen Welt, in der sie zwischen Franken und Sachsen in ständiger Gefahr gelebt hatte, ließ sich nicht vermitteln. Schon gar nicht, dass sie sich dort als Teil dieser Welt gefühlt hatte.

»Du bist sehr verändert, seitdem du fort warst«, bemerkte Günter und drückte nachdenklich seine Zigarette aus. Er warf einen Blick aus dem schrägen Fenster der Dachwohnung. Von draußen hörte man verhaltenes Quietschen von schwerem Arbeitsgerät. »Sogar deine Frisur ist anders. Du wolltest das Haar doch streichholzkurz tragen.«

Gunhild seufzte leise. Damals hatte sie nicht erwartet, die Hafenkräne von Kiel jemals wieder zu Gesicht zu bekommen. Jetzt war sie sich nicht sicher, sie überhaupt sehen zu wollen. In ihrem Kopf erstand das Bild hoher Eichen und unübersichtlicher Wasserarme, eine Landschaft

---

[1] *Das Blutgericht,* 1. Band der Sachsen-Saga

von atemberaubender und wilder Schönheit. Sie lächelte in sich hinein und tastete nach dem Hornkamm in ihrem Nacken. Durch ihn fiel es weniger auf, dass ihre Haare noch nicht lang genug waren für eine sächsische Frisur, die außerdem noch nach einem der wunderschönen Haarnetze verlangt hätte. Immerhin waren sie blond.

»Warum vertraust du mir nicht?«, fragte Günter hartnäckig. »Du kannst doch ruhig zugeben, dass du an der Weser einen Kerl getroffen hast, der dich mit seinem schicken Boot mitgenommen hat. Und dass ihr euch anschließend fast ein halbes Jahr auf den Bermudas vergnügt habt. Oder wo auch immer. Ich bin nicht engstirnig, wie du weißt, ich verzeihe dir. Es kann ja mal passieren.«

»Es war kein Kerl. Jedenfalls war es nicht so, wie du meinst«, entgegnete Gunhild leise und überhörte absichtlich seine chauvinistische Überheblichkeit. Sie waren nicht so eng liiert, dass er ihr etwas zu verzeihen gehabt hätte. Nicht einmal, wenn sie wirklich auf den Bermudas gewesen wäre. An eine Zeitreise würde er nicht glauben, als Geologe maß er die Erdgeschichte in Gesteinsformationen, und andere Dimensionen waren ihm fremd.

»Was dann?« Günter zündete sich eine neue Zigarette an, womit er deutlich genug zeigte, dass er Gunhild noch eine Weile zu behelligen gedachte. »Ich meine, da kann doch nur eine Liebesaffäre dahinter stecken, wenn eine Tierärztin in guter Anstellung so mir nichts, dir nichts verschwindet und nicht einmal ihren Arbeitgeber informiert ...«

»Er hat mir ja dafür gekündigt ...«

»Ja, das ist wohl das mindeste, was du erwarten konntest«, brauste Günter auf. »Was hast du dir dabei eigentlich gedacht? Ich hätte dir nicht obendrein noch ein gutes Zeugnis ausgestellt!«

»Fachlich entsprach es der Wahrheit«, entgegnete Gunhild ruhig. »Ich bin gut.«

»Das reicht nicht. Du bist außerdem unzuverlässig.«

»Günter, meinst du nicht, dass du jetzt gehen solltest«, bat Gunhild. »Wir streiten uns ja nur noch. Lass mich zur Ruhe kommen, dann verstehen wir uns wieder besser, ich verspreche es dir.«

Günter runzelte die Stirn und betrachtete sie voll Misstrauen. »Sag mal, warst du vielleicht im Entzug? Drogen?«

Gunhild schüttelte genervt den Kopf.

»Ich habe ein Recht zu erfahren, was passiert ist«, beharrte Günter. »Immerhin hätte die Polizei mich beinahe eingebuchtet, als ich dein Verschwinden gemeldet habe. Wer weiß, ob nicht ein kleiner Eintrag jetzt meine Personalakte verunziert: Wurde des Mordes an seiner Freundin verdächtigt, oder so.«

»Das wäre denkbar, sofern deine Vorgesetzten irgendeinem geheimen Netzwerk angehören«, sagte Gunhild sarkastisch, der jetzt der Geduldsfaden riss. »Für das Opus Dei wärst du jedenfalls nicht mehr tragbar. Eintrag: *Günter Schmitz, für das Gotteswerk auffällig geworden erstens durch die Freundschaft mit einer unbedeutenden Schwedin; zweitens und wirklich verdächtig durch das spurlose Verschwinden dieser Frau. Günter Schmitz kommt als neues Mitglied nicht mehr in Frage.* Zitatende. Du musst versuchen, ihnen klar zu machen, dass der Mordversuch an mir nur allzu gerechtfertigt war, weil ich beschlossen hatte, aus der Kirche auszutreten.«

Günter drückte die Zigarette aus und stand auf. »Das wär's dann wohl«, meinte er knapp. »Ruf mich an, wenn du wieder bessere Laune hast.«

Gunhild ließ die angehaltene Luft entweichen, als die Wohnungstür hinter Günter zugeschlagen war. Bei Licht besehen, verhielt er sich nicht anders als die Franken des achten Jahrhunderts, zwischen denen sie sich plötzlich wiedergefunden hatte. Herrisch und dominant, wenn man ihn ließ, egoistisch und im Grunde seines Herzens undemokratisch. Also ungefähr so wie die meisten deutschen Männer. Der einzig wirkliche Unterschied zwischen ihm und den Altfranken war, dass in seiner Nähe den heiligen Bäumen keine Gefahr drohte.

Sie lachte leise. Erzählen konnte sie es Günter natürlich nicht. Überhaupt tat sie besser daran, sich nicht mehr in der Vergangenheit zu verlieren, sondern mit Nachdruck nach einer neuen Stelle als tierärztliche Assistentin zu suchen. Vor ihr lag der Grüne Heinrich, das Tierärzteblatt. Uninteressiert begann sie die Märzausgabe bis zu den letzten Seiten durchzublättern.

Die Stellensuche gestaltete sich schwieriger, als sie gedacht hatte, der Markt war voll von jungen Tierärztinnen. Tierärzten selbstverständlich auch.

Im Herbst des vergangenen Jahres war sie zurückgekehrt, jetzt ging es aufs Frühjahr zu, und außer der Aussicht, für eine Hundeschule mit angeschlossener Pension die Boxen zu reinigen, gab es keinerlei Angebote. Noch reichte ihr Sparkonto aus, noch konnte sie auf die Boxen verzichten. Gunhild stand auf und stellte sich ans Fenster, um über den Kieler Hafen zu blicken.

Am Schwedenkai lag ein großes Segelschulschiff, wahrscheinlich die Gorch Fock. Seeleute in Uniform stiegen die Gangway hoch, andere kamen herab. Alles wirkte so normal, so ruhig, ein geplantes, sicheres Leben. Vor einem halben Jahr, als sie den täglichen Kampf der Menschen des Mittelalters um Nahrung hautnah erlebt hatte, wäre es ihr nicht im Traum eingefallen, dass sie im 21. Jahrhundert in eine ähnliche Situation geraten könnte. Und doch war genau das der Fall. In spätestens zwei Wochen würde sie pleite sein.

Es dauerte mehrere Wochen, bis Günter anrief. »Du hast dich nicht gemeldet«, sagte er vorwurfsvoll. »Also muss ich es wohl machen. Wie geht's dir so?«

Gunhild schluckte hart. Er hatte sich nicht nach ihr erkundigt, als es ihr finanziell besonders dreckig ging. Andererseits war sie selbst schuld. »Gut«, antwortete sie betont munter. »Ich habe seit zwei Wochen einen Job, einen Zeitvertrag als Fleischbeschauerin auf dem Schlachthof. Als Vertretung bis Ende Mai.«

»Glück gehabt. Oder auch: die dicksten Bauern mit den dümmsten Kartoffeln. Na, du weißt schon. Womit ich selbstverständlich nicht behaupten will, dass du dick bist.« Günter lachte schallend.

»Spinnst du?«, fragte Gunhild scharf, als sie sich endlich Gehör verschaffen konnte. »Ich bin Tierärztin!«

»Ja, eben. Aber es klingt, als würdest du dich jetzt als Metzgersfrau betätigen.« Günter nahm einen tiefen Zug aus der Zigarette.

Gunhild wusste, dass damit dieses Thema beendet war. Sie beschloss, auf seine Unlogik nicht weiter einzugehen. Sie hatte es satt, sich nur mit ihren Kuscheltieren zu unterhalten.

»Ich wollte dich einladen«, erklärte Günter lakonisch, als sie still blieb. »Zum Reitturnier in Neumünster. Am Sonntag.«

Gunhild nickte erleichtert. Pferde waren das Einzige, was sie beide wirklich verband, allerdings stellten sie für Günter hauptsächlich einen ästhetischen Genuss dar.

Und der Geruch von Pferden, Sägespänen und Torfstreu wäre eine willkommene Abwechslung zu den Duftnoten, von denen sie täglich umgeben war. Der Blutgeruch auf Schlachthöfen war um nichts angenehmer als der Kotgestank in den Nirostaboxen von Hundeschulen. »Gern«, sagte sie.

»Also abgemacht. Ich hole dich ab wie immer, zehn Uhr.«

»Zehn Uhr«, wiederholte Gunhild.

»Du bist ja heute so handzahm«, bemerkte Günter süffisant und legte auf, bevor sie Kontra geben konnte.

Gunhild schnitt ein Gesicht. Sein überhebliches Grinsen konnte sie durch die Leitung sehen.

Irgendwie verfranzten sie sich in Neumünster, obwohl der Weg zur Nordlandhalle normalerweise an jeder Ecke ausgeschildert war. Zumindest hatte Gunhild das immer so empfunden, wenn sie nicht dorthin wollte.

Günter warf ihr einen langen Blick zu. »Wer hat denn den Stadtplan?«, fragte er anzüglich, als sie zum zweiten Mal an der gleichen Kirche vorüberfuhren.

Gunhild blickte grimmig auf die Karte und zog es vor zu schweigen.

»Vielleicht will dich der heilige Kilian ärgern«, bemerkte Günter und machte eine Kopfbewegung zur zurückbleibenden Kirche. »Wo du neuerdings so auf Kriegsfuß mit der Kirche stehst ... Vielleicht spürt er das und führt dich in die Irre, damit wir zu spät kommen.«

»Der heilige Kilian?«, meinte Gunhild nachdenklich. Plötzlich sah sie den Reliquienhändler Tassilo mit seinem Karren vor sich, wie er dem fränkischen Priester Knochen und Fingernägel von Heiligen verkaufte.

»Genau. Seine Gebeine wurden 788 im Beisein Karls

des Großen in den Salvatordom von Würzburg überführt und später in diese Kirche von Neumünster.«

Wie elektrisiert fuhr Gunhild angesichts dieser zufälligen Namensgleichheit herum.

»In einer evangelischen Kirche würde er natürlich nicht liegen«, murmelte Günter betont.

»Was wäre daran so schlimm?«, fragte Gunhild patzig. »Die großen Verbrechen an den Menschen wurden jedenfalls nicht von der evangelischen, sondern von der katholischen Kirche begangen!«

»Was kümmern dich denn in letzter Zeit die Kirchen?« Günter war sichtlich irritiert, beinahe hätte er eine rote Ampel überfahren. »Seit deiner Rückkehr bist du in dieser Hinsicht ausgesprochen feindselig.«

»Nicht ohne Grund«, sagte Gunhild und schob die Gummimatte, auf die sie bei seiner Notbremsung demonstrativ die Füße gestemmt hatte, an ihren Platz zurück. »Ich hatte einige einschlägige Erlebnisse, die ziemlich unangenehm waren.« So unangenehm, dass sie beinahe mit ihrer Hinrichtung geendet hätten. Aber das konnte sie ihm nicht sagen, er hätte sie für verrückt erklärt. Sie hätte das besagte Vierteljahr ja auch im Landeskrankenhaus von Schleswig verbracht haben können.

»Aha.«

Sarkasmus wäre ein milder Ausdruck gewesen für die Art, mit der er diese drei Buchstaben hervorbrachte. Gunhild sah sich zu einer trotzigen Erklärung genötigt. »Das Schlimme ist ja, dass die römische Kirche so weitermacht wie seit eh und je. Denke nur an das Opus Dei, die heilige Mafia. Mit ihrem unter nicht ganz astreinen Umständen vor kurzem heilig gesprochenen Gründer.«

»Du wirst langweilig. Das hast du neulich schon erwähnt. Außerdem verehren ihn viele Menschen. Sie werden ihre Gründe haben.«

»Zweifellos«, stimmte Gunhild ironisch zu. »Und viele Gläubige sind sich bewusst, dass die Kirche eine blutige Spur durch die Jahrhunderte gezogen hat. Neun Millionen Tote, nur um sich in Europa die Alleinherrschaft zu sichern. Lenin, Hitler, Pol Pot – sie werden zu Recht als Massenmörder gebrandmarkt. Warum die katholische Kirche nicht? Weil es so viele Päpste waren, die die Massenmorde befahlen?«

Günter sah über seine Schulter zurück, dann überfuhr er im Bogen die durchgezogenen weißen Linien der mehrspurigen Straße und gab in der Gegenrichtung Gas.

»Was machst du?«, fragte Gunhild verständnislos.

»Ich fahre zurück nach Kiel«, antwortete Günter knapp. »Das Turnier fällt aus. Für heute und für immer.«

Für heute und für immer, wiederholte Gunhild in Gedanken, als Günter sie vor ihrer Haustür abgesetzt hatte, und das galt auch für ihre Freundschaft. Sie war beendet.

Irgendwie fühlte sie sich überrumpelt, als sie die Treppen zu ihrer Wohnung hochstieg. Günter konnte nicht über seinen Schatten springen. Aber sie auch nicht.

Sie war nach ihren Erlebnissen bei der Christianisierung, zu deren Opfern sie zählte, nicht bereit, noch irgendwelche Konzessionen zu machen. Am liebsten hätte sie sogar als Zeitzeugin des achten Jahrhunderts Vorträge gehalten. Es war unendlich bedauerlich, dass sie ihre Kamera verloren hatte, denn anhand der Fotos hätte sie alles beweisen können.

Gunhild trat die Wohnungstür hinter sich zu, ließ ihren Rucksack mitten im Flur fallen und ging ins Schlafzimmer, wo sie die Schuhschachtel aus dem Schrank herausholte und mit ihr auf das Bett sank.

Andächtig nahm sie Haduwichs Dolch heraus und betrachtete ihn. Der Griff war mit hell gefleckter Birkenrinde umwickelt. Solche Handarbeit gab es noch heute in Schweden. Auf einer Seite waren Runen in die Rinde geschnitzt, die sie aber nicht lesen konnte. Bei manchen Buchstaben hatten sich die spitzen Ecken gelöst und rollten sich zusammen.

Tränen liefen Gunhild die Wangen hinab. Sie wischte sie nicht ab. Sie wollte sich an Haduwich und ihren Vater Hassio, an Kobbo und die mutigen Frauen erinnern. Selbst wenn es schmerzte.

Am meisten schmerzte ihre Sehnsucht nach Gerowulf, dem Mann, der entschlossen gewesen war, seine Sachsen nach Verden zu führen, wo Tausende von unbewaffneten Männern von Karls Kriegerhorde ermordet worden waren. Gunhild bettete den Dolch wieder sanft auf das Seidenpapier, schloss den Karton und starrte in die Luft, ohne etwas zu sehen.

Vielleicht lebte Gerowulf noch, vielleicht gab es eine winzige Chance, dass er dem Inferno entkommen war.

Gunhild krallte sich in die Bettdecke. Ein Schwindel erfasste sie, wie sie ihn unter den heiligen Bäumen der Sachsen verspürt hatte.

Plötzlich erkannte sie, dass es ihre Aufgabe war, Gerowulf zu suchen.

Kapitel 2

Die heiligen Eichen der Sachsen. Gunhild hatte längst begriffen, dass sie auf geheimnisvolle Weise mit diesen Bäumen verbunden war. Aber wie? Und warum sie? Andere Leute hatten doch nicht die Gewohnheit, unter alten Eichen ohnmächtig zu werden und dann einen Zeitsprung zu machen.

Gleichgültig schnitt sie mit der gebogenen Klinge ihres Fleischbeschaumessers in den Achsellymphknoten eines Rindes, um sein Inneres zu inspizieren. Der Blutgeruch am Laufband war überwältigend, ebenso wie der Lärm in der Schlachthalle, und sie verabscheute beides mehr denn je.

Sie starrte auf die bräunlich gelbe Schnittfläche, ohne viel zu sehen, dann nahm sie den nächsten Lymphknoten in Angriff.

Jemand tippte ihr auf die Schulter. Wie ertappt, sah Gunhild sich um. Hinter ihr stand der verantwortliche Schlachthoftierarzt, ihr derzeitiger Chef. Missmutig sah er zu ihr auf.

»Meine Teuerste, wenn Sie weiterhin so gedankenlos im Fleisch herumsäbeln, fliegen Sie. Ich habe mehrere Tierärzte auf der Warteliste, gestandene Praktiker, alles Absolventen der Tierärztlichen Hochschule Hannover. Schätze, dass die mehr Einsatz bei der Arbeit zeigen als Sie. Außerdem haben Sie sich geschnitten. Im Zeitalter von BSE und zunehmender Tuberkulosegefahr ist von einer Vermischung menschlichen und bovinen Blutes abzuraten.«

»Jawohl«, murmelte Gunhild und sah durch ihn hindurch. Sein Kamelgesicht mit den langen gelben Zähnen lohnte ohnehin keinen zweiten Blick, auch wenn er ihr das Stichwort zu einer Erkenntnis geliefert hatte.

Soeben war ihr aufgegangen, was mit ihr im Bannkreis eines heiligen Baumes geschah. Seine Kraft mischte sich auf geheimnisvolle Weise mit einem Teil ihres Wesens. Sie erinnerte sich an die seltsame Anziehung, die sie verspürt hatte und die sich verstärkte, sobald jemand Hand an ihn legte.

»Was ist?«, fragte ihr Chef in scharfem Ton. »Machen Sie gefälligst endlich weiter! Die Schlachtkörper stauen sich schon, sehen Sie das denn nicht?«

»Ja, Dr. Kamél, ich sehe es. Und nein, Herr Kollege, ich mache nicht weiter«, antwortete Gunhild in sanftem Ton und strahlte ihn an, während sie das Fleischmesser in den Plastikköcher an ihrem Gürtel schob. »Ich kündige. Auf der Stelle.«

»Das können Sie doch nicht machen. Ich werde Ihnen eine Abmahnung verpassen«, schnaubte er und zog die Oberlippe in fassungslosem Unverständnis zurück.

Als wollte er zubeißen, dachte Gunhild. »Doch, das kann ich«, widersprach sie ungerührt und marschierte hinaus, vorbei an den Rindern, denen das Fell maschinell abgezogen wurde, vorbei am plätschernden Blutstrom einer gerade geöffneten Halsvene. Sie verschloss ihre Ohren vor dem dumpfen Plopp des Bolzenschussapparates, mit dem das nächste Rind betäubt wurde, und stieß endlich erleichtert die Tür zum Umkleideraum hinter sich zu, wo von dieser modernen Metzelei kaum etwas zu hören und nichts zu sehen war.

Ihre weißen blutverschmierten Gummistiefel ließ sie demonstrativ mitten auf dem Fliesenboden zurück. Die sollte an sich nehmen, wer wollte.

Erfüllt von Zufriedenheit, ging Gunhild an die Vorbereitungen. Stundenlang surfte sie im Internet auf der Suche nach Informationen aus der Zeit des Karl, der in der Geschichtsschreibung der Große genannt wurde, dann fuhr sie zur Stadtbibliothek und setzte sich mit einem Stapel einschlägiger Bücher an einen Tisch. Sonderlich viel gaben sie nicht her.

Auf dem Rückweg ging sie bei ihrem Apotheker vorbei, legte demonstrativ ihren Rezeptblock auf die Theke und verlangte kühn Antibiotika *ad usum proprium.*

»So viel für den eigenen Gebrauch? Dann müssen Sie ja todkrank sein«, staunte der Mann ungläubig. »Oder wollen Sie auf Weltreise gehen?«

»Segeltour«, gab Gunhild geheimnisvoll Auskunft. »Ich will mit ein paar Leuten über den Atlantik, wissen Sie? Nord-Ostsee-Kanal, englische Kanalküste, Spanien, Kanaren, dann der große Sprung zu den Bermudas. Ich bin die einzige Medizinerin an Bord.«

»Tierärztin, um genau zu sein. Aber ich wusste nicht, dass Sie auch segeln. Na, dann herzlichen Glückwunsch.« Der Apotheker nickte ihr ein wenig neidisch zu. »Ihr jungen Leute habt es gut, keine Verantwortung, keine Familie und immer genug Geld. Wir konnten früher höchstens mal ans Mittelmeer reisen.«

»Sie haben ja so Recht«, flocht Gunhild höflich ein.

»Na, Schwamm drüber. Die Zeiten haben sich geändert, und dafür können Sie auch nichts. Wochenlang auf

Reisen. Wir sollten für die wahrscheinlichsten Indikationen auf einem Boot ein breit gefächertes Sortiment zusammenstellen.«

»Es wäre ausgesprochen nett, wenn Sie Ihre Fachkenntnisse mit einbringen würden«, sagte Gunhild unwillkürlich und überging die Tatsache, dass er ihr die Segeltour offensichtlich nicht gönnte. In Wahrheit war sie mit einem Segelboot noch nicht über Gotland hinausgekommen. Und er hatte Korsika und Elba vermutlich bequem mit dem Flugzeug oder Auto erreicht.

»Schmerzmittel? Bestimmt. Schnupfen- und Hustenpräparate, auf See erkältet man sich leicht. Wie alt sind Ihre Mitreisenden eigentlich? Herzinfarkte? Viagra?« Die Stimme und das selbstgefällige Lachen des Apothekers verloren sich hinter den Regalen.

Er wartete gar nicht auf Gunhilds Antwort. Sie war ja nur Tierärztin. Sie blieb stumm und dachte mit geschlossenen Augen an einen wundervollen Eichenwald.

Eine Woche später brach Gunhild die Brücken hinter sich ab. Die Wohnung war an eine dankbare Studentin untervermietet, das Telefon um- und die Post abgemeldet, und sie hatte einer guten Bekannten erzählt, dass sie auf unbestimmte Zeit durch die Welt bummeln würde. Nicht erreichbar, aber vielleicht würde sie sich selbst mal melden.

Das war's. Erleichtert gab Gunhild an einem frühen Maimorgen Gas Richtung Autobahn, Ziel Verden an der Aller oder Umgebung. Kurz vor ihrer Ankunft fiel ihr auf, dass sie das Empfinden hatte heimzukehren, keineswegs, als ginge sie auf eine Expedition in eine ihr nicht sonderlich vertraute Zeit. Sie zweifelte nicht einmal daran, dass sie ankommen würde. So als wäre es undenkbar, in einer falschen Zeit zu landen oder gar auf einer Polizeiwache, aufgegriffen als Verrückte in absonderlicher Kleidung.

Nicht weit südlich von Verden fand sie an der Aller, was sie suchte: ein altes Fährhaus mit Parkplatz, wo man sich hoffentlich um ihren Wagen kümmern würde, ohne ihn auszuplündern, und riesige Eichen.

Das kleine Beil aus dem Campingbedarf in der Hand, auf dem Rücken den randvoll mit lebensnotwendigen Dingen gefüllten Rucksack, streifte Gunhild erwartungsvoll durch das Wäldchen.

Schließlich stieß sie auf einen mächtigen Baum, verziert mit einem eingeschnittenen Herzen, das über die Jahrzehnte fast bis zur Unkenntlichkeit in die Breite gegangen war. Sie legte die Schneide sacht an die Rinde, und umgehend spürte sie die ihr schon bekannte Anziehungskraft.

Bevor ihr schwarz vor Augen wurde, umklammerte sie die Rucksackriemen und das Beil, damit sie auf keinen Fall verloren gingen.

Glücklich hörte Gunhild sächsische Laute, noch bevor sie die Augen aufschlug. Über ihr breiteten sich die Kronen mehrerer Eichen aus, und unter ihrem Kopf spürte sie weichen Waldboden. Es hatte geklappt, sie war nicht nur in der richtigen Zeit, sondern sogar auf der richtigen Seite der wechselnden Fronten angekommen!

Noch zufrieden lächelnd, fiel ihr Blick auf eine Leinenhose. Es dauerte einen Augenblick, bis sie die ausladende Ausbuchtung zwischen den Beinen des Mannes wahrnahm und begriff, dass er gerade dabei war, sich seiner Hose zu entledigen. Ein Berserker von Mann, und seine blauen Augen richteten sich voller Gier auf sie.

»Komm! Wir haben keine Zeit für Weiber!«

Gunhild, die schon in die Höhe geschossen war, fuhr herum und erblickte zwei weitere Männer in zerlumpten Kleidern und auf ärmlichste Weise nur mit Bögen und Pfeilen bewaffnet. Sie hob drohend ihr Campingbeil und ließ keinen Zweifel daran aufkommen, dass sie es benutzen würde.

»Komm, Buto, die Franken sind uns auf den Fersen! Verzichte wenigstens einmal auf eine Frau«, zischte der Älteste der drei und sah sich gehetzt um.

»Um Rache an einer Fränkin zu üben, ist immer Zeit«, gab der Mann zurück, der sich inzwischen mit nacktem Unterkörper und hoch aufgerichtetem Glied Gunhild näherte.

»Ich halbiere es dir«, drohte Gunhild entschlossen und unterdrückte ein irres Kichern, als sie sich an den Vorschlag des Apothekers erinnerte. Sie nahm Maß. Das Glied war so groß, dass sie es kaum verfehlen würde. Auch ohne Viagra.

»Hört ihr, sie ist eine Fränkin«, sagte der Mann, der Buto hieß, unbeirrbar. Er entblößte große gelbe Zähne, während er sie böse musterte.

So tapfer sie sich gab, in Wahrheit war Gunhild erbärmlich zumute. So hatte sie sich ihre Rückkehr nicht vorgestellt. Sie meinte, in der Ferne Hundegebell zu hören. Sie lauschte mit hoch erhobenem Kinn.

»Hörst du, die Franken haben dich fast schon!«, schnaubte der Alte wütend und machte kehrt, um im Wald zu verschwinden.

»Nimm sie doch mit!«, flüsterte der Jüngste, bevor er dem Anführer ins Unterholz folgte.

Buto entwand Gunhild ohne Mühe das Beil, packte sie an der Hand und zog sie mit sich. Im Laufen zerrte er seine Hose wieder hoch und klemmte sie unter dem Gürtel fest.

Zweige peitschten Gunhild ins Gesicht, sie litt an heftigem Seitenstechen und ihre Schulter fühlte sich an wie ausgekugelt. Aber Buto kannte keine Gnade. Sobald sie hinfiel, riss er sie wieder auf die Füße.

Keuchend stolperte Gunhild vorwärts. Ihr Kopf war wie leer geblasen, nur das eine wusste sie noch: Sie durfte den Rucksack nicht loslassen. Wenn überhaupt irgendetwas, dann konnte sein Inhalt sie retten.

Im Wald war es dunkel, heller nur über einem Bachbett, durch das sie eine Weile wateten. Als die drei Männer endlich auf einer Lichtung Halt machten, hatte Gunhild jedes Gefühl für Zeit und Richtung verloren.

»Wir bleiben hier«, bestimmte der alte Anführer kurz. »Anscheinend haben sie unsere Spuren verloren. Oder aufgegeben, weil der Spießbraten sie nach Hause rief. Die Franken sind auch nicht mehr das, was sie einmal waren.«

Gunhild atmete auf. Im letzten Licht des Tages sah sie die Umrisse von Hütten. In jedem Weiler lebten Frauen. Sie würde versuchen, sich in ihren Schutz zu begeben. Der Kerl würde nicht wagen, das eherne Gesetz der Gastfreundschaft zu brechen und sie inmitten von Kindern und Frauen zu vergewaltigen.

Es war alarmierend still. Die Herdfeuer waren anscheinend bereits gelöscht worden, obwohl es ja eigentlich noch früh am Abend war. Irgendetwas stimmte nicht mit diesem Dorf. Störrisch blieb Gunhild stehen.

»Komm endlich«, knurrte Buto und versetzte ihr eine gewaltige Ohrfeige, bevor er sie in einen düsteren Hauseingang stieß.

Über Gunhild leuchteten erste Sterne. Endlich begriff sie. Der Weiler lag verlassen. Sie war allein mit drei rachsüchtigen Sachsen, die sich auf der Flucht vor den Franken befanden.

In der relativen Sicherheit verfallender Lehmwände fanden die Männer zu ihrem gewohnten Verhältnis zueinander zurück. Eindeutig besaß der ältere Sachse Autorität. Buto wagte offenbar nicht, vor seinen Augen über Gunhild herzufallen.

Nach kurzer Zeit brannte ein Feuer auf dem gestampften Boden, das niedrig gehalten wurde. Die Männer sprachen wenig und blieben wachsam.

Auch Gunhild fühlte, dass irgendetwas sie störte. Erst als Buto von der Türöffnung zurückgekehrt war, nachdem er eine Weile konzentriert mit geschlossenen Augen in die Dunkelheit gelauscht hatte, fiel es ihr auf. Das Trommeln der Hillebillen fehlte. Im vergangenen Jahr waren manche Nächte vom Lärm der sächsischen Nachrichtenhölzer erfüllt gewesen. »Wird hier nicht mehr Krieg geführt?«, erkundigte sie sich.

Die beiden jüngeren Männer grinsten spöttisch und überließen dem Alten die Antwort.

Der sah Gunhild verwundert an. »Hier wird kein Krieg geführt.«

Gunhild biss sich auf die Unterlippe. Schließlich hielt sie die Ungewissheit nicht mehr aus. »Ist denn Frieden?«

Der Sachse schüttelte den Kopf und holte schließlich zu einer ausführlichen Antwort aus. »Hier ist nichts. Hier leben keine Sachsen, gegen die noch Krieg geführt werden könnte. Und Franken? Es gibt manchmal welche. Einzelne Streifen. Der fränkische Heerbann hat geraubt, was zu holen war, und anschließend gebrandschatzt. Das Vieh und die Menschen, soweit sie noch am Leben waren, haben sie fortgeführt, die Saat zertreten, die Gräber geplündert ...«

Gunhild starrte ihn ungläubig an. Was er beschrieb, war verbrannte Erde. »Wo finde ich dann den Gaufürsten Wittekind?«, fragte sie endlich.

Der Alte lehnte sich im Schneidersitz vor und betrachtete sie mit zusammengekniffenen Augen. »Du bist doch eine Fränkin, oder etwa nicht? Hat Wittekind sich ein fränkisches Weib genommen, um dem Frankenkönig gefällig zu sein?«

Ihre Hoffnung, durch Wittekind etwas über Gerowulf zu erfahren, zerstob. Der Sachse wusste nichts über ihn. Sie verzog verärgert die Lippen. »Ich gehöre zu den Nordleuten.«

»Glaub ihr nicht, Firderich«, warf Buto warnend ein. »Nordleute gab es hier in der Gegend, das habe ich auch gehört. Aber sie weiß nicht, dass sie tot sind. Sie spricht weder richtiges Sächsisch noch Fränkisch. Die stammt nicht von hier. Und außerdem: Wie will sie hierher gekommen sein, frage ich dich! Sie versucht, sich bei uns einzuschmeicheln, um uns auszuhorchen. Anscheinend schicken die Franken jetzt schon ihre Sklavinnen los, um uns Sachsen zu überlisten.«

»Wenn das stimmt, wärst du ihr erstes Opfer geworden«, entgegnete der Alte trocken. »Ein befriedigter Mann gerät leicht ins Schwadronieren. Vor allem, wenn sie so geschickt ist, wie du ihr anscheinend unterstellst.«

Gunhild klopfte das Herz, während Buto die Zähne bleckte, weil er anscheinend keine passende Antwort fand.

»Ich halte sie für gefährlich«, meinte er schließlich.

»Sieh dir doch mal ihr Beil an. Die Schneide ist dünn wie Riedgras, schärfer und härter als der beste fränkische Stahl, den ich kenne.«

Sie nickte unwillkürlich. Das Beil war ziemlich teuer gewesen. Mit Waffen kannte Buto sich aus.

»Lass mal sehen«, befahl der Jüngste, der bisher überhaupt noch nicht gesprochen hatte. Buto warf ihm das Beil vor die Füße. Er nahm es auf und betrachtete es mit funkelnden Augen. »Welche Sächsin besitzt denn so ein kostbares Stück? Handlich und für eine Frau gefertigt.«

»Eben.« Buto machte hinter Firderichs Rücken eine wegwerfende Geste, und der Jüngere grinste etwas unsicher zurück.

Firderich zweifelte immer noch. »Sie sieht nicht aus wie eine Fränkin«, murmelte er.

Buto pflanzte sich mit gespreizten Beinen vor Gunhild auf und musterte sie ausgiebig. »Wie eine Sächsin sieht sie schon gar nicht aus«, behauptete er mit Bestimmtheit.

Gunhild hatte lange überlegt, was sie mitnehmen sollte. Zwar konnte das lange Leinenkleid zur Not als sächsisch durchgehen, aber ihr fehlten die Fibeln, das Haarnetz, das unbedingt zu einer ehrbaren Frau gehörte, die Schlüssel am Gürtel ... Trotzdem war sie in Kiel sicher gewesen, dass man sie akzeptieren würde, allerdings bei wohlwollender Prüfung. Auf eine andere hatte sie sich nicht vorbereitet. Sie blinzelte unsicher zu ihm hoch.

Plötzlich verzogen sich seine Lippen, die von rötlichen Borsten und Aknepickeln umgeben waren, zu einem lüsternen Grinsen. »Als Erstes werde ich feststellen, ob sie überhaupt eine Frau ist ...«

Von Firderich war keine Hilfe zu erwarten. Seine Autorität galt offenbar mehr für Fragen der Kriegstaktik. Der andere junge Mann schaute erwartungsvoll auf Buto, in dessen Beinkleid es sich schon wieder regte.

Nicht mehr lange, und sie würden sich beide auf Gunhild stürzen. Aber immerhin hatte sie sich in den letzten Minuten gedanklich auf den Ernstfall vorbereiten können. Behutsam, um niemanden zu alarmieren, zog sie ihren Rucksack zu sich heran. »Ist euch bekannt, warum sich die Franken so vor Zauberei fürchten?«, fragte sie provokant.

Buto riss vor Erstaunen den Mund auf. Firderich aber zog böse die Augenbrauen zu einem schütteren hellen Strich zusammen. »Wage nicht, leichtfertig von Zauberei zu sprechen, Weib! Niemandem außer den weisen Frauen steht der Umgang mit solchen Dingen zu.«

In diesem Augenblick holte Buto aus und trat gegen Gunhilds Rucksack. Sie bekam ihn gerade noch am Riemen zu fassen, warf sich darüber und wühlte blind nach ihrem Fotoapparat. Bevor sich einer der Männer besann, richtete sie das Objektiv auf Buto und drückte ab.

Die Sachsen versteinerten, als das leise Surren bei der Ausgabe des Bildes wie die Verkörperung von Gunhilds Zauberkraft durch den Raum schwebte.

Butos Unterkiefer zitterte und in seinen Augen stand blankes Entsetzen, nachdem Gunhild ihm das Sofortbild aufgedrängt hatte. Das Foto, das er losließ, als sei es brandheiß, flatterte zu Boden und blieb in der Aushöhlung des Mahlsteins liegen, den die Hausbewohner zurückgelassen hatten.

Nach einem Augenblick der Stille rührte sich Firderich und kroch ächzend dorthin. Seine gelichteten weißlichen Haare fielen auseinander und gaben die helle Kopfhaut frei. Irgendwie tat er Gunhild Leid. Ein so alter

Mann hatte es sich verdient, umsorgt von einer Schwiegertochter die Enkel auf den Oberschenkeln hüpfen zu lassen. Was machte er hier?

Ohne das Bild anzufassen, betrachtete Firderich es und wandte sich schließlich zu Gunhild um. »Du hast Buto das Heil genommen«, sagt er tieftraurig. »Warum? War das nötig? Ihr Fränkinnen seid es gewöhnt, von Männern wie Tiere benutzt zu werden. Ist der Unterschied zu einem Sachsen so gewaltig, dass allein sein Versuch dich besonders beleidigt?«

Gunhild schluckte trocken. Ihre clevere Selbstverteidigung war gründlich danebengegangen. Obendrein hielt nun auch der einzige besonnene Mann sie für eine Fränkin. »Ich habe ihm das Heil nicht genommen«, widersprach sie nachdrücklich. »Siehst du, ich kann die Abbildung zerreißen ...«

Firderich packte ihr Handgelenk mit eiserner Faust und drückte es zu Boden. »Mach es nicht noch schlimmer!«, bellte er, jetzt wieder unangefochtener Anführer seines kleinen Trupps. »Willst du ihn töten?«

»Dann soll er das Foto doch behalten«, schrie Gunhild, allmählich selbst zornig und verwirrt wegen dieser geradezu lächerlichen Verwicklung. »Er kann es verwahren und seiner Frau zeigen!«

Der Sachse ließ sie los. »Eine Frau hat er nicht. Aber du würdest das gestatten?«, fragte er ungläubig.

»Warum denn nicht?« Gunhild atmete auf und strich sich die Haare hinter die Ohren. Den Kamm hatte sie bei der wilden Flucht verloren. Die unmittelbare Gefahr schien vorüber.

Firderich nickte bedächtig und wandte sich an Buto, der sich immer noch nicht gerührt hatte. »Wenn ein Kind nach der Sitte der Christen auf einen fremden Namen getauft wird, heimlich aber bei seinem eigentlichen Namen gerufen wird, behält es sein Heil und das seiner Sippe. Jedenfalls habe ich nie etwas anderes gehört.«

Buto räusperte sich. »Und?«, brachte er mit unsicherer Stimme hervor.

»Du musst diese Abbildung, in der ab jetzt dein Heil ruht, an dich nehmen und darfst sie nie aus der Hand geben. Dann wird es so sein, als wäre nichts geschehen.«

Der junge Mann machte ein zweifelndes Gesicht, aber er wagte nicht, Firderich offen zu widersprechen.

Gunhild kam eine Idee, mit der sie das Unglück gutzumachen hoffte. »Firderich hat Recht, Buto«, sagte sie ernst. »Es käme mir nicht in den Sinn, einem Mann sein Heil zu nehmen. Auf der anderen Seite wollte ich dich wissen lassen, dass ich nicht machtlos bin. Aber zum Zeichen der Versöhnung werde ich dir eine ...« – wie übersetzte man Plastiktüte nun am besten? – »einen Heilsbewahrer schenken, in dem du die Abbildung mit dir tragen kannst, ohne dass sie durch Wasser beschädigt werden könnte.«

»Ja«, murmelte Buto gedämpft und verfolgte argwöhnisch, wie Gunhild eine Tüte von ihrer Vorratsrolle riss und das Foto sorgfältig verpackte. Erst als sie es ihm reichte, schien er beruhigt. Plötzlich betrachtete er das Bild sogar mit Stolz, bevor er es an seiner nackten Brust auf einer dichten Schicht von rotblonden Haaren verwahrte.

Auch Firderich war tief beeindruckt. »Dieser Heilsbewahrer ... In ihm könnte man bestimmt auch etwas anderes als sein Heil aufbewahren. So etwas habe ich noch nie gesehen.«

»Das versteht sich«, bestätigte Gunhild erleichtert. »Die Franken auch nicht.«

Sie wartete, bis Firderich seinen Platz am Feuer wieder eingenommen hatte, und setzte sich dann neben ihn. »Wir wollen von vorne anfangen«, sagte sie bestimmt. »Wie stelle ich es am besten an, Wittekind zu finden? Eigentlich suche ich nach dem Nordmann Gerowulf, der seine Krieger zum Gerichtstag nach Verden führen wollte, aber ich weiß nicht, ob er jemals dort ankam. Wittekind könnte es wissen.«

Der Status einer Zauberin brachte Gunhild persönliche Sicherheit und eine Menge Informationen von Firderich ein. Sie erfuhr, dass die Gegend zwischen Weser und Aller praktisch entvölkert war, die meisten Weiler verbrannt und die Felder zerstört. Wer den Franken entkommen konnte, war geflohen.

»Und weshalb seid ihr hier?«, fragte Gunhild entsetzt. »Wenn ich dich richtig verstanden habe, Firderich, seid ihr alle drei hier fremd.«

Der Sachse nickte düster. »Wir stammen von einem Nebenfluss des Rheins. Unsere Heimat steht völlig unter der Knute der Franken und der Pfaffen. Der Kölner Bischof saugt uns sächsische Bauern bis auf den letzten Blutstropfen aus. Wer nicht zahlen will oder nicht mehr zahlen kann, wird versklavt.«

»Ich weiß«, bestätigte Gunhild mit Nachdruck.

Firderich sah überrascht auf. »Hat deine Familie auch ihren Hof verloren?«

»Darüber weiß ich nichts«, antwortete Gunhild hart an der Wahrheit entlang. »Ich wurde als Geisel von einem Priester festgehalten, zusammen mit Haduwich, die Hassio von Verdens Tochter ist.«

»Hassio von Verden? Den kenne ich«, sagte Firderich atemlos und legte die Hand auf die magere Brust, um seine plötzliche Aufgeregtheit zu bekämpfen. »Siehst du, Buto, sie ist sehr wohl eine Sächsin. Was Hassio betrifft, er steht im Dienst des Bischofs von Köln. Er blieb mir wegen seiner seltsamen Ansichten in Erinnerung.«

Gunhild zog die Augenbrauen hoch.

Firderich lachte leise und zuckte mit einer Schulter. »Hassio kümmert sich um die Pferde des Bischofs. Anscheinend hat er ihm weisgemacht, dass er die fränkischen Pferde durch Zucht verbessern könnte.«

»Warum nicht? Was ist daran so erstaunlich?« Jetzt war Gunhild wirklich neugierig. Haduwich hatte gelegentlich von ihrer Familie erzählt, aber nie, dass der Vater Pferde züchtete.

»Mit Hilfe von sächsischen Pferden«, knurrte Firderich. »Die fränkischen sind gut! Wie könnte man sie ausgerechnet mit unseren schwächlichen Pferden verbessern? Wir an der Ruhr essen sie, verstehst du, wir reiten sie nicht! Es gefiel mir nicht, dass Hassio dem Mann etwas vorgelogen hat, auch wenn der nur ein Franke ist.«

»Aber es stimmt doch«, rief Gunhild. »Die sächsischen Pferde sind weltberühmt!«

»In welcher Welt lebst du denn, Frau?«, erkundigte sich Firderich verächtlich. »Ich glaube nicht, dass du davon etwas verstehst.«

Es war entschieden gescheiter, dieses Thema nicht zu vertiefen. »Die Ruhr ist weit weg. Was wollt ihr denn hier?«, erkundigte sich Gunhild stattdessen.

»Wir suchen Wittekind. Wir wollen uns ihm anschließen.« Firderich grinste, und die beiden Jüngeren brachen in Gelächter aus, als hätten sie sich mit Gunhild einen gelungenen Spaß erlaubt.

Am nächsten Morgen konnte Gunhild sich selbst davon überzeugen, dass die Sachsen nicht übertrieben hatten. Das Dorf, in dessen Ruinen sie übernachtet hatten, war bis auf die letzte Hütte niedergebrannt worden. Das Feuer hatte sogar auf den nahen Wald übergegriffen; wie verkohlte Finger griffen die schwarzen Äste der Eichen in den Himmel.

Es war kein Ort, an dem man auch nur eine Minute länger als nötig verweilte. Gunhild war dankbar, dass sie bald aufbrachen. Die Männer erlaubten ihr gönnerhaft, in ihrem Schutz zu reisen. Darüber hinaus behielt Buto ihr Beil, beides für Gunhild gewichtige Gründe, nicht den Versuch zu machen, sich allein nach Verden durchzuschlagen.

Der Pfad, der einmal zur Aller hinuntergeführt haben musste, war mit niedrigem Gestrüpp bewachsen und schwer begehbar. Mit spitzen Fingern befreite sich Gunhild von einer Brombeerranke, die hinter Firderich zurückgeschnellt war.

»Geh schneller«, zischte Buto hinter ihr und versetzte ihr einen Stoß.

»Sind Franken in der Nähe?«, fragte Gunhild leise, während ihr das Herz stockte.

»Überall muss man mit Franken rechnen.«

Danach schwieg er wieder. Gunhild bemühte sich, Firderich und dem jungen Schweigsamen, der Firderichs Sohn war, ohne dass sie bisher seinen Namen gehört hatte, dicht auf den Fersen zu bleiben. Sie lief mit zusammengebissenen Zähnen und hoffte, dass ihr Seitenstechen nicht noch schlimmer würde.

Der Eichenwald endete in Weiden und Gebüsch und es ging abwärts. Dankbar erblickte Gunhild zwischen den Stämmen endlich blinkendes Wasser.

Es war eine Fährstelle und der Fährmann legte gerade an. Gunhild ließ sich auf einen Stein sinken, um zu verschnaufen.

»Zwei Mann gleichzeitig«, sagte der Fährmann lakonisch, »eine größere Fähre findet ihr bei Verden. Aber die Wartezeit bei mir ist nicht lang.«

»Der Weg auf der anderen Seite der Aller soll bequemer sein, habe ich gehört ...« Firderich wartete auf eine Antwort, während der Fährmann sich stehend auf seinen Staken stützte und ihn ungeniert musterte.

»Das stimmt. Die Franken von der Garnison benutzen ihn. Er ist jetzt breiter als früher ...«, antwortete er schließlich. »Seid ihr getauft? Für Ungetaufte ist es nicht ratsam hinüberzuwechseln.«

»Wir sind getauft«, antwortete Firderich barsch. »Der Herr verdamme das Christenpack, das uns dazu gezwungen hat!«

»Und was geht es dich an?«, erkundigte sich Buto hochnäsig.

Der Fährmann machte sich nicht die Mühe, Buto zu antworten. Seine Blicke glitten gleichgültig über ihn hinweg und saugten sich an Gunhild fest. Sie kannte ihn nicht. Oder sollte es ihr Rucksack sein, der ihn so sehr interessierte? Zu allen Zeiten wurden Reisende ausgeplündert.

In der Zwischenzeit war Firderich mit Hilfe seines Sohnes in den Einbaum gestiegen und hatte es sich so gut es ging bequem gemacht. »Ihr kommt nach«, sagte er zu Buto und meinte auch Gunhild.

Die Fähre machte rasche Fahrt, obwohl der Fährmann sie wegen des schnell strömenden Wassers im Gleichgewicht halten musste und dabei nicht abtreiben lassen durfte. Aber er verstand sein Handwerk, wie Gunhild einigermaßen erleichtert feststellte.

Endlich traute sie sich, den Einbaum aus den Augen zu lassen und das jenseitige Ufer zu betrachten. Trotz der Frankenscharen, die es bevölkern sollten, war kein Laut zu hören. Allerdings hatte die Aller hier anscheinend ihr eigentliches Bett verlassen und war ungewöhnlich breit.

Ein Blinken zwischen den Bäumen auf der anderen Seite fesselte eine Weile ihre Aufmerksamkeit, aber das war auch das einzig Interessante. Gunhild versank in Gedanken, bis der Fährmann ein zweites Mal anlegte und sie einsteigen hieß.

Mitten auf dem Fluss fiel Gunhild ein, dass Fährleute mit vielen Menschen sprachen. Sie drehte sich zu ihm um. »Hast du zufällig etwas von Wittekind gehört?«, fragte sie.

»Wittekind!« Der Fährmann spuckte ins Wasser und stakte das Boot von einer kleinen Grasinsel frei.

Nanu, dachte Gunhild verwundert. Als sie an Buto vorbei wieder nach vorne über den Bug spähte, bemerkte sie seine misstrauische Miene und wechselte einen vorsichtigen Blick mit ihm. Er nickte kaum merklich und begann verstohlen das Ufer abzusuchen.

Gunhild dachte an das Blinken. Ein Signal war es nicht gewesen, aber womöglich hatte es von einer Waffe hergerührt. Unwillkürlich zog sie den Kopf zwischen die Schultern und versuchte, sich so klein wie möglich zu machen.

»Da ist der Anlegeplatz schon«, bemerkte hinter ihr der Fährmann.

»Wo? Ich sehe nichts. Und wo sind meine Freunde?«, fragte Buto mit vor Anspannung heiserer Stimme.

»Hast du etwa Angst um sie? Sie sind auf der Landzunge hinter dem Schilf. Ich kann ihre Köpfe sehen. Aber hüte dich, aufzustehen, Fremder! Du würdest mein Boot aus dem Gleichgewicht bringen.«

Gunhilds Atem stockte einen Augenblick, bis sie begriff, dass der Fährmann Buto zum Widerspruch zu reizen versuchte. Sie streckte den Fuß aus und trat nach dem Sachsen, um ihn zu warnen.

Aber ihre Warnung kam zu spät. Buto stemmte sich bereits auf den Seitenkanten in die Höhe, um Ausschau zu halten.

Die Strömung führte den Einbaum schnell vom Landeplatz fort, während Buto den schlaffen Körper des toten Fährmanns über das Heck in die Aller wälzte. Gunhild kauerte immer noch starr vor Schreck in der Mitte, versuchte, dem Pfeilhagel zu entgehen, der ihnen folgte, und sah dem Staken nach, der über Bord gegangen war, als Buto über sie hinweggeturnt war.

Buto hatte sie beide gerettet. Er hatte die Angreifer getäuscht und war im entscheidenden Augenblick nach vorne abgetaucht, statt aufzustehen. Der Pfeil, der für ihn bestimmt gewesen war, hatte den Fährmann getötet.

Die Leiche rutschte platschend ins Wasser. Ein Pfeil traf sie. Das Boot befand sich jetzt außerhalb der Schussweite, aber es torkelte in der Strömung hin und her.

»Verdammter Verräter«, knurrte Buto.

»Was, glaubst du, ist mit Firderich und seinem Sohn geschehen?«, fragte Gunhild, während sie krampfhaft den Bootsrand umklammerte und sich so wenig wie möglich rührte. Der altertümliche Kahn besaß schließlich keinen Kiel und war empfindlich wie ein Wetterfähnchen. »Sind sie tot?«

Buto überlegte. Seine Augen unter der niedrigen Stirn

verrieten, dass ihn ganz andere Gedanken beschäftigten als die verloren gegangenen Gefährten.

Gunhild konnte sich des Gefühls nicht erwehren, dass sein Interesse erneut ihr galt. Möglicherweise rechnete er gerade aus, was ihm seine alleinigen Besitzrechte an ihr einbringen konnten. »He, meinst du, dass sie tot sind?«

»Vielleicht nicht«, antwortete er schließlich. »Firderich muss sie vor mir gewarnt haben, sonst hätten sie nicht gewusst, dass sie es mit mir nicht aufnehmen können. Mich wollten sie lieber nur tot an Land lassen. Aber dich wollten sie lebend. Warum? Ist ihnen bekannt, dass sich eine Zauberin in der Gegend herumtreibt?«

»Unsinn«, erklärte Gunhild entschieden. »Wieso fragst ausgerechnet du danach, warum sich Männer für mich interessieren?«

»Dein Sack. Der ist auffallend. Er könnte den Franken bekannt sein. Vielleicht ist es sogar gefährlich, dich als Begleitung zu haben.«

Fröstelnd hörte Gunhild ihm zu. Er mochte nicht besonders klug sein, aber eitel, anmaßend und argwöhnisch. Und berechnend. Eine unangenehme und gefährliche Kombination. Es war vernünftiger, ihm nicht mehr zu widersprechen.

Ihr Schweigen gefiel Buto, es machte ihn zum uneingeschränkten Herrscher des Bootes.

Nach einiger Zeit bemerkte Gunhild jedoch, dass er sich auf den Knien aufgerichtet hatte und unschlüssig mal rechts, mal links ins Wasser spähte. Mittlerweile befanden sie sich in der Mitte der Aller, in ihrer Nähe trieben belaubte Äste und ein Baumstamm mit umfangreichem Wurzelwerk.

»Mit Gewichtsverlagerung müsste es gehen«, schlug Gunhild entgegen ihrem Vorsatz vor, weil sie erkannte, dass er keine Ahnung hatte, was zu tun war. »Ich meine, wir könnten ganz vorsichtig versuchen, den Einbaum zu lenken, indem wir unsere Körper einsetzen. Und dazu unsere Hände als eine Art Steuer.« Wie Seitenschwerter, aber die waren noch nicht erfunden.

Da er nicht widersprach, hatte er anscheinend nichts dagegen einzuwenden. Gunhild drehte sich wieder in Fahrtrichtung, verlagerte ihren Oberkörper bedächtig nach Steuerbord und tauchte ihre Hand in das Wasser. Noch bevor sie die Wirkung überprüfen konnte, hörte sie Butos erstickten Warnruf. Als sie sich umdrehte, blickte sie auf eine Pfeilspitze, die auf ihr rechtes Auge gerichtet war.

»Mach das nicht noch mal!« Seine Stimme war heiser vor Anstrengung.

»Schon gut«, sagte Gunhild entgeistert. »Wenn du meinst, du kannst es besser ...«

»Ich habe Flüssen noch nie getraut! Aber Wotans Rattenschwanz von Bedienerinnen soll mich holen, wenn ich mir von einem Weib sagen lasse, was ich tun soll«, knurrte Buto, ohne die Waffe aus der Hand zu legen.

Es war so gut wie aussichtslos, darauf zu hoffen, dass sie zufällig nah ans Ufer gerieten. Liebend gerne wäre Gunhild an Land geschwommen. Allerdings war da ihr Rucksack, den sie um nichts in der Welt verlieren wollte.

Sie fügte sich für den Augenblick in ihr Schicksal, das da hieß, zusammen mit einem unberechenbaren Mann in einem steuerlosen Einbaum flussabwärts zu treiben, bis sie in der Nordsee landeten.

Kapitel 3

»Ich sehe Pferde vor uns«, staunte Buto.

Gunhild drehte vorsichtig den Kopf, in der Hoffnung, dass er wenigstens dagegen nichts einzuwenden hatte. Sie trieben tatsächlich auf eine ganze Herde zu, die mitten im Wasser zu weiden schien. Rechts davon erkannte sie mächtige Palisaden und Wachtürme. »Das ist die Pferdeinsel von Verden«, sagte sie erschrocken.

»Umso besser. Genau da wollen wir ja hin«, bemerkte Buto zufrieden, als wäre es sein Verdienst.

»Firderich kann unmöglich nach Verden gewollt haben, um sich in der fränkischen Garnison nach Wittekind zu erkundigen«, widersprach Gunhild ungläubig. »Was denkst du dir bloß! Wir müssen auf der Stelle an Land und uns dann in der Dunkelheit in die sächsische Siedlung schleichen. Hat Firderich dort jemanden gekannt, den er fragen wollte?«

»Keine Ahnung, mich hat er in seine Pläne nie eingeweiht. Wir werden erst einmal bei den Pferden landen. Die schützen uns ausgezeichnet vor den fränkischen Spähern.«

Es war zum Haareraufen. Aber Gunhild konnte nichts gegen seinen Plan unternehmen. Sie hoffte, dass der Strom sie wenigstens an der Siedlung vorbeitragen würde, was dem Verhalten des ungesteuerten Einbaums nach der bisherigen Erfahrung entsprechen würde. Unwillkürlich duckte sie sich wieder und hielt wachsam Ausschau.

Auch als die Insel der Pferde querab lag, zeigte sich dort kein Franke. Möglicherweise aßen die Wächter zu Abend, es war immerhin später Nachmittag. Über der Garnison und der Siedlung qualmten jedenfalls Kochfeuer.

»Mist«, knurrte Buto.

»Ja«, flüsterte Gunhild dankbar und sah die weidende Herde an ihr vorbeigleiten. Anscheinend gab es gar keine Wächter, weil die Pferde hier sicher waren. Und sie selbst würden es in wenigen Augenblicken auch sein.

An der Nordspitze der Pferdeinsel traf der Hauptstrom der Aller auf den schmaleren Flussarm, der unterhalb von Verden dahinströmte. Und plötzlich wurde der Einbaum auf der Stelle herumgewirbelt, von einem Nehrstrom gepackt und geradewegs auf das Ufer der Insel zugetrieben. Kurz danach lief er mit einem kratzenden Geräusch auf Grund und kam ruckartig zum Stehen.

»Ich wusste es doch«, meinte Buto behäbig und streifte Gunhild mit einem abschätzigen Blick, während er aus dem Einbaum kletterte und in den Uferschlick stieg. »Irgendwie kommt man immer an Land.«

»Tatsächlich?« Gunhild, die hinter ihm herstapfte, starrte beunruhigt auf den Saum von Baumrinde, Muschelschalen, Vogelskeletten und ausgerissenen Schilfpflanzen, der sich zwischen Wasser und Gras aufgehäuft hatte. Plötzlich ging ihr auf, was das bedeutete. An dieser Stelle landete früher oder später das meiste, was flussabwärts schwamm. Vermutlich suchten die Franken diese Stelle sogar regelmäßig nach brauchbaren Dingen ab. Oder nach angeschwemmten Leichen. »Wir müssen abhauen!«, fauchte sie. »Schnell!«

»Keine schlechte Idee, Frau«, sagte eine Stimme aus nächster Nähe. »Jedenfalls bist du klüger als dein Mann.«

Vier Krieger traten zugleich aus ihrer Deckung hinter den Pferden heraus, Franken ihrer Kleidung und Bewaffnung nach, und rückten mit wurfbereit erhobenen Angos gegen sie vor, ohne ihnen die geringste Möglichkeit zur Flucht zu lassen. Buto ergab sich, ohne Widerstand zu leisten. Während die Franken ihm die Hände auf dem Rücken fesselten, spuckte er Gunhild demonstrativ vor die Füße.

Blöder Kerl, schließlich hatte sie Recht behalten.

Buto wurde vorwärts gestoßen. Gunhild, die ungefesselt blieb, musste vor dem Anführer hergehen.

Der schweigsame Marsch führte sie an der Pferdeherde vorbei, durch eine Furt und dann an der Palisade der fränkischen Garnison entlang bis zum verschlossenen Tor.

Gunhild zitterte vor Angst. Nie wieder in ihrem Leben hatte sie hierher zurückkehren wollen. Was würde geschehen, wenn man herausfand, wer sie war? Galt das Todesurteil, das König Karl über sie gefällt hatte, noch? Wahrscheinlich. Aber gab es in der Garnison noch jemanden, der davon wusste?

Die Schlupftür im Tor öffnete sich, nachdem der fränkische Anführer des Trupps und die Torwache einige Worte gewechselt hatten. Gunhild und Buto wurden einem herbeigerufenen Vorgesetzten übergeben, einem breitschultrigen älteren Mann mit finsterem Gesichtsausdruck.

Er führte sie wortlos quer über den Platz, wo die heilige Eiche gestanden hatte, zu einem Gebäude, das sich an die Palisade schmiegte. Hoffentlich residiert hier nicht der Gaugraf Theutbald, dachte Gunhild verzweifelt. Ihr

Magen fühlte sich inzwischen wie ein kleiner Eisklumpen an.

Der Mann war nicht Theutbald. Aber Gunhild wollte kaum ihren Augen trauen.

Der Leiter der Garnison saß auf der Wandbank am Fenster. Er war so klein, dass er seine Stiefel auf ein Fußbänkchen stützen musste. Der dunkelrote Brokatstoff, mit dem die Bank bezogen war, war zerschlissen. Aber Geld spielte hier wohl keine Rolle. Der fränkische Mantel, der dem Oberkörper des Garnisonsleiters dank vieler Falten ein tonnenförmiges Aussehen verlieh, war mit grünen und violetten Seidenstreifen besetzt.

»Diese zwei wurden aus dem Wasser gefischt«, meldete der vierschrötige Wachführer und übergab dem Mann auf der Wandbank Gunhilds Beil, der es unbeachtet neben sich legte. Er hatte nur Augen für Buto.

Gunhild liebäugelte für einen Augenblick mit der Idee einer tollkühnen Befreiungsaktion. Ihr Beil lag in Reichweite. Und genau davor stand das Schwert in einer glänzend polierten und mit gepunzten Mustern verzierten Schwertscheide, das der Garnisonsleiter abgeschnallt und gegen die Bank gelehnt hatte. Es fragte sich nur, ob Buto überhaupt mit einem Langschwert umgehen konnte.

Doch der Augenblick strich vorüber, ohne dass sie etwas unternahm. Gunhild hatte sogar das unangenehme Gefühl, dass der kleine Franke auf so etwas gewartet hatte.

Jedenfalls entließ er erst jetzt mit einem Wink seinen Untergebenen.

Der Franke bewegte sich geradezu widerwillig zur Tür. »Diese Leute wollten heimlich an Land. Sachsen, die sich vor uns verstecken, sind Feinde! Wir sollten sie ohne langes Verhör hinrichten! Soll ich sie nicht gleich mitnehmen?«

Aber Mahnungen und Vorschläge standen ihm offenbar nicht zu. Der Garnisonsleiter scheuchte ihn mit einer zackigen Bewegung seines dreieckigen fliehenden Kinns hinaus.

Gunhild atmete auf.

Der Franke nahm sich Zeit, Buto gründlich zu mustern, von seinen zerschlissenen schlickbeschmierten Schuhen über die löcherige Hose hinweg bis zu den verfilzten Haaren, die vermutlich seit Monaten nach einem Kamm schrien. Am meisten erheiterte ihn Butos Haarknoten, der sich ihm besonders gut darbot, weil die Kammer für Männer von Butos Größe nicht gebaut war und er den Nacken beugen musste.

»Setz dich auf den Boden«, befahl der Franke und nippte an seinem Becher, in dem er schon die ganze Zeit sein Getränk sachte kreisen ließ. Er stellte ihn neben sich ab und begann, das Beil zu untersuchen.

Buto setzte sich.

»Kannst du auch sprechen? Oder nur kämpfen?«

»Beides, Franke. Wenn es sich lohnt.«

»Aha, das dachte ich mir«, sagte der. »Für wen hast du zuletzt gekämpft?«

»Für mich selber.«

»Du gefällst mir. Was ist dies hier für ein Beil? Ein Wurfbeil ist es nicht. So eines habe ich noch nie gesehen.«

Der Sachse zuckte mit den Schultern. »Ich habe es vor kurzem einem Fremden abgenommen, der mich angriff. Es taugt nur, um Anmachholz zu spalten.«

»Na ja.« Gleichgültig schob der Franke das Beil fort.

»Von jetzt an wirst du auf fränkischer Seite kämpfen. Wie heißt du?«

»Buto. Und du?«

Der Franke lächelte schmal. »Ich heiße Pippin, gegenwärtig bin ich der Aufpasser in dieser öden kleinen Garnison.«

Pippin der Kurze hatte Karls Vater geheißen. Gunhild erinnerte sich aus ihrer umfassenden Lektüre an ihn. Vielleicht war dieser Mann ein entfernter Verwandter des Königs, der zur Strafe hierher abkommandiert war. Oder jeder in Karls Diensten musste auf der Karriereleiter eine Stufe in täglicher Gefahr und ohne Glanz absolvieren.

»Ich werde bald von hier fortgehen, Sachse. Hast du Lust, mich als meine Leibwache zu begleiten? Du bist genau das, was ich schon lange suche. Es geht nach Rom, dann weiter nach Byzanz. Dir winken Berge von Gold, Perlen, orientalische Frauen ... Wenn dir nach Frauen der Sinn steht – die sind von einem anderen Schlag als deine ausgebleichte flachbrüstige Begleitung.«

Gunhild zuckte zusammen. Bisher hatte Pippin sie scheinbar gar nicht zur Kenntnis genommen. Sie musste auf jeden Fall ihre Gesichtszüge besser kontrollieren. Pippin gedachte also Karriere zu machen.

Buto wandte sich für einen Augenblick zu ihr um und sah sie triumphierend an. Er hatte wieder einmal Recht behalten, er war ja der Siegertyp.

»Es geht nicht, Franke. Ich will ein freier Mann bleiben. Aber ich danke dir für das Angebot.«

»Du bist kein freier Mann, Sachse Buto. Deine Wahl ist das aufregende Rom oder das langweilige Verden. In Verden wirst du nach drei Jahren entlassen.«

»In diesem Fall, Franke Pippin«, sagte Buto in überheblichem Ton, »werde ich den Bischof von Köln um Hilfe anrufen. Ich bin nur nach Verden gekommen, um vor dem Priester die Ehe mit dieser Frau einzugehen. In wenigen Wochen kehre ich mit ihr in meine Heimat zurück.«

Nein, was für ein Märchen, dachte Gunhild entsetzt, bevor sie einräumen musste, dass seine Taktik gar nicht so schlecht war. Sie mussten aus der Garnison hinauskommen, ganz gleich, wie. »Der König ist ein frommer Mann«, warf sie leise ein. »Er würde sich wegen eines einzigen sächsischen Mannes nie mit der fränkischen Kirche anlegen. Gloria in excelsis deo.«

Der kurze Pippin betrachtete Gunhild ungläubig, stieß einen Fluch aus und leerte den Becher. »Wo ist deine Heimat, Kerl?«

»Köln«, antwortete Buto. »Ich stehe im Dienst des Bischofs. Ich züchte Pferde für ihn und soll mich im Grenzgebiet nach guten sächsischen Pferden umsehen.«

»Ein Irrtum, Arno«, bemerkte Pippin säuerlich zu dem Wachmann, den er mit einem Schlag seines Schwertknaufs an die hölzerne Trennwand herbeigerufen hatte. Er war der Gleiche, der sie auch hergebracht hatte. »Gib den beiden für heute Nacht unser Gästezimmer für besondere Gäste und sorge dafür, dass sie morgen früh zum Priester gebracht werden. Dem Bischof von Köln ist das fränkische Königshaus stets gern zu Diensten. Du erstattest mir Bericht.«

Gunhild wagte kaum, an ihr Glück zu glauben. Die Gefahr war vorüber, niemand hatte sie erkannt. Statt sächsische Gefangene zu sein, waren sie zum Gefolge eines Bischofs avanciert, dem ein Dienst geschuldet wurde.

»Für besondere Gäste, natürlich, gern«, wiederholte Wachmann Arno und schob sie süffisant grinsend aus dem Raum. Obwohl er anscheinend für gewöhnlich mit Pippin auf Kriegsfuß stand, schien diese Anordnung ganz in seinem Sinne zu sein.

Buto stolzierte selbstsicher neben dem Franken her, der einen ganzen Kopf kleiner war als er selbst, während sie den Hof überquerten. Gunhild, die ihnen unbeachtet folgte, sah sich im Licht der Fackeln um, die den Garnisonsplatz schwach beleuchteten. Die Mannschaftsquartiere befanden sich offenbar rechts und links von dem großen Tor, angeschmiegt an die Palisade. Aus den offen stehenden Türen drangen Lärm und Gegröle.

Plötzlich erwachte Gunhilds Misstrauen. Wenn sie Pippins Befehl richtig analysierte, musste sie zu dem Schluss kommen, dass er Arno eine zweite Botschaft übermittelt hatte. Die hatten irgendetwas mit ihnen vor.

Arno hielt auf das eine Mannschaftsgebäude zu und öffnete eine stabile Bohlentür, hinter der es dunkel und still war. Gefolgt von Buto, trat er ein und zündete den Kienspan an, der in einer Halterung an der Wand hing. »Ich hole euch morgen früh ab.«

Buto nickte gleichgültig und ging zu den Pritschen hinüber, während Gunhild Arno nachblickte. Das schabende Geräusch, mit dem er die beiden Türknebel draußen vorlegte, bestätigte ihren Argwohn.

Mit selbstgefälligem Grinsen drehte Buto sich zu Gunhild um. »Na, wie habe ich das gemacht?«

»Weniger gut, als du vermutest«, antwortete sie ärgerlich.

»Wieso?« Buto starrte Gunhild ungläubig und ein wenig beleidigt an. »Wir haben bequeme Betten für die erste Hälfte der Nacht bekommen, und vor Morgengrauen spazieren wir hinaus. Mit etwas Glück treibe ich sogar noch ein fränkisches Schwert für mich auf.«

»Hinausspazieren! Begreifst du nicht, dass sie uns eingesperrt haben?«

»Wir sind besondere Leute in Pippins Augen. Er würde es nicht wagen!«

Gunhild wies mit dem Daumen zur Tür, während sie sich auf das kastenartige Bett fallen ließ. Unter ihr knisterten Farne oder Binsen, und die waren immerhin trocken. Buto fehlten jegliche Antennen für Zwischentöne. Sie hätte gelacht, wenn sie sich nicht so über ihn geärgert hätte.

Buto drückte mit seinen breiten Handflächen gegen die Tür und stemmte sich dagegen, als sie nicht aufgehen wollte. »Sie haben uns eingeschlossen«, stellte er entgeistert fest. »Dieser hinterlistige Zwerg!«

»Er wird dir nicht ganz geglaubt haben«, sagte Gunhild. »Hassios Geschichte hörte sich zwar gut an, aber du siehst nicht aus, als ob du zu seiner Geschichte passen würdest. Ein Bischof schickt seine Leute nicht in Lumpen los.«

»Es sind Kriegszeiten«, hielt Buto ihr erzürnt entgegen. »Ein Krieger wie Pippin weiß das.«

Gunhild warf ihm einen mitleidigen Blick zu, klopfte ihren Rucksack als Kopfkissen zurecht und zog die Beine hoch.

Die Furcht vor der Begegnung mit dem Priester hinderte sie am Einschlafen. Was, wenn sich herausstellte, dass der Priester von Verden ihr Todfeind Grimoald war? Das wäre wesentlich schlimmer als eine Hochzeit unter Zwang, die weder für Buto noch für sie bindend war.

»Morgenmahl?«, fragte Arno mit gekrauster Stirn und legte die Hand hinter das Ohr, als ob er das Wort noch nie gehört hätte. »Ihr werdet heute den heiligen Bund der Ehe eingehen, hat Pippin gesagt. Ihr seid wohl ein

Sonderfall, so in der Fremde ... Aber ein Mann, der in eines Bischofs Dienst steht, müsste wissen, dass er die Nacht vor seiner Hochzeit im Gebet zu verbringen hat. Und fasten muss, damit er beichten darf.«

»Buto nimmt es manchmal mit den kirchlichen Geboten nicht so genau«, erklärte Gunhild hastig. »Es sind aber immer nur lässliche Sünden. Übrigens haben wir schon drei Tage gefastet, unfreiwillig ...«

Der Franke grinste falsch und stieß Buto mit dem Ellenbogen an. »Ich an deiner Stelle hätte meinen Hunger auf andere Weise gestillt, verheiratet oder nicht. Heiliger Strohsack, welche Idee zu heiraten, damit du mit ihr ins Stroh kannst! Aber wenn man euch Sachsen endlich unters Kreuz gezwungen hat, fügt ihr euch den Pfaffen im Großen und Ganzen besser als wir Franken. Und warum hast du dir keine Frau ausgesucht mit mehr Fleisch auf den Rippen? Findest du sie schön?« Überlegenheit mischte sich in den vertraulichen Ton, den er dem Sachsen gegenüber jetzt an den Tag legte.

Männer unter sich! »Ich bin kein Schlachtschwein«, warf Gunhild bissig ein und bedauerte, dass sie nicht von Anfang an widersprochen hatte.

»Da war keine andere«, brummelte Buto gleichgültig. »Lass uns jetzt gehen. Ich will es hinter mich bringen!«

»Aber sicher doch.« Arno wies mit seinem Kurzschwert hinaus ins Freie.

Gunhild tat einen tiefen Atemzug, um sich zu wappnen, und sah sich dann zum ersten Mal bei Tageslicht um. In der Mitte des Platzes lag ein Berg von Holz, Reste der gefällten heiligen Eiche, unter der sie auf die Vollstreckung des Todesurteils gewartet hatte. Wenn man es genau nahm, hatte die Eiche sie gerettet ... Am liebsten wäre sie hingelaufen und hätte versucht, sich bei ihr zu bedanken. Aber es ging nicht. Sie hätte sich selbst als die Todeskandidatin Hildegunde entlarvt.

Arno war Gunhilds Blicken gefolgt. »Wir haben den Sachsen hier gründlich gezeigt, was ihr Glaube an heilige Bäume wert ist. Und für die Bewohner der Siedlung wiederholen wir die Lehre jeden Tag, damit sie es nie vergessen.«

Sie verfeuerten offenbar demonstrativ das Holz, das als Brennholz eigentlich mindestens zwei Jahre hätte trocknen müssen. »Qualmt Thor nicht ausgiebig und brennt er nicht in euren Augen?«, fragte Gunhild bissig.

Arnos kumpelhafte Miene wich augenblicklich tiefem Misstrauen. »Dieser Teufel im Baum heißt doch anders, soviel ich weiß. Wieso wagst du überhaupt, ihn zu nennen?«

Weil ich ihn als Beschützer von Bäumen und Frauen mag, dachte Gunhild aufsässig, und das ist mehr, als man von der römischen Kirche behaupten kann. »Thor nennt man hier in der Gegend Donar, wahrscheinlich denkst du an ihn«, erklärte sie ruhig.

Aber der Wachmann hörte eine Beleidigung heraus, zog sein Schwert und holte gegen Gunhild aus.

Buto stieß ihn mit der Schulter beiseite, packte Gunhild am Arm und marschierte los. »Fastengespinste!«, fauchte er über seine Schulter zurück.

Damit hatte es glücklicherweise sein Bewenden, offenbar hatte auch der Franke kein großes Verlangen nach Komplikationen. Pippin schien alles andere als ein umgänglicher Vorgesetzter zu sein.

Die Schlupftür wurde vor ihnen aufgestoßen. Gunhild blickte sehnsüchtig zur Aller hinunter und dann mit bösen Vorahnungen auf die Siedlung. Über Verden schwebte ein dünner Schleier von Rauch.

Dem Kirchlein von Verden, einem noch neu aussehenden Holzbau, hatten anscheinend einige Wohnhäuser weichen müssen, deren Kopfsteinpflasterung man an Ort und Stelle belassen hatte, die aber nicht zu dem Neubau passten. Gunhild registrierte zerstreut, dass an einem ebenfalls neuen Haus neben der Kirche ein vertrockneter Pferdekopf am Giebel befestigt war.

Während Arno nach dem Priester suchte, hatten sie und Buto in Gesellschaft von drei Kriegern zu warten. Gunhild versank in Grübelei. Irgendwie mussten sie die Aufgebotsfrist dazu nutzen zu entkommen. Wenn alles korrekt in die Wege geleitet war, gab es für Pippin keinen Grund, sie festzuhalten.

Es sei denn, der Priester wäre Grimoald!

Arno kam nach einigen Minuten unverrichteter Dinge zurück. Der Priester sei unterwegs, um Kranke zu besuchen.

»Wir werden hier warten«, schlug Gunhild vor. »Ihr könnt ruhig in die Garnison zurückkehren, Wachführer Arno. Richte Pippin nochmals unseren Dank aus für die Hilfe.«

Der Franke grinste spöttisch. »Nett«, meinte er. »Sehr nett sogar. Aber untauglich, mich zu überlisten. Pippin ist, unter uns gesagt, reizbar wie ein grauer Bär. Und er hat angeordnet, dass ihr dem Priester von mir persönlich übergeben werdet, um den heiligen Bund der Ehe einzugehen. Sollte das aus irgendeinem Grund fehlschlagen, will er den Sachsen haben. Auch persönlich.«

Seine Krieger, die wie Wachhunde neben Gunhild und Buto standen, stießen nachdrücklich die Lanzenschäfte auf die Erde. Es gab keinen Zweifel daran, dass sie ihren Auftrag bis aufs i-Tüpfelchen erfüllen würden.

»Ihr werdet den Priester suchen«, befahl Buto barsch.

»Abmarsch, Arno! Ich lasse mich doch nicht vor aller Augen behandeln wie ein Gefangener!«

Arno bezähmte sich mühsam. »Du bist ein Gefangener.«

»Das glaubst du nur, Franke«, versetzte Buto, erneut so hochnäsig, dass es Gunhild grauste. »Ich sehe euch als meinen Heerbann an für die Zeit meines Aufenthalts in Verden. Auch persönlich. Und ihr helft mir, den Priester zu finden, damit er mich auf der Stelle verheiratet.«

Es musste Butos mächtige Gestalt sein, dass er es wagte, Befehle zu erteilen, wo andere dankbar gewesen wären, wenn sie nicht zu Schaden kamen. Oder es war seine seltsame Fähigkeit, vor der Wirklichkeit die Augen zu verschließen. Gunhild trabte voll böser Ahnungen hinter ihm her, die wuchsen, je länger sie suchten.

Auf Arnos Wink hin hatte sich die Wachmannschaft aufgemacht, die Gassen von Verden zu durchkämmen, um den Priester zu finden, der nicht mehr bei dem zuerst angegebenen Kranken war. Ein kleines bösartiges Lächeln wich nicht aus Arnos Gesicht, aber Buto konnte er damit nicht erschrecken. Wahrscheinlich bemerkte er es gar nicht.

Endlich hatte jemand den Priester gesehen und zeigte ihnen das Haus, in dem er sich gegenwärtig aufhalten sollte. Einer der Wachleute donnerte mit seinem Ango gegen die Tür, die von einem jungen Mädchen mit verweinten Augen geöffnet wurde. Angesichts der bis an die Zähne bewaffneten Wache floh sie verschreckt nach drinnen.

Arno marschierte unverzüglich hinter ihr her, gefolgt von Buto. Am liebsten hätte Gunhild draußen gewartet, aber die Furcht, dass Buto in einem Haus, in dem bereits

Trauer herrschte, Schaden anrichten würde, brachte ihre angeborene Zurückhaltung ins Wanken.

Auf Zehenspitzen tappte Gunhild durch den schmalen Eingangsbereich. Die Stube war ziemlich dunkel, in der Mitte glomm das Kochfeuer und an der Wand befanden sich niedrige Bänke. Hinter einer halbhohen Zwischenwand, wo im Winter die Rinder aufgestallt wurden, herrschte Ruhe.

Der Priester stand mit dem Rücken zu ihr vor der Schlafbank. Er war lang und drahtig, zum Glück also nicht Grimoald, der Gunhild kaum bis zur Schulter gereicht hatte. Arno, der sich ihm genähert hatte, zeigte ein betretenes Gesicht und wagte nicht, ihn anzusprechen.

Buto drehte sich zu Gunhild um und zuckte die Schultern. Gunhild trat bedächtig näher und sah durch eine Lücke zwischen den Schultern, dass der Priester mit konzentrierter Miene und geschlossenen Augen die ausgebreiteten Handflächen über den Kranken hielt.

Glücklicherweise handelte es sich nicht um eine Letzte Ölung. Gunhilds Blick wanderte zu dem Kranken hinunter, zwischen dessen gefalteten Händen ein Kruzifix steckte. Er atmete laut und angestrengt und sein Gesicht war bis in die grauen Haare hinein gerötet. Seine Lippen waren spröde vor Trockenheit. Es war offensichtlich, dass er hohes Fieber hatte.

Die Lippen des Priesters bewegten sich in monotonem, unhörbarem Gebet. Plötzlich riss er die Augen auf und stieß einen gellenden Schrei hervor: »Vade retro, Satanas!«

Angewidert ließ Gunhild ihren Blick zwischen dem Priester, dessen Augen jetzt fanatisch leuchteten, und dem Schwerkranken hin und her wandern. Eine Teufelsaustreibung war wohl das Grässlichste, was jemandem begegnen konnte, der sowieso schon krank und in seiner Widerstandskraft geschwächt war.

Wäre es nach ihr gegangen, sie hätte den Priester auf der Stelle aus dem Haus geworfen.

Bestürzt vernahm sie, gleichsam als Antwort auf seinen Schrei, ein Poltern. Sie lauschte mit aufgerissenen Augen. Als das merkwürdige Geräusch in ein rhythmisches Klopfen überging, entdeckte sie, dass sie inzwischen die Schulter des jungen Mädchens umklammerte, als suchten sie beide aneinander Schutz.

Das Trommeln endete mit einem jammernden Laut, der von einer Katze zu kommen schien. Als er verhallt war, malte der Priester ein großes Kreuz in die Luft. »Satanas ist besiegt«, verkündete er zufrieden.

Der Priester streifte Gunhild mit einem gleichgültigen Blick, bevor er das Kruzifix aus den Händen des Kranken zog und sich mit Arno vom Krankenlager entfernte. Buto trampelte mit gebeugtem Nacken hinterher. Die Männer blieben im Eingangsbereich stehen, während Arno den Priester mit einer Flut von leisen Erklärungen überschüttete.

Gunhild ließ sich neben dem Bett auf die Knie nieder.

»Mein Vater Waltbert«, flüsterte das Mädchen, das ungefähr zehn oder elf Jahre alt sein mochte, zitternd wie Espenlaub. »Er ist krank.«

Der kurze Augenblick gemeinsam ausgestandener Angst hatte so etwas wie Vertrauen geschaffen. Waltberts Tochter beabsichtigte offenbar nicht, eine ins Haus geschneite Fremde hinauszuwerfen.

Gunhild vergewisserte sich mit einem raschen Blick,

dass das Mädchen nichts dagegen hatte, dann zog sie dem Kranken den wollenen Mantel, mit dem er zugedeckt war, von den Schultern. Seinen linken Oberarm bedeckte ein zusammengerollter Wulst von blutigen Leintüchern.

Gunhild sah sich um. Eine Hausfrau gab es anscheinend nicht. Möglicherweise war die Tochter sogar ganz froh über ihre Anteilnahme. »Was ist geschehen?«, fragte sie leise.

»Ich weiß nicht. Er kehrte vorgestern Abend mit dieser Verwundung zurück«, berichtete das Mädchen stockend. »Seitdem geht es ihm von Stunde zu Stunde schlechter.«

Das entsprach ganz Gunhilds Befund. Waltberts Puls war unstetig und flatterte. »Hör zu«, sagte sie entschlossen. »Ich werde ihn verbinden. Dazu brauche ich frisches Wasser und saubere Tücher, einen Becher voll Milch, wenn ihr welche habt, und einen mit Wasser.«

»Er kann nicht mehr trinken«, wandte das Mädchen ein und zeigte verängstigt zum Eingang. »Warum sind die Krieger hier? Wollen sie ihn abholen? Er konnte nichts dafür, der fränkische Kaufmann war schuld.«

Ein bisschen mehr wusste sie also doch. »Nein, mit ihm hat das nichts zu tun. Spute dich und tu, was ich dir aufgetragen habe!«

Während sie davonlief, kam Buto zu Gunhild. »Komm!«, befahl er barsch. »Der Priester macht sich bereit, er muss sowieso gleich die Messe lesen. Er kann auf das Aufgebot verzichten, sagt er, wenn wir dem Heiligen seiner Kirche den Wert eines Schafes spenden. Ich hab's ihm versprochen. Beeile dich, bevor er erfährt, dass wir kein Geld haben.«

Gunhild blinzelte verwirrt. Sie wollten doch überhaupt nicht heiraten. Sie mussten im Gegenteil Zeit gewinnen.

Wenn Arno überzeugt war, dass die Trauung stattfinden würde, kehrte er hoffentlich zur Garnison zurück. Den Rest würden sie irgendwie auch noch meistern. »Dieser Mann ist schwer krank«, sagte sie leise. »Er stirbt, wenn man nichts tut. Geh schon vor, ich komme dann nach.« Was im Übrigen eine gute Idee war, vielleicht konnte sie sogar ohne ihn entwischen.

»Wie willst du das vorhersagen?«, widersprach er verblüfft. »Und mehr als der Priester kannst du schon gar nicht für ihn tun.«

»Hast du vergessen, wie unsere erste Begegnung ausging?«, erkundigte sich Gunhild mit scharfem Flüstern.

Das Mädchen kehrte zurück. Buto machte ihr mit mürrischem Gesicht Platz und Gunhild kümmerte sich nicht weiter um ihn.

Es dauerte lange, bis der Kranke in der Lage war zu schlucken. Gunhild rieb ihm immer wieder das Zahnfleisch sanft mit der sahnigen Milch ein, bis es einigermaßen geschmeidig geworden war, und tröpfelte ihm schließlich Wasser auf die Lippen, das er ableckte und mühsam schluckte. Noch schwieriger war es, ihm die zerstoßene Penicillin-Tablette einzuflößen.

Gunhild war in Schweiß gebadet, als sie diesen Teil der Behandlung für beendet erklären und beginnen konnte, sich um die Wunde zu kümmern. Leider musste sie schnell feststellen, dass Waltberts Tochter zwei linke Hände hatte.

Trotzdem betrachtete Gunhild am Ende zufrieden ihr gemeinsames Werk. Waltbert lag mit einem frischen, nahezu mustergültig angelegten Verband, den Oberarm angewinkelt, auf dem erneuerten Farnkraut. Seine Augen waren noch geschlossen, aber sie hatte den Eindruck, dass er kurz davor war, aus der Bewusstlosigkeit zu erwachen, in die er während der Versorgung seiner Wunde gefallen war.

Plötzlich wurde sie in die Höhe gezerrt. »Hast du vergessen, dass wir selber in Gefahr sind?«, zischte Buto in ihr Ohr.

»Ich komme wieder«, rief Gunhild dem Mädchen zu, während Buto sie zum Eingang zog. Draußen schlossen sich ihnen die drei fränkischen Krieger an.

Buto war wild entschlossen, die Farce bis zum Ende durchzuführen. Bis zur Kirche ließ er Gunhilds Handgelenk nicht mehr los. Dort stand der Priester mit Arno in ein ernstes Gespräch vertieft.

Das Unbehagen kroch über Gunhilds Rücken, als sie dem Priester ins Gesicht sah. Abweisender als er konnte man einem fremden Menschen gar nicht begegnen. Wahrscheinlich hatte Arno ihm schon erzählt, dass ihr die nordischen Götternamen geläufig über die Lippen kamen.

»Was hast du mit dem besessenen Sachsen gemacht, Weib?«, fragte er streng, wobei sich seine schräg stehenden braunen Augen verengten.

Sein Misstrauen war unverkennbar. »Ich habe seine Wunde verbunden«, erklärte Gunhild hastig, angetrieben auch durch Butos harten Fingerknöchel, der ihr zwischen die Rippen pochte.

»Glaubst du nicht daran, dass der Teufel diesen widerspenstigen Mann in seinen Klauen hielt?«

»Das ist nichts, was eine Frau wie ich beurteilen könnte«, antwortete sie ausweichend. »Ich kann nur dafür sorgen, dass seine Narbe weniger schmerzt, wenn ihm der Herr die Gnade der Heilung zuteil werden lässt.«

Der Priester bestrafte Arno mit einem verärgerten Seitenblick, dem seinerseits vor Verblüffung der Mund offen stehen blieb. Gunhild nutzte die Gelegenheit, um sich mit einem gezielten Schlag von Butos Hand zu befreien.

Sein beleidigter Blick traf sie, bevor er endlich zur Zusammenarbeit bereit war. »Mein künftiges Weib ist in ihrem Heimatdorf für ihre Heilkunst bekannt«, sagte er ein wenig mühsam.

»Welches ist das?«

»Hoya«, antwortete Gunhild, und im gleichen Atemzug Buto: »Osnabrück an der Hasefurt.«

Gunhild sah ihn aufgebracht an. Es war immer am gescheitesten, so dicht wie möglich an der Wahrheit zu bleiben. Und wo lag noch gleich Osnabrück?

»Was denn nun?«, erkundigte sich der Priester genüsslich, als hätte er sie beide bei einer Lüge ertappt.

Arnos Hand fuhr zum Schwertknauf und blieb dort liegen. »Vater Adalhard, ein Wort von dir, und ich führe sie beide ab.«

»Beides«, erklärte Gunhild, bevor sich Buto etwa durch Verlegenheit verraten konnte. »Erst Osnabrück an der Hase, dann Hoya.«

»So der Herr will, wird die Klosterzelle von Osnabrück zu einem großen berühmten Kloster werden, obwohl sie inmitten feindlichen, eroberten Landes liegt«, sagte der Priester schwärmerisch. »Kennst du sie?«

Eine Fangfrage. Er traute ihr nicht. »In Klosterzellen sind Frauen nicht erwünscht«, erwiderte sie vorsichtig.

»Ganz recht, sie sind die leibhaftige Versuchung für heilige Männer!«, versetzte er hitzig. »Frauen haben bei ihnen nichts zu suchen, und ich freue mich, dass die Brüder dort standhaft sind.«

Gunhild atmete ganz flach. Anscheinend war es noch

einmal gut gegangen. Zum Thema heilige Männer hätte sie ihm allerdings gern eine Menge erzählt.

»Die Trauung ...«, erinnerte Buto.

Oh, wenn er doch nur davon nicht wieder angefangen hätte! Gunhild warf ihm einen wütenden Blick zu. Er lächelte steif, packte ihre Schulter und führte sie unmissverständlich hinter dem Priester in die Kirche.

Als Ehefrau des Buto von der Ruhr stürmte Gunhild aus der Kirche, voll Zorn, aber auch erfüllt von Unbehagen. Selbst an einer modernen jungen Frau, die nichts mit dem Christentum verband, ging dieses Sakrament der Ehe nicht spurlos vorbei. Sie fühlte sich als Betrügerin an etwas, das anderen Menschen heilig war.

Und Buto war schuld! »Das hast du ja fein eingefädelt«, fauchte sie, als er sie eingeholt hatte.

»Pst!« Buto drehte sich zu den vier Franken um, die hinter ihnen herschlenderten, und breitete die Pranken aus, als wollte er sie alle zugleich umarmen. »Ich danke euch, Männer. Aber jetzt heißt es Abschied nehmen. Mein Weib und ich verlassen Verden noch heute.«

»Nicht so hastig, Sachse«, sagte Arno gemütlich und ließ die Zähne sehen wie ein bissiges Frettchen. »Wir vier haben uns einen Umtrunk verdient, meine ich. Der Priester will auch noch bezahlt werden. Erst wenn all das erledigt ist, bist du aus Verden entlassen. Niemand soll dem sächsischen Pferdezüchter des Bischofs von Köln nachsagen können, er hätte die hart arbeitenden Franken in den ehemals sächsischen Gauen um ihren gerechten Lohn geprellt.«

Seine Männer lachten dröhnend und rückten im Halbkreis gegen sie vor.

Gunhild stockte der Atem. Es wurde brenzlig für sie.

»Wir wurden doch ausgeplündert«, verteidigte sie sich mit belegter Stimme. »Wir haben nichts.«

»Du nicht«, behauptete Arno freundlich und ließ seinen Blick verlangend über Gunhilds Rucksack gleiten. »Und er sagte dem Priester etwas anderes.«

O nein, nur das nicht. Gunhild packte den Schulterriemen fester und starrte ihn noch an wie das Kaninchen die Schlange, als seine Männer auf Buto losgingen.

Der Sachse war zu überrascht, um sich zu verteidigen. In Schach gehalten von zwei spitzen langen Angos, konnte er sich kaum rühren, während der dritte Mann begann, mit der flachen Seite seiner Wurfaxt auf ihn einzudreschen.

Der verstand sein Handwerk. Mit der Kunstfertigkeit eines Degenfechters ließ er die Schläge auf Butos Nacken, Schultern, Oberarme und Oberschenkel hageln. Als Buto merkte, dass es ernst war, und die Franziska festzuhalten versuchte, stießen die Lanzen zu. Ihre Widerhaken zogen blutige Risse durch seine Haut.

»Hört auf«, flüsterte Gunhild fassungslos, aber niemand beachtete sie.

Fasziniert wie ein Zuschauer beim Ringkampf sah Arno zu. Erst als Buto in die Knie ging, beendete er die Prügelei. Seine Männer putzten ihre Lanzenspitzen grinsend an Butos Kleidung ab, die kaum mehr eine heile Stelle aufwies.

Arno entriss Gunhild den Rucksack. »Die Strafe für eure Lügenmärchen«, bemerkte er kalt. Seine Kopfbewegung befahl die Krieger in Richtung Garnison.

Gunhild sah ihnen nach und wandte sich dann verzweifelt dem im Straßenstaub liegenden Mann zu, der seit wenigen Minuten ihr Ehemann war.

Kapitel 4

Es gelang Gunhild nach einiger Zeit, Buto aufzurichten und zum Fluss hinunterzuschleppen, wo sie das Blut abwaschen und die Prellungen kühlen konnte.

Sie waren endlich frei, und am liebsten wäre sie davongelaufen. Aber sie konnte Buto nicht so liegen lassen.

Seltsamerweise schien Verden wie ausgestorben, jedenfalls hatte offenbar niemand bemerkt, dass ein Sachse von fränkischen Garnisonskriegern mitten in ihrer Siedlung fast zu Tode geprügelt worden war. Hilfe war nicht zu erwarten.

Bis Gunhild alle seine Verletzungen versorgt hatte, dämmerte es. Sie setzte sich ins Gras neben Buto und starrte wütend zur Garnison hinüber, wo sich jetzt vermutlich ihre Medikamente befanden, ausgebreitet zwischen staunenden, verständnislosen Barbaren. Essen gab es dort auch. Ihr war mittlerweile fast schlecht vor Hunger. Und Licht und Decken hätte sie gebrauchen können.

Buto, der auf dem Rücken lag, wälzte sich stöhnend auf die Seite und schlug die Augen auf. Eines war blutunterlaufen, aber sein finsterer Gesichtsausdruck ließ darauf schließen, dass sein Verstand nicht wesentlich gelitten hatte. »Mir ist kalt«, sagte er. »Zieh dich aus und wärme mich.«

»Oh, nein.« Gunhild rückte einen halben Meter von ihm fort.

Er hob den Kopf und musterte sie wach und voller Argwohn. »Du bist mein Weib! Wieso wagst du, mir zu widersprechen?«

»Ich widerspreche dir laufend. Hättest du nur ein einziges Mal auf mich gehört, säßen wir jetzt nicht so in der Patsche.«

»Wer hört schon auf ein Weib«, murmelte er verächtlich und ließ den Kopf auf den Unterarm sinken. Die Augen fielen ihm zu.

Aber Gunhild dachte gar nicht daran, dies so stehen zu lassen. »Du hast fränkische Ansichten angenommen und verachtest Frauen, wie mir scheint, Buto. Nordleute sind jedenfalls anders.«

Er nahm seine ganze Kraft zusammen, um sie anschreien zu können. »Was Nordleute sagen und denken, ist mir völlig gleichgültig! Du bist mein Weib und sagst, was ich sage, und denkst, wie ich denke. Und jetzt komm! In meinen Lenden ist noch genügend Kraft. Für dich wird es reichen.«

Gunhild starrte ihn mit offenem Mund an. Die Bedeutung, die er dieser Heirat zumaß, ging ihr erst jetzt richtig auf. Sie hatte an eine geistesgegenwärtig vorgebrachte Ausrede geglaubt, während er möglicherweise einem schlauen Plan gefolgt war. Wenn nicht, beabsichtigte er zumindest, alle Annehmlichkeiten auszukosten, die er ihm seiner Auffassung nach eingebracht hatte.

Sie sprang auf. Seiner hervorschnellenden Hand entging sie gerade noch. So schnell sie konnte, rannte sie zur Siedlung hinauf, wo sie keuchend neben einem Haus stehen blieb. Rauch quoll aus allen Ritzen. Dort erst wagte sie sich umzudrehen.

Buto hatte sich aufgerichtet, um ihr nachsehen zu können. Er hob die geballte Faust, als er ihre Blicke bemerkte, aber auf die Beine kam er glücklicherweise nicht.

Versteckt unter einem Vorratshaus, das auf Stelzen errichtet war, verbrachte Gunhild eine fürchterliche Nacht. Immer wieder lauschte sie auf schleichende Schritte. Er würde alles daransetzen, sie wieder in seine Gewalt zu bekommen.

»Dort ist sie!«

Gunhild fuhr in die Höhe und prallte mit dem Kopf gegen die Bodenbretter. Voll Panik krabbelte sie an der Rückseite des Hauses hinaus in den Morgen. Dabei hatte sie gemeint, überhaupt nicht geschlafen zu haben. Endlich fiel ihr auf, dass Buto bestimmt nicht gerufen hätte.

Sie sah sich um und erkannte das Mädchen aus Waltberts Haus. Neben ihr hockte ein junger Mann.

»Lauf nicht fort«, rief er. »Wir tun dir nichts. Ich wollte dich bitten, weiter für meinen Vater zu sorgen.«

»Es tut mir Leid«, sagte Gunhild verlegen, »dass ich gestern nicht mehr kommen konnte, es ist zu viel passiert. Die Franken ... Und ich hatte Angst ...«

»Das ist jetzt vorbei«, versuchte er sie zu beruhigen. »Es ist alles in Ordnung.«

Bedenken anderer Art keimten plötzlich in Gunhild auf. »Obwohl Waltberts Tochter gestern befürchtet hat, die Franken kämen, um ihren Vater zu holen?«

»Das tut sie täglich. Streit zwischen Sachsen und Franken wird es geben, solange die Welt besteht. Das ist nichts Besonderes. Komm nur. Du wirst hungrig sein. Ich hörte, dass du beraubt wurdest.«

Sofort stellte sich das bohrende Hungergefühl wieder ein. Gunhild konnte der Verlockung nicht widerstehen, obwohl sie es nicht für ratsam hielt, einen Augenblick länger als nötig in Verden zu bleiben. Sie nickte. »Da ist noch ein Problem«, meinte sie zögernd. »Am Allerufer liegt Buto, der Sachse, den die Franken schwer verprügelt haben ...«

»Nein, da liegt er nicht«, widersprach der junge Mann ernst. »Er ist fort, aber niemand scheint zu wissen, wohin. Ich habe mich erkundigt.«

»Oh«, sagte Gunhild nur. Damit fühlte sie sich der Verantwortung für ihn enthoben. Nicht nur das. Wenn Buto wieder auf den Beinen war, tat sie gut daran, sich unter den Schutz des jungen Sachsen zu begeben, bis sie erfahren hatte, was aus ihm geworden war. Sie beabsichtigte jedenfalls nicht, ihm aus Leichtsinn in die Hände zu fallen. »Ich komme.«

»Mein Name ist Hessi«, stellte er sich vor, als Gunhild sich den Schmutz aus dem Kleid geklopft hatte. »Danke für deine Hilfe gestern. Ich glaube nicht, dass Satanas in meinem Vater steckte. Ich glaube nicht einmal an Satanas.«

»Pst«, machte das Mädchen warnend und sah sich vorsichtig um, während sie sich auf einer Art Hohlweg, der so uneben wie ein Bachbett war, von der Aller entfernten und sich den nächstgelegenen Häusern näherten. »Sei nicht so leichtsinnig, Hessi.«

Sie ähnelte Hessi sehr, wenn sie auch nicht so ausgesprochen dürr war wie er. Beide hatten die gleichen schmalen Gesichter und viele Sommersprossen, ausschließlich auf der Nase.

»Was kann uns schon noch passieren, Hathumod?«, fragte Hessi erbittert, um anschließend seine Lautstärke zu dämpfen. »Die meisten sind froh, wenn sie mit uns nichts zu tun haben müssen.«

Sein Kinn wies auf einige Männer und Frauen, die mit eisern gesenkten Köpfen aus ihren Häusern kamen und alle den gleichen Weg einzuschlagen schienen. Gunhild hörte ein leises Läuten aus der Richtung, wo die Kirche sich befand. »Gehen sie zur Messe?«, wollte sie wissen.

Hessi nickte.

»Und wir müssten auch hin«, ergänzte Hathumod. »Der Priester ist streng mit den Getauften.«

»Er ist ein harter Mann und krank im Kopf«, erklärte Hessi abweisend, um sich wieder an Gunhild zu wenden. »Mutter hätte unseren Vater ähnlich behandelt wie du, so wie Hathumod es beschrieben hat. Damals gab es noch keinen Satan ...«

»Und Vater wäre längst gesund«, vollendete sie traurig.

»Wie geht es ihm denn?«, erkundigte sich Gunhild beunruhigt, vor allem in Anbetracht des geraubten Rucksackes.

»Besser, aber noch nicht gut.«

»Ja, das kann ich mir denken«, meinte Gunhild. »Er hätte gestern Abend eine weitere Portion von dem Pulver einnehmen sollen, aber es befindet sich leider in meinem gestohlenen Rucksack ...«

Hessi nagte an seiner Unterlippe.

Gunhild betrachtete ihn forschend. Er war deutlich älter als seine Schwester, aber immer noch jung genug, um seinen Bartflaum absichtlich stehen zu lassen.

»Ich könnte versuchen, ihn zu finden ...«

»Wenn das möglich wäre ... Ist eure Mutter im Kindbett gestorben?«, fragte Gunhild unbefangen. Dies war, soviel sie wusste, die häufigste Todesursache bei Frauen in dieser Zeit. Und Hessi hatte sie ja von sich aus erwähnt.

»Nein, so gnädig war das Schicksal nicht«, antwortete er harsch.

Als Gunhild bemerkte, dass Hathumod anfing zu weinen, hätte sie ihre Frage am liebsten zurückgenommen. »Es tut mir Leid. Ich dachte nur, weil das doch die häufigste Ursache für den Tod von jungen Frauen ist ...«

»Mutter galt in Verden als weise Frau. Bevor die Franken kamen. Seitdem ist alles anders«, bemerkte Hessi.

Die weisen sächsischen Frauen, die anlässlich der Christianisierung an den Priester ausgeliefert werden mussten, fielen Gunhild wieder ein. In Verden konnte es spätestens seit Errichtung der Garnison keinen Sachsen mehr geben, der nicht getauft war. »Und wo ist sie jetzt?«, fragte sie beklommen.

Hathumod schluchzte laut auf und klammerte sich an ihren Bruder, der sie kurz drückte und dann die Tür seines väterlichen Hauses aufriss, ohne Gunhild zu antworten.

Waltbert schlug die Augen auf, als er die Stimmen seiner Kinder hörte. Gunhild blieb im Hintergrund, bis Hessi sie vorstellte und ihm erklärte, was sie für ihn getan hatte. Waltberts Hand war heiß, aber seine Augen ruhten verständig auf ihr. Die leere Schnabeltasse auf dem Fußboden deutete darauf hin, dass er inzwischen imstande war, selbständig zu trinken.

»Vater, ich konnte nichts dagegen tun«, rief Hathumod dazwischen. »Hessi war noch nicht zurück, und der Priester kam einfach und ließ sich nicht abweisen. Ich weiß nicht, wer ihm gesagt hat, dass du vom Teufel besessen wärst.«

»Dir wirft doch niemand etwas vor, Kind«, krächzte Waltbert. »Jetzt ist Hessi ja wieder da. Und Gunhild. In ihren Händen werde ich mich bestimmt wohl fühlen.«

Gunhild lächelte ihm mühsam zu. Es wäre alles so viel

einfacher gewesen, wenn sie die Antibiotika gehabt hätte. In diesem Jahrhundert konnte noch keine einzige Bakterie resistent geworden sein. Glücklicherweise war sie bei einer Sächsin in die Lehre gegangen und hatte wenigstens einige Heilkräuter kennen gelernt. Bevor Wehmut sie bei dem Gedanken an Haduwich erfassen konnte, wandte sie sich zu Hathumod um und nahm sie bei den Schultern.

Hathumod sah voller Vertrauen zu ihr auf.

»Es ist furchtbar schwierig, etwas gegen die Priester auszurichten, weißt du? Einer Frau glauben sie überhaupt nichts, und schon gar nicht einem jungen, hübschen Mädchen. Aber es wird dich trösten, wenn du siehst, wie es deinem Vater wieder besser geht. Würdest du mir dabei zur Hand gehen?«

Hathumod nickte mit großen Augen.

»Ich brauche Spitzwegerichblätter, Zwiebeln und Honig. Glaubst du, mir das alles beschaffen zu können?«

»Das kann ich«, erklärte Hathumod feierlich.

Als alles beisammen war, zeigte Gunhild Hathumod, wie sie sowohl die Wegerichblätter als auch zwei Zwiebeln zu Mus stampfte. Das Zwiebelmus verrührte sie mit dem Honig zu einem dünnflüssigen Brei. Während dieser Hantierungen kreisten ihre Gedanken immer wieder um die bruchstückhaften Informationen, die sie bekommen hatte, ohne sich darauf einen Reim machen zu können.

Schließlich setzte sie sich zu Waltbert und nahm den Verband ab. Im Augenblick war er wieder wach, während er sonst anscheinend die meiste Zeit döste.

Die Verletzung sah wesentlich besser aus als am Tage zuvor, eiterte aber noch. Gunhild säuberte sie und legte die Packung mit Wegerichmus auf, bevor sie die Wunde erneut verband.

Danach begann sie, dem Kranken das Honigzwiebelgemisch einzuflößen. Er verzog das Gesicht wegen des Geschmacks, aber er protestierte nicht.

Als sie fertig war, trat Hessi zu ihr, mit Kurzschwert und Messer bewaffnet. »Ich werde versuchen, deinen Sack mit den Heilmitteln zurückzubekommen«, sagte er. »Die Franken verstehen es nicht, Wunden zu versorgen. Wenn kein Mönch in der Nähe ist, der sich darum kümmert, wickeln sie einfach einen schmierigen Lappen um die Verletzung und beten zu ihrem Gott um Heilung. Vielleicht geben sie ja alles freiwillig heraus, weil sie keine Verwendung für die Sachen haben.«

»Ich sollte besser selbst gehen«, meinte Gunhild, voll Bedenken angesichts seiner Waffen. So ganz freiwillig pflegten die Franken wohl nichts herauszugeben.

Hessi starrte sie überrascht an, bis er ungläubig zu lachen begann. »Das kann nicht dein Ernst sein. Keine Frau, die etwas auf sich hält, geht in die Garnison.«

»Oh, das wusste ich nicht. Ich war ja dort.«

»Mit diesem Buto. Das war etwas anderes. Ich glaube, der schwindelt, dass sich die Balken biegen, aber die Franken müssen ihm geglaubt haben.«

Gunhild nickte. Die Kunde von der Prügelei hatte sich wohl wie ein Lauffeuer in Verden verbreitet. »Gib Acht auf dich. Buto ist nicht zu trauen. Es könnte sein, dass er dein Haus belauert, weil er mich hier drin vermutet ...«

»Welche Ansprüche hat er auf dich?«, fragte Hessi geradeheraus.

»Keine«, erklärte Gunhild nachdrücklich. »Nur sieht er es vielleicht anders. Ich habe mehr oder minder in eine Scheinehe eingewilligt, weil dies die einzige Möglichkeit schien, der Garnison zu entkommen, in der die Franken uns gefangen hielten.«

»Du bist mit Buto verheiratet«, sagte Hessi entsetzt und verließ ohne ein weiteres Wort das Haus.

»Nein, nicht richtig!«, rief Gunhild ihm verärgert nach, aber an Hathumods ausweichenden Blicken erkannte sie, dass sie nichts mehr zurücknehmen konnte. Dabei ging es ihn doch wirklich nichts an.

Einige Minuten später kehrte Hessi wieder zurück, in den Händen eine roh gefertigte Keule, die er seiner Schwester unter die Nase hielt. »Erschlägst du hiermit neuerdings Hühner, Hathumod?«

»Hessi! Ich erschlage nie Hühner«, protestierte sie. »Das weißt du doch.«

»Du wirst es endlich lernen müssen, Schwesterchen«, mahnte Hessi liebevoll. »Diese Keule lag im Gang zwischen unserem Haus und dem Speicher.«

»Im Speicher bin ich zuletzt gewesen, um Korn zu mahlen. Das war, kurz bevor der Priester kam«, dachte Hathumod laut nach. »Mit der Schüssel in der Hand hätte ich ja über das Ding stolpern müssen, wenn es schon dort gelegen hätte.«

»Das Poltern!«, meinte Gunhild. »Erinnerst du dich an das Rumpeln und den Schrei, Hathumod?«

»Das war doch Satanas, der ausfuhr. Ich weiß, dass du nicht an ihn glaubst, Hessi«, sagte Hathumod gedehnt und wandte sich an ihren Bruder, anscheinend besorgt, dass er sie tadeln würde, »aber ich habe ihn selbst gehört ...«

Gunhild stieß ein Schnauben aus. »Satans Knüppel! Der Priester hatte einen Helfer, der hinter dem Haus stand und auf das Signal zum Lospoltern wartete. Wetten?«

Hessi nickte und klopfte seiner Schwester nachsichtig grinsend auf die Schulter. »Lass dich durch diesen Priester nicht ins Bockshorn jagen, Kleine. Es gibt keinen Satanas. Und wenn der Priester sich eigens einen Mann mitbringen muss, der Satanas für ihn spielt, dann weiß er es auch …«

»Ja, das stimmt«, musste Hathumod zugeben.

»Bestimmt war es der Knecht, der dem Priester stets wie sein Schatten hinterherschleicht. Was sind sie doch für Lügner!«, sagte Hessi verächtlich, warf den Knüppel in die Glut der Feuerstelle und ging wieder hinaus.

Gunhild hockte sich schnell hin, fischte das Holz heraus, bevor es richtig Feuer fangen konnte, und erstickte die Funken. Hathumod sah neugierig zu.

»Vielleicht erweist es sich als nützlich, ihn aufzuheben. Erinnerst du dich noch, in welchem Rhythmus er polterte? Musikalisch bin ich eine absolute Niete, aber ich weiß, dass ich mich über irgendetwas gewundert habe.«

Hathumod schloss die Augen und hob konzentriert die Hände. Dann begann sie mit ihrer Handspindel den Takt zu klopfen, damit Gunhild ihn hören konnte.

»Das ist er! Fantastisch, wie du das machst«, meinte Gunhild bewundernd.

Hathumod baute einige zusätzliche Wirbel ein.

Gunhild hörte eine Weile zu und fing an zu lachen. »Tochter Zion. Jedenfalls ganz ähnlich.« Neugierig beobachtet von Hathumod, nahm sie einen irdenen Topf und begann sie zu begleiten. Abgesehen von ein paar Irrtümern schaffte sie es leidlich, wie sie fand.

»Ich denke, du kannst das nicht«, sagte Hathumod ein wenig verletzt.

»Wenn ich die Melodie von einem Lied kenne, ist es etwas anderes. Aber so wie du, aus der Erinnerung – nie im Leben.«

»Ah, so«, gab sich Hathumod zufrieden und zupfte energisch eine Hand voll Wolle vom Kamm. »Dafür kann ich nicht besonders gut spinnen. Ich vermute, das kannst du besser.«

»Auch nicht«, gestand Gunhild und hängte den Topf an seinen Platz zurück. »Weißt du was? Ein Knüppel, der so tüchtig ist, dass er ein Lied spielen kann, hat sich besondere Aufmerksamkeit verdient, finde ich. Wüsstest du einen Ort, wo du ihn verstecken könntest?«

»Klar. Zwischen dem Brennholz unter dem Speicher. Außer meinem Bruder und mir hat dort niemand etwas zu suchen. Höchstens die Hühner. Vielleicht lernt er ja auch, Hühner zu schlachten«, seufzte Hathumod hoffnungsvoll.

»Man weiß tatsächlich nie, wie gelehrig so ein Ding ist.« Gemeinsam beugten sie sich vor und betrachteten die Keule, die harmlos auf dem Boden lag. »Ich glaub's doch nicht«, sagte Gunhild.

Sie kicherten so ausgelassen, dass Waltbert erwachte.

Am nächsten Tag ging es Waltbert schon wesentlich besser. Er saß, an die Wand gestützt, aufrecht auf dem Bett, umhüllt von weichen, dicken Schaffellen. »Du bist zur rechten Zeit gekommen, Gunhild, als hätte meine Frau dich mir in meiner Not geschickt«, sagte er mit viel Wehmut in der Stimme. »Hathumod hat mich gepflegt, so gut sie konnte. Aber ein Kind ist kein Ersatz für eine heilkundige Frau. Und mit acht Jahren war Hathumod wohl noch zu jung, um von ihrer Mutter die Heilkunst zu lernen.«

Gunhild, die neben ihm saß und sorgfältig die einzigen ihr verbliebenen Mullbinden auf dem Oberschenkel glatt strich, um sie aufzurollen, sah auf. Mit einem verlorenen Lächeln auf den Lippen schien Waltbert nicht abgeneigt, über seine Frau zu sprechen. »Sie ist gestorben, nicht wahr?«, erkundigte sie sich behutsam.

»Oh, nein.« Waltbert schüttelte energisch den Kopf. »Sie wurde gehängt. Jemand hat sie als weise Frau denunziert, was sie auch im wahrsten Sinne war. Aber bei den Franken gelten Kenntnisse dieser Art als Zauberei. Ich hatte davon gehört, dass die Christen sich nach der Eroberung weise Frauen ausliefern ließen, aber so ungeheuerliche Dinge mag man nicht glauben, bis es zu spät ist. Sie hatte ja nur Gutes getan ...«

Gunhild biss sich auf die Unterlippe und nickte.

»Und was führt dich in diese Gegend?«, fragte er freundlich, als ob sie die Aufmunterung benötigte.

»Ich suche jemanden, der möglicherweise im vergangenen Jahr in der Garnison umgebracht wurde«, antwortete sie, plötzlich mit einem Kloß im Hals.

Waltbert seufzte tief. »Wir haben alle eigenes Leid zu tragen, nicht wahr? Wie heißt der Mann?«

»Woher weißt du, dass es sich um einen Mann handelt?«

Er lachte leise. »Es waren nur Männer dort. Abgesehen von den Huren der Franken, die immer deren Lager bevölkern.« Sein Lächeln verblasste und sein Blick blieb forschend auf Gunhild liegen. »Und abgesehen von einer Nordfrau, die unter seltsamen Umständen mit unserer heiligen Eiche verbunden war. Als sie hingerichtet werden sollte, verschwand sie spurlos, heißt es. Die Franken glauben, dass sie eines Tages wiederkehren wird, um sich zu rächen.«

Gunhild befeuchtete sich die trockenen Lippen. »Und was denken die Sachsen?«

»Dass es stimmt. Dass Donar sich vermutlich vor der Kraft der Nordfrau fürchtete und Freyja hinschickte, um sie zu retten.« Waltbert stimmte ein herzhaftes Lachen an.

»Glaubst du auch, dass Thor ein solcher Feigling ist?«, erkundigte sich Gunhild schmunzelnd und freute sich über Waltberts gute Laune, die der Heilung sehr förderlich war. Die nordischen Götter waren eine fröhliche Gesellschaft, so recht nach dem Herzen von Bauern. Abgesehen von dem heimtückischen Schamanengott Odin natürlich, aber über den mussten sie ja nicht reden.

»Wenn es um Frauen geht, bestimmt! Da sind die Götter nicht anders als wir Männer. Du hast mir noch nicht gesagt, wie der Mann heißt, den du suchst.«

»Gerowulf. Der Nordmann Gerowulf, der mit Wittekind ritt.«

Die Heiterkeit verschwand aus Waltberts Augen. Er schwieg.

Um Gottes willen, dachte Gunhild nervös. Er ist tatsächlich tot!

Als hätte Waltbert ihre Gedanken gelesen, schüttelte er den Kopf. »Gerowulf lebt.«

»Gefangen?«, keuchte Gunhild, die die Spannung fast nicht mehr aushielt.

»Nein, nein. Aber ich weiß nicht, wo er sich aufhält.«

»Ich könnte in Hasselhausen nachfragen«, sagte Gunhild hoffnungsvoll und beruhigte sich wieder.

»Nein, das kannst du nicht.« Tiefer Kummer lag in seiner Stimme. »Hasselhausen ist verwüstet. Sie haben erschlagen, wen auch immer von Gerowulfs Verwandten sie finden konnten, und die Häuser niedergebrannt.«

»Weil er seine Krieger nicht nach Verden begleitet hat? König Karl hatte überhaupt nicht über ihn zu befehlen!«

»Nein, das war nicht der Grund.« Waltbert legte seine Hand auf ihr Knie. »Gerowulf wurde beschuldigt, mit der Frau im Bunde zu sein, die sich als Zauberin in die heilige Eiche zurückzog. Die Franken konnten ihn nicht finden und hielten sich an seinen Verwandten schadlos.«

»Wie ungeheuerlich«, sagte Gunhild mit zitternder Stimme. Ihr wurde flau vor Entsetzen, als sie sich klar machte, dass sie selbst am Anfang dieser Kette von Ereignissen stand. In gewisser Weise war es sogar ihre Schuld.

»Ja«, stimmte Waltbert zu. »Seitdem die Franken hier herrschen, jagt ein solches Vorkommnis das andere. Und viele unserer Freunde verändern sich.«

Gunhild nickte. Hathumods Angst vor Menschen, die sie seit dem Säuglingsalter kennen musste, war ihr aufgefallen.

»Jeder versucht jetzt, seine eigene Haut zu retten. Was früher auf dem Thing in aller Öffentlichkeit geklärt werden konnte, wird nun von Spitzeln durch das Land getragen, nach Belieben entstellt und in fränkische Ohren geflüstert. Viele Menschen werden grundlos angeklagt. Und mancher Sachse, der als Strafe eine Kuh einbüßte und nach dem Grund zu fragen wagte, verlor auch die zweite. Meistens kommt besser davon, wer schweigt ...«

»Gibt es denn niemanden, den man um sein Recht anrufen könnte?«

»Nein«, antwortete Waltbert. »Es gibt nur die Sendboten des Königs Karl, die umherreisen, um Recht zu sprechen. Ein Mann des Königs und ein Mann der Kirche.«

»Ja, und?«, fragte Gunhild verständnislos.

»Es steht jedem frei, sich an sie zu wenden, auch Sachsen. Aber sie sprechen fränkisches Recht. Das bedeutet, dass der Franke Recht und der Sachse Unrecht bekommt. Wenn zwei Sachsen miteinander im Streit liegen, ist es offen ...«

»Ach so. Aber an Strafgeldern sind sie wohl immer interessiert ...«

»So ist es«, bestätigte Waltbert. »Der König und die Kirche teilen sich die Einnahmen.«

Gunhild hörte, wie in ihrem Rücken die Haustür ging. Hessi oder Hathumod. Schade, dachte sie bedauernd. Waltbert wusste mehr über das fränkische Gerichtswesen als jeder andere, den sie fragen konnte. Aber natürlich gingen die Kinder vor.

»Die fränkische Kirche macht alle Menschen zu Sklaven, nicht nur die Sachsen, auch die Franken selbst«, fügte sie abschließend hinzu, um zu dokumentieren, dass sie auch einiges beizutragen hatte.

Waltberts entsetztes Gesicht veranlasste sie, sich umzudrehen. Im Gang stand Priester Adalhard.

Sein Gesicht schimmerte wächsern, fast durchscheinend. Er fixierte Gunhild mit den Augen und hob das Kruzifix, das er bei Waltberts Teufelsaustreibung schon benutzt hatte, jetzt gegen sie. Schritt für Schritt rückte er vor, bis das Kruzifix Gunhilds Nase fast berührte. »Vade retro, Satanas«, murmelte er. »Ich kam, um dem Herrn zu danken, weil er mir die Gnade erwiesen hat, Dämonen aus Besessenen vertreiben zu können. Aber Satanas ist mächtig. Er ist zurückgekehrt. Und Frauen sind ihm am liebsten.«

Gunhild überlegte, wie sie ihn am geschicktesten von seinem Irrtum überzeugen konnte, als sich sein Gesicht verzerrte.

»Wie ist dieser Wandel möglich, nachdem der Herr

selbst erst vor wenigen Tagen das Band der Ehe zwischen dir und deinem Ehemann geknüpft hat?«, keuchte Adalhard. »Oder warst du schon vorher besessen und hast den Herrn und mich getäuscht?«

Wenn sie jetzt obendrein diese Scheinehe in Frage stellte, wäre das in seinen Augen nur ein weiterer Beweis für ihre Besessenheit. »Ich bin ganz bestimmt nicht besessen«, widersprach sie sanft. »Du musst etwas falsch verstanden haben, Vater Adalhard ...«

»Oh, nein«, sagte er leidenschaftlich. »Ich habe genau gehört, dass du von Sklaverei gesprochen hast.«

»Das stimmt«, bekannte Gunhild freimütig. »Der Priester Grimoald, der mich getauft hat, lehrte mich, dass wir alle, ob Franken oder andere Christen, durch das Band der Taufe an den Herrn im Himmel und an den Herrn Jesus Christus gefesselt sind und dass dies die einzige, wahre und fromme Form der Sklaverei ist. War das falsch?«

Der fanatische Eifer, den er bis dahin an den Tag gelegt hatte, erstarb so plötzlich, als hätte er ihn ausgeknipst. Gunhild hätte schwören können, dass er höchst überrascht war und das Kruzifix nur deshalb so sorgfältig in seinem Gürtel verwahrte, um Zeit zu gewinnen. »Grimoald selbst hat dich getauft?«

»Nun, ja«, bestätigte Gunhild vorsichtig. Seine Überraschung galt möglicherweise der Erwähnung Grimoalds. Hätte sie seinen Namen besser nicht genannt?

»Grimoald ist ein frommer Diener des Herrn. Ich muss mich wohl verhört haben«, räumte Adalhard widerwillig ein und ließ sich an Waltberts Lager auf die Knie sinken, wo er mit geschlossenen Augen ein stummes Gebet verrichtete.

Gunhild wechselte einen vorsichtigen Blick mit Waltbert und zog die Schultern in die Höhe.

»Es geht dir besser. Ich wusste es! Dem Herrn sei Dank«, sagte Adalhard schließlich und stemmte sich wieder in die Höhe, stumm beobachtet von Gunhild.

»Ich werde anlässlich der Messe am Sonntag der Gemeinde die frohe Botschaft verkünden, dass der Herr überall an Boden gewinnt. Satanas zieht sich allmählich aus dem Land der Sachsen zurück«, frohlockte er.

»Wirklich?«, fragte Gunhild. Es war nicht zu übersehen, dass der Priester seinen eigenen Ruhm als Teufelsaustreiber verkünden wollte. Unter anderen Umständen hätte sie ihm erzählt, was es mit seinem Satan auf sich hatte. Aber im Augenblick wagte sie es nicht.

»Gib mir bitte zu trinken«, krächzte Waltbert voller Abscheu gegen den Priester und streckte die Hand nach der Tasse aus, die auf dem Boden stand.

Gunhild reichte ihm das Gefäß und entdeckte dabei, dass die grauen Dreiecktücher, mit denen Waltberts Oberarm am Brustkorb fixiert war, hervorschimmerten. Geschäftig zog sie die Wolldecke in die Höhe, die von Waltberts Oberkörper herabgerutscht war, um sie hinter seinem Rücken festzustopfen.

Aber der Priester hielt sie fest. »Was ist das?«, fragte er misstrauisch und lüpfte einen Zipfel der Decke, um ihn sofort von sich zu schleudern, als hätte er einen glühenden Nagel angefasst.

»Die römische Methode«, erklärte Gunhild geistesgegenwärtig. »Kennst du sie etwa nicht? Manche Nonnen wenden sie gern an.«

»Ich kenne gar keine Nonnen. Und ich war noch nie in Rom«, räumte Adalhard betreten ein.

»Aber ich«, presste Gunhild hervor. Unter all den Halbwahrheiten und Rücksichtnahmen, zu denen sie sich durch den Priester gezwungen sah, war dies wenigstens eine Behauptung, die stimmte. »Du solltest nicht versuchen, über Dinge zu urteilen, von denen du nichts verstehst!«

Adalhard gab ein wütendes Schnauben von sich. »Der Herr segne dich, Waltbert«, sagte er und stapfte mit gesenktem Kopf aus dem Haus.

»Du findest die richtigen Worte, um einen Priester in die Schranken zu weisen«, stellte Waltbert mit einem erleichterten Seufzer fest. »Aber es ist nicht gut, dass eine sächsische Zunge fränkische Worte sprechen muss, damit das Herz weiterhin sächsisch fühlen kann.«

»Nein, es ist widerlich«, sagte Gunhild geradeheraus und legte die aufgewickelten Mullbinden in eine Schüssel zu ihren Füßen. »Am liebsten hätte ich ihn mit seiner satanischen Keule konfrontiert und Rechenschaft verlangt.«

»Seine was?«

Gunhild fiel ein, dass Waltbert gar nichts mitbekommen hatte, als Hessi den Knüppel des Priesters gefunden hatte. »Nur so ein Ausdruck«, sagte sie rasch. »Auch ein fränkischer ...«

»Ah, so. Ja, man darf sie nicht reizen«, fuhr Waltbert fort. »Die Franken nehmen leicht etwas übel.«

»Das ist wahr«, sagte Gunhild grimmig, »aber das Blut kocht einem schon. Wo ist eigentlich Hessi? Ich dachte, er würde das Haus im Auge behalten, damit wir nicht überrascht werden ...«

Ihre Frage versetzte Waltbert in Verlegenheit. Er druckste herum und wusste nicht, was er antworten sollte.

»Ich verstehe. Es ist etwas, von dem ich nichts wissen soll. Warum sagst du nicht einfach, dass er aufs Feld gegangen ist, oder Ähnliches?«

»Weil es nicht stimmt«, antwortete Waltbert ehrlich. »Aber mit dir hat es nichts zu tun, Gunhild. Wirklich. Mach dir keine Gedanken.«

Doch natürlich machte sie sich Gedanken. Hoffentlich war Hessi nicht in etwas verwickelt, mit dem er sich selbst in Schwierigkeiten bringen konnte. Er war ein netter junger Mann, den sie auf keinen Fall in Händel mit den Franken verstrickt sehen wollte.

Als Hessi kurze Zeit später zurückkehrte, nickte er seinem Vater bedeutsam zu, bevor er sein Schwertgehänge ablegte. Aber bis zum Abend wechselten sie kein Wort darüber.

Gar zu gerne hätte Gunhild gewusst, welche Geheimnisse sie miteinander hatten.

Kapitel 5

Ein stiller Menschenschlag waren die Verdener, dachte Gunhild nach der Messe am nächsten Sonntag, während sie beobachtete, wie die Menschen zu ihren Häusern strebten, als ob der Teufel hinter ihnen her wäre. Besonders flink war die Familie, die in dem neuen Haus neben der Kirche wohnte. Gunhilds Blick wanderte in die Höhe zu dem Pferdeschädel und dann hinunter zum Hausherrn, etwas korpulent schon, der in seiner Tür stehen geblieben war und seinerseits die Menge betrachtete, die Daumen im Gürtel eingehakt. Unschwer konnte man erkennen, dass er mit sich sehr zufrieden war.

In Gunhilds Heimat in Schweden und auch in Kiel blieben die Kirchgänger nach dem Gottesdienst noch stehen, schwatzten miteinander, manche Männer gingen zum Frühschoppen in die Kneipe, andere auf den Jahrmarkt oder zum Viehmarkt ...

Hier gab es nichts dergleichen, hier marschierten stattdessen bewaffnete Franken auf der Garnisonsstraße heran, die sich an der Kirche verteilten und die Gottesdienstbesucher argwöhnisch beobachteten.

»Komm.« Hathumod zog ungeduldig an Gunhilds Ärmel.

»Auf was wartet eigentlich dieser Mensch, der wie ein Händler aussieht?«

»Du meinst den schlauen Ewald. Er wartet darauf, dass

etwas passiert. Kümmere dich nicht um ihn. Er war der Erste, der sich den Franken an den Hals warf. Niemand mag ihn. Vater und Hessi machen einen weiten Bogen um ihn. Aber jetzt komm endlich. Wir dürfen hier nicht stehen bleiben.«

»Warum? Ich würde gerne einige der anderen Verdener kennen lernen«, widersprach Gunhild. Irgendjemand würde vielleicht etwas über Gerowulf wissen. Bisher hatte sie wenig Gelegenheit gehabt, sich umzuhören. »Es muss ja nicht gerade der Verräter sein. Wer, zum Beispiel, ist sie?« Die Haube auf den blond gelockten Haaren und das Kleid unterschieden die stattliche Frau deutlich von den Sächsinnen. Sie wirkte so wohlhabend, dass Gunhild ihre eigene Kleidung plötzlich als dürftig empfand.

Hathumod sah sich um. »Sie ist eine Friesin, deren Ehemann hier in Verden ... Du weißt schon ...«

Ja, natürlich. Aber über König Karls Blutgericht wurde seltsam wenig gesprochen, auch das war Gunhild schon aufgefallen. Offenbar aus den Gründen, die Waltbert ihr genannt hatte.

»Sie will nicht ohne seine Gebeine zurückkehren, denn sie will sie zu Hause bestatten, heißt es ...«

»Aber das ist doch unmöglich«, sagte Gunhild betroffen. »Wie will sie die unter Tausenden von Toten finden? Außerdem haben sie viele Leichen einfach in die Aller geworfen.«

»Gunhild«, drängte Hathumod ängstlich. »Sie fangen schon an.«

Wer fing was an? Plötzlich erkannte Gunhild, dass die fränkischen Garnisonskrieger mit Hilfe ihrer Angos eine lange Kette gebildet hatten und die letzten unentschlossenen Kirchgänger vom Platz zu drängen begannen. »Was tun die eigentlich?«

»Sie treiben uns auseinander.«

Hathumod begann zu rennen und notgedrungen setzte sich auch Gunhild in Bewegung. Im Vorbeilaufen sah sie, dass Ewald sich köstlich zu amüsieren schien.

Atemlos erreichten sie Waltberts Haus. Hathumod schloss heftig die Tür und lehnte sich dagegen. »Ich kann es nicht mehr ertragen, Vater«, schluchzte sie. »Die Messe am Sonntag ist die schlimmste von allen.«

Gunhild drehte sich ratlos zu Waltbert um, der die Strecke bis zur Kirche noch nicht zurücklegen konnte und zu Hause geblieben war. Selbst der Knecht des Priesters hätte bei einer Überprüfung nichts anderes feststellen können. Waltbert winkte Gunhild niedergeschlagen zu sich.

Sie setzte sich neben ihn auf die Wandbank.

»Bitte, Hathumod, geh Holz spalten.«

Seine Tochter biss sich auf die Unterlippe und ging gehorsam hinaus.

»Hathumod war gerade mit ihrer Mutter aus dem Gottesdienst gekommen, als es geschah«, berichtete Waltbert gequält.

Bestimmt meinte er die Verhaftung. Gunhild nickte.

»Wir wussten, dass der König den Sachsen verboten hatte, sich zu versammeln«, fuhr Waltbert mit dumpfer Stimme fort, den Blick weit in die Vergangenheit gerichtet. »Aber wer ahnte schon, dass das Verbot auch für den Platz vor der Kirche galt? Für Frauen, Kinder und unbewaffnete Männer. Der Priester, damals war es ein anderer, schickte jedenfalls nach der fränkischen Heeresmacht, als die Verdener an diesem Tag keine Lust zeigten, nach Hause zu gehen.«

Gunhild wartete stumm darauf, dass er weitererzählte. Die Trauer schien ihn zu zerreißen, aber aus irgendeinem Grund war ihm daran gelegen, sie vollständig ins Bild zu setzen.

»Die Franken, angeführt von ihrem damaligen Befehlshaber, umzingelten zu Pferde die Gläubigen und trieben sie eng zusammen. Als alle überzeugt waren, den Tod vor Augen zu sehen, zeigte der Befehlshaber auf meine Frau. Ich weiß noch Wort für Wort, was er sagte: Das ist eure weise Frau. Nun gut, sie wird in ihrer Weisheit heute für alle büßen, die weniger weise sind. Merkt es euch für die Zukunft, dass wir, sobald mehr als fünf Sachsen die Köpfe zusammenstecken, eine verbotene Versammlung vermuten. Das ist Hochverrat. Diese Frau wird heute noch wegen Hochverrats hingerichtet.«

Gunhild brannten die Augen vor Mitgefühl. Es konnte auch vom Feuer kommen, auf das Hathumod soeben ein dickes Scheit Holz warf. Das Mädchen hatte es draußen nicht ausgehalten. Gunhild streckte ihr die offenen Handflächen entgegen.

Hathumod setzte sich auf ihren Schoß und warf ihr die Arme um den Nacken. »Der Knecht des Priesters schleicht draußen umher«, flüsterte sie Gunhild ins Ohr.

Das war zu erwarten gewesen. Gunhild nickte unbekümmert.

»Was habt ihr für Geheimnisse?«, erkundigte sich Waltbert.

Obwohl Gunhild nicht antwortete, hatte sie seltsamerweise das Gefühl, dass Waltbert beruhigt schien. Es war, als sei er jetzt sicher, dass sie sich um seine Tochter kümmern würde, falls ihm etwas zustieße.

Einige Tage später versuchte Gunhild, Waltbert über den deportierten Hassio auszufragen. Dass dessen Hof durch die Unachtsamkeit des neuen Besitzers, eines Franken, abgebrannt war, wusste sie bereits. Die Frage nach den Söhnen überging er, was Gunhild in ihrer Freude, dass Haduwich noch in Hoya sein sollte, erst viel später bemerkte.

Nach und nach reimte Gunhild sich aus Andeutungen zusammen, dass es einen sächsischen Widerstand gegen die Franken geben musste, Untergrundkämpfer gewissermaßen, die versuchten, ihre Freiheit zu verteidigen. Vermutlich hatte Buto zu ihnen gefunden, denn er blieb verschwunden.

Deswegen fühlte sich Gunhild nicht sonderlich beunruhigt, als auch Waltbert begann, für Stunden das Haus zu verlassen, sobald er ganz genesen war. »Weißt du, wohin die Männer gehen, Hathumod?«, fragte sie beiläufig.

Das Mädchen saß mit den Händen im Schoß da und summte leise eine Melodie. Ihre Gedanken kehrten aus weiter Ferne zurück, und sie beantwortete die Frage mit einem Kopfschütteln.

Zu seinem Schutz hatte niemand dem Kind etwas gesagt, dachte Gunhild und meinte wieder Wendas verbrannte Fußsohlen zu riechen, den die Franken gefoltert hatten, um den Ort der heiligen Quelle aus ihm herauszupressen. »Diese Friesin«, begann sie wieder, »kennst du sie?«

»Ja, natürlich. Aber ich mag sie nicht besonders«, sagte Hathumod freimütig. »Sie möchte wohl, sie möchte ...« Sie unterbrach sich. »Ab und zu kommt ihr Sohn zu Besuch.«

»Kann sie denn so allein leben?«, bohrte Gunhild hartnäckig.

Hathumod warf ihr einen wütenden Blick zu, sprang auf und zog das Butterfass in den Lichtschein, der zur Tür hereinfiel. »Sie kann es gut. Sehr gut!«, schnaubte sie und stampfte die Sahne wie einen Feind. »Frag lieber

Hessi. Der geht manchmal zu ihr ins Haus. Wenn der Sohn da ist, natürlich nur.«

»Hmm.« Gunhild betrachtete sie nachdenklich. Hathumod war ausgesprochen empfindlich, was diese Friesin anging. Es konnte trotzdem nicht schaden, sie kennen zu lernen. Eine Frau, die sich allein durchs Leben schlug, hatte ihren eigenen Kopf. Vielleicht wusste sie etwas mehr über die Männer, die in Verden hingerichtet worden waren. Und über die, die dem Inferno entgangen waren.

»Nein, ich weiß gar nichts.« Die Friesin, die sich nicht die Mühe gemacht hatte, ihren Namen zu nennen, reagierte so abweisend, dass Gunhild sich brüskiert fühlte.

Gunhild starrte sie im schwachen Licht des Feuers stumm an, während sie überlegte, wie sie sich verhalten sollte.

Die Friesin wohnte in einem winzigen Haus, aber sie war begütert. Ihr Kleid war mit Perlen besetzt, doch im Unterschied zu den Sächsinnen benutzte sie keine Fibeln, dafür war ihr Gürtel reicher behängt. Ihr locker geflochtenes Haarnetz ließ zu, dass sich überall feine weißblonde Locken herausstahlen.

»Ich suche Gerowulf«, erklärte Gunhild, als sie es vor Unbehagen kaum mehr aushielt, »einen Nordmann, der mit Wittekind ritt. Wittekind war nicht in Verden dabei, und Gerowulf anscheinend auch nicht ...«

»So«, sagte die Friesin eintönig. »Andere Männer waren dabei ...«

»Ja«, bestätigte Gunhild hilflos und fragte sich, ob dies ein Vorwurf sein sollte.

»Mein Ehemann starb hier, dahingemetzelt von den fränkischen Äxten, wie du vielleicht gehört hast ...«

Gunhild nickte teilnahmsvoll. »Es tut mir Leid ... Wen könnte ich denn nach Gerowulf fragen?«, platzte sie heraus.

Die Friesin zuckte die Schultern. Die plötzlich aufflackernden Flammen malten Licht und Schatten auf ihre geröteten Wangen. An Hunger litt sie nicht. Jemand von außerhalb versorgte sie anscheinend.

»Danke«, murmelte Gunhild und wandte sich resigniert zur Tür. Draußen war es jetzt schon ganz dunkel, und sie verabscheute es, den Weg allein machen zu müssen. Aber sie hatte es für besser gehalten, angesichts dieser unangenehmen, gedrückten Atmosphäre in Verden nicht bei Helligkeit zu kommen. Eine Schutzmaßnahme, die für die Friesin wichtiger war als für sie selbst.

»Du sollst ja so gut mit den Franken stehen, hört man. Frage doch sie.« Der Groll der Friesin war nicht mehr zu überhören, sie wirkte wie ein Kessel, der unter hohem Druck stand. Und sie misstraute Gunhild zutiefst.

Ein leises Pochen klang durch den Raum, rhythmisch wie ein Lied. Gunhild, die gerade an der Tür angelangt war, drehte sich mit fragender Miene zur Hausherrin um.

»Ich wünsche dir einen guten Heimweg«, sagte diese, auffällig laut.

Aber es war zu spät. Die Tür öffnete sich und Hessi schlüpfte herein. »Gunhild«, schnaufte er betroffen. »Dich habe ich hier nicht erwartet.«

»Onno ist nicht hier«, betonte die Friesin mit hörbarer Schärfe.

»Ich muss ihn sprechen«, sagte Hessi hastig und schien nach draußen zu lauschen. »Es ist wichtig. Bitte benachrichtige ihn, wenn du kannst.«

Die Friesin wies mit einem warnenden Blick auf Gunhild.

»Sie ist zuverlässig«, warf Hessi achtlos hin. »Glaubst du, Vater würde sie sonst in seinem Haus dulden?«

»Wer weiß? Wer weiß, was er mit ihr vorhat?«, fragte sie spitz.

Gunhild sah von ihr zu ihm. Da schwang noch viel mehr mit als nur grundsätzliches Misstrauen einer Fremden gegenüber. Eifersucht?

»Und wer weiß, was sie vorhat?«, fuhr die Friesin fort. »Du bist zu vertrauensselig, Hessi. Ich traue niemandem, der auf gutem Fuß mit Gerowulf steht. Immerhin war es seine Schuld, dass seine Sippe sterben musste. Ich kann mich nicht mehr erinnern, wie viele Menschen es waren. Weißt du es?«

Diese brutale Frage galt eindeutig Gunhild.

Hessi wiegte ungeduldig den Kopf. »Hundert vielleicht.«

»Achtzig«, verbesserte Gunhild, »die Laten und Unfreien mitgezählt. Gute Nacht.« Sie ging, wütend und verletzt, weil Hessi kein Wort zu ihrer Verteidigung geäußert hatte. Und weitergekommen war sie auch nicht.

Drei Tage später geschah das Unfassbare. Waltbert schaffte es gerade noch bis zum Haus. Die Tür schlug so laut gegen die Wand, dass Gunhild erwachte und in die Höhe fuhr. Als sie zu sich gekommen war, sah sie den Hausherrn im morgendlichen Dämmerlicht auf der Schwelle liegen.

Gunhild und Hathumod waren sofort bei ihm. Hathumod zog schnell noch die Tür zu.

»Versteck das Schwert«, keuchte Waltbert.

Gunhild zog es unter ihm hervor und fühlte dabei die

Nässe, in die ihre Hand griff. Klebriges Blut. »Tu, was dein Vater sagt«, flüsterte sie Hathumod ins Ohr, »leg es zu der Keule unter dem Brennholz. Vergewissere dich, dass niemand in der Nähe ist.«

Hathumod nickte und stahl sich mit der Waffe, die sie mit angewidertem Gesicht und spitzen Fingern anfasste, aus dem Haus. Gunhild zog Waltbert zu seinem Bett und wälzte ihn mühsam hinein. Er war derart blutverschmiert, dass sie auf Anhieb gar nicht feststellen konnte, wo überall er verletzt war.

Dann schlug er die Augen auf und begriff offensichtlich, wo er sich befand. »Das Fell«, flüsterte er. »Die Spuren. Eile dich.«

Es war nicht schwer zu verstehen, was er meinte. Gunhild schlug das Herz bis zum Hals, während sie ihm hastig die Felldecke bis zum Kinn hochzog. Dann raffte sie einen Arm voll liegen gebliebenes, feuchtes Stroh aus den Boxen im Stall zusammen und verstreute es über den Boden in der Nähe des Eingangs und über die Schleifspuren von Waltberts Füßen.

Als sie endlich zu Waltbert zurückkehrte, um sich um ihn zu kümmern, machte er einen letzten Versuch, ihr etwas Wichtiges mitzuteilen. Als hinge ein Leben daran, das nicht seines war. Sein eigenes rann aus ihm heraus wie Sand aus einer zerbrochenen Sanduhr. »Hessi sät«, ächzte er. »Hessi sät. Hathumod ...«

Gunhild nickte nachdrücklich, aber ohne den Sinn zu verstehen, und wiederholte: »Hessi sät.«

Waltbert verzog die Lippen zu einem erleichterten Lächeln und hörte auf zu atmen.

Gunhild stand noch fassungslos vor ihm, als Hathumod hereinschlüpfte und die Tür zuzog, wobei die Lederbänder leise knarrten. »Die Franken kommen hierher«, wimmerte sie und blickte in Todesangst um sich.

Die Lähmung fiel von Gunhild ab. Stück für Stück begriff sie, was Waltbert gewollt hatte. Sie zog ihm die Felldecke fast über den Kopf, zupfte ein paar Haarsträhnen heraus und griff im Vorübergehen nach einem Stieltopf, der vom Rehmbalken herabhing. Dann holte sie drei Eier aus dem Vorrat, drückte Hathumod auf den Hocker neben der Feuerstelle und stellte ihr den Topf auf den Schoß. »Schlage die Eier und lass mich reden«, murmelte sie.

Die Eigelbe rollten in den Topf, als drei Franken zugleich durch die Tür drängten. »Die Geräusche kamen aus dieser Ecke des Dorfes«, behauptete ein junger forscher Mann mit dem längsten Schnurrbart, den Gunhild je gesehen hatte. Hinter ihm erkannte sie Arno, der in alle Ecken des Raumes spähte.

»Was fällt dir denn ein, du Rüpel«, fuhr Gunhild den Jüngling an. »Hat deine Mutter dir nicht beigebracht, zu klopfen und zu fragen, ob du willkommen bist?«

»Ich hatte keine Mutter«, konterte er und strich sich selbstgefällig den Schnurrbart. Arno lachte leise, beendete sein Lachen aber abrupt.

»Aus dem Weg, Männer«, knurrte eine Stimme, die Gunhild noch mehr erschreckte.

Pippin bahnte sich zwischen seinen Männern den Weg ins Haus. Er betrachtete Gunhild wie eine unangenehme Entdeckung, aber ohne Überraschung, dann wanderten seine Augen zu Hathumod hinüber. »Wo sind die Männer des Hauses?«, fragte er knapp.

»Waltbert schläft noch«, antwortete Gunhild an ihrer Stelle und deutete mit dem Kinn zum Wandbett. »Hessi ist beim ersten Licht aufgebrochen.«

Pippin bleckte die Zähne. »Zu einem Überfall auf die Franken, wie üblich.«

»Nein, zur Arbeit auf dem Feld. Er sät heute.«

»Dass einem Sachsen auch nie eine gescheitere Ausrede einfällt«, versetzte Pippin schneidend und stampfte um das Feuer herum zu Waltberts Lager.

Gunhild hämmerte das Herz, als er sein Schwert hob. Aber statt den alten Mann zu erschlagen, wie sie erwartete, hob Pippin mit der Schwertspitze lediglich das Fell leicht an.

Einen Moment starrte er unschlüssig auf Waltberts Hinterkopf, aber dessen graue Haare überzeugten ihn offenbar. »Ich hätte wetten können, dass er beteiligt war«, murmelte er und steckte das Schwert in die Scheide zurück.

»Waltbert hat sich immer noch nicht richtig von einer Verwundung erholt«, bemerkte Gunhild. »Es wäre rücksichtsvoll von Euch, Pippin, leise zu sein, er braucht viel Schlaf.«

Pippin fuhr herum. »Eine Sächsin, die spricht wie eine im Kloster erzogene Frau. Bei deinem Besuch in der Garnison habe ich davon nichts gemerkt. Wo hast du das gelernt?«

»Warum sollte ich nicht wohlerzogen sprechen? In Köln und in Rom ist das so üblich«, sagte Gunhild leichthin und schürte das Feuer, als hätte sie keine anderen Sorgen.

Pippins Verblüffung wich einem erwartungsvollen Grinsen. »Dann haben wir etwas gemeinsam, Sächsin, über das wir uns bei Gelegenheit unterhalten sollten.«

Offenbar hatte er beschlossen, mit ihr zu flirten. »Vielleicht ...« Gunhild lächelte mühsam zu ihm hin, während ihre Gedanken rasten und sich zu einer vagen Möglichkeit verdichteten.

Plötzlich runzelte er die Stirn. »Und Buto? Wieso hast du ihn geheiratet?«

»Ich wurde nicht gefragt«, hauchte Gunhild verschämt.

»Natürlich nicht. Aber Buto ist ein barbarischer Mann, der nicht zu dir passt.«

Sie nickte ergeben. Pippin näherte sich ihr wie an Bindfäden gezogen. Seine hellbraunen Augen traten allmählich aus den Augenhöhlen hervor. Es kostete ihn offenbar Kraft, sich nicht vor aller Augen auf sie zu stürzen. Gunhild suchte verstohlen nach einem Fluchtweg, als Arno eingriff.

Er fegte seinen schnauzbärtigen Untergebenen beiseite und trat vor Pippin, immer noch wachsam wie ein Schäferhund. »Ich würde mich gerne nach einem Schwert umsehen«, sagte er grollend. »Nach der Wunde meines Mannes zu urteilen, müsste es von Blut triefen.«

»Meinetwegen. Wenn du glaubst, ein Sachse wäre so dumm, es blutig mit ins Haus zu nehmen ...«

»Das wäre er«, behauptete Arno eigensinnig. »Genau wie ein Franke. Wer verzichtet schon auf ein Schwert?«

»Na, ja. Tu, was du nicht lassen kannst«, sagte Pippin abschätzig. »Ich unterhalte mich solange freundschaftlich mit unserer fränkischen Sächsin.«

Hathumod schlug mit erstarrtem Gesichtsausdruck immer noch die Eier, die sich längst in weißgelben Schaum verwandelt hatten. Gunhild liefen die Schweißtropfen den Rücken hinab vor Sorge, Arno würde merken, dass hier etwas nicht stimmte.

»Eure Krieger haben Buto verprügelt, und jetzt weiß ich nicht einmal, wo er ist«, klagte sie mit einer wohldosierten Portion Hilflosigkeit. Sie erhob sich und entfernte sich etwas von der Feuerstelle, um Pippin den Blick auf Waltbert zu verstellen. Als sie ihren Rücken leise stöhnend streckte, tastete Pippin ihre Konturen mit den Augen ab. Er war ein ausgesprochen lüsterner Zwerg.

»Dieser sächsische Rüpel. Wer hat euch eigentlich für einander bestimmt? Du hättest einen Besseren haben sollen. Einen Franken.«

»Der Bischof selbst. Ich war Waise, aber er hat mich persönlich unter seine Fittiche genommen«, log Gunhild. »Ich weiß nicht, warum.«

»Ich könnte es mir schon denken«, murmelte Pippin wie unter Zwang. Seine Hände zitterten.

Gunhild blinzelte ihn geschmeichelt an, während sie aus den Augenwinkeln verfolgte, wie Arno den Raum inspizierte. Seine akribische Genauigkeit machte sie zunehmend nervöser. Wie sein Vorgesetzter hob er mit der Schwertspitze Dinge an und ließ sie wieder fallen. Er näherte sich allmählich Waltberts Lager.

Als er davor stand, warf Gunhild Pippin einen Hilfe suchenden Blick zu.

Pippin riss dem mutterlosen jungen Mann den Ango aus der Faust und stieß die mit Widerhaken versehene Spitze in Arnos lederne Brünne. Arno fuhr mit einem Schmerzensschrei herum. »Hast du nicht gehört?«, bellte Pippin, um sofort die Stimme zu dämpfen. »Der Alte braucht Ruhe.«

Gunhild lächelte dankbar.

»Wir sind hier fertig.« Pippins grimmige Miene galt Arno, der seinen Unwillen nicht verhehlte. Aber Pippin stieß die Tür, die langsam zugefallen war, mit dem Schaft des Ango auf und marschierte hinaus.

Gunhilds Beine gaben unter ihr nach. Für einen Augenblick vergrub sie ihr Gesicht in den Händen, bevor sie sich aufraffte und Hathumods Verwirrtheit bemerkte.

»Es war der letzte Wille deines Vaters, dich und Hessi vor den Franken zu retten«, sagte sie leise. »Ich glaube, dass er tot ist.«

Hathumod nickte, aber ihre blauen Augen waren unnatürlich geweitet und leer. Das ganze Ausmaß des Unglücks war noch nicht in ihr Bewusstsein gedrungen. Das gab Gunhild einen Moment Zeit, sich über Waltberts Zustand zu vergewissern.

Sie schlug das Fell zurück und suchte beklommen nach dem Puls am Hals. Waltberts Herz hatte aufgehört zu schlagen. Unter der Decke klebte alles von geronnenem Blut.

Hessi kehrte in der Nacht zurück, zu einer Zeit, als Hathumod sich längst erschöpft in den Schlaf geweint hatte. Gunhild hatte sich mühsam wachgehalten, gelegentlich ein Holzscheit nachgelegt und einen mit Honig gesüßten Hagebuttentee getrunken.

Als das Erkennungssignal erklang, das sie schon im Haus der Friesin gehört hatte, sprang sie auf und huschte auf Zehenspitzen zur Tür. »Hessi?«, flüsterte sie.

Er war im Nu drinnen und zog die Tür lautlos hinter sich zu. »Ist Vater hier?«

Er sah so mitgenommen aus, und sie fand es furchtbar, ihm die Nachricht vom Tod seines Vaters so unvorbereitet verkünden zu müssen. Aber einen anderen Weg gab es nicht. »Ja, aber er ist tot. Die Franken haben das Haus durchsucht, es aber nicht gemerkt«, fügte sie kummervoll hinzu.

»Er hat es lebend erreicht? Es war das Letzte, was er für seine Kinder tun konnte. Ich weiß, dass er so dachte. Dass die Franken unser Haus durchsuchen würden, war uns beiden klar.«

Gunhild schob ihm den Hocker hin und drückte ihm den Becher mit dem noch heißen Getränk in die Hände. »Setz dich und ruhe dich aus«, befahl sie sanft. »Dein Vater schaffte es noch, mir mitzuteilen, was ich ihnen sagen sollte. So glaubten sie mir, dass er schliefe und du auf dem Feld seist. Was in der Nacht auch passiert ist, ihr seid beide nicht verdächtig.« Sie setzte sich neben Hessi auf den Boden und zog die Knie hoch. Irgendetwas Schreckliches war geschehen, und er musste es verarbeiten.

Als er ihr schließlich den leeren Becher reichte, tat er einen tiefen Seufzer. »Du hast Anspruch darauf, zu erfahren, was vor sich geht«, murmelte er.

»Nur wenn du darüber sprechen möchtest.«

Hessi nickte, obwohl er vor Müdigkeit auf dem Schemel schwankte.

»Es gibt immer noch Männer, die ihre Freiheit nicht aufgeben wollen. Wir sind freie Sachsen, unsere Götter sind Saxnot und Donar und wir erkennen die Gesetze des Frankenkönigs nicht an. Sie sind nicht unsere – unsere Rechtsordnung ist eine andere!«

Zu Hessis flammender, aber wenig konkreter Rede nickte Gunhild beschwichtigend, während sie überlegte, dass es vernünftig wäre, seiner brodelnden Unruhe mit Warmbier zu begegnen. Offenbar hatte er seit vielen Stunden nicht geschlafen.

»Wir halten die Franken in steter Bewegung«, fuhr er fort. »Sie sollen wissen, dass wir da sind und sie beobachten. Wo immer sich ein Franke aufhält, sind Sachsen in der Nähe. Unsere Hillebillen und Hörner beunruhigen sie ständig und unsere Lanzen töten nicht wenige von ihnen.«

»Ihr kämpft praktisch jeden Tag.«

»Ja, das tun wir, auch nachts«, stimmte Hessi stolz zu. »Natürlich nicht alle. Es gibt viele, die ihren Vorteil darin sehen, fränkischer als die Franken zu sein ... Uns, die wir Widerstand leisten, halten sie für zurückgeblieben.«

»Ich kenne das«, murmelte Gunhild. Die Geschichte wiederholte sich, ohne dass die Menschheit jemals daraus lernte. Seit Jahrhunderten gab es Eroberer und unter den Eroberten Mitläufer und Opportunisten.

So leise und unauffällig wie möglich goss sie Bier aus einem Krug in ein Stieltöpfchen und stellte es zum Wärmen auf das eiserne Dreibein in der Feuerstelle, während sie ihm aufmerksam zuhörte.

»Ja«, sagte Hessi gedankenvoll, »und vorgestern gerieten wir in einen Hinterhalt. Mein Vater, ich und ... noch einer. Die Franken wussten, dass wir kamen, und lauerten uns an einer Stelle auf, die ich im umgekehrten Fall auch gewählt hätte. Ihre Wurfäxte schlagen fürchterliche Wunden, wie du vielleicht weißt, und meinen Vater traf es hart. Ich und der andere haben ihn in den Büschen versteckt, so gut es ging, und dann die Franken von ihm fortgelockt. Wir waren stundenlang unterwegs und schüttelten sie schließlich ab. Als wir zum Versteck zurückkehrten, war Vater fort.«

»Und wer hat euch verraten?« Während Hessi mit knirschenden Zähnen nachdachte, füllte sie ihm einen Becher mit dem Bier und rührte etwas Honig hinein. Sie reichte ihm das Getränk.

Er leerte den Becher Schluck für Schluck. Danach lehnte er sich an den Dachständer, streckte die Beine aus und schloss die Augen. »Das ist die Frage. Wir wissen es nicht.«

Gunhild entwand ihm behutsam den Becher. »Wer könnte denn Pippin auf euer Haus aufmerksam gemacht haben?«

»Das hat mit dem Verrat nichts zu tun.« Hessi gähnte. »Die Franken vermuten grundsätzlich, dass mein Vater und ich beteiligt sind, ganz gleich, ob ein Huhn verschwindet oder ein Krieger umkommt. Bisher haben sie uns nie erwischt.«

Gunhild betrachtete ihn aufmerksam. »Leg dich jetzt hin, Hessi, morgen wird ein schwerer Tag für dich. Dein Vater sollte morgen beerdigt werden.« Ihr Blick glitt über die Trennwand zum Stall.

Dahinter hatten Hathumod und sie Waltberts gewaschenen und ordentlich bekleideten Leichnam aufgebahrt. Es war dort zwar weniger warm als im Wohnraum, trotzdem war zu befürchten, dass der Leichnam am nächsten Tag anfangen würde zu riechen.

»Ich weiß, was du meinst«, murmelte Hessi. »Aber du irrst dich.« Ohne eine Erklärung kroch er zu seinem Wandbett und war einen Augenblick später vor Erschöpfung eingeschlafen.

Gunhild registrierte am nächsten Vormittag verwundert und zunehmend besorgt, dass Hessi den Priester nicht benachrichtigte. »Sollten wir diesem Vater Adalhard nicht Bescheid sagen?«, fragte sie ihn, als er aus dem Stall zurückkam, den Gunhild aus Pietät den ganzen Morgen nicht betreten hatte. »Womöglich erfindet der sonst eine Ausrede.« ›Um euch ein, zwei Tage hängen zu lassen‹, ergänzte sie in Gedanken. Der Geruch wäre dann nicht mehr zum Aushalten.

Hessi verzog das Gesicht zu einer trüben Grimasse. »Du meinst es gut, Gunhild, das ist mir klar. Eigentlich müsste ich dich für diese Worte aus dem Haus werfen. Tetta hätte es getan ...«

Sie sah ihn verwirrt und etwas erschrocken an. Sie hatte keine Ahnung, womit sie ihn verärgert hatte. Und wer war Tetta?

Hathumod schmiegte sich an Gunhilds Seite und verschränkte ihrer beider Finger. »Gunhild«, sagte sie liebevoll, »wie kommst du nur darauf, dass Hessi unseren Vater diesem schrecklichen Priester übergeben könnte? Der hat kein Recht dazu, Vater in die römische Hölle zu schicken. Vater ist im Kampf gefallen!«

Gunhild strich ihr mit einem zweifelnden Lächeln über die Wange. »In Verden gelten die Gesetze des Königs Karl. Dein Vater muss nach den Regeln der Kirche beigesetzt werden, Kind.«

Hessi bedachte sie mit einem verächtlichen Lächeln. »Glaubst du im Ernst, ich würde meinen Vater einem Franken ausliefern, nachdem er ein Leben lang gegen sie gekämpft hat?«

Gunhild zuckte zusammen. Erst jetzt begriff sie wirklich, dass er vorhatte, Waltbert nach sächsischer Art zu bestatten. Das hieß Verbrennung und war verboten. Aber sie äußerte sich nicht mehr. Hessi war nicht umzustimmen. Und Waltbert war sein Vater.

Hessi zerrte das blutige Fell von Waltberts Bett, klemmte es sich unter den Arm und verschwand wortlos im Stall. Gunhild hörte Geräusche, die sie nicht deuten konnte, und ihre Beklemmung wuchs. Sie war versucht, Hathumod an Stelle ihres Bruders zu warnen, aber sie sah ein, dass es zwecklos war. Hathumod saß steif auf dem Hocker, die Hände im Schoß, den Kopf störrisch gesenkt, und gab sich ausschließlich ihrer Trauer hin.

Dann kam Hessi zurück. »Zieh dich an«, sagte er kalt. »Du gehst mit.«

»Ich?« Gunhild fiel aus allen Wolken.

Hessi nickte und verließ das Haus. Wenige Augenblicke später hörte Gunhild das Klappern von Pferdehufen. Wortlos bedeutete Hessi seiner Schwester, ihm in den Stall zu folgen. Gunhild trat freiwillig hinzu, als sie sah, wie unhandlich Waltberts Leichnam in dem Bärenfell geworden war. Es war Schwerstarbeit, ihn auf das Pferd zu hieven und festzuschnüren. Ein Sack mit Werkzeugen vervollständigte die Last.

»Geht noch jemand mit?«, erkundigte sich Gunhild leise.

Hessi schüttelte den Kopf. »Nur die engste Familie, das sind wir beide, Hathumod und ich. Und du.«

»Traust du mir nicht?«

»Nein«, sagte er knapp und zog seinem Hengst die Zügel über den Kopf, um ihn führen zu können.

»Du hast gesagt, Vater müsste von einem christlichen Priester beerdigt werden.« Hathumod weinte leise und untröstlich vor sich hin.

Gunhild begriff, wie sehr sie missverstanden worden war. Aber es war zu spät, es zu erklären. »Die Situation wird später die gleiche sein«, bemerkte sie sachlich.

»Das ist richtig«, sagte Hessi. »Aber der Geist meines Vaters wird dann schon bei seinen verstorbenen Ahnen weilen und kein Priester kann ihn mehr von seiner Sippe trennen. Deshalb ist es gleichgültig, ob du uns dann verrätst.«

Gunhild schüttelte ratlos den Kopf.

»Mein Sohn, wenn ich einen haben werde«, fuhr Hessi fort, »wird Waltbert genannt werden, und so wird mein Vater in ihm weiterleben. Verstehst du denn gar nicht, wie wichtig das ist? Sitzt dieser verlogene neue Glaube so tief in dir?«

Gunhild seufzte schwer. »Ich glaube nicht an die Hölle,

Hessi, auch nicht daran, dass dein Vater dorthin kommen würde, wenn der Priester ihn beerdigte. Und wenn weder du noch dein Vater daran glauben, warum ist es dann so unmöglich, seinen Leichnam in die Erde zu legen und den Spruch des Priesters zu dulden?«

»Meinst du, ich merke nicht, dass du an gar nichts glaubst?«, fragte Hessi verächtlich. »Weder, dass der Geist des Toten in die Hölle kommt, noch zu den Ahnen. Deshalb ist es in deinen Augen beliebig, was mit einem Toten geschieht. Für mich nicht.«

»Aber ich würde euch nicht verraten«, verteidigte Gunhild sich kleinlaut. So Unrecht hatte er nicht.

»Vielleicht nicht, wenn es nach dir ginge.« Hessi überzeugte sich mit einem Blick, dass Hathumod die Tür mit dem Knebel verschlossen hatte, und nickte ihr zu. »Los, Schwesterchen. Aber dein Wille ist nicht entscheidend bei den Franken«, fügte er an Gunhild gewandt hinzu. »Sie foltern auch Frauen.«

Die sächsische Begräbnisstätte befand sich nördlich von Verden. Sie erreichten sie ohne Zwischenfälle nach etwa zwei Stunden Weg, schätzte Gunhild und sah sich unauffällig auf der Lichtung inmitten des dichten Waldes um.

Die auffälligste Grabanlage war ein mehrere Meter hoher Hügel. Vermutlich lag unter dem Tumulus ein vornehmer Mann, der Wotan gehuldigt hatte, zusammen mit seinen Pferden. Aber seine Sippe war inzwischen zum katholischen Glauben übergetreten und kümmerte sich nicht mehr um die Ahnen, denn auf dem Hügel hatten sich bereits junge Bäumchen angesiedelt.

Daneben gab es auch gepflegte Gräber, niedrige, runde Hügel; auf anderen Gräbern standen Urnen, aufrecht gehalten durch einen schützenden Steinring. Offensichtlich kam die Einsamkeit des entlegenen Friedhofs einigen Altgläubigen entgegen.

»Du bleibst hier stehen, Gunhild«, befahl Hessi barsch, während er den Leichnam seines Vaters behutsam ins Gras gleiten ließ. »Du hast bei unseren Ahnen nichts zu suchen.«

Gunhilds Augen folgten dem Hengst, der anfing, zwischen den Gräbern zu grasen. Er hatte offenbar freieren Zutritt als sie. »Ich gehöre der fränkischen Kirche nicht an«, sagte sie verärgert. »Thor ist mir näher als Gott, Christus und der Heilige Geist. Will sagen, Donar.«

Er musterte sie kurz mit Befremden, schulterte den Werkzeugsack und reichte Hathumod die andere Hand. »Ich weiß nicht, was ich von dir halten soll, Gunhild. Wenn du dich ehrlichen Herzens hättest taufen lassen, würde es mir nicht gefallen, dass du diesen Christus verrätst. Komm, Hathumod.«

Volltreffer. Obwohl sie ihren Kirchenaustritt natürlich nicht als Verrat ansah, blickte sie den Geschwistern wütend nach.

Hessi schien nach etwas zu suchen. Schließlich deutete er auf den Boden, woraufhin Hathumod sich hinhockte, und entfernte sich selbst in Richtung Wald.

Hessi schlug mit dröhnenden Axtschlägen Holz. Einige Zeit später brachte er einen Arm voll Äste zu seiner Schwester und begann anschließend Pfosten in die Erde einzuschlagen. Mit Hilfe von Tauen baute Hathumod daraus ein Gestell, das allmählich zur Plattform wuchs. Währenddessen arbeitete Hessi weiter im Wald.

Gunhild wünschte, sie hätte helfen können. Es wäre dann auch schneller gegangen. Irgendwie beschlich sie das unsinnige Gefühl, bei etwas Verbotenem Schmiere zu stehen und zu hoffen, dass die Polizei nicht käme.

Dabei konnte sie beim besten Willen nichts Verbrecherisches an dieser Bestattung erkennen. Einige Jahrzehnte früher mochte es in einzelnen Fällen hier anders zugegangen sein. Offenbar hatten gelegentlich Sachsen – wenn es nicht sogar unter ihnen lebende Franken gewesen waren – die Sitte der Merowinger übernommen, bei einem Begräbnis eines Vornehmen zusammen mit den Pferden auch seine Frauen zu opfern. Dieser grausame Brauch war von den Rabenvölkern, die wie Skythen auf Wagen lebten, aus ihrer asiatischen Heimat am Kaukasus nach Europa mitgebracht worden.

Es fröstelte Gunhild ein wenig. Aber als sie sich vorsichtig umsah, lag die Begräbnisstätte so verlassen wie zuvor, abgesehen von ihnen dreien und dem Hengst.

Aus der Ferne verfolgte sie, wie Hessi über dem Fell eine kunstvoll gewebte Decke ausbreitete, den Leichnam holte und darauf ausstreckte. Es dauerte eine ganze Weile, bis er Waltberts Schwertgehänge, Schwert, Dolch und Schild zu seiner Zufriedenheit arrangiert hatte, wobei ihm Hathumod half. Sie waren erkennbar mit Liebe und Ernst bei der Sache.

Gunhild spürte einen Kloß im Hals, als Hathumod ihrem Vater schließlich einen Kranz aus bunten Frühlingsblumen flocht, die sie vorher zwischen den Gräbern gepflückt hatte. Hessi wartete geduldig, bis er schließlich begann, aus einem Krug die Kleidung seines Vaters zu benetzen, die Wolldecke und das Holz, das unter der Plattform aufgeschichtet war.

Die Flammen schlugen so unerwartet in die Höhe, dass Gunhild erschrak. Aber dann brannten sie gleichmäßig und wirbelten mit leisem Knacken nur einzelne Funken in die Luft. Hessi und Hathumod schauten ihnen nach, Hand in Hand neben dem Scheiterhaufen stehend.

Und Gunhild ahnte, dass jetzt Waltberts Seele seinen Körper verließ, um sich mit seiner Sippe zu vereinigen und gemeinsam mit ihr über seine Tochter und seinen Sohn zu wachen.

Kapitel 6

Es dämmerte, als sie Verden wieder erreichten. Der einzige Nachbar, der ihnen in der Nähe von Hessis Haus begegnete, ließ seinen Blick gleichgültig über den hölzernen Sattel gleiten, auf dem jetzt nur noch der Werkzeugsack lag, hob flüchtig die Hand zum Gruß und hastete mit gesenktem Kopf weiter.

Was, wenn er oder andere bemerkt hätten, dass Hessi einen großen Gegenstand fortgebracht hatte und ohne ihn zurückkehrte? Gunhild begann erst jetzt, sich darüber Gedanken zu machen. Hessi musste es schon gestern getan haben. Sie waren nicht ohne Grund im Morgengrauen aufgebrochen und am Abend zurückgekehrt. Offensichtlich war er ein kalkuliertes Risiko eingegangen.

»Jetzt habe ich auch die Abendmesse verpasst, Hessi.« Hathumod war beunruhigt. »Was soll ich sagen, wenn Vater Adalhard nach dem Grund fragt?«

»Sag ihm, dass es ihn einen Dreck angeht«, stieß Hessi zwischen zusammengebissenen Zähnen hervor. Nach einem Blick auf seine kleine Schwester wurden seine Züge weicher. »Sag ihm, dass wir unseren kranken Vater Waltbert zu Verwandten gebracht haben. An der friesischen See atmet ein Sachse leichter.«

»Im Sack?«, erinnerte ihn Gunhild leise.

Hessi mahlte mit den Zähnen. »Hoffen wir einfach, dass niemand es bemerkt hat. Ich habe im Übrigen keine

Lust, mir jetzt darüber Gedanken zu machen. Ich bin hungrig und durstig. Ist noch Met da?«

»Es ist in ausreichender Menge vorhanden, so dass du dich betrinken kannst«, antwortete Gunhild, halb sarkastisch und halb verständnisvoll. Es war in den letzten Tagen so viel geschehen. Ihr Blick fiel auf Hathumod. Für sie trug Hessi jetzt ganz allein die Verantwortung.

»Bestens«, knurrte Hessi, band den Hengst neben der Haustür an und stürzte ins Haus.

Am Morgen wurden sie durch ein hartes Hämmern an der Tür geweckt. Noch bevor Gunhild richtig wach geworden war, wusste Hessi bereits, was los war.

»Wir sind von Kriegern der Garnison umstellt«, fauchte er und sprang mit dem Sax in der Hand aus dem Bett.

Gunhild hörte fränkische Worte auf der anderen Seite der Hauswand. Der Kerl konnte sich keinen halben Meter von ihrem Ohr entfernt befinden. »Ganz ruhig, Hathumod«, sagte sie leise und half dem bebenden Mädchen, die Fibeln an ihrem Kleid zu befestigen und das Haarnetz anzulegen.

Die Tür wurde aus den Angeln gerissen und fiel krachend zu Boden. Eine ganze Gruppe Franken stürmte das Haus mit waagerecht vorgestreckten Angos, mit denen sie sich schließlich gegenseitig behinderten. Als sie sich entwirrt hatten, reihten sie sich im Gang auf und warteten auf weitere Befehle.

Arno trat gemächlich über die Schwelle. Sein Gesicht verriet erkennbare Genugtuung, im Unterschied zum Priester, der ihm folgte. Vater Adalhards ehrfürchtige Andacht galt dem Kruzifix in seiner Hand.

Das war's dann, dachte Gunhild. Die gewöhnlichen Verdächtigungen und Durchsuchungen durch die Franken, von denen Hessi gesprochen hatte, fanden bestimmt nicht in Gegenwart eines Priesters statt. Dies war etwas anderes. Dies war viel ernster.

»Kommst du wieder mit deiner satanischen Keule, Priester?«, fragte Hessi mit einem verächtlichen Lächeln.

»Sachse Hessi«, begann der Franke Arno, »du wirst angeklagt, verbotene heidnische Bräuche ausgeübt zu haben.«

Hessis Haare waren noch wirr vom Schlaf, aber seine Augen blickten hellwach. Ihm war vom ersten Augenblick an klar gewesen, worum es ging. Plötzlich malten sich auf seinem Gesicht Verachtung und Stolz.

Er wird es zugeben, dachte Gunhild entsetzt. Er wird genauso wenig lügen wie sein Vater. »Wer hat das behauptet?«, warf sie rasch ein. »Das kann nur ein Lügner oder Aufschneider gewesen sein. Oder jemand, der sich an Hessi rächen will.«

Arno fuhr überrascht zu ihr herum. »Ach, redet hier die zugelaufene Hausfrau, die sich für schlauer hält als der neue Hausherr? Bist du sein Liebchen?« Er grinste. »Du hast trotzdem mit deiner Vermutung Recht. Der Zuträger war ein Sachse.«

Einer von den neuen Gewinnern. Vielleicht dieser Ewald. Dass sie tatsächlich jemand beobachtet haben musste, dämpfte Gunhilds Impuls, zu protestieren. Sie kaute unschlüssig auf der Innenseite ihrer Wange.

Hessis Gesicht hatte sich zornig gerötet. Einen Augenblick glaubte Gunhild sogar, er würde nach ihr schlagen. »Es sind die Bräuche meines Volkes«, sagte er schließlich, an Arno gewandt. »Was fällt euch verlausten Franken eigentlich ein, uns eure Sitten aufzuzwingen? Folgt euren Priestern, wenn es euch Freude macht, aber uns lasst in Ruhe!«

Adalhard schrak auf, als erwache er aus tiefer Versunkenheit. »Herr ...«, stammelte er.

»Lass auch deinen Herrn in meinem Hause aus dem Spiel«, schnauzte Hessi, in voller Kenntnis, dass er sich ihnen geradezu tollkühn auslieferte. »Hier rufen wir Donar an.«

»Vade retro, Satanas!« Vor Entsetzen konnte Adalhard nur noch flüstern. Das Kruzifix in seinen erhobenen Händen zitterte und fiel auf den Boden.

Hessi stieß es mit dem Fuß beiseite. »Fort damit!«

Während der Priester sich auf das Kreuz warf, das er in Gefahr sah, bemerkte Gunhild die Handbewegung des fränkischen Anführers. Sein Schwert bedeutete seinen Kriegern, die Sache zu beenden.

Die Angos der Franken betrugen mehr als Manneslänge. Hessi hatte keine Chance, die Gegner mit seinem kurzen Sax auch nur zu erreichen. Sie drängten ihn an die Zwischenwand zum Stall, wo er schließlich mit einem verächtlichen Laut seine Waffe fortwarf und sich ergab.

Hathumod verstellte Arno den Weg, als er das Haus verlassen wollte. »Was passiert jetzt mit meinem Bruder?«, schrie sie ihn aufgebracht an.

»Aus dem Weg, Kleine!« Ungehalten wollte Arno sie beiseite schieben.

»Nein! Sag mir, was ihr mit ihm vorhabt!« Hathumod stampfte mit dem Fuß auf und starrte dem Franken aufsässig ins Gesicht.

Der schien sie erst jetzt richtig wahrzunehmen. Er lachte belustigt. »Dein Bruder wird hingerichtet. War dir etwa nicht bekannt, dass auf die Verbrennung eines Toten nach heidnischer Art die Todesstrafe steht?«

Aus Hathumods Gesicht wich jede Farbe. Bevor sie zusammensackte, sprang Gunhild hinzu, um sie aufzufangen, aber Hathumod stieß sie fort und boxte um sich, als gelte es ihr Leben, und schließlich gab Gunhild auf, sie schützen zu wollen.

»Dann«, erklärte Hathumod mit hoch erhobenem Kopf, »müsst ihr auch mich hinrichten.« Ehe jemand sie aufhalten konnte, hatte sie sich zwischen ihren Bruder und einen der Franken gedrängt, die ihn festhielten. Sie klammerte sich mit aller Kraft an Hessi.

»Geltungssüchtige kleine Wildkatze«, fluchte Arno. »Schafft diese Sächsin beiseite, bevor ich mich vergesse!«

Der Krieger packte Hathumod beim Haarknoten und schleuderte sie beiseite. Sie taumelte in Gunhilds Arme, die sie schnell beiseite zog, während die Franken einer nach dem anderen das Haus verließen.

Als das hohle Dröhnen, mit dem die Männer über die Haustür hinwegpolterten, verklungen war, führte Gunhild Hathumod zum nächsten Bett. Jeder Gedanke schien in ihrem Kopf ausgelöscht zu sein, während sie durch die türlose Öffnung ins Freie starrte. Es war inzwischen hell geworden.

So saßen sie lange, bis Hathumod sich als Erste bewegte und sich aus Gunhilds Umarmung befreite. »Warum wollten sie mich nicht?«, klagte sie. »Ich habe ein Recht darauf.«

Gunhild nickte. Ihr war es auch schon aufgefallen. Und da die Franken keineswegs Frauen zu schonen pflegten, wie man an der erzwungenen Auslieferung weiser Frauen erkennen konnte, musste es einen anderen Grund geben. »Ich glaube, sie wissen nicht, dass auch wir auf dem Begräbnisplatz waren. Der Verräter hat allein Hessi angezeigt.«

»Warum?«

»Wenn ich das wüsste!« Gunhild presste die Lippen zusammen, um Hathumod nicht noch mehr zu ängstigen. Sie war so gut wie sicher, dass es dafür einen ersichtlichen Grund geben musste, hatte aber nur eine vage Idee. »Hat dein Vater für dich schon eine Heirat verabredet? Gibt es vielleicht einen abgewiesenen Bewerber?«

Hathumod lächelte flüchtig, bevor tiefe Traurigkeit ihr Gesicht überschattete. »Die Heirat ist verabredet, ja. Mit einem meiner Vettern. Aber das ist schon lange bekannt und alle Verdener wissen es.«

Also nicht. Was konnte dann der Grund dafür sein, die Schwester zu schonen, während der Bruder aus dem Weg geräumt wurde? Persönliche Feindschaft? Aber irgendwie konnte Gunhild nicht glauben, dass es so einfach war.

Drei Tage später sollte Hessi hingerichtet werden. Gunhild hätte etwas darum gegeben, wenn sie gewusst hätte, wie sie Hathumod über die nächsten Stunden bringen sollte. Während sie das apathische Mädchen für die Morgenmesse herrichtete, donnerte wieder ein Ango gegen die Tür.

Jetzt sind auch wir dran, dachte Gunhild.

Aber im Eingang erschien nur der fränkische Krieger mit dem langen Schnurrbart. »Die Hinrichtungen finden jetzt auf dem Garnisonsgelände statt«, blaffte er, »nicht mehr zwischen Garnison und Siedlung. Und Zuschauer werden nicht geduldet, auch Verwandte und Freunde nicht, merk dir das!«

»Du bist ja ein Ausbund von Feinfühligkeit«, erwiderte Gunhild entgeistert. »Warum hältst du es überhaupt für nötig, das mitzuteilen?«

»Ich nicht. Arno. Weil du hier fremd bist und die Sitten

nicht kennst. Arno glaubt, dass du imstande wärst, einen Aufstand anzuzetteln, wenn dir etwas nicht passt.« Er machte kehrt und marschierte davon.

Eigenartig. Offenbar hatten sie vor kurzem Hinrichtungen noch in der Öffentlichkeit durchgeführt, befürchteten inzwischen aber Aufstände der Sachsen. In gewisser Weise war Gunhild dankbar, dass es ihr erspart blieb, einen Freund hängen zu sehen.

Sie kehrte zu Hathumod zurück, die starr wie eine Säule immer noch darauf wartete, dass Gunhild ihr die Haare zu einem Knoten hochband. Ihre Gesichtsfarbe war eher grau als weiß, und Gunhild drückte sie behutsam auf einen Hocker.

Vor der Kirchentür stauten sich wie üblich die Gläubigen. Gunhild hoffte, dass Hathumod nicht von Beileidsbekundungen überschüttet würde. Im Augenblick war sie ein zutiefst verängstigtes Mädchen, das sich an Gunhilds Hand klammerte.

»Hast du den Zehnten bezahlt, so schwöre«, hörte Gunhild den Knecht des Priesters, der den Eingang blockierte. Der Mann durfte passieren. Langsam rückten sie und Hathumod in der Schlange vor. »Hast du ...«

Die Fragen und Antworten plätscherten an Gunhilds Ohr vorbei, und sie hing ihren tiefen Sorgen nach. Zunächst einmal waren nur die nächsten Stunden zu überstehen, dann kam die Nacht ... Sie fasste Hathumod unter und streichelte ihren Handrücken.

Auf einmal ging es nicht weiter. Gunhild, die aufschrak, sah durch die Lücken zwischen den vor ihr wartenden Frauen einen Mann, der den Eid nicht leisten wollte. Er schüttelte bedächtig den Kopf und legte seine Hände auf den Rücken.

»Hast du nicht bezahlt?«, erkundigte sich der Knecht misstrauisch.

»Ich kann nicht«, antwortete der Sachse ruhig. »Der Priester muss mir den Zehnten bis zur nächsten Ernte stunden. Ich war krank zur Saatzeit. Nachbarn helfen mir zu überleben.«

»Wen interessiert das schon. Du wohnst doch in einem Haus. Gehört es dir?«

»Es gehört mir. Ich bin ein angesehener Bauer, meine Familie ist hier schon immer ansässig gewesen. Du kannst fragen, wen du willst.«

»Ich frage überhaupt nicht«, versetzte der Knecht höhnisch. »Das wird Vater Adalhard tun, aber ich kann dir schon jetzt sagen, dass du dein Haus verlierst, wenn du nicht zahlen willst. Dazu kommt noch die Geldstrafe, weil du heute die Messe versäumst.«

»Ich bin ja da, wie du siehst.« Der Sachse blieb äußerlich ruhig, aber seine Hände ballten sich hinter seinem Rücken zu Fäusten.

»Ohne den Zehnten bezahlt zu haben, hast du keinen Zutritt zur Messe.« Der Knecht wischte den Mann beiseite, der darauf nicht gefasst war, und sah den nächsten auffordernd an. »Und du?«

Die gedrückte Stimmung der Verdener war mit Händen greifbar. Aber niemand wehrte sich. Alle verschlossen Augen und Ohren vor der Ungerechtigkeit.

Die Wartenden in der Schlange rückten weiter. Als Nächste war Hathumod an der Reihe. »Hat dein Vater den Zehnten bezahlt?«

Hathumods Oberlippe zitterte.

»Oder dein Bruder? Ist es nicht dein Bruder, der heute wegen Ausübung von heidnischen Bräuchen hingerichtet wird?«, erkundigte der Kirchenknecht sich hämisch.

Gunhild hätte ihn am liebsten für sein hinterhältiges Grinsen geohrfeigt. Aber sie wagte es nicht. Wahrscheinlich gab es auch dafür eine saftige Strafe. Die satanische Keule drohte überall.

»Wird's bald?«, fauchte der Knecht.

»Er hat bezahlt«, stammelte Hathumod und brach in Tränen aus.

Gunhild zog sie so schnell in das Kirchlein hinein, dass sie alle beide über die Schwelle stolperten.

Seitdem sie den Kirchenraum so unwürdig betreten hatten, fixierte Vater Adalhard sie mit strengem Habichtsblick.

Aber vielleicht war sie inzwischen nur übermäßig sensibel und sah überall Gefahren lauern, nicht nur für Hathumod, auch für sich selbst. Gunhild war inzwischen klar geworden, dass Waltbert etwas Ähnliches vorausgesehen haben musste und ihr seine Tochter tatsächlich anvertraut hatte. Es war ihre Aufgabe, für Hathumod zu sorgen, bis diese Schutz bei der Familie ihres Verlobten gefunden hatte.

Von der Messe selber nahm Gunhild kaum etwas wahr, außer dass Vater Adalhard die Gemeinde vor Habsucht warnte und ihre Gedanken auf die ewigen Güter zu lenken versuchte.

Mit gesenktem Kopf stapfte sie später aus der Kirche und zog Hathumod hinter sich her. In der Tür stieß sie mit der Friesin zusammen. Die Frau benahm sich so abweisend wie bei Gunhilds abendlichem Besuch, aber sie hob kaum merklich die Augenbrauen und senkte sie wieder und vermittelte Gunhild so auf unbestimmte Weise das Gefühl, sie wolle mit ihr sprechen.

Gunhild ließ die Frau vorgehen, die es außer Sichtweite der Kirche nicht mehr eilig hatte und sich zurückfallen ließ. Bald schloss Gunhild auf.

»Kannst du bei Dunkelheit zu mir kommen?«, bat die Friesin, ohne die Lippen merklich zu bewegen.

»Ich kann Hathumod nicht allein lassen«, flüsterte Gunhild zurück. »Nicht an diesem Tag und an den nächsten auch nicht.«

»Bring sie mit.« Die Frau ging wieder schneller, als sei es ihr unangenehm, mit Gunhild zusammen gesehen zu werden.

Gunhild, die sich um ganz andere Dinge sorgte, fand die ganze Episode einfach eigenartig, ohne sich weitere Gedanken darüber zu machen.

Als es dunkel geworden war, schob Gunhild Hathumod ins Freie und drückte sorgfältig die Tür hinter sich zu. Immer noch wunderte sie sich darüber, dass jemand neue Lederbänder angeschlagen und die Tür eingehängt hatte, während sie in der Kirche gewesen waren.

Offenbar hatte Hathumod noch Freunde, aber es hatte keinen Sinn, sie jetzt auszufragen. Ihre geweiteten Augen verrieten Gunhild nur zu deutlich, dass sie sich immer noch im Schockzustand befand.

Als sie aber ihrem Blick folgte, merkte sie, dass Hathumod auf ein dünnes Rauchfähnchen starrte, das über den Dächern in den dunklen Himmel stieg. Binnen weniger Augenblicke verwandelte es sich in dicke Rauchschwaden, die von unten gelb angeleuchtet wurden.

Wie ein Glorienschein, dachte Gunhild, bis sie einige Schritte weiter das ganze Haus sehen konnte. »Wem gehört es?«, fragte sie leise.

»Dem Mann, der den Zehnten nicht bezahlen konnte.«

Gunhild nickte. Allmählich sah sie Flammen aus dem Reetdach schlagen und hörte das Knistern der zerplatzenden Funken. Aber sie sah niemanden, der zu löschen versuchte.

Aus dem Haus der Friesin schien mildes Licht, und es empfing sie an diesem kühlen Abend warm und wohnlich. Gunhild überzeugte sich von ihrem schweigenden Einverständnis, hieß dann Hathumod sich auf ein Bett legen und zog eine Decke über sie. In seiner Erschöpfung fiel das Mädchen sofort in Schlaf.

»So«, sagte Gunhild erleichtert und setzte sich auf das zweite Bett, auf dem die Friesin bereits Platz genommen hatte. »Warum wolltest du mich sprechen? Wolltest du mich überhaupt sprechen?«

Die Frau neben ihr befeuchtete sich die Lippen. »Ja. Weißt du schon, was du jetzt tun wirst? Du kannst nicht allein im Haus mit Hathumod leben. Bald werden auch die Vorräte aufgebraucht sein.«

»Ich werde Hathumod zu ihrer Sippe bringen«, antwortete Gunhild verblüfft, »und mich dann endlich auf die Suche nach Gerowulf machen.«

Die Friesin nickte, als hätte sie etwas Ähnliches erwartet. Zuerst hatte Gunhild vermutet, sie wolle ihr möglicherweise das Angebot machen, bei ihr zu leben, aber das geschah nicht. Es schien sich vielmehr um eine Prüfung ihrer Zuverlässigkeit und ihres Anstands zu handeln. »Onno, mein Sohn, könnte euch vielleicht begleiten, damit ihr nicht ohne Schutz seid.«

Sie sagte nicht, wovon dies abhing. Gunhild zuckte die Schultern.

»Waltbert hätte es so gewollt.«

Das schmerzliche Lächeln in ihrem Gesicht bei Waltberts Erwähnung erinnerte Gunhild an den Abend, als sie in diesem Haus gewesen war. Aber es ging sie nichts an.

»Ich habe eine Bitte an dich. Übrigens, mein Name ist Tetta.«

»Du bist Tetta?« Unversehens verstand Gunhild, dass Tetta sich wahrscheinlich gerne mit Waltbert verbunden hätte und dass Hathumod eifersüchtig gewesen war. »Lass hören, Tetta«, willigte sie mit leiser Verzweiflung ein. Musste das ausgerechnet an diesem Abend sein?

»Onno brachte eine Nachricht mit, die Hessi hätte weiterleiten sollen. Sie ist sehr wichtig für die Sachsen. Für Wittekind ...« Sie sah auf. »Du weißt, was das bedeutet?«

»Oh, ja«, sagte Gunhild ganz verdattert. »Natürlich.«

»Onno kann ich nicht mehr erreichen. Und die Männer hier ...« Sie wiegte den Kopf. »Ich weiß jedenfalls nicht, wer zuverlässig ist, hier ist schon zu viel Verrat geschehen. Ich kann mich nur auf dich verlassen, in der Hoffnung, dass du bist, was du zu sein scheinst.«

»Ich weiß nicht, wie ich scheine«, entgegnete Gunhild gereizt, »aber ich wäre beinahe vom Frankenkönig hingerichtet worden und weiß, wo ich stehe.«

»Zweifellos. Nur ich weiß es eben nicht. Aber ich werde es wagen, weil Hessi dich für zuverlässig hielt.« Tetta griff unter die Bettfüllung und holte einen Holzstab heraus. »Kannst du lesen?«

»Ja, aber nur fränkische Schrift«, gab Gunhild verärgert zu und wusste genau, dass dies keine Empfehlung in den Augen der Friesin war. »Und ich gehe schließlich mit diesem Botengang auch ein Wagnis ein.«

Zu Gunhilds Überraschung wunderte sich Tetta nicht einmal. »Umso besser«, sagte sie stattdessen. »Die Nachricht muss nach Hoya gebracht werden. Kennst du es?«

Gunhild nickte und hörte sich an, wem sie die Botschaft geben sollte. Der Mann hieß Billung. Sie konnte sich an ihn erinnern. Ihr gegenüber hatte er sich stets feindselig verhalten, deshalb hatte sie ihn gemieden.

Als alles besprochen war, weckte sie Hathumod.

Geplagt von beunruhigenden Träumen, wachte Gunhild am nächsten Morgen früh auf. Das Versprechen, das sie Tetta gegeben hatte, verursachte ihr Unbehagen, andererseits sah sie sich in der Verpflichtung, Hessi diesen Dienst zu erweisen.

Sie kochte die morgendliche Grütze, stellte fest, dass die Getreidevorräte jetzt schon bedenklich zur Neige gingen, und ließ das erschöpfte Kind weiterschlafen. Waltbert und Hessi wären die Menschen gewesen, deren Vertrauen sie allmählich so weit hätte gewinnen können, dass sie ihr weiterhalfen. Jetzt stand sie erneut vor dem Nichts, dazu noch belastet mit Aufgaben, denen sie sich nicht entziehen konnte, weil sie sich verantwortlich fühlte.

Die Tür knarrte in den neuen Angeln. Gunhild drehte sich um. Geblendet von der niedrig stehenden Morgensonne, erkannte sie den Mann nicht, der in der Türöffnung stand, wohl aber ihren Rucksack, der neben seinen Knien baumelte.

»Meine Sachen«, stammelte sie vor Aufregung. Verbandszeug, Wäsche, Kamera, sie hatte alles so sehr entbehrt. Das Leben würde jetzt unendlich viel angenehmer werden. Trotz aller Probleme.

Gunhild trat zur Tür, um dem unbekannten Überbringer zu danken. Ihre Nackenhaare sträubten sich, als sie ihm ins Gesicht sah.

Vor ihr stand Buto.

»Mein Eheweib!«, begrüßte er sie herzlich. »Wie schön, dich endlich wieder in die Arme zu schließen.«

»Ich bin nicht wirklich deine Ehefrau, und du weißt es ganz genau!« Gunhild konnte nicht verhindern, dass ihre Stimme schrill klang und zu kippen drohte, aber ihre Angst war nahe daran, in Panik umzuschlagen.

Er stieg über die Schwelle und hängte Gunhilds Rucksack an einen Pflock am Rehm, als sei er hier zu Hause. Dann stellte er sich breitbeinig hin, die Fäuste in die Seiten gestemmt, und begann das Hausinnere zu mustern. Dass selbst das Dach keine Löcher aufwies, stellte ihn sehr zufrieden.

Was will er denn nur, dachte Gunhild und ließ ihn nicht aus den Augen. Äußerlich war er verändert. Sein Haar war auf fränkische Länge gekürzt und einigermaßen gekämmt, außerdem hatte er sich neue Hosen beschafft. Die schiefe, geknickte Nase ließ ihn trotzdem genauso brutal aussehen wie früher.

»Gunhild, es gibt auf dieser Welt keinen Menschen, der bestreiten würde, dass wir beide verheiratet sind. Vor dem fränkischen Gott und vor der Welt«, erklärte er gönnerhaft.

»Ich werde den Gaugrafen Theutbald um Gerechtigkeit anrufen«, entgegnete Gunhild hitzig und hätte sich freiwillig auf die Zunge gebissen, wenn sie die Worte hätte zurücknehmen können. Der Gaugraf von Verden war einer ihrer ärgsten Feinde. Sie konnte von Glück sagen, dass sie ihm noch nicht begegnet war, zumal er sie unter dem Namen Hildegunde kannte und alles aufdecken würde, dessen sie beschuldigt worden war.

»Diesen Theutbald gibt es hier nicht mehr. Er ist bei Karl in Heristal.« Buto grinste breit. Ihm machte die Begegnung Spaß. Gunhild konnte ihm nicht entkommen, er blockierte den Eingang.

Gunhild starrte ihn an. Er war erschreckend gut informiert. »Woher weißt du das?«

Buto grimassierte. Männliche Überlegenheitsgesten. Im Gegensatz zu seiner primitiven körperlichen Kraft konnte er Gunhild damit nicht beeindrucken. Sie wartete.

»Für einen Mann, der sich der persönlichen Freundschaft mit dem Leiter der fränkischen Garnison rühmen darf, ist es selbstverständlich, solche Kleinigkeiten zu wissen«, prahlte er schließlich.

Ach, du liebe Zeit, dachte Gunhild und sank auf einen Hocker. Die Konsequenzen dieser Eröffnung ließen sich so schnell gar nicht durchdenken. Und als sie ihn so dastehen sah – ein Bild der Rechtschaffenheit –, stieg in ihr ein Verdacht auf, der sich einfach nicht vertreiben ließ. »Bist du der Sachse, der Hessi verraten hat?«

»Es ist die Pflicht eines Christen, gewisse Dinge nicht zu dulden«, erwiderte er gekränkt. »Natürlich habe ich dem edlen Pippin berichtet, wer hier verbotene Bräuche ausübt. Außer mir hatte ja keiner den Mut.«

Mut! Was war schon mutig daran, mit dem Strom zu schwimmen und dafür Belohnungen entgegenzunehmen? »Und Hathumods Teilnahme am Begräbnis ihres Vaters hast du verschwiegen. Warum?«

»Ich könnte ja behaupten, dass mir das Mädchen Leid tat.« Er gluckerte vor Lachen.

»Stimmt das denn?«

»Sie ist mir völlig gleichgültig.«

»Das dachte ich mir«, sagte Gunhild kühl.

»Aber«, versetzte Buto träumerisch, während er es sich im Eingangsbereich gemütlich machte, »damit du siehst, dass ein Sachse nicht weniger schlau als ein Franke ist, werde ich dir verraten, was ich mir ausgedacht habe. Ich habe von Pippin die Erlaubnis erhalten, außerhalb der Garnison zu wohnen, bis es losgeht. Es wird nicht allzu lange dauern, Feinde findet unser König Karl überall. Aber bis dahin werde ich als dein Ehemann bei dir leben.«

»Hathumod blieb also nur ungeschoren, weil ihr das Haus jetzt gehört und du hier einziehen willst ...« Gunhild wollten die Worte vor Wut und Empörung kaum über die Lippen kommen.

Er nickte anerkennend. »Du bist auch ziemlich schlau. Wir zwei passen zusammen. Aber du bist immer noch nicht schlau genug.«

Gunhild starrte ihn abwartend an.

»Häuser von Rebellen werden abgebrannt, weißt du?«, fuhr Buto gemütlich fort. »Sie fackeln nicht lange. Hast du es gestern Abend nicht brennen sehen?«

Sie nickte bedächtig.

»Nun«, erklärte er gönnerhaft, »auch dieses Haus wäre abgebrannt worden, wenn ich mich nicht für das heidnische kleine Luder eingesetzt hätte, das genauso schuldig ist wie ihr Bruder.«

Gunhild fehlten die Worte, um sich Luft zu machen.

Buto hob den Zeigefinger und richtete ihn gegen Gunhilds Brust. »Siehst du, so bin ich. Aber vergiss nie, dass ich mich jederzeit daran erinnern könnte, wer bei der Leichenverbrennung außerdem noch dabei war.« Er brach in selbstgefälliges Gelächter aus, das er abrupt beendete. »Die Sächsinnen Hathumod und Gunhild.«

»Was ist mit den Sächsinnen Hathumod und Gunhild?«, meldete sich Hathumods verschlafene Stimme im Hintergrund. »Und wer ist dieser Mann, Gunhild?«

»Gunhilds Ehemann«, antwortete er, ehe Gunhild sich

hatte fassen können, was ihn zu einem wiehernden Lachen veranlasste. Vor Vergnügen klatschte er sich auf die Oberschenkel und sah Gunhild aufreizend an.

Er war einfach unerträglich. Gunhild erhob sich mit weichen Knien und verzog sich zu Hathumod auf die Bettkante.

Buto begann umherzuwandern und jede Ecke zu inspizieren. Gunhild bemerkte erst jetzt, dass er sich auch einen nagelneuen Sax verschafft hatte. Neben dem Schwert war ein langer Dolch am Gürtel befestigt und hinter dem Gürtel steckte ihr Beil.

Unversehens hatte sich dieses Haus in ein Militärlager verwandelt.

»Ach, und was deine Frage angeht, Kleine«, sagte Buto plötzlich. »Den Sächsinnen Hathumod und Gunhild ist die Hinrichtung sicher, wenn ich rede. Merk dir das.«

Die Botschaft an Wittekind brannte Gunhild auf den Nägeln. Sie spürte genau, dass sie eilig war. Aber nun fortzugehen hieße, Buto das Haus freiwillig zu überlassen. Nein, sie konnte jetzt nicht aufbrechen. Sie musste einen Weg finden, seinen Anspruch auf sie aufzugeben, und ihn gleichzeitig dauerhaft von Hathumods Haus fern halten.

Pippin. Sollte sie Pippin aufsuchen, ihm den ganzen Hergang bis zu dieser Scheinhochzeit erzählen und auf sein Verständnis hoffen?

Aber sie traute ihm nicht. Möglicherweise würde er eine solche Eröffnung dazu benutzen, um über sie herzufallen, zumal sie ihn gewissermaßen ermutigt hatte. Wenn sie sich nicht als Butos Ehefrau fühlte, gab es schließlich nicht den geringsten Grund für ihn, sich zurückzuhalten.

Würde er aber ihre Heirat als Pech oder eigene Dummheit ansehen, war der Gang zu ihm nicht nur nutzlos. Wenn Pippin seinem Wachmann Arno nämlich befohlen hatte, Buto Gunhilds Rucksack auszuhändigen, hatte es darüber vermutlich Streit gegeben, vielleicht auch über die Tatsache, dass die Krieger Buto eigenmächtig verprügelt hatten.

Man konnte fast zu dem Schluss kommen, dass Pippin daran interessiert war, seinen sächsischen Leibwächter Buto und den ältesten Wachführer der Garnison auseinander zu halten, damit es keinen Ärger gab. In diesem Fall würde Pippin darauf bestehen, dass Buto und sie rechtmäßig verheiratet waren.

Pippin bot somit keine Lösung des Problems.

»Was machen wir jetzt, Gunhild?«, unterbrach Hathumod ihre Grübeleien.

»Wohin gehst du?«, fragte Buto misstrauisch und sah mit gefurchter Stirn zu, wie Gunhild sich ihren Rucksack vom Pflock angelte.

»Zu Tetta«, antwortete Gunhild barsch. »Sie ist krank und braucht Behandlung.«

»Das Mädchen bleibt hier!«

»Oh, nein«, sagte Gunhild kampfbereit. »Hathumod kommt mit. Das Erste, was du tun wolltest, als ich aus meiner Bewusstlosigkeit erwachte, war, mich zu vergewaltigen.«

»Inzwischen bin ich verheiratet.«

Gunhild lachte verächtlich. »Als ob das für dich einen Unterschied macht!« Den kurzen Augenblick, in dem er schwankte, wie er sich verhalten sollte, nutzte sie aus, um sich ihr Beil zu schnappen, das er inzwischen abgelegt hatte, und mit dem Mädchen aus dem Haus zu stürmen.

»Der Kerl folgt uns«, rief Hathumod.

»O nein!« Gunhild drehte sich um, stellte fest, dass er sie bald eingeholt haben würde, und begann zu laufen.

Aber ihm konnten sie nicht entkommen. Er war einfach schneller als zwei junge Frauen. Zwei Häuser weiter tauchte er an Gunhilds Seite auf.

»So krank ist sie, dass du rennen musst?«, fragte Buto, ohne dass ihm irgendeine Anstrengung anzumerken gewesen wäre, während Gunhild tief Luft holen musste, um wieder zu Atem zu kommen.

»Ich wollte deine Rückenschmerzen behandeln«, sprudelte Gunhild hervor, bevor Buto ihr zuvorkommen konnte. »Ich habe endlich meine Medizinen zurückerhalten.«

Tetta widersprach nicht, und sie verhehlte auch nicht, wie unwillkommen ihr Butos Eindringen in ihr Haus war. »Ich lasse meinen Rücken nicht behandeln, wenn ein Mann in der Nähe ist«, sagte sie streng.

Gottlob, dachte Gunhild. Aber eine echte Partisanin spielt auch ohne langwierige Erklärungen mit. Tetta versuchte mit wedelnden Armen Buto hinauszuscheuchen.

»Ich habe die Frauen nur beschützen wollen«, erklärte Buto lahm und zog sich Schritt für Schritt zurück.

»Das war freundlich von dir. Aber in meinem Haus beschütze ich mich selber. Deine Anwesenheit ist nicht erforderlich.«

Diesem Rausschmiss hatte Buto nichts entgegenzusetzen. »Ich werde draußen warten«, murmelte er. »Für den Rückweg.«

Gunhild verdrehte die Augen. Nur Tetta konnte es sehen.

»Du bist fremd hier«, sagte Tetta feindselig. »Ich kann nicht glauben, dass Gunhild dir nicht von den Franken in der Garnison erzählt hat, die uns beschützen. Arno ist mit seinen Kriegern immer schnell zur Stelle, wenn es gegen einen Sachsen gehen soll.«

Ohne es zu wissen, hatte Tetta genau den richtigen Mann erwähnt. Butos gewohnte Großspurigkeit verlor sich auf der Stelle. »Ich werde also in Hathumods Haus auf dich warten, Gunhild«, stieß er zwischen zusammengebissenen Zähnen hervor.

Gunhild ersparte sich eine Antwort. Als er sich umwandte, um zu gehen, atmete sie hörbar aus.

»Wer ist das und was will er von dir?«, fragte Tetta leise, während sie sich davon überzeugte, dass Buto sich wirklich trollte, und dann die Tür zuzog.

»Er ist ein Problem.«

»Das habe ich bemerkt«, meinte Tetta sarkastisch. »Aber etwas mehr solltest du schon erzählen.«

Gunhilds Bericht musste Tetta erst einmal verdauen. Sie sank auf ihren Sitz, Rücken und Schultern so hölzern wie die steile Lehne.

Gunhild begann ihren Rucksack auszupacken, um zu überprüfen, was ihr erhalten geblieben war. Und was kaputtgegangen war. Sie konnte dankbar sein, wenn er noch Brauchbares enthielt.

»Was ist das?«, fragte Tetta mit zunehmendem Misstrauen, als sich die auseinander genommenen Mull- und elastischen Binden vor Gunhilds Füßen zu stapeln begannen und sie die Polaroidfotos einer zerrissenen Packung auf dem Boden verstreute. Glücklicherweise war der Schaden dank der Plastikdosen nicht allzu groß.

Der Fotoapparat war unversehrt, ebenso zwei Packen

mit Fotos. Und die Medikamente. Es hätte schlimmer sein können. Gunhild ließ sich erleichtert niedersinken und sah auf. »Zu Hause heile ich Krankheiten von Tieren, weißt du?«

»Von Tieren?« Tetta blickte skeptisch.

Gunhild nickte. »Auch von Menschen, wenn ich kann«, sagte sie friedfertig.

»Nun gut.« Tetta war zu höflich, um ihren Unglauben zu äußern. Sie deutete mit dem Kopf auf Hathumod. »Ich könnte sie aufnehmen, damit sie von diesem Kerl nicht belästigt wird, aber dann verliert sie den Anspruch auf das Haus ihres Vaters. Alle leer stehenden Häuser verschleppter Sachsen werden innerhalb kurzer Zeit von Räubern übernommen, die sich Franken nennen. Häufig nur, um sie zu durchsuchen, auszuplündern und anschließend abzubrennen.«

»Ich wollte dir vor allem mitteilen, dass ich die Botschaft an Wittekind nun nicht mehr übermitteln kann«, erklärte Gunhild und reichte Tetta das beschriebene Holz. »Buto ist neugierig wie eine Ratte und steckt seine Nase in alles, was ihn nichts angeht. Ich vermute, er würde mir die Nachricht stehlen und mir außerdem nach Hoya folgen.«

»Das wäre für Billung gefährlicher als für dich«, meinte Tetta giftig, aber sie konnte sich der Einsicht nicht verschließen, dass Gunhild Recht hatte.

»Es ist lieb, dass du Hathumod helfen willst«, fuhr Gunhild etwas ermutigt fort. »Aber ich dachte noch an eine andere Art von Hilfe. Dass du uns zum Beispiel einen mutigen Sachsen nennen könntest, der bereit wäre, in ihrem Haus zu leben, als Platzhalter gewissermaßen ...«

Tetta schüttelte den Kopf. »Wenn ich einen Mann wüsste, der den Franken auf diese Weise die Stirn böte, wäre er schon längst nach Hoya unterwegs.«

Gunhild holte tief Luft und begann ihre Sachen einzupacken. Es war ohnehin Illusion. Denn selbst wenn es ihr gelänge, Buto abzuschütteln, bliebe immer noch seine Drohung, Pippin gegenüber auszupacken.

»Hinzu kommt, dass du mit diesem Buto verheiratet bist. Es ist deine Pflicht, an seiner Seite zu sein, auch wenn du ihn nicht leiden kannst. Kein Friese und kein Sachse würde akzeptieren, dass du ein Eheversprechen brichst, zu dem du nicht unter Waffengewalt gezwungen wurdest. Du bist seine Frau, verstehst du!«

Gunhild schluckte erbittert. Die Scheinheirat war eine riesige Dummheit gewesen.

»Hinzu kommt weiterhin«, fuhr Tetta unerbittlich fort, »dass du nach Art der Franken geheiratet hast. Bei denen gibt es keine Trennung. Ich habe einmal gehört, dass sich eine Frau in ähnlicher Situation wie du an das Sendgericht des Königs gewandt hat. Aber es handelte sich natürlich um eine Fränkin. Und was daraus geworden ist, weiß ich nicht.«

»Ich verstehe«, murmelte Gunhild. So ratlos wie im Augenblick hatte sie sich selten gefühlt. Sie schulterte ihren Rucksack. »Komm, Hathumod, wir müssen zurückgehen.«

Kapitel 7

Buto schnarchte dröhnend, als Gunhild und Hathumod sich ins Haus schlichen, und der süßliche Geruch, den er ausströmte, ließ auf Met schließen, wo immer er den herhaben mochte. Aber wer mit dem Befehlshaber der fränkischen Garnison auf gutem Fuß stand, konnte sich vermutlich alles verschaffen.

Ganz auf sich selbst gestellt, schliefen Gunhild und Hathumod in dieser Nacht verteidigungsbereit Rücken an Rücken und waren im Morgengrauen auf den Beinen, bevor Buto erwachte. In aller Stille traf Gunhild ihre Vorbereitungen.

Als Buto die Augen aufschlug, blickte er auf die Spitze seines neuen Schwertes, die drei Handbreit über ihm schwebte und zwischen seine Augen zielte.

Als erfahrener Krieger schätzte er die Situation sofort richtig ein und blieb bewegungslos liegen.

Gunhild stand auf der anderen Schlafbank, den Schwertgriff fest in den Händen. »Wenn du«, drohte sie aus der Dunkelheit des Dachgebälkes heraus, »mich oder Hathumod anzufassen wagst, wird dieses Schwert dich töten. Ich schwöre es bei Donar. Aber vorher werde ich deine Seele vernichten. Ich habe dein Abbild wieder zurückgenommen. Hast du das verstanden?«

Buto war wie gelähmt. Er wagte nicht einmal nach dem Bild zu tasten, das er an einem Lederband um den Hals zu tragen pflegte. Es dauerte lange, bis er auch nur nicken konnte.

»Schwöre, dass du dich uns gegenüber friedlich wie ein Bruder verhalten wirst«, verlangte Gunhild. »Du wirst uns schützen und ehren.«

»Schwören. Ja. Bei wem?«, krächzte er.

»Bei dem Gott, an den du glaubst.«

Er mahlte schweigend mit den Zähnen. Gunhild lächelte grimmig. Wenn er den Gott der Franken wählte, hatte er nie beabsichtigt, an Wittekinds Seite gegen die Franken zu kämpfen. Wenn er bei Donar schwor, hatte sie gegen ihn etwas in der Hand, für den Notfall gewissermaßen.

»Bei Donar«, murmelte er.

»Umso besser«, sagte Gunhild. »Aus Angst vor seiner fürchterlichen Rache wirst du diesen Schwur nie brechen, das weiß ich.« Vor Erleichterung wäre ihr beinahe das Schwert aus den schweißnassen Händen gerutscht.

Während Buto einen Berg Grütze verschlang, dachte Gunhild über das nach, was Tetta ihr erzählt hatte. Vor allem über das Sendgericht. »Weißt du vielleicht, wer zu einem Sendgericht des Königs gehört?«, erkundigte sie sich bei Buto.

»Sendgericht? Kenne ich nicht«, behauptete er, schüttelte den Kopf und sah sie aus glühenden Augen an, während er schaufelte und schluckte. Erkennbar haderte er mit sich, dass er Gunhild gestattete, solche Macht über ihn auszuüben.

Seine Angst vor ihren Drohungen würde noch eine Weile vorhalten, aber sie musste darauf achten, sich keine Blöße zu geben. »Es sind kaum noch Vorräte da«, bemerkte sie. »Vielleicht könntest du jagen gehen.«

»Verboten«, murmelte er undeutlich. »Das Wild gehört jetzt dem König.« Gunhilds Stirnrunzeln veranlasste ihn offenbar zu einem gütlichen Vorschlag. »Ich könnte Pippin fragen. Die Krieger der Garnison jagen schließlich auch, denn die Vorräte der Verdener haben sie längst aufgefressen.«

»Tu das«, gestattete Gunhild.

»Aber heute nicht«, fuhr Buto fort. »Heute tragen sie eine Gerichtsentscheidung aus, einen Zweikampf oder die Kreuzprobe. Hoffentlich wählen sie den Zweikampf. Den muss ich sehen.«

»Wozu dient der denn?«, erkundigte sich Gunhild missbilligend. In Anbetracht von Butos Appetit war die Jagd wichtiger als ein Freizeitvergnügen.

»Zwei Männer aus einem Dorf irgendwo in der Gegend streiten sich um einen guten Hengst. Jeder behauptet, dass er ihm gehört. Seitdem der sächsische Eid abgeschafft ist«, Buto zuckte mit den Schultern und rülpste laut, »gelten eben fränkische Regeln.«

»Und wer entscheidet, wer gewonnen hat? Pippin?«

»Der Tod.« Buto grinste. »Aber du hast schon Recht. Pippin leitet das Verfahren, und bei der Gelegenheit werde ich mir von ihm die Erlaubnis zur Jagd geben lassen.«

Das leuchtete ein. Gunhild nickte widerstrebend.

»Willst du nicht mitgehen? Unser allseits geliebter Vater Adalhard wird auch dort sein, schließlich ist es ein Gottesurteil.« Buto warf den Löffel in die Schüssel und sprang auf, um sich sein Schwert umzuhängen. Gunhild starrte in die Luft, ohne viel zu sehen.

Sie konnte Pippin nach dem Sendgericht fragen.

Nichts in der Welt hätte sie jetzt noch dazu bewogen, allein mit Pippin zu sprechen. Er schien durchaus imstande, ihr in der Garnison die Kleider vom Leib zu reißen.

Aber auf dem freien Platz zwischen der Garnison und dem Dorf und vermutlich inmitten einer Menschenmenge, die auf Unterhaltung aus war, was konnte da schon passieren? »Gehst du auch mit, Hathumod?«

Hathumod war schon dabei, sich die Stiefel zu schnüren. Es war Gunhild auch lieber, sie bei sich zu wissen.

Buto drückte die Tür hinter sich zu und malte mit verkohltem Holz ein Kreuz auf die Tür. »Damit sie wissen, dass dieses Haus unter fränkischem Schutz steht«, erklärte er auf Gunhilds verwunderten Blick hin.

Sie beschloss, es sich zu merken. Sie hielt Hathumod zurück, während sie dem Sachsen nachblickte, der davonschlenderte, ohne sich um sie zu kümmern. Er warf sein Schwert in die Höhe, fing es wieder auf und pfiff ein Lied, das schließlich verwehte und nicht mehr zu hören war, als er um eine Ecke bog.

»Manche, wie Vater und Hessi, geben ihr Leben hin«, bemerkte Hathumod erbittert, »und andere machen sich auf ihre Kosten ein lustiges Leben.«

»Pfui Teufel, ja, wenn es keine Sachsen gäbe, die sich kaufen lassen, stünde es um unsere Sache besser«, stimmte Gunhild gedankenverloren zu.

Hathumod zupfte an ihrem Ärmel, bis Gunhild sie ansah. »Weißt du, Gunhild, dass ich mich über dich manchmal wundere? Deine Worte sind oft fränkisch, aber im Herzen bist du eine Sächsin. Bei Buto ist es umgekehrt.«

Im Gegensatz zu einer gewöhnlichen Hinrichtung fand das Gottesurteil in aller Öffentlichkeit statt. Auf dem Platz an der Aller stand schon eine respektable Menschenmenge, sogar eine Garküche war aufgestellt worden. Über dem provisorischen Gerichtsplatz wehte eine Standarte mit einem Raben auf silbernem Grund.

Sein Anblick erinnerte Gunhild wieder daran, dass die wilde Kriegermacht aus dem Kaukasus unberechenbar war. Hoffentlich ging es bei diesem Gottesurteil nicht wirklich um Leben und Tod. Sie wusste nie so genau, wann Buto die Wahrheit sagte und wann er prahlte. Ein wenig bereute sie schon, mitgekommen zu sein.

Plötzlich waren ihr auch die vielen Menschen nicht geheuer. Irgendjemand würde sie irgendwann als Hildegunde entlarven und denunzieren.

Aber Buto, der am Rand der Zuschauermenge auf sie wartete, winkte schon großspurig. Sie folgten ihm, als er sich rücksichtslos bis ganz vorne an die Absperrung drängte. Seine Dreistigkeit war Gunhild peinlich. Mehrmals bat sie um Entschuldigung.

Auf dem freien Platz in der Mitte standen der Garnisonskommandant Pippin und der Priester Adalhard. Bei ihnen befanden sich die beiden Sachsen, deren Streit entschieden werden sollte. Der eine war grauhaarig und spindeldürr, der andere ein junger, athletischer Mann.

Das Streitobjekt graste in der Nähe eines offenbar erst vor kurzem aufgestellten Kreuzes. Zuweilen hob der Hengst den fein geschnittenen Kopf, der ihm Ähnlichkeit mit einem Araber oder Berber verlieh, und sicherte argwöhnisch. Ein Junge, der ihn am Stallhalfter führte, sprach ihm leise ins Ohr. Gunhild beobachtete die beiden, die gute Freunde zu sein schienen, und lauschte nachdenklich auf die scharfen Atemzüge des Pferdes.

Das Verfahren hatte schon begonnen. »Zweikampf oder Kreuzprobe?«, fragte Pippin kurzerhand. »Der angeschuldigte Alte hat die Wahl.«

Gunhild schnappte nach Luft. Die beiden Männer waren zu ungleich, um sich auf diese Weise zu messen. Einen Zweikampf konnte der alte Mann nicht bestehen. Jetzt war ihr klar, dass ihm der bildschöne Hengst gehörte, der junge Mann ihn aber haben wollte.

»Ich wähle die Kreuzprobe«, entschied der alte Sachse unglücklich.

»Wenn du meinst ... Und einen Stellvertreter lehnst du ab?«, erkundigte sich Pippin beiläufig, während er die Blicke über die Gruppen von Kriegern schweifen ließ, die offenbar nach strategischen Gesichtspunkten auf dem Platz verteilt waren.

»Ist das Recht bei euch ein Goldstück?«, fragte der Mann in anklagendem Ton. »Welcher Sachse kann sich sein Recht schon erkaufen?«

»Dann tretet unter das Kreuz und empfehlt euch dem Herrn, unserem Vater im Himmel«, sagte Vater Adalhard feierlich. »Lasset uns beten und auf Seine Entscheidung warten.«

Gunhild wusste zwar immer noch nicht, worin die Kreuzprobe bestand, aber zumindest handelte es sich um keine blutige Methode. Die Zuschauer, hauptsächlich die fränkischen Krieger, begannen leise zu beten, während die Streithähne nur die ausgestreckten Arme zu heben hatten. Über dem Flüstern war immer wieder das giemende Atmen des Pferdes zu hören.

Der junge Mann hielt die Arme mit arroganter Miene lässig in der Waagerechten. Für seinen Gegner hatte er nur spöttische Seitenblicke übrig. Der alte Sachse lief allmählich rot an, seine Hände begannen zu zittern, schließlich fielen die Arme kraftlos herab. Das Murmeln der Menge erstarb.

Vater Adalhard sandte einen frommen Blick des Dankes nach oben, bevor er Pippin zunickte. »Der Herr hat entschieden. Das Urteil ist über jeden Zweifel erhaben.«

»Der Hengst gehört rechtmäßig Suidger von Gandeshausen«, verkündete Pippin gleichgültig. »Der Streit ist entschieden.«

Suidger hatte immer noch Kraft genug, die Fäuste zu ballen und in einer Siegespose in die Luft zu strecken, wobei er sich einmal um sich selbst drehte. »Du hättest dir den Weg nach Verden sparen können, Alter«, sagte er hochmütig. »Ich reite den Hengst, und jeder in Gandeshausen sieht es täglich und weiß, dass er mir gehört. Nur du willst es nicht wahrhaben.«

»Lügner«, presste der erschöpfte Verlierer hervor.

»Das stimmt. Er ist ein Lügner«, bestätigte Gunhild unwillkürlich und so laut, dass Pippin und der Priester aufmerksam wurden und sich zu ihr umdrehten. »Das Pferd ist dämpfig. Suidger kann es in den letzten Wochen nicht geritten haben, es wäre unter ihm zusammengebrochen.«

»Das ist wahr«, beteuerte der alte Sachse mit einem Funken neuer Hoffnung. »Du hast ein gutes Auge für Pferde, Frau. Mein Hengst taugt schon seit dem letzten Sommer für nichts anderes mehr, als ein Auge auf seine Herde zu haben. Ich hoffe, er schafft es noch in diesem Jahr, meine beiden Stuten zu decken, und dann mag er in Würde sterben. Das hat er sich verdient.«

»Was fällt dir ein, dich einzumischen, Weib!«, zischte der Gewinner.

»Alter Sachse«, fuhr Pippin scharf dazwischen, »der Herr im Himmel und unser König haben Recht gesprochen. Die Frau hat hier überhaupt nichts zu sagen!«

»Der Herr beschütze uns vor den bösen Zungen der Frauen«, fügte Adalhard aufgebracht hinzu.

»Dann darf ich mein Eigentum an mich nehmen«, sagte Suidger unterwürfig, worauf Pippin ihm gnädig zunickte.

Suidger grinste mit gebleckten Zähnen nach rechts und links in die Zuschauermenge, entriss dem Jungen, der den Hengst bewachte, das Halfter und schwang sich in den Sattel. Als er seine Hacken in die Flanken des Pferdes bohrte, versteifte es sich und tat zögernd einige Schritte.

Plötzlich blieb der Hengst mit gespreizten Vorderbeinen stehen, holte mit lang gestrecktem Hals geräuschvoll Luft und brach unter seinem Reiter tot zusammen.

»In dieser Frau ist nicht nur die Zunge böse«, giftete Adalhard mit schriller Stimme. »Ich habe schon während der heiligen Messe, in der sie sich vor Gott mit dem Sachsen Buto verband, dieses Sträuben verspürt, den Dämon in ihr, der jederzeit hervorbrechen kann ...«

Verdammt, dachte Gunhild.

»... den gleichen Dämon, der in dem Sachsen Waltbert hauste und ihn dank der Gnade des Herrn verließ«, fuhr Adalhard in der beklommenen Stille fort. »Er ist wieder im Haus und ergreift von jedem neuen Hausbewohner Besitz.«

Gunhild stieß Buto in die Rippen. »Du bist auch angesprochen! Jetzt verteidige uns mal, du großer Pferdezüchter«, zischte sie ihm ins Ohr.

Endlich kam Leben in Buto. »Nein, Vater, wirklich nicht, das ist ein Irrtum«, erklärte er eifrig. »In diesem Haus gibt es keinen Dämon mehr, dank deiner und des Herrn Hilfe. Du weißt vielleicht nicht, dass ich und mein Weib in Hathumods Haus leben, um über ihre Ehre zu wachen, bis sie dem Mann übergeben werden kann, dem sie versprochen ist. Und was meine Frau betrifft, so ist sie eine Kennerin sächsischer Pferde ...«

»Am Ende züchtest nicht du die Pferde für den Bischof, sondern sie«, warf Pippin nach außen hin launig ein.

Aber der Priester verstand offenbar das Signal, dass er eine Grenze erreicht hatte, die zu überschreiten nicht geraten war. Er neigte äußerst knapp den Kopf und trat mit übellauniger Miene einen Schritt zurück, während Buto von einem Ohr zum anderen grinste.

Gunhilds Angst verflüchtigte sich. Pippin wollte Buto, und Buto wollte das Haus und sie, in dieser Reihenfolge. Im Augenblick war die Gefahr, angeklagt zu werden, vorüber.

»Ich entlasse alle, die am heutigen Tag durch ihre Anwesenheit gezeigt haben, dass sie sich der Rechtsprechung unseres weisen Königs Karl fügen«, schloss Pippin wohlwollend, und einen Augenblick sah es so aus, als wollte er den Verdenern den königlichen Segen erteilen. Jedenfalls schien er hochzufrieden mit dem Ablauf der Gerichtsverhandlung.

Um eine Jagderlaubnis zu erteilen, dürfte er in der richtigen Stimmung sein, dachte Gunhild und sah Buto nach, der bereits auf Pippin zusteuerte. Noch schneller als er war allerdings Ewald, und er verstand es, sowohl den Garnisonsleiter als auch den Priester gleichzeitig in ein Gespräch zu verwickeln.

Gunhild wagte nicht, sich in Hörweite von Adalhard nach dem Sendgericht zu erkundigen. Sie hielt es für das Beste, mit den anderen Zuschauern zu gehen, die sich bereits zu zerstreuen begannen.

Plötzlich traf ein Stein den Kommandanten an der Schläfe. »Das ist für den Hengst!«, schrie der Junge, der das Pferd gehalten hatte, und brach in Schluchzen aus. Voller Scham verbarg er das Gesicht in der Ellenbogenbeuge.

Gunhild betrachtete seine bebenden Schultern mitfühlend. Er war nicht älter als zwölf oder dreizehn Jahre, ein schmächtiges Kerlchen, und in diesem Alter ein Pferd oder einen Hund zu verlieren war schrecklich.

Ihr Blick wanderte zu Pippin hinüber, der sich schweigend Blut von der Wange tupfte und nachdenklich seine Fingerspitzen betrachtete. Ohne dass er einen Befehl gegeben hätte, formierten sich vier Krieger der Wache und marschierten, geführt von Arno, auf den Jungen zu.

Der vierschrötige Arno zog sein Schwert, setzte es dem kalkweißen Jungen an die Kehle und sprach leise auf ihn ein.

Gunhild hielt den Atem an, bis Arno das Schwert sinken ließ. Diese Strafpredigt war wirklich von der denkbar grausigsten Art gewesen. Sie nahm Hathumod bei der Hand und zog sie mit sich fort.

Plötzlich ging ein Seufzen durch die Menge. Gunhild wirbelte um die eigene Achse und bekam noch mit, wie der zertrümmerte Kopf des Jungen zur Seite kippte und eine Fontäne von Blut aus dem Rumpf schoss. Während der Leichnam in sich zusammensackte, wischte einer der Krieger seine Franziska im Gras ab.

Die unnatürliche Stille wurde durch das Gebrüll eines Sachsen durchbrochen. »Ist der Junge nicht einmal einen Schwertstreich wert? Müsst ihr uns auch noch wie Vieh abschlachten? Das können nicht die Gesetze eures Königs sein!«

Dieses Mal reagierte Pippin mit einem lässigen Heben seiner beringten Finger. »Richtet auch diesen Anführer hin, Arno, und zerstört sein Haus.«

»Es ist unerträglich!«, flüsterte Gunhild vor sich hin, während der Sachse durch die Äxte von Arnos Männern starb. Hathumod kniff die Augen verzweifelt zusammen und ließ sich von Gunhild wegführen.

Nicht sehr weit vor ihnen schlenderten die Verdener, die sich auf den Weg nach Hause gemacht hatten, bevor der Junge den Stein geworfen hatte. »Das Ganze kann nur zwei Minuten gedauert haben«, stellte sie ungläubig fest, »und die da vorne haben nichts bemerkt.«

»Minuten?«

»Oh, Augenblicke«, verbesserte Gunhild gleichmütig und wandte sich zu Hathumod um, die wie betäubt war. Sie streichelte ihr die Wange. »Bist du in Ordnung? Komm, mach die Augen auf, Hathumod. Wenigstens für den Moment ist es vorbei. Für Minuten ...«

Hathumod schluckte. »Ich verstehe. Es ist fränkisch.«

»An manchen Tagen kommt mehr zusammen, als man für möglich halten möchte. Lass uns über etwas anderes reden«, fuhr Gunhild mit einer Mischung aus Ratlosigkeit und maßlosem Zorn fort. Was sollte nur aus Kindern werden, die solche Greuel Tag für Tag erleben mussten?

Hathumod stolperte neben ihr her. In jeder Hinsicht geraten wir aus dem Gleichgewicht, dachte Gunhild und hielt sie fest.

»Meine vermeintliche Eheschließung mit Buto ist für Pippin und Arno eine Tatsache, daran kann ich derzeit nicht rütteln. Aber im Haus sind wir für die nächste Zeit, glaube ich, vor Butos Übergriffen sicher. Und das Haus hat Buto vor aller Ohren als deines bezeichnet. Hörst du? Er hat es zugegeben.«

»Ja«, murmelte Hathumod.

»Eigentlich ist alles geklärt.«

»Das bedeutet?«

»Wenn du bereit wärst, bei Tetta zu bleiben, könnte ich diese wichtige Botschaft nach Hoya bringen«, überlegte

Gunhild. »Ich würde so gerne feststellen, wie es Haduwich, Hassios Tochter, geht. Sie lebt auf dem Hof des Gaugrafen.«

Hathumod japste laut auf. »Du willst mich allein lassen! Und woher kennst du Haduwich?«

Ihre Wangen hatten wieder etwas Farbe bekommen. Gunhild blieb stehen und lächelte ein wenig mühsam. »Im vergangenen Herbst bin ich ihr zuletzt begegnet. Ein Glücksfall für mich. Ich habe von ihr gelernt, wie man Hasen fängt und zubereitet, stell dir vor.«

»Wozu?«, fragte Hathumod ernsthaft. »Die sind doch verboten. Wer sie isst, wird gehängt.«

Gunhild seufzte. Nirgends blieb man von der allgegenwärtigen Brutalität verschont. »Uns hat der Hase vor dem Verhungern bewahrt, jedenfalls mich. Ich bin keine Ziege, die nur von Gemüse und Blättern leben möchte.«

Hathumod lächelte unter Tränen und setzte sich endlich selbst in Bewegung. Gott sei Dank, dachte Gunhild und wollte mit einem langen Schritt aufholen.

Dürre Finger legten sich auf ihren Arm.

»Ich habe eine vertrauliche Botschaft vom Kommandanten der Garnison für dich«, flüsterte eine Stimme an Gunhilds Ohr.

Unwillkürlich rückte sie von Ewald ab, dessen struppige Mähne ihr in den Halsausschnitt stach, aber er blieb an ihr kleben wie eine hungrige Stechmücke.

»Manche glauben ja an deine Weisheit«, fauchte er gehässig, als er sich endlich ihrer vollen Aufmerksamkeit sicher sein konnte, »ich nicht. In meinen Augen bist du eine ganz gewöhnliche Betrügerin, die um Pippins Gunst buhlt.«

Gunhild verschlug es erst einmal die Sprache.

»Er hat dich während des Gottesurteils gesehen. Er will, dass du ihn nach Einbruch der Dunkelheit an der Schlupfpforte der Palisade erwartest!«

»Bestimmt nicht«, gelang es Gunhild herauszubringen, aber da war Ewald schon auf und davon, mit gebeugtem Nacken und beiderseits unnatürlich pendelnden Armen.

»Was wollte der Kerl denn von dir?«, fragte Hathumod erstaunt und hängte sich bei Gunhild ein, während sie ihm nachsah. »Wie der immer läuft! Er kann niemandem ins Gesicht sehen, sagt Vater – sagte Vater ...«

Gunhild zog Hathumod noch dichter zu sich heran. Wenn sie ihr nur besser helfen könnte!

Ewald war immer noch zwischen den nach Hause wandernden Zuschauern zu sehen. Er überholte sie alle, bis er plötzlich auf jemanden prallte, der in Gegenrichtung unterwegs war.

Argwöhnisch legte Gunhild ihre Hand über die Augen, um nicht geblendet zu werden, und blieb stehen. Nur Geschmeide und viele Perlen konnten die Sonne derart reflektieren.

Tetta!

Die Friesin befreite sich von Ewald, rannte weiter und machte erst vor Gunhild Halt. »Bitte komm schnell zu mir nach Hause«, schnaufte sie. »Hole deinen Sack!«

Sack. Medikamente. Gunhild lief los, ohne sich mit Fragen aufzuhalten, gefolgt von Hathumod. Tetta blieb hinter ihnen zurück.

Als sie die Friesin auf der Hauptgasse wieder einholten, bemerkte Gunhild, dass Tettas sonst rosiges Gesicht grau war. Dabei war sie gar nicht auf dem Gerichtsfeld gewesen. »Was ist los?«, erkundigte sich Gunhild beklommen.

»Ein Verwandter«, keuchte Tetta. »Er wurde geblendet.«

»Die fränkischen Minuten! Du hast es gewusst«, rief Hathumod schrill vor Entsetzen. »Wie konntest du das wissen, Gunhild?«

»Aber das stimmt doch gar nicht, Kind.« Gunhild packte Tetta am Unterarm und scheuchte Hathumod auf die andere Seite. Sie schlug ein schnelleres Tempo an, als für die ältere Frau zuträglich war. Gunhild war erleichtert, als sie das Haus erreichten, ohne dass Tetta zusammengebrochen war.

Ein unscheinbarer Mann in schäbiger Kleidung stieß die Tür vor ihnen auf. »Noch lebt er«, verkündete er triumphierend. Sein fast zahnloser Mund blieb offen, während er Gunhild anstaunte.

Tettas Verwandter war ein Kind.

Gunhild weigerte sich zu glauben, was sie sah, als sie das von Blut und einer unbestimmbaren Flüssigkeit durchtränkte Tuch vom Kopf des Jungen wickelte. Tetta, neben ihr, erholte sich allmählich vom Laufen und begann mit tränenerstickter Stimme zu berichten.

Der Junge war der Sohnessohn ihres Bruders, eines friesischen Stammesführers, und hatte bis vor kurzem als Geisel im Haus des fränkischen Gaugrafen dieser Gegend gelebt. Der Bruder und sein Sohn waren vom Gaugrafen und seinem Heerbann wegen ihres Kampfes für die Freiheit der Friesen erschlagen worden, nachdem jemand sie verraten hatte. Der Junge, er hieß Enno, war zur Strafe geblendet worden, und der Unfreie, ein treuer Diener des friesischen Fürstenhauses, war mit ihm geflohen.

Biblische Rache an Kind und Kindeskind. Die Liebe im Christentum war nur ein leeres Wort, das die kriegerischen Helfershelfer der Priester wie einen Schild vor sich her trugen.

Enno wimmerte vor Schmerz und fieberte. Seine Temperatur war zum Glück nicht besonders hoch, stellte Gunhild fest und fand zu ihrer grenzenlosen Erleichterung auch keine sichtbaren Spuren von Eiter unterhalb des Schorfs, der beide Augäpfel bedeckte, aber hinreichend Verbrennungen der Augenlider und am Nasenrücken. Die Franken hatten ein Brenneisen benutzt und der kleine Kerl musste sich tapfer gewehrt haben.

Gedankenvoll knipste Gunhild ihre Stabtaschenlampe aus, die nur für Sonderfälle vorgesehen war. Der Junge war dehydriert. Die Hautfalte, die sie auf seinem Handrücken bildete, blieb einige Zeit stehen, bevor sie sich glättete. »Kannst du einen Trank aus Kräutern zubereiten?«, fragte sie Tetta.

»Das mache ich«, er bot sich Hathumod mit zitternder Stimme.

»Hast du Kamillenblüten, Tetta?«

»Ja«, flüsterte Tetta. Als sie Hathumod eingewiesen hatte, kam sie zurück und setzte sich leise weinend neben ihren Neffen. Trotz allem schien sie Erleichterung zu empfinden.

Gunhild war, was den Erfolg ihrer laienhaften Behandlung betraf, weit weniger zuversichtlich.

Der halbe Nachmittag verging, bis Enno mit antibiotischen Augentropfen behandelt und verbunden war, er für die nächsten Stunden, die er schlafend verbringen würde, ausreichend Flüssigkeit aufgenommen und schließlich mit Hilfe eines leichten Schlafmittels Ruhe gefunden hatte.

Die Anspannung fiel von Gunhild ab. Mehr konnte sie nicht tun. Leise, um weder Enno noch den erschöpften Unfreien zu stören, der inzwischen in einer dunklen Ecke schnarchte, räumte sie ihre Instrumente und die knisternden leeren Zellophanhüllen der Mullbinden zusammen.

»Er wird nichts verraten«, flüsterte Tetta. »Und ich sage nichts, natürlich nicht. Was du getan hast, könnte kein Mensch erklären. Wer bist du?«

»Nur Gunhild, die Nordfrau«, murmelte sie und rieb sich die Augen vor Müdigkeit. Plötzlich spürte sie Tettas Hand auf ihrem Knie.

»Bist du die Frau, die sich in die heilige Eiche zurückzog, an dem Tag, als der König die Sachsen hinrichten ließ?«, fragte Tetta voller Ehrfurcht. »Die Franken nannten sie Hildegunde.«

Gunhild wollte es schon ableugnen. Es war einfach zu gefährlich für sie, wieder Hildegunde zu sein. Aber Tetta strahlte auf einmal so viel Hoffnung und Zuversicht aus, dass sie nicht das Herz dazu hatte. Ihre Hoffnung würde auch ihrem Großneffen helfen, sofern es überhaupt gelang, sein Leben zu retten.

»Du schweigst«, sagte Tetta. »Das genügt mir.«

Tetta stemmte sich hoch und verschwand in einer Ecke ihres Hauses. Gunhild hörte sie kramen, während sie sorgsam eine ungebrauchte Mullbinde aufwickelte. Dann kehrte Tetta mit geheimnisvoller Miene zurück.

Vor Gunhilds Augen schüttelte sie ein Haarnetz aus grün schimmernden Glasperlen auseinander, fein wie ein Spinnennetz. »Es war«, erklärte Tetta mit schmerzlich verzogenem Gesicht, »für den Hochzeitstag meiner Tochter bestimmt, den sie nicht mehr erlebt hat. Jetzt sollst du es tragen.«

Die nächsten Tage vergingen mit der intensiven Pflege des Jungen. Buto war meistens nicht im Haus, wenn Gunhild und Hathumod abends zurückkamen, aber die ausgenommenen Fasane und Hühner, die sie hinter der Türschwelle vorfanden, bewiesen, dass er jagte, tauschte oder stahl und sich jedenfalls für ihre Ernährung verantwortlich fühlte.

Enno war zäh. Er hatte offenbar nicht vor zu sterben. Ob er sein Leben noch als lebenswert ansehen würde, jetzt, da er in einem Alter war, in dem er ganz sicher schon schießen und die Grundzüge der väterlichen Landwirtschaft gelernt hatte, war eine ganz andere Sache. Gunhild stand zufällig an Ennos Krankenlager, als dieser zum ersten Mal wieder vernünftig sprach.

»Wo bin ich?«, fragte er mit klarer Stimme.

Tetta eilte herbei und ergriff seine kleine Hand mit beiden Händen. »Bei deiner Verwandten Tetta in Verden«, sagte sie überglücklich.

Enno entzog sich ihr und faltete die Hände. »Ich danke dir, Herr, dass du mein Leben gerettet hast«, betete er laut, »aber warum, Herr, musstest du mich nach Verden schicken? Es ist der gottloseste Ort der Welt, der Ort, an dem die Sachsen in deinem Namen gestraft wurden und sich immer noch nicht gebessert haben.«

Gunhild unterdrückte einen Schreckenslaut, als ihr bewusst wurde, dass Enno jetzt vom Friesischen ins Fränkische gewechselt hatte. Ihr Mitleid mit Tetta wuchs ins Unermessliche, als sie deren wächsernes Gesicht bemerkte. Noch bevor sie zugreifen konnte, sackte Tetta lautlos auf den Boden.

Tetta kam bald wieder zu sich, aber der Bruch zwischen ihr und dem Jungen war geschehen. Gut, dass Enno nicht sehen kann, mit welchen Zweifeln sie ihn jetzt betrachtet, dachte Gunhild.

Abends, als sie und Hathumod sich verabschieden wollten, hatte Tetta immer noch nichts von ihrer grimmigen Abneigung verloren. Sie begleitete sie vor die Tür, offenbar erleichtert, vom Krankenlager fortzukommen.

»Lass Enno deine Enttäuschung nicht merken«, bat Gunhild. »Er kann doch nichts dafür, dass er die Geisel dieses Gaugrafen war. Zwei Jahre, Tetta!«

Tetta zuckte mit den Schultern.

Diese zwei Jahre war Enno von einem Priester unterrichtet worden. Gunhild führte es auf ihre Sprache zurück, die er wohl nicht einordnen konnte, zumindest nicht als sächsisch, dass er ihr im Laufe des Tages bereitwillig Auskunft gegeben hatte. Feindlich verhielt er sich nur gegenüber Tetta.

»Du musst mit ihm sprechen«, mahnte Gunhild sanft.

»Worüber?«

»Über alles, was einen Jungen in seinem Alter interessiert. Nur nicht über die Götter und Helden eures Volkes. Und auch nicht über den Herrn der Franken.«

»Über den weiß ich sowieso nichts. Ich will es mir überlegen«, versprach Tetta mürrisch.

»Wenn du nicht so beschäftigt wärst, hättest du mitbekommen, womit die Garnisonskrieger sich heute die Zeit vertrieben haben. Oder hast du?«

Gunhild, erfüllt von Sorgen um Enno, trat vollends zur Tür herein, in der Buto sie bereits mit seiner Frage überfallen hatte. Sie ließ ihr Tuch vom Kopf gleiten und begann bedächtig, es zusammenzulegen. »Nein, habe ich nicht«, sagte sie abweisend. »Im Gegensatz zu diesen Männern vertreibe ich mir nicht die Zeit – schon gar nicht mit unnützen Dingen.«

»Oh, unnütz waren sie nicht«, behauptete Buto grinsend. Er lümmelte sich auf seinem Bett, die Füße gegen einen Balken gestemmt. »Und außerdem Schwerstarbeit.«

Er würde keine Ruhe geben. Gunhild warf ihm einen betont gelangweilten Blick zu und setzte sich neben das Feuer, wo im Grapen eine Flüssigkeit köchelte. »Also, was haben sie gemacht?«

»Den Friedhof der Sachsen zerstört«, verkündete er. Gunhilds Reaktion veranlasste ihn zu einem breiten Grinsen. »Na, endlich neugierig geworden?«

»Nein, überhaupt nicht«, entgegnete Gunhild voll Abscheu.

Doch das hinderte Buto nicht, weiterzusprechen. »Sie haben die Hügel eingeebnet, die Knochen verstreut und die Urnen zerschlagen«, berichtete er genüsslich. »Es war schwierig, die Halsreifen von den eingetrockneten Hälsen zu bekommen, ohne das Gold zu beschädigen.«

»Plündernde Barbaren! Und du hast zugesehen, ohne sie aufzuhalten?«

Buto tippte sich vielsagend an die Stirn. »Wieso ich? Es sind doch nicht meine Verwandten.«

»Aber Sachsen wie du«, versetzte Gunhild und erkannte im gleichen Augenblick, wie wenig ihm dies bedeutete.

»Ja, und?«, fragte er tatsächlich und begann seinen Zeigefinger im Kreis zu schwenken, an dem eine Perlenkette rotierte.

»Du hast mitgeholfen?«

»Du sagst es.« Mit einem Griff stülpte er ein Ledersäckchen um, das neben ihm auf dem Fußboden gestanden hatte, und leerte es. Ein Häufchen von Fibeln, goldenen Armreifen, Schnallen und Waffenbeschlägen fiel heraus.

Gunhild hielt mit dem Fuß zwei Perlen auf, die an ihr vorbeirollten.

»Willst du sie haben? Du darfst dir noch etwas aussuchen«, bot Buto großzügig an.

Gunhild gab einen verächtlichen Laut von sich und warf die Perlen im Vorbeigehen auf sein Bett. Sie musste erst einmal frische Luft schnappen.

Unerwartet erwies Hathumod sich als Retterin, sowohl in Tettas als auch in Gunhilds Augen. Beide Kinder hatten ihre nächsten Verwandten verloren und Gräuliches erlebt, wenn auch auf ganz unterschiedliche Art, und so fanden sich ihre Seelen.

Gunhild stellte zwei Wochen nach Ennos Ankunft fest, dass er endgültig über den Berg war. An einem Vormittag, an dem sie Enno und Hathumod schwatzen und lachen hörte, beschloss sie, nach Hoya aufzubrechen. Möglicherweise hatte Haduwich etwas von Gerowulf gehört.

An der Tür kam ihr Tetta mit dem gefüllten Wasserbottich entgegen. »Warte, ich begleite dich nach draußen.« Wo die Kinder sie nicht hören konnten, besagte ihre Geste.

Derzeit herrscht stabiles Reisewetter, dachte Gunhild, während sie auf Tettas Eröffnung wartete. Nicht zu heiß, aber trocken.

»Er bittet darum, dass Vater Adalhard ihn besuchen darf«, sagte Tetta draußen. »Meine Geschichten interessieren ihn nicht.«

»Mm«, murmelte Gunhild zögerlich. »Aber es wäre auch nicht hilfreich, ihm den Priester vorzuenthalten. Er würde die Absicht dahinter merken.«

»Du meinst, es wäre wirklich das Beste, einen christlichen Priester herzubitten? In mein Haus?« Tetta schüttelte sich. »Wenn Onno das wüsste!«

»Die Welt ändert sich. Man kann ihren Lauf nicht aufhalten«, meinte Gunhild resignierend, während ihr im gleichen Augenblick einfiel, dass sie ja gerade selbst versuchte, das zu tun. »Ja, lade ihn ein.«

»Könntest du wohl ...?«

»Ja, natürlich«, erbot sich Gunhild von Herzen. »Ich gehe bei Adalhard vorbei und sage ihm Bescheid. Und anschließend verlasse ich Verden für einige Wochen. Buto hat sich einverstanden erklärt, für euch zu jagen.«

»Dieser Buto«, sagte Tetta voll Abscheu. »Ich verstehe nicht, dass du mit ihm verheiratet sein kannst! Insofern bin ich ja einverstanden damit, dass du nach Hoya gehst, obwohl gewiss keine Sächsin außer dir auf die Idee käme, diesen langen Weg ohne bewaffnete Begleitung zu machen.«

Noch bevor Gunhild eine gescheite Entgegnung formulieren konnte, sprudelte Tettas gesammelter Unwillen aus ihr hervor. »Wenn ich dich nicht inzwischen besser kennen würde, Gunhild, würde ich dir misstrauen. Der König hat nach der Eroberung in rasender Eile das Land zu seinem Eigentum erklärt, die Bauern dürfen nicht einmal in den Wäldern jagen, in die sie ihre Schweine schicken – aber dein Ehemann Buto schafft es.«

»Er ist nicht mein Ehemann, Tetta«, entgegnete Gunhild zornig. »Warum er jagen darf, weiß ich nicht. Er hat es auch fertig gebracht, das Haus des Aufrührers Hessi vor dem Niederbrennen zu bewahren. Er muss wirklich Pippins Gunst genießen. Anders kann ich es mir nicht erklären.«

Tetta ergriff ihren Ärmel und sah ihr bittend ins Gesicht. »Gunhild, du übst Druck auf Buto aus, ich spüre es. Er ist nicht der Mann, der dich freiwillig ernähren würde. So, wie du ihn behandelst, schon gar nicht. Er gehört eher zu den Gewalttätern, die jemanden totschlagen, wenn ihnen dessen Nase nicht passt. Was ist es? Ich hoffe, es ist nichts, was mit der schwarzen Kunst der Franken zu tun hat ...«

»Nein, ganz bestimmt nicht«, beteuerte Gunhild erschrocken.

»Denn dann müsste ich dich aus meinem Haus weisen«, fuhr Tetta traurig fort.

»Ich lüge nicht, Tetta!« Gunhild war plötzlich dankbar, dass sie der Versuchung nie nachgegeben hatte. Waltberts und Hessis Standhaftigkeit hatten ihr unendlich imponiert.

»Ja, das habe ich schon bemerkt«, murmelte Tetta, immer noch sichtlich verunsichert.

Gunhild sah sie unglücklich an. »Tetta, ich bin die Frau, die sich in die Eiche zurückzog. Ich heiße wirklich Gunhild. Den Namen Hildegunde hat ein Priester für mich erfunden.«

»Das war es, was ich von dir selbst hören wollte«, sagte Tetta erleichtert und streifte mit einem Kuss Gunhilds Wange, bevor sie sie losließ. »Lass es dir gut ergehen. Ich wünsche dir, dass du Gerowulf findest. Unter einer Bedingung lasse ich dich jetzt fort.«

»Ich wünsche es mir auch.« Gunhild runzelte die Stirn. Was kam jetzt noch?

»Du ziehst ein Kleid von mir an. Du bist – um es wohlwollend auszudrücken – zu auffällig.« Tetta blies sich eine Locke aus dem Gesicht, während sie Gunhild streng musterte.

Erleichtert, dass es nichts anderes war, wartete Gunhild, bis Tetta ihr das schön gewebte und nicht verwaschene blaue Kleid herausgesucht hatte. »Übrigens«, erklärte sie, während sie es behutsam im Rucksack verstaute, »ist Gerowulf natürlich nicht schuld daran, dass die Franken seine Verwandten ermordet haben. Im vergangenen Herbst hat er sie vor der Hinrichtung bewahrt und dafür in Kauf nehmen müssen, dass sie sich von ihm lossagten. Sie verstanden nicht, wovor er sie warnte ...«

»Und du hast ihm dazu geraten ...«

»Ja, ich habe ihm dazu geraten«, gab Gunhild zu. Sie schüttelte ihr Unbehagen ab und machte sich auf den Weg.

Bevor sie außer Sicht war, drehte sie sich noch mal um. Tetta stand immer noch in der Tür und sah ihr nach.

Wie versprochen, ging Gunhild zuerst zur Kirche, was nur ein kleiner Umweg war. In seinem Hauseingang stand der dicke Ewald mit verschränkten Armen und beaufsichtigte vier armselig gekleidete und schlecht ernährte Sachsen, die seinen Hausgarten bearbeiteten. Vermutlich konnte er sich dank seiner Beziehungen jederzeit Unfreie beschaffen. Neugierig folgten seine Augen Gunhild.

Sie ignorierte ihn. Opportunisten, die unter jeder Herrschaft das Maximum für sich herauszuholen verstanden, konnte sie am wenigsten leiden.

Der unsympathische Knecht des Priesters erkannte Gunhild sofort. »Vater Adalhard ist auf der Jagd«, sagte er verschlagen grinsend. »Der kann nicht kommen.«

Kapitel 8

Gunhild wusste alles gut geordnet, soweit es überhaupt in ihrer Macht lag. Außerdem war sie dankbar, diesen Ort, der so wenig Erfreuliches bot, für eine Weile zu verlassen. Hinzu kam, dass ihre Angst vor Pippin immer mehr zunahm, gerade weil sie nichts von ihm gehört hatte. Jedenfalls glaubte sie nicht, dass er die Missachtung seiner Botschaft einfach so hinnehmen würde.

Vom Fährmann ließ sie sich über die Aller setzen. Verden lag in der frühen Morgensonne, aber dem fränkischen Raben, der als düstere Drohung auf seiner Standarte flatterte, kehrte sie gerne den Rücken.

Der Pfad in einiger Entfernung von der Aller schien ihr breiter und ausgetretener als im vergangenen Jahr, und sie hatte keine Bedenken, ihn zu benutzen. Die sumpfigen Auen hatte sie zu meiden gelernt und die Begegnung mit Franken fürchtete sie eigentlich nicht mehr. Der Schrecken stumpfte ab.

Als sie den Wald erreichte, blickte sie nach oben und bewunderte die Baumkronen. Sie waren unvergleichlich schön. Das Sonnenlicht fiel durch die jungen Eichenblätter hindurch bis auf den Boden und die Luftbrise weit oben ließ die Sonnenstrahlen hier unten tanzen.

Allerdings waren die Häuschen abgebrannt und nicht wieder aufgebaut worden. Unwillkürlich leise, tappte sie behutsam um eine Ruine herum, die nahe am Weg stand. Verkohlte Reetbunde, die beim Brand vom Dach gerutscht waren, lagen im Gras, aber es gab außer den Knochen von Menschen, sogar Kindern, und von Wiederkäuern nichts, was auf die früheren Bewohner hingedeutet hätte.

Gunhild setzte ihren Weg fort. Verbrannte Erde wirkte wohl immer deprimierend auf einen Betrachter.

Nach einigen Stunden bemerkte sie im lichten Unterholz ein rotes Leuchten, das sie neugierig machte. Solch ein Rot gehörte nicht unbedingt zu den Frühlingsfarben eines Eichenwaldes.

Es war ein Teil eines sächsischen Prachtmantels, so viel erfasste Gunhild noch, bevor ihr revoltierender Magen das Frühstück von sich gab.

Nach einer Weile war sie in der Verfassung, einen zweiten Anlauf zu wagen, dem Besitzer, der neben der abgerissenen Ecke seines Mantels lag, ins Gesicht zu sehen. Seine markanten sächsischen Gesichtszüge waren verzerrt und erlaubten ihr nur mit Mühe die Feststellung, dass sie ihn nicht kannte.

Vermutlich hatte er noch gelebt, als er skalpiert worden war, denn eingetrocknete Blutrinnsale und Tropfen auf der Stirn und neben den Ohren ließen darauf schließen, dass er seinen Kopf hin und her geworfen hatte.

Unter dem fast nackten Mann verlief eine dunkelrote geronnene und klumpige Blutbahn, die in Hüfthöhe endete. Er war von hinten angegriffen worden und der Täter hatte ihn ausgeplündert. Von Waffen, ohne die kein erwachsener Sachse das Haus verließ, war keine Spur zu sehen, ebenso wenig von Schuhen oder dem restlichen Mantel. Gunhild machte ein Foto von dem Toten und prägte sich für alle Fälle seine Züge ein, so gut es ging. Danach verstaute sie das rot karierte Stück Stoff im Rucksack.

Das Beil in der rechten Hand, setzte sie ihren Weg fort, nun doch etwas vorsichtiger als vorher.

Gunhild beobachtete den Fährmann lange, bevor sie es hier mitten in der Wildnis wagte, ihn zu rufen. So etwas wie an der Aller sollte ihr nicht noch einmal passieren. Aber er brachte sie zuverlässig zum Westufer der Weser.

Hoya schien sich gegenüber dem Vorjahr nicht verändert zu haben. Erleichtert ließ sie am Eingang des Dorfes ihre Blicke über die Häuser schweifen, die seltsam unbewohnt wirkten.

Ihr grausiger Fund hatte sie derart erschüttert, dass sie versäumt hatte, sich einen Plan zurechtzulegen, wie sie Haduwich finden wollte, ohne vom Gaugrafen entdeckt zu werden. Erst als sie vor dem Edelingshof stand, begann sie darüber nachzudenken.

Mit etwas Glück würde Gaugraf Hermenefred sie nicht erkennen, jedenfalls nicht von weitem. Ihr ehemals ganz kurzes Haar, das sie den Winter über vorsorglich hatte wachsen lassen, war jetzt eingebunden in ein Haarnetz. Obendrein trug sie mit dem blauen Kleid, das Tetta ihr geschenkt hatte, eine friesische Tracht. Eigentlich hatte sie nichts zu befürchten.

Der Hof lag still da. Im Herbst hatte hier ständig Bewegung geherrscht. Krieger waren gegangen und gekommen, und meistens waren Pferde von Kundschaftern oder Besuchern im Hof angebunden gewesen. Allerdings: Seitdem es zwischen Weser und Aller einen Streifen verbrannter Erde gab, lag Hoya nicht mehr unmittelbar an der Grenze zum Sachsenland. Vielleicht hatten sie den Heerbann verkleinert.

Wenigstens schlängelte sich ein Rauchfaden aus einem

der Grubenhäuser, und über Holunderbüschen trockneten Vogelnetze. Das Trappeln eines trabenden Pferdes veranlasste Gunhild, sich umzudrehen. Ein Franke. Der Reiter näherte sich rasch, aber da er einen zivilen Eindruck machte, gab es keinen Grund zur Flucht.

Er hob grüßend seinen Ango und parierte zum Stehen durch. »Suchst du den Hof des königlichen Gaugrafen, Frau? Du stehst davor«, sagte er höflich.

»Nein, ich suche ihn nicht, aber ich danke dir für die Auskunft«, antwortete Gunhild spontan. Sie hatte sich gerade entschlossen, in aller Ruhe zu planen, wie sie mit Haduwich Kontakt aufnehmen konnte.

»Aber du wirst in Hoya keine Unterkunft finden außer bei Hermenefred. Er ist ein gastfreundlicher Mann.«

»Ist seine Frau denn tot?«, fragte Gunhild überrascht. Itta war geradezu von Geiz zerfressen gewesen, und ganz bestimmt hätte sie Gäste, die aussahen wie Sachsen oder Friesen, nicht aufgenommen.

Er lächelte verhalten. »Du kennst sie also. Ja, sie wurde von ... Sie starb. Ein Grund mehr für dich, Hermenefred deine Aufwartung zu machen. Ich sehe ja, dass du hier fremd bist und eine weite Wanderung hinter dir hast.«

»Ich wollte noch weiter«, erklärte Gunhild hastig. »Höfe, in denen fränkische Krieger die Zeit totschlagen, sollten blonde Frauen meiden, wenn du verstehst, was ich meine ...«

Er nickte schmunzelnd, wobei sein akkurat geschnittenes Haar im Takt wippte. Einen Schnauzbart trug er im Gegensatz zu anderen Kriegern seltsamerweise nicht, aber ein Geistlicher war er auch nicht, denn ihm fehlte die Tonsur.

Gunhilds stille Betrachtung belustigte ihn offenbar und er ließ ihr Zeit dafür. »Haduwich, unsere Geisel, wird sich über eine Hausgenossin wie dich freuen, schätze ich. Sie liebt es, Geschichten aus anderen Gegenden zu hören. Komm nur.«

Bei aller Freundlichkeit machte er einen unnachgiebigen Eindruck. Gunhild erwog ihre Chancen, unauffällig zu entkommen, und schätzte sie gleich null. »Ich erinnere mich an eine Haduwich«, meinte sie vage und spazierte unbefangen neben seinem riesigen Hengst in den Hof, wo er absprang.

Gunhild betrachtete das Pferd mit Kennermiene und klopfte ihm das tiefschwarze glänzende Fell. Gut gestriegelt, kaum Staub und Haare. Alles sprach dafür, dass der Hengst ein kostbares Tier war. Und ausgesprochen höflich. Er drehte den Kopf und schnupperte in ihrem Gesicht herum.

»Er ist ja ein Schöner. Eine gute Zucht«, sagte sie fast andächtig, doch besann sich schnell auf ihr Anliegen. »Vielleicht ist es dieselbe Haduwich.« Und hoffentlich hatte man ihr nicht etwas Ähnliches angetan wie dem kleinen Enno. Aber seine Bemerkung hatte eher respektvoll als abwertend geklungen.

»Möglich.« Er deutete mit dem Kinn auf eines der Grubenhäuser, während er dem Pferd einen verschrumpelten Apfel ins Maul schob. »Sieh selbst nach. Man wird dich später rufen.«

Gunhild nickte erleichtert, nahm ihren Sack wieder auf und machte sich auf den Weg. Wenn Haduwich allein untergebracht war, hatte es hier anscheinend doch einige Veränderungen gegeben. Hoffentlich nur zum Guten.

Der Vorplatz des Grubenhauses war gefegt. Gunhild stieg eine Stufe hinunter, zog vorsichtig die Tür auf und spähte hinein. Am Webstuhl stand ein junges Mädchen.

»Haduwich!«, rief sie froh, dann lagen sie sich in den Armen.

»Ich hielt dich für tot«, sagte Haduwich und vergoss ein paar Tränen. »Obwohl es Zweifel gab. Und Gemunkel, dass es bei deinem Tod nicht mit rechten Dingen zugegangen sei. Weißt du, die Franken beförderten vor der Schlächterei alle aus den Palisaden hinaus, die nicht zu ihnen gehörten. Sie wollten keine Zuschauer. Erst hinterher, als die Aller blutrot verfärbt war, sprach sich herum, was sie getan hatten ...«

»Ich entkam, aber ich konnte nicht zu dir zurückkehren. Erst jetzt ... Wie ist es dir ergangen?« Zu Gunhilds Beruhigung sah Haduwich gut aus, nicht so schmal im Gesicht wie im Herbst und ohne Sorgenfalten.

»Ach, es ist hier besser geworden«, erzählte Haduwich. »Seitdem Itta tot ist, hat Hermenefred sich verändert. Er ist milder geworden, und bisher ist er alle Priester, die man ihm schickte, schnell wieder losgeworden, so dass wir nicht einmal unter direkter kirchlicher Aufsicht stehen.«

»Itta und Vater Grimoald nicht mehr hier! Dann habt ihr ja fast schon paradiesische Zustände«, rief Gunhild aus und dehnte ihre steifen Gelenke. »Was war denn mit Itta? Ist sie am eigenen Geiz erstickt?« Zu ihrer Überraschung nickte Haduwich, obwohl Gunhild sich nur einen kleinen Spaß hatte erlauben wollen, den diese unerträgliche Frau verdient hatte, tot oder nicht.

»So ungefähr. Sie wurde von Hermenefreds eigenen Männern erschlagen, nachts im Schlaf. Sie waren hungrig.«

»Du liebe Zeit. Wenn ich an die Vorräte denke, die damals hier lagerten! Wo sind die denn hin?«

»Die hat Grimoald mitgenommen. Es handelte sich ja hauptsächlich um den Kirchenzehnten, wie er sagte.«

»Aha.« Gunhild schmunzelte spöttisch. Sie erinnerte sich noch sehr gut, dass die geizige Itta selbst volle Lagerhäuser besessen hatte. »Wie hat Hermenefred reagiert? Ich glaube nicht, dass zwischen ihnen viel Liebe war.«

»Ja, das war eigenartig«, erklärte Haduwich gedehnt. »Gar nicht. Die Täter waren Franken, die Sachsen waren nicht beteiligt. Und die fränkischen Krieger haben ihm unverblümt gedroht; sie finden es immer unerträglicher, einem Sachsen gehorchen zu müssen. Das Sendgericht des Königs wird erwartet, musst du wissen, das einen missliebigen Gaugrafen ohne weiteres absetzen kann. Und jedermann weiß, wie die Richtsprüche fränkischer Sendgerichte ausfallen ...«

Diese Nachricht musste Gunhild erst verdauen. »Er kann es sich nicht leisten, abgesetzt zu werden«, meinte sie schließlich. »Damit wäre der Aufstieg des Sachsen Hermenefred im fränkischen Reich ein für alle Mal beendet. Außerdem: Hasselhausen wurde zerstört, wegen Gerowulf ...«

»Ja, und Hermenefreds Hof auch. Er weiß, dass er nicht zurückkann. Natürlich hat ihm das nicht gefallen. Es hieß, er hätte sich bei diesem Pippin in der Verdener Garnison beschwert und soll mehr oder minder hinausgeflogen sein ...«

»Ob dann seine Begeisterung für die fränkische Sache nicht ein wenig nachgelassen hat?«

Haduwich hob die Schultern. »Darüber würde er mit mir nie sprechen. Vermutlich auch mit einem Franken nicht.«

»Also mit niemandem.« Gunhild fiel etwas anderes ein.

»Für dich habe ich Neuigkeiten. Dein Vater züchtet Pferde für den Bischof von Köln. Wusstest du das?«

»Er lebt«, sagte Haduwich glücklich. »Nein, ich wusste es nicht.«

Gunhild, die fest entschlossen war, an diesem Tag alles nur von seiner positiven Seite zu sehen, kicherte. »Und weißt du was? Mein neuer, mir aufgezwungener Ehemann wusste nichts Besseres, als sich für diesen Züchter auszugeben. Wie praktisch, dass das Sendgericht erwartet wird, ich werde ihm meinen Fall vorlegen. Ich will von dem Kerl geschieden werden. Da wir beide Sachsen sind, kann es denen ja egal sein ... Sie ziehen dafür Gebühren ein, das wird sie ködern. Allerdings habe ich noch keine Idee, wie ich das Geld dafür beschaffen könnte.«

»Sendgericht. Ja, wenn du meinst«, sagte Haduwich ohne rechte Überzeugung. »Aber warum willst du deinen Ehemann nicht behalten? Es ist doch schön, verheiratet zu sein.«

»Haduwich!«, rief Gunhild verblüfft und beschloss, lieber das Thema zu wechseln. »Wer ist eigentlich der junge Mann mit dem schönen Rappen? Er ist bis an den Zähne bewaffnet, sein Hengst hat Hufe wie Baumscheiben und beide sind freundlich. Muss ja eine ganz neue Sorte von Franken sein ...«

Haduwichs Wangen färbten sich rot und sie schlug die Augen nieder. »Ansegisel. Hat er dich zu mir geschickt?«

»Ja.« Gunhild sah ihre ehemalige Mitgefangene, die ihr so viel über Kräuter beigebracht hatte und für sie wie eine jüngere Schwester war, forschend an. Sie musste jetzt sechzehn Jahre alt sein. Erst allmählich ging Gunhild auf, dass es für einen fränkischen Krieger, der am Hof des Gaugrafen lebte, ungewöhnlich war, eine sächsische Geisel überhaupt zur Kenntnis zu nehmen. »Magst du ihn?«

»Aber Gunhild«, entgegnete Haduwich, »wie sollte das möglich sein! Ich verabscheue die Franken!«

Gunhild hob ihr Kinn behutsam an, um ihr in die Augen sehen zu können. »Wir sind beide von Franken missbraucht worden. Aber das schließt doch nicht aus, dass es auch kultivierte Menschen unter ihnen gibt.«

»Meinst du?«, fragte Haduwich hoffnungsvoll.

An der Tür klopfte es. »Ich bin es, Haduwich. Ist bei dir eine junge Frau mit einem merkwürdigen Gepäcksack, die kein Blatt vor den Mund nimmt? Sie behauptete, dich zu kennen.«

»Komm ruhig herein, Ansegisel«, rief Haduwich verlegen und lächelte wie ertappt. »Ja, sie ist hier.«

Gunhild erwiderte ihr Lachen und drohte mit dem Finger. Sie hatte richtig geraten. Haduwich war verliebt.

Der Franke zog die Tür auf. »Ihr kennt euch also tatsächlich. Das beruhigt mich. Und wer bist du nun, junge Frau?«

Gunhild sah ihn nachdenklich an. Es war jetzt sinnlos geworden, anonym bleiben zu wollen. »Die Nordfrau Gunhild.«

»Und jetzt lebst du bei den Friesen«, stellte Ansegisel fest. »Das ist gut. Der ehemalige Sachse Hermenefred wird sicher gern erfahren, wie die Dinge dort stehen. Die Friesen waren ja auch nicht immer friedliche Leute. Ich soll dich zu ihm bringen.«

Gunhild schnitt ein Gesicht, stand aber gehorsam auf und folgte ihm. Irgendetwas gefiel ihr nicht.

Als sie die Tür des Webhauses leise zudrückte, sah sie die Sehnsucht in Haduwichs Gesicht. Sie konnte sie so gut verstehen. Das Problem war, dass Haduwich nach sächsischer Auffassung, auch ihrer eigenen, wurzel- und heillos war, entehrt von einem fränkischen Krieger und getrennt von ihrer verschleppten Familie. Sie konnte nicht den Anspruch erheben, von ihrem Vater verheiratet zu werden. Ein Franke aus guter Familie war ganz und gar unerreichbar für sie.

So unerreichbar wie ein Altsachse für eine moderne Schwedin.

Ansegisel hielt sich auf dem Hof neben ihr, statt vorauszugehen, wie jeder fränkische Krieger es getan hätte. Er musste eine ganz andere Erziehung genossen haben.

Aber als sie bei der Eingangstür zur Halle anlangten, war Gunhild zu dem Schluss gekommen, dass er sie mehr oder minder bewachte. Auf sehr höfliche Weise.

»Hildegunde!« Aus Hermenefreds Schnurrbart von inzwischen anständiger fränkischer Länge tropfte Bier, das er fahrig mit dem Ärmel abwischte, bevor er den Becher von sich warf. Mit geschlossenen Augen fragte er, wobei seine Stimme hörbar zitterte: »Ist Itta auch da?«

»Gaugraf Hermenefred«, sagte Gunhild erschrocken, fast entsetzt über seine Reaktion, »ich bin doch kein Geist. Und Itta ruht ganz bestimmt dort, wo du sie begraben hast.«

»Bist du sicher?« Hermenefred öffnete ein Auge, wie um sich zu vergewissern, dass sie die Wahrheit sprach. Danach erhob er sich etwas verlegen und holte seinen Becher. »Ich dachte, dass er dich hätte hinrichten lassen ...«

»König Karl hat sich darum bemüht, das stimmt.«

»Hat sich bemüht«, keuchte Hermenefred. »Der Frankenkönig, der allmächtig über weite Teile der Welt herrscht, versuchte es ohne Erfolg?« Vor Staunen sackte ihm der Unterkiefer auf sein fleckiges Wams, bis er sich auf seinen Stand besann und den Mund schloss. »Die heilige Eiche ... Hatte es damit zu tun?«

»Ja, das hatte es«, bestätigte Gunhild schlicht. Wenn er denken wollte, dass sie Zauberkräfte besaß, mit Hilfe derer sie einem Henker entgehen konnte, bitte, nur zu. Inzwischen hatte sie gelernt, dass ihr bester Schutz in der Angst der Männer vor Ereignissen bestand, die sie sich nicht erklären konnten.

»Sie hätten sie nicht schlagen dürfen«, murmelte er zwischen zwei Schlucken.

»Meinst du, weil das Eichenholz den Verdenern gehörte oder wegen ihrer Heiligkeit?«, erkundigte Gunhild sich.

Der Gaugraf zuckte zusammen. »Du bist so schlau, wie König Karl sagte. Und noch frecher«, stellte er tonlos fest.

»Aber?«, forschte Gunhild aufmerksam.

»Im Frankenreich ist sächsische Schläue nicht besonders gefragt.«

Gunhild nickte nachdenklich und fragte sich, wen er außer ihr noch meinen könnte. Vielleicht sich selbst. Hermenefreds Oberlippe zuckte unaufhörlich, als ob ein Ärger in ihm wühlte. Gegen die Franken? Irgendetwas sagte ihr jedenfalls, dass er nicht mehr versuchen würde, sie an den Meistbietenden zu verkaufen.

»Was willst du hier?«

»Ich wollte Haduwich besuchen und feststellen, wie es ihr geht. Ich kann vermutlich von Glück sagen, dass Grimoald sie nicht mitgenommen hat. Wo ist er hin?«

»Grimoald! Mehr Respekt vor Priestern hast du auch nicht gewonnen. Aber meinetwegen.« Hermenefred gestikulierte mit beiden Händen in der Luft. »Wo er ist? Das weiß kein Mensch. Er wurde von Karl an dessen Hof gerufen. Ein Weib konnte er dabei nicht gebrauchen, sagte er.«

»Ist Haduwich dann nicht frei?«

Hermenefred grinste trüb. »Wen die Franken haben, den haben sie.«

Gunhild runzelte die Stirn. »Was soll das denn heißen? Jede Geisel kommt einmal frei.«

»Erst wenn ihre Leute gestorben sind oder eine Flucht ausgeschlossen ist. Bei diesem Hassio ist nichts ausgeschlossen, hörte ich.«

»Du hast von ihm gehört?«, fragte Gunhild harmlos.

»Nein, natürlich nicht. Du kannst bei Haduwich schlafen und so lange bleiben, wie du willst. Aber halte sie nicht vom Weben ab.« Er klopfte mit dem Becher gegen seinen Lehnstuhl und informierte das Kriegergesicht, das daraufhin zur Tür hereinsah, über seinen Entschluss.

Gunhild dankte ihm mit einem Knicks, wie es üblich war, und zog sich zurück. Als sie unbewacht den Hof überquerte, konnte sie sich des Gefühls nicht erwehren, dass Hermenefred sehr wohl über Hassio Bescheid wusste.

Beim Abendessen in der Halle überschlug Gunhild rasch die Zahl der Anwesenden und stellte fest, dass der Heerbann des Gaugrafen nur noch ungefähr dreißig Männer umfasste, raubeinige Gestalten alle miteinander, Franken und Sachsen, denen eine Frau wirklich nicht allein im Wald begegnen mochte.

Trotzdem hatte eine ältere Frau, die jetzt offenbar die Stelle der verstorbenen Hausherrin vertrat, alles gut im Griff. Sie dirigierte zwei Knechte und eine Magd mit den Augen.

Haduwich und Gunhild saßen wie die Männer an einer auf Böcke gelegten Tischplatte, jedoch für sich am Ende der Halle. Die Magd stellte ihnen eine Schüssel mit gekochtem Fleisch und eine zweite mit einem Mus hin, das nach Bohnen roch.

Gunhild schnupperte und wunderte sich. »Seit wann gibt es für unsereinen Fleisch? Und wo essen die anderen Frauen?«

»Ob du es glaubst oder nicht«, flüsterte Haduwich ihr zu, »hier geht es inzwischen weniger wild zu als zu Ittas Zeiten. Weibliche Geiseln und Gäste dürfen am Essen der Krieger teilhaben. Die Unfreien nicht, die essen wie immer draußen.«

Jetzt verstand Gunhild Ansegisels Bemerkung bei ihrer Begegnung vor dem Hof erst richtig. Haduwich hatte einen anderen Status als eine Unfreie, sie wurde im Gegensatz zu früher als Geisel respektiert und hob sich damit in den Augen des Franken von den unfreien Mägden ab. »Ich freue mich für dich«, sagte sie warmherzig. »Bestimmt ist dieses Leben erträglicher als unter dem Widerling Grimoald.«

»O ja!« Haduwich blickte kurz in die Richtung des Hausherrn, dann senkte sich ihr Kopf wieder über die hölzerne Schale.

An Hermenefreds rechter Seite saß Ansegisel. Gunhild hatte den flüchtigen Eindruck, dass die beiden sich mit den Augen verständigt hatten. Sie lächelte in sich hinein.

Wer mochte Ansegisel sein? Sein Platz war der Ehrenplatz. Wenn ein Priester anwesend gewesen wäre, hätte er ihn beanspruchen dürfen. Ansegisel unterhielt sich jedenfalls lebhaft mit dem Gaugrafen, hauptsächlich sprach er, gewandt und mit gestikulierenden Händen.

Die Knechte schleppten jetzt schwere Krüge herein, die Magd brachte Becher. Offenbar gab es keine weiteren Gänge; ein recht bescheidenes Essen für einen Gaugrafen, fand Gunhild.

»Es wird höchste Zeit für das Bier«, maulte ein Krieger, der weit unten am Tisch saß und damit nicht weit entfernt von den Frauen. »Her damit! Hattet ihr vielleicht Besseres zu tun?«

Die blutjungen Krieger in seiner Nähe nickten beifällig, während er seine tiefschwarzen Schnurrbartzipfel neben den Mundwinkeln glatt strich und die ältere Frau, die Gunhild als eine Art Schafferin einordnete, provokant fixierte. Sie beachtete seine Meckerei nicht, sondern stellte dem Gaugrafen einen überschäumenden Becher hin und überwachte dann das weitere Ausschenken der Reihe nach.

»Halt den Mund, Odilo«, befahl ein anderer verhalten und versicherte sich mit einem Seitenblick, dass Hermenefred, der Ansegisel aufmerksam zuhörte, nichts gemerkt hatte.

Odilo beugte sich vor, so dass er den anderen besser sehen konnte. Seine Augen brannten vor Hass. »Dieser verlauste Hof eines trübsinnigen Sachsen! Nicht einmal die Weiber taugen etwas. Wieso nimmt er denn nicht endlich ein paar jüngere ins Haus, die flinker sind und auch Spaß haben wollen?«

Haduwich rollte die Augen. Gunhild konstatierte, dass Odilo offenbar gewohnheitsmäßig unzufrieden war und zu hetzen pflegte.

»Dieses ist der Hof eines Gaugrafen des fränkischen Reiches, Odilo«, sagte Hermenefred plötzlich mit erhobener Stimme. »Ich bin sicher, dass König Karl Wert darauf legt, die sächsischen Gaue zu befrieden und Frömmigkeit in die Herzen der Sachsen zu pflanzen. Aber nicht auf deine Weise!«

Odilo warf den Kopf überheblich zurück. »Nur auf meine Weise, Sachse Hermenefred! Widerspenstiges Pack bezwingt man am besten über die Weiber. Mach gemischte Kinder, und du hast Ruhe im Gau!«

Die ihm anscheinend untergebene Schar lachte unterdrückt und stachelte Odilo zum Weiterreden an. »Kennst du unseren König überhaupt, Gaugraf? Ich kann es mir nicht denken. Deshalb will ich dir erzählen, dass ihn nichts als das Gold und die Schätze in diesem Land interessiert. Sachsen, pah! Frömmigkeit, pah! Karl isst sogar zur Fastenzeit Fleisch, wie jedem bekannt ist.« Er begleitete seine verächtlichen Worte mit entsprechenden Handbewegungen, und wenn es nach ihm gegangen wäre, hätten Sachsen und Frömmigkeit hinter ihm auf den schmutzigen Binsen gelegen.

Bei dieser Kriegserklärung an den Gaugrafen legte sich für einen Augenblick Stille über die Halle. Ansegisel erhob sich und musterte die Männer, die ihn respektvoll anblickten, so jung er auch war.

Bestimmt gehört Ansegisel einer vornehmen fränkischen Familie an, dachte Gunhild. Sie hörte hinter sich die Knochen zwischen den Kiefern der kleinen Jagdhunde knacken, die sich an der einen Wand tummelten.

Ansegisel legte seine Hand auf die Schulter des Gaugrafen und drückte sie. »Hermenefred ist der beste Beweis dafür, was der König wirklich will, Odilo: Er hat einen Sachsen zum Gaugrafen gemacht – das bedeutet Versöhnung. In Zukunft kämpfen Franken und Sachsen nicht gegeneinander, sondern vereint gegen heidnische Völker, die sich gegen den Herrn sperren.«

Gunhild zuckte derart zusammen, dass sie sich auf die

Zungenspitze biss. Ansegisel war zweifellos ein kultivierter Franke, aber hatte er eine Ahnung davon, wie die Wirklichkeit der Eroberung aussah? Odilos grobe Forderung traf es besser.

Odilo erhob sich langsam und stützte beide Fäuste auf die Tischplatte, ungeachtet der Essensreste, die dort herumlagen. »So mag man vielleicht am Bischofssitz von Reims denken«, begann er höhnisch. »Aber wir hier im Sachsengebiet wissen besser, wie wir mit den Sachsen umzugehen haben. Hier ist die Härte von kampfgewohnten Kriegern gefordert. Gebetet wird hinterher, wenn sie um ihr Leben betteln. Und an Versöhnung glaube ich überhaupt nicht. Sachsen sind anders! Sie werden nie sein wie wir!«

Die sächsischen Krieger ließen sich diese Beleidigung nicht gefallen. Ein unglaublicher Tumult brach aus, als sie aufsprangen und die Parteien sich gegenseitig anbrüllten.

Gunhild schob ohne hinzusehen das Rippenstück von sich weg, von dem sie aus Höflichkeit noch letzte Muskelfasern abgezupft hatte, obwohl sie längst satt war. Ein eisiger Schauer lief ihr den Rücken hinunter, während sie auf Odilos Gürtel starrte.

An ihm hing ein langer Dolch. Und daneben ein locker geflochtener Zopf aus blonden Haaren, der in einem blutbefleckten Skalp endete. Die getrocknete Kopfhaut schaukelte mit leise kratzendem Geräusch an Odilos Oberschenkel hin und her.

Haduwich zerrte Gunhild auf die Füße und zog sie Richtung Ausgang. »Los, los!«, rief sie ihr ins Ohr.

Gunhild wusste nicht, wie sie aus der Halle gekommen war, aber sie spürte plötzlich die kühle Nachtluft an ihren

Wangen. Die Geräusche, die mehr nach Kampf als nach Streit klangen, blieben hinter ihnen zurück.

Haduwich schubste Gunhild mehr oder minder in ihre Hütte hinunter und warf die Tür hinter sich zu. Gunhild sank auf das Bett und schnappte nach Luft. Die Stimmung war so schnell aufgeheizt gewesen, dass ihr immer noch das Herz klopfte. Daran konnte allerdings auch die Entdeckung schuld sein.

»Ist es oft nötig?«, fragte sie gedämpft und deutete mit dem Kinn zur Tür, wo Haduwich inzwischen den Knebel mit Hilfe eines eigens für diesen Zweck hergerichteten gegabelten Stockes arretiert hatte.

»Gelegentlich.« Haduwich setzte sich ebenfalls. »Hauptsächlich, wenn sie betrunken sind. Odilo ist der Gefährlichste von ihnen.« Wie früher bei ähnlichen Gelegenheiten, saßen sie Hand in Hand auf einem Bett, lauschten und warteten, dass die Gefahr vorüberging.

»Die anderen sind Krieger, nehme ich an. Odilo ist ein Mörder. Das ist ein himmelweiter Unterschied, selbst bei den Franken.« Gunhild erzählte ihr ausführlich, was sie auf dem Herweg beobachtet hatte.

Haduwich schüttelte sich. »Ich weiß, dass manche Franken Kopfhäute sammeln«, sagte sie nachdenklich. »Es muss nicht Odilo gewesen sein.«

Gunhild zuckte die Schultern, kramte in ihrem Sack und holte den Stoff-Fetzen heraus.

Haduwichs neugierige Miene verlor sich, während sie das rot karierte Dreieck auf dem Oberschenkel glatt strich. Ihr Gesicht war plötzlich leer.

»Was ist?«, forschte Gunhild beunruhigt.

»Ich glaube, Mutter hat den Mantel gewebt«, antwortete Haduwich und konnte ihr Schluchzen nicht mehr unterdrücken.

Gunhild sah sie mitleidig an. Wenn jemand etwas vom Weben verstand, dann Haduwich. Sie war auf diesem Gebiet eine Künstlerin, und natürlich konnte sie die Handschrift einer anderen Künstlerin lesen. »Der Tote war nicht Hassio«, versicherte Gunhild hastig, als ihr einfiel, dass diese Möglichkeit ja durchaus gegeben war. Trotzdem wagte sie nicht, Haduwich das Foto zu zeigen. »Ich weiß doch, wie dein Vater aussieht. Diesen Mann hatte ich noch nie gesehen.«

Haduwich beruhigte sich etwas. »Möglicherweise kenne ich ihn ja. Ich glaube nicht, dass Mutter mehr als drei oder vier solche Mäntel gewebt hat. Für jeden braucht man zwei Winter.«

»Außer Hassio kommen demnach nur zwei oder drei gute Freunde deines Vaters in Frage, die im Haus aus und ein gegangen sein müssten«, schloss Gunhild messerscharf. »Soll ich dich hinführen?«

»Ich weiß nicht ...«, meinte Haduwich zögernd. Schließlich schüttelte sie den Kopf. »Ich will nicht in den Wald, jedenfalls nicht ohne bewaffnete Begleitung.«

»Und wenn wir Ansegisel darum bitten?«

»Ja, wenn du meinst«, stimmte Haduwich plötzlich bereitwillig zu. »Eine gute Idee.«

»Nicht wahr?« Gunhild lachte und tätschelte ihr die Wange. Zwar hatte Haduwich es nicht darauf angelegt, Gunhild auf diese Idee zu bringen, aber sie gefiel ihr ausnehmend gut.

»Warum ausgerechnet Odilo?«, fragte Gunhild hitzig. »Ich würde jeden anderen gerne verbinden, aber ihn nicht! Er ist ein Mörder!«

Haduwich war sofort an die Tür gestürzt, als Ansegisel sich draußen zu erkennen gab, und hatte geöffnet. Jetzt standen sie dicht nebeneinander. Ein schönes Paar, er ebenso dunkel wie sie hell. Gunhilds Blicke wanderten zwischen ihren beiden schmalen jungen Gesichtern hin und her. Ansegisel zog die Augenbrauen fragend und ein wenig beunruhigt in die Höhe.

»Wir erzählen es dir später«, sagte Haduwich beschwichtigend.

»Na gut. Der Gaugraf behauptet, dass du für deine Heilkenntnisse bekannt bist, Hildegunde ...«

Gunhild blitzte ihn wütend an. Hermenefred hatte also von ihrer Vergangenheit berichtet. Obwohl sie ihn nicht darum gebeten hatte, war sie davon ausgegangen, er würde Stillschweigen bewahren.

»... aber«, fuhr Ansegisel nach dieser beabsichtigten Unterbrechung in einer höheren Tonlage fort, »ihm wäre es aus mehreren Gründen recht, wenn Gunhild sich um Odilos Verletzung kümmern würde. Insbesondere, um diesem Mann zu zeigen, was eine Sächsin vermag.«

Es riss Gunhild förmlich in die Höhe. Dem Sachsen Hermenefred war es eine Herzensangelegenheit, den Beweis zu erbringen, dass die Sachsen den Franken keineswegs unterlegen waren, und für den Diplomaten Ansegisel war ihre Hilfe ein Akt der Klugheit. Aber es war noch mehr: Es war auch ein Angebot an sie. Hermenefred würde sie nicht verraten.

Abgesehen von alldem, hätte sie die Behandlung sowieso nicht abgelehnt. Es war mehr ein kalkuliertes Sträuben gewesen. Gunhild nahm ihren Rucksack auf. »Dann lass uns gehen.«

»Ich will sie nicht!«

Gunhild musterte Odilo, den man auf eine Wandbank

gelagert hatte, kühl. Inzwischen waren die Tischplatten hinausgetragen worden und die meisten Krieger hatten die Halle verlassen. Wahrscheinlich gab es noch einige andere, die ihre Blessuren nach dem Scharmützel versorgen mussten.

Zwischen den Binsen auf dem Boden lagen Essensreste, um die sich die schwarzweißen, langhaarigen Stöberhunde balgten, die offenbar keinem oder allen gehörten. Gunhild zuckte mit den Schultern und setzte sich zu ihnen. Sie schnippte mit den Fingern, um einen Hund auf sich aufmerksam zu machen. Aber natürlich interessierten sie sich nur für das Fleisch.

»Die Vogelhunde wollen das Weib nicht, und ich auch nicht! Hört ihr, ich will nicht!«, brüllte Odilo und wurde ohnmächtig.

Es war der Blutverlust. Er schien an einem Schwert vorbeigerannt zu sein, das seinen Oberschenkel gestreift hatte. Gunhild beugte sich vor und schlug den Hosenstoff beiseite. Es war ein langer, sauberer und nicht besonders tiefer Schnitt, und sie hatte eigentlich nicht die geringste Lust, ausgerechnet diesen Mann zu behandeln. Die Wunde würde auch ohne ihre Mithilfe zu einer prächtigen Narbe verheilen.

Haduwich reichte ihr wie eine geübte Krankenschwester ein sauberes Tuch. Sie hatte nichts vergessen.

Gunhild seufzte ergeben und wischte das Blut ab. Aus den Augenwinkeln bemerkte sie das verstohlene Staunen der Männer, die sich unerwartet leise hinter ihr sammelten. Sie mied bewusst den Anblick von Odilos Gürtel mit dem Skalp. Denn soeben hatte sie eine weitere Entdeckung gemacht, über die sie jetzt nicht nachdenken konnte.

Trotzdem war diese Entdeckung der Grund, dass sich

Gunhild zu einem eher spektakulären Verfahren entschloss. Wenn sie Odilo schon behandeln sollte, konnte sie den Kriegern auch einen echten Grund zum Staunen geben. Und der Gaugraf würde eine ehrliche Gegenleistung für sein Schweigen erhalten.

»Zwei kräftige Männer sollen den Mann halten«, befahl sie und sah sich um. Sie begegnete einem neugierigen Funkeln in Ansegisels Augen, das dem Penicillinpuder in der weißen Kunststoff-Flasche galt, das sie aufzuschütteln begann.

Die Krieger diskutierten hinter ihr aus, wer helfen sollte, während Gunhild eine Klammer in ihr pinzettenähnliches Instrument einzog.

Endlich stürzten sich vier Männer auf Odilo, einer von ihnen packte dessen Schnurrbartzipfel und zerrte sie auseinander, bis die Oberlippe nur noch ein schmaler Strich war.

»Seid mal ein bisschen leise«, mahnte Gunhild, um ihr aufgeregtes, fast kindliches Schwatzen einzudämmen. Dann setzte sie eine Klammer neben die andere. Der Wundkamm wurde wirklich wunderschön, noch ästhetischer als in einer rasierten grauen Hundehaut.

»Jawohl«, sagte sie endlich und putzte zufrieden die letzten dünnen Blutgerinnsel ab. Noch größeren Eindruck als die Klammern machte aber offenbar die blendend weiße selbstklebende Binde, die sie im perfekten Ährenverband um Odilos Oberschenkel wickelte.

Odilo, der wieder bei Bewusstsein war, quiekte wie ein Schwein, bis der Mann über seinem Gesicht seinen Schnurrbart losließ. »Das zahle ich dir heim«, fluchte er. »Ist sie fertig?«

Gunhild sammelte ihre Siebensachen zusammen und stand auf. »Bin ich. Ich nehme die Klammern in einigen

Tagen ab«, erklärte sie streng. »Du rührst den Verband nicht an!«

»Würde ich nicht wagen«, krächzte er. »Er ist schließlich sächsisch.«

»Aha«, sagte Gunhild sarkastisch. Eigentlich war es eine Beleidigung, aber sie überließ es Ansegisel, dem großen Schlichter, Odilo zurechtzuweisen. Sie fand, dass sie sich nicht nur wacker geschlagen, sondern obendrein noch gut eingeführt hatte.

Hermenefred musste derselben Meinung sein, denn als Gunhild auf dem Weg zur Tür an ihm vorbeiging, winkte er sie mit gnädiger Miene zu sich. Zu ihrer Überraschung drückte er ihr den goldenen Halsreifen in die Hand, den er bis dahin selbst getragen hatte.

Gunhild starrte den gedrehten Ring sprachlos an. Es war der erste Lohn, den sie jemals im Sachsenland erhalten hatte. Schade, dass er für die Bezahlung ihrer Scheidung würde herhalten müssen.

Kapitel 9

»Ich konnte die Schrift auf Odilos Dolchscheide nicht ganz entziffern«, berichtete Gunhild leise, als sie wieder in Haduwichs Webhaus zurückgekehrt waren, »nur *Hassio*. Aber immerhin. Allerdings weiß ich nicht genau, was es bedeuten könnte.«

Haduwich sah sie erschrocken an.

»Er kann den Dolch doch nicht einem Mann namens Hassio gestohlen haben? Jedenfalls bestimmt nicht deinem Vater«, fuhr Gunhild tröstend fort.

»Nein, natürlich nicht. Man schreibt seinen Namen nicht auf Dinge, die einem selbst gehören. Aber wenn der Mantel von Mutter gewebt wurde, ist die Wahrscheinlichkeit groß, dass Vater die Dolchscheide geschnitzt hat. Wahrscheinlich heißt der Text: *Mich schenkte Hassio* oder ganz ähnlich.«

Gunhild nickte. So ergab es einen Sinn.

Haduwich knetete ihre Hände im Schoß und schien sich ausschließlich für sie zu interessieren. »So stand es auch auf dem Dolch, den ich dir zugesteckt habe, bevor du ... also, bevor du hingerichtet werden solltest. Er war ein Geschenk meines Vaters.«

»Was ist los?«, fragte Gunhild beunruhigt. »Sag schon, Haduwich. Dir liegt doch etwas auf der Seele.«

»Wo warst du in der Zwischenzeit, Gunhild? Wo kommt dieser weiße Stoff her, mit dem du Wunden verbindest?«

»Ich war weit weg, in meiner Heimat«, sagte Gunhild träumerisch und fragte sich im gleichen Augenblick, ob es überhaupt stimmte. War Kiel noch ihre Heimat?

»Und dort hast du auch schnell mal eben unsere Schrift lesen gelernt?«

»Nein, nicht richtig gelernt. Ich habe sie mir angesehen, das stimmt.« Was Gunhild in Büchern darüber gefunden hatte, ließ viele Fragen offen. Richtig lesen konnte man das Futhark im 21. Jahrhundert immer noch nicht. Sie dachte daran zurück, wie sie die Bücher auf die Theke der Zentralbibliothek gestapelt und mit einem Gefühl der Unzufriedenheit zurückgegeben hatte. »Irgendwie scheine ich mich daran zu erinnern. Als ob ich sie früher einmal lesen konnte ... Ich kann es dir auch nicht erklären.«

»Du erinnerst dich?«, fragte Haduwich scheu.

»Na ja.« Gunhild gab sich, als ob sie über sich selbst lache, und zuckte mit den Schultern. Keinesfalls hatte sie Haduwich auf eine falsche Fährte locken wollen.

»Jedenfalls ist es gut, dass du zurück bist.« Haduwich schmiegte sich an Gunhild.

Gunhild entzog sich ihr sanft. »Ich muss Gerowulf suchen«, sagte sie. »Und wir müssen uns gegen diese fränkischen Mordbuben wehren, sonst bleibt nicht viel von uns übrig!«

»Wer: wir?«

»Wir Frauen! Siehst du viele sächsische Männer? In Verden starben vor wenigen Tagen zwei praktisch unter meinen Augen«, berichtete Gunhild mit geballten Fäusten, »aber alle anderen hielten sich zurück und nahmen lieber nicht Partei. Wir Frauen müssen etwas tun!«

Soeben war ihr aufgegangen, dass die Niedergeschlagenheit und die Lähmung der Bewohner von Verden sie jetzt schon dahinsiechen ließen. Ein gemeinsamer Wille aller zum Widerstand war nicht erkennbar. Eines Tages würden sie sich die Denkweise der Franken so zu Eigen gemacht haben, dass sie ihre eigene vergaßen. Buto und Ewald waren die besten Beispiele für diese Anpassung in gemischt besiedelten Gebieten: Sie waren käuflich geworden.

Nach einer Weile spürte Gunhild Haduwichs Hand auf ihrem Unterarm und sah ihr in die fragenden Augen. Da erst merkte sie, dass sie aufgesprungen war und mit geballten Fäusten nach Südwesten blickte, wo König Karls Hof liegen musste.

Die Reethalme der Dachbedeckung stachen Gunhild in die Kopfhaut. Sie zupfte sie verlegen aus dem Haar und setzte sich wieder hin.

»Jetzt weiß ich, warum du in friesischer Tracht zurückgekommen bist«, flüsterte Haduwich mit weit geöffneten Augen. »Du bist Nordfrau, Sächsin und Friesin in einem.«

Gunhild schüttelte sich voll Unbehagen, vor allem weil ihr fast schlecht war, nachdem sie so viel gegessen hatte. Nicht im Traum dachte sie derzeit an so symbolhafte Dinge wie Haduwich. Vielmehr war ihr gerade durch den Kopf gegangen, dass diejenigen, die nicht die Sonderrechte besaßen, jagen zu dürfen, im Winter hungern würden. Es war schon ziemlich überheblich von ihr, unter solchen Umständen abfällig über Käuflichkeit zu denken.

»Du bleibst doch noch so lange, dass du Ansegisel und mich zu dem Toten begleiten kannst?«, erkundigte sich Haduwich besorgt, als sie Gunhilds zunehmende Rastlosigkeit bemerkte.

»Wenn er denn morgen Zeit hat«, sagte Gunhild ungnädig. Einen ganzen Tag wartete sie jetzt schon darauf, dass der junge Franke wieder auftauchte.

»Der Gaugraf hat ihn mit einem Auftrag fortgeschickt«, rechtfertigte Haduwich ihn. »Du wolltest ja ohnehin auf das Sendgericht warten.«

»Ja, richtig, das hatte ich fast schon vergessen.« Gunhild dachte kaum mehr an Buto, seitdem sie ihn nicht mehr täglich zu Gesicht bekam, aber in Verden würde es natürlich wieder anders sein. »Dann werde ich heute Nachmittag einen Besuch machen.«

»Bei wem? Ich komme mit«, sagte Haduwich sofort.

»Ich darf dich nicht vom Weben abhalten, hat Hermenefred befohlen. Außerdem wäre es besser, wenn du mit Ansegisel sprichst, sobald er da ist«, widersprach Gunhild, entschlossen, Haduwich von der Widerstandsbewegung fern zu halten, zu der Billung gehörte.

Aber sie wollte Näheres erfahren. Außerdem hoffte sie, dass er ihr wegen Gerowulf einen Rat geben konnte.

Billung lebte einige Hundert Meter flussaufwärts. Er arbeitete gerade den Mist des Winters durch, als Gunhild auf seinem Hof ankam. Er war magerer, als sie ihn in Erinnerung hatte, seine nackten Waden und selbst sein blasses Gesicht waren grün gesprenkelt.

»Was willst du hier?«, fragte Billung, ohne die Forke auch nur kurz ruhen zu lassen. Die Feindseligkeit in seinen Augen machte ihr deutlich, dass er sie sofort erkannt hatte.

»Ich hätte dir vor einiger Zeit eine Botschaft an Wittekind überbringen sollen«, begann Gunhild bedächtig, »aber es zerschlug sich. Tetta von Verden hat vermutlich einen anderen Weg gefunden, sie dir zu schicken.« Nun hatte sie eigentlich alle Stichworte genannt, die Billung hinsichtlich ihrer Einstellung beruhigen sollten.

Aber der Sachse ließ nicht erkennen, dass er überhaupt schon einmal den Namen Wittekind gehört hatte. Hatte er die Seiten gewechselt? Und Tetta schickte ihm Botschaften? Das wäre ja furchtbar! Gunhild blieb ratlos stehen, während sie die Zähne zusammenbiss, um sich nicht zu einer beleidigenden Bemerkung hinreißen zu lassen.

»Verschwinde«, knurrte Billung. »Um mir das zu erzählen, hättest du nicht zu kommen brauchen. Ich kenne keine Tetta. Dagegen weiß ich genau, dass du die Magd des Priesters hier in Hoya gewesen bist.«

»Als Geisel«, verteidigte Gunhild sich.

»Wer weiß das schon genau.«

»Dann weißt du wohl auch nicht, dass ich als einzige Frau zusammen mit viertausend Sachsen hingerichtet werden sollte?«, fragte Gunhild herausfordernd.

»Und? Wurdest du's?«

Darauf wusste Gunhild keine überzeugende Antwort.

»Auch das zerschlug sich wohl«, versetzte er höhnisch und warf ihr zielgenau einen großen Klumpen Mist auf die Schuhe. Seine linke Hand war bis zum Handgelenk geschwollen und an den Fingern fehlten die Kuppen.

Gunhild überlegte kurz, ob sie ihm medizinische Hilfe anbieten sollte, und verwarf den Gedanken wieder, weil er sich wahrscheinlich darüber lustig machen würde. Dann holte sie tief Luft und versuchte es aufs Neue. »Ich suche Gerowulf. Ich muss ihn finden. Kannst mir wenigstens sagen, wo ich mit der Suche beginnen könnte?«

»Das möchtest du wohl. Um erst Wittekind und dann auch noch Gerowulf an die Franken auszuliefern! Und wenn nicht ... Du würdest schon beim Anblick eines fränkischen Messers Vater, Mutter und Kinder verraten, da sei ganz sicher!« Er hielt ihr seine verstümmelte Hand vor die Augen.

Gunhild wich ein paar Schritte zurück.

Er hob die Forke und zielte auf ihre Brust. Seine Hand wirkte bedrohlicher als die Zinken aus Holz.

»Schon gut«, sagte Gunhild erbittert. »Ich gehe.« Sie brachte einen einigermaßen würdigen Abgang zuwege, aber hinter der nächsten Hausecke begann sie zu laufen. Sie hatte sich geirrt, er war bestimmt nicht abtrünnig geworden. Sie traute ihm vielmehr zu, vermeintliche Gegner auf seine eigene Weise zu erledigen.

»Bist du mit jemandem aneinander geraten?«, erkundigte Haduwich sich besorgt, als Gunhild unvermittelt in die stille Atmosphäre des Webhauses einbrach.

»Nein. Oder vielmehr ja.« Gunhild sank auf die mit einer bunten Decke belegte Bank. »Mit einem Mistkünstler.« Sie wischte sich die Schuhe mit der bloßen Hand sauber, aber der grünliche Saft war bereits in das Leder eingedrungen. Die Schuhe stanken und waren praktisch unbrauchbar. Als Kunstwerk wären sie zusammen mit einem Klecks Mist des Düsseldorfer Künstlers Beuys würdig gewesen. Aber noch hatten die Franken am Niederrhein keinen Sinn für Kunst.

»Du wolltest etwas über Gerowulf in Erfahrung bringen, stimmt's?«

Gunhild nickte nachdenklich. »Von Billung. Wenn ich es recht überlege, schien er zu wissen, wo sich Wittekind und Gerowulf aufhalten. Das immerhin ist dabei herausgekommen. Im Übrigen unterstellte er mir, ich wollte beide verraten, und jagte mich von seinem Hof.«

»Er ist ein unleidlicher Kerl, das finden sie auch im

Dorf«, stimmte Haduwich zu, »aber der alten Denkweise verbunden mit Haut und Haar. Die Franken wären ihn am liebsten los, aber sie haben nichts gegen ihn in der Hand. Sie haben ihn gefoltert, doch er hat nichts gesagt, und trotzdem glauben sie ihm nicht. Eines Tages werden sie ihn bei etwas erwischen, von dem sie behaupten, dass es gegen die Gesetze des Königs verstößt.«

»Er sah krank aus. Ich hätte nach seiner Hand sehen müssen«, meinte Gunhild reuevoll. »Sie war übel zugerichtet.«

»Er hätte es bestimmt nicht gewollt, er macht es einem nicht leicht.«

Gunhild nickte und begann sich schweigend die Schuhe aufzuschnüren. Unter diesen Umständen hatte Billung jede Nachsicht verdient. »Ist Ansegisel zurück?«

»Oh, ja.« Haduwich lächelte versonnen. »Wir brechen morgen früh auf, hat er gesagt.«

»Haduwich«, sagte Gunhild behutsam, »deine Mutter ist nicht hier, deshalb lass mich es dir sagen: Lerne diesen Mann erst etwas besser kennen, bevor du etwas tust, was du später bereuen könntest.«

»Was meinst du?«, fragte Haduwich arglos.

»Du solltest nicht mit ihm schlafen. Nicht, bevor deine Zukunft geklärt ist. Sie ist auch ohne Kind schwierig genug.«

Haduwich zitterte plötzlich am ganzen Leib. Gunhild bekam sie gerade noch zu fassen, bevor sie auf den Boden aufschlug. »Ist es schon zu spät?«

»Nein, nein.« Haduwich schüttelte heftig den Kopf und sah Gunhild an, als flößte die ihr Grauen ein. »Wie kannst du nur fragen!«

»Was hast du denn?« Gunhild war völlig ratlos. Irgendwie hatte sie dem Mädchen Angst gemacht.

»Niemand bei uns spricht über solche Dinge. Wirklich nicht. Ich weiß nicht, wie du es fertig bringst. Es ist so ausgeschlossen, wie ...« Haduwich überlegte einen Augenblick. »So ausgeschlossen, wie ein Priester des Wotan jemals einer Frau erzählen würde, was sie im heiligen Hain machen.«

Gunhild nickte ahnungsvoll. Ein Tabubruch also. »Untereinander aber würden die Priester über Odin und seinen Kult reden? Und vielleicht auch mit dem einen oder anderen Mann, dem sie Vertrauen schenken?«

»Ich denke schon«, bestätigte Haduwich verblüfft.

»Kannst du dich erinnern, wie ich einmal einem Kalb auf die Welt half, das in seiner Mutter eingeschnürt war?«

»Oh, ja. Ich hatte nicht einmal geahnt, dass es Menschen gibt, die wissen, was in einer Kuh beim Kalben vorgeht oder in einem Lebewesen unter der Geburt ...«

Während Gunhild zu jedem Wort von Haduwich nickte, sprach diese immer zögerlicher, um schließlich mitten im Satz zu enden. »Oh, ich verstehe.« Sie errötete heftig. »Du darfst über solche Dinge sprechen. Bitte entschuldige, dass ich so dreist war ...«

»Aber Haduwich«, sagte Gunhild warmherzig und hoffte, dass, wer immer von den Göttinnen dafür zuständig war, sie ihr diese falsche Fährte verzieh. »Ich möchte dir doch nur Kummer ersparen. Es gibt auf dieser Welt schon Unglück genug.«

»Das ist wahr«, erklärte Haduwich feierlich. »Aber Ansegisel ist ein Mann ohne Tadel. Auch du kannst ihm vertrauen, Gunhild.«

Wie Ansegisel versprochen hatte, brachen sie am frühen Morgen auf. Über Hoya verwehten bereits Rauchschwaden der ersten Kochfeuer, aber im Gaugrafenhof lagen die Krieger noch in tiefem Schlaf.

Zu Gunhilds Überraschung stand im Hof neben Ansegisels Rappen noch ein zweites gesatteltes Pferd angebunden, ein brauner, nicht ganz so mächtiger Hengst. Ansegisel wartete mit hochgezogenen Augenbrauen auf ihre Reaktion.

Offenbar war das Pferd für sie bestimmt.

»Du fürchtest dich ja offenbar nicht vor großen Pferden. Traust du dich, Gunhild?«

»Natürlich«, sagte sie ohne zu zögern. »Aber warte einen Augenblick.« Sie dachte gar nicht daran, sich die bloßen Schenkel an diesem ungefügen Sattel aufzureißen.

Als sie nach wenigen Augenblicken zurückkam, zeigte sie auf ihre Jeans. »Meine Reitkleidung. Sie ist hier sehr fremd. Mach dir nichts daraus.«

Ansegisel nickte etwas spöttisch und verschränkte die Hände, damit sie bequemer aufsteigen konnte. »An König Karls Hof gibt es allerlei merkwürdige Trachten, glaube mir. Ob Sarazenen in weißen Mänteln oder Syrer in schwarzen oder Byzantiner in farbigen Brokatstoffen ... Ich wundere mich nie über Dinge, die ich noch nicht gesehen habe.«

So leicht kann diesen Mann nichts erschüttern, dachte Gunhild, während sie sich in den Sattel schwang. Bemerkenswert war außerdem seine Beobachtung, dass sie sich mit Pferden auskannte.

»Vielleicht wundert sich Haduwich«, ergänzte Ansegisel und hielt ihr den Steigbügel. »Bei aller Einfachheit deines Kleidungsstückes könnte ihr trotzdem die Webart interessant erscheinen.«

Er war wirklich ein scharfer Beobachter. Aber er täuschte sich, denn Haduwich hatte Gunhild bereits in Jeans gesehen. »Ich kenne die Webart«, behauptete sie stolz. »Für Gunhilds Zwecke eignet sich der Stoff ganz ausgezeichnet.«

Ansegisel machte ein ausgesprochen verblüfftes Gesicht und Gunhild zwinkerte Haduwich zu. »Hast du gestern Erfolg gehabt?«, erkundigte Gunhild sich bei Ansegisel, um ihn abzulenken.

»Erfolg?« Ansegisel sah fragend zu ihr auf, nachdem er Haduwich hinter Gunhild auf die Kruppe gehoben hatte.

»Bei deinem Auftrag für Hermenefred«, erinnerte Gunhild ihn. »Ich nehme an, dass er dich nicht auf einen Botengang schickt, den auch ein Unfreier erledigen könnte.«

»Ach so. Ja, selbstverständlich«, antwortete Ansegisel so unbestimmt, dass es auffällig war.

Während er zu seinem eigenen Pferd hinüberging und Haduwich sich zurechtsetzte, dachte Gunhild darüber nach, dass man diesen jungen Mann auf keinen Fall unterschätzen durfte. Nicht ohne Grund saß so einer an der Seite des Gaugrafen. Dann umfasste Haduwich sie und sie ritt an.

Zu Pferd war der Weg weniger mühsam als zu Fuß. Nach Gunhilds Empfinden konnte kaum eine Stunde verstrichen sein, als sie die Stelle erreichten, an der sie den Toten gefunden hatte. Der Fluss hatte hier eine charakteristische Halbinsel aufgeworfen, so dass Gunhild sich völlig sicher war.

Leider unterschieden die Bäume sich nicht sonderlich voneinander. Gunhild wanderte von Stamm zu Stamm, ohne auch nur eine Spur der Leiche zu entdecken. Schließlich blieb sie verdrossen stehen und drehte sich einmal um sich selbst.

»Du hast doch sicherlich nicht nur geträumt, Gunhild?«, erkundigte sich Ansegisel scherzhaft. Er klebte während der Suche geradezu an ihrer Seite, während Haduwich bei den Pferden geblieben war.

Gunhild warf ihm einen ungnädigen Blick zu. »Ich träume im Allgemeinen nicht von toten Männern. Und dass die Franken ihre Feinde manchmal sogar skalpieren, wäre mir von selber nicht in den Sinn gekommen.«

Ohne ein weiteres Wort ging sie den Pfad entlang weserabwärts, um anschließend auf dem gleichen Weg zurückzukehren und sich die damalige Situation ins Gedächtnis zurückzurufen. Ihre Blickrichtung, der Einfall der Sonnenstrahlen, alles spielte eine Rolle.

»Dieser Baum muss es gewesen sein«, entschied sie schließlich und kniete nieder, um im alten Laub nach Spuren zu suchen. Dass jemand die Leiche aus Pietät begraben haben könnte, kam Gunhild ziemlich unwahrscheinlich vor.

Dann blieb nur noch die Vermutung, dass man sie hatte verschwinden lassen.

Ansegisel setzte sich neben Gunhild, legte das Schwert auf seine Knie und ließ den Blick durch die Baumkronen schweifen.

Es roch aromatisch nach feuchtem Waldboden und Pilzen. Gunhild hob akribisch ein Eichenblatt nach dem anderen an, erschreckte Mistkäfer und deckte Regenwürmer auf, ohne einen Hinweis auf den Toten zu finden.

»Weißt du«, sagte Ansegisel und trommelte mit den Fingern rhythmisch auf den Schwertgriff, »dass es bei manchen Menschen, die sich in starker Gemütsbewegung befinden, zu Gesichten kommen kann? Wir glauben, dass einige Wunder, die sich vor Gläubigen ereignen, auf diese Weise erklärt werden können, wenn auch natürlich nicht alle.«

Gunhild richtete sich auf und betrachtete ihn argwöhnisch. Aber Ansegisel machte ein harmlos-nachdenkliches Gesicht, als sei ihm der Gedanke soeben erst durch den Kopf gegangen. »Wer ist wir?«, fragte sie schärfer als nötig.

»Oh, Abt Remaclus in Reims. Erwähnte ich das noch nicht? Ich diskutiere oft mit ihm.«

»Nein, du erwähntest es nicht. Du bist Mönch?«

»Nein, ganz gewiss nicht«, antwortete Ansegisel leise lächelnd. »Noch prüfe ich mich. Es gibt für fromme Männer auch andere Aufgaben als den Dienst im Kloster. Abt Remaclus hat mich hierhergeschickt, damit ich feststelle, ob mir der Kriegsdienst nicht doch besser gefällt.«

»Mm«, murmelte Gunhild und wandte sich wieder ihrer Suche zu. »Und du glaubst also, dass ich so verängstigt oder hungrig oder aufgeregt war, dass ich eine Leiche sah, die es nicht gab.«

»Möglich wäre es.« Ansegisels Augen blickte sie warmherzig an. »Vielleicht sandte der Herr dir eine Warnung, weil er fand, dass du dich auf einer fränkischen Straße zu übermütig benommen hast. Du bist danach sicherlich viel vorsichtiger gewesen, stimmt es? Und unbeschadet angekommen, obwohl du ohne Begleitung warst. Du solltest dem Herrn dafür danken.«

In seiner mahnenden Rede mischten sich gekonnt geistige Überlegenheit und kumpelhafte Gönnerhaftigkeit. Er erwartete, dass sie darauf hereinfallen würde. Er schien zu glauben, dass sich ihr Mut auf Pferde beschränkte. Bei Haduwich hätte er wahrscheinlich Erfolg gehabt.

»Mich wundert es, dass du zugibst, eine fränkische Straße könnte gefährlich sein«, erwiderte Gunhild.

Ihr Angriff ließ ihn kaum einen Augenblick stutzen. »Jede Straße, die Krieger benutzen, sollte von Frauen gemieden werden, die nicht in einen falschen Ruf geraten wollen«, versetzte er geschmeidig.

»Aha«, murmelte Gunhild, jetzt selbst aus dem Konzept gebracht.

»Warst du nach der Entdeckung des Leichnams nicht tatsächlich vorsichtiger?«

Gunhild beschloss, sein Spiel mitzuspielen, bis sie festgestellt hatte, um welchen Einsatz es ging. »Ich war vorsichtiger.«

»Siehst du«, meinte Ansegisel befriedigt, erhob sich und klopfte sich Erdkrumen und Blätter aus seinem kurzen Mantel. »Dann wollen wir wieder umkehren.«

Gunhild presste die Lippen zusammen und sah ihm nach. Er hatte sie überaus geschickt in eine Position gedrängt, in der sie wie eine Verrückte dastand. Abgesehen davon, dass er ihr dezent zu verstehen gegeben hatte, wie zweifelhaft eine Sächsin erschien, die mutterseelenallein eine fränkische Heerstraße benutzte.

Nachdenklich stand sie auf und sah neben ihrem Fuß etwas glitzern. Sie bückte sich rasch danach. Als Ansegisel zurückschaute, um sich zu überzeugen, dass sie ihm folgte, hielt sie den Gegenstand bereits in der hohlen Hand. Mit dem Daumen erfühlte sie einen Drahtring.

Noch bevor Gunhild wieder im Sattel saß, wusste sie, dass die Leiche des Sachsen hier gelegen hatte. Mit solchen Ringen wurden üblicherweise Pinzetten und Ohrlöffelchen am Gürtel befestigt. Beim Plündern des Toten musste der Ring aufgerissen sein.

Alles in allem erschien es ihr jetzt vernünftiger, Ansegisel den Beweis vorzuenthalten. Er verfolgte ein bestimmtes Interesse, das sie sich noch nicht erklären konnte.

»Ich gehe mit dir zum Gaugrafen«, erklärte Ansegisel wie selbstverständlich, als sie im Hof anlangten. Er sprang vom Pferd und übergab dem Knecht, der sofort zur Stelle war, seinen Zügel.

»Du hast ihm davon erzählt?«, fragte Gunhild unangenehm berührt, während sie Haduwich half herabzurutschen.

»Selbstverständlich! Ich muss dem Gaugrafen, in dessen Dienst ich im Augenblick stehe, doch Rechenschaft ablegen, wie ich meine Zeit verbringe.« Ansegisel lächelte spöttisch und blinzelte Gunhild zu, wie um sie zu necken.

Sie nickte und sah vergrätzt dem Knecht nach, der anscheinend keine Lust gehabt hatte, noch den Augenblick zu warten, bis sie selbst abgesprungen war. Er verschwand schon mit Ansegisels Hengst um die Ecke.

»Lass ihn einfach stehen«, befahl Ansegisel und nahm Gunhild beim Arm.

Das Pferd senkte den Kopf und begann Halme zu zupfen. Gunhild entdeckte erst an der Tür zum Haupthaus, dass der Franke sie regelrecht abgeführt hatte.

Leider musste Gunhild vor Hermenefred die ganze Geschichte von ihrem grausigen Fund wiederholen. Er hörte ihr stumm zu und ließ nicht erkennen, wie viel er bereits vorher von Ansegisel erfahren hatte. Ihre ihm unbekannte Kleidung übersah er absichtlich.

»Unser Gast hat eine lebhafte Phantasie«, fügte Ansegisel gutmütig hinzu, als Gunhild ihren Bericht mit der vergeblichen Suche am heutigen Tage abgeschlossen hatte.

»Betrachten wir die Angelegenheit als geklärt. Dem Herrn sei Dank.«

Hermenefred sah ihn fragend an. »Und was berichten wir dem König?«

»In dieser Gegend gibt es keine heimtückischen Morde, Gaugraf, sie ist befriedet. Die Menschen leben jetzt im Schutz des Herrn und unter dem Frieden des Frankenkönigs Karl.«

Der Gaugraf nickte erleichtert und schob Ansegisel seinen Bierkrug zu, der aber dankend ablehnte.

»Das stimmt doch gar nicht«, sagte Gunhild mit gekrauster Stirn. »Die Gegend ist von Bewohnern leer gefegt. Tot, nicht friedlich.«

Ansegisel lächelte ausdruckslos. »Eine große Begabung für Phantasie, wie gesagt. Unsere Gunhild hat aus Vorsicht auf dem Herweg die sächsischen Dörfer gemieden, soviel ich weiß. Ich hoffe um ihretwillen, dass sie keinen Grund hat, fränkische Höfe zu meiden.«

»Ich bin ja hier«, widersprach Gunhild rasch, während in ihrem Kopf die Alarmglocken schrillten. In seiner geschulten Dialektik verstand er, alles, was sie tat und sagte, gegen sie zu wenden. Aus der Verteidigung kam sie überhaupt nicht heraus.

»Eben. Nur ein besonders böswilliger Mensch käme auf eine solche Idee«, versicherte Ansegisel in wohlwollendem Ton, aber die Schärfe seines Adlerblickes sprach eine andere Sprache. »Ich will wieder aufbrechen, Gaugraf. Komm, Gunhild, deine Aufgabe ist beendet.«

»Schön, schön«, murmelte Hermenefred geistesabwesend. »Gunhild bleibt noch hier. Ich habe selten Gelegenheit, aus dem Munde einer Frau etwas über das Leben in Verden zu erfahren.«

Gunhild war mindestens so verblüfft wie Ansegisel. Ihres Wissens hatte Hermenefred sich noch nie um die Ansichten einer Frau geschert.

Ansegisel neigte widerwillig den Kopf und verließ die Halle. Gunhild sah ihm erleichtert nach. Er erschien ihr immer mehr wie ein Bewacher. Zu ihrer Verwunderung entspannte sich auch Hermenefred, als die Tür hinter Ansegisel zugefallen war.

»Ich wollte mit dir noch eine Angelegenheit besprechen, für die sich ein Mann kaum interessiert, der im Dienst eines Klosters steht«, erklärte der Gaugraf umständlich.

Gunhild nickte abwartend.

»Um es ohne Umschweife zu sagen: Gibt es deines Wissens in Verden eine verwitwete Fränkin, um die zu werben sich lohnt?«

Beinahe hätte Gunhild laut gelacht, hauptsächlich vor Erleichterung, aber sie hütete sich, Hermenefred zu beleidigen.

»Es eilt«, fügte er linkisch hinzu. »Ich muss mein Ansehen bei den Franken schleunigst aufbessern. Eine Heirat mit einer frommen Fränkin käme mir sehr gelegen. Es ist gleichgültig, wie sie aussieht und wie alt sie ist. Setz dich doch.«

»Ich kenne keine«, antwortete Gunhild, ehrlich bemüht, ihm zu helfen, und zog sich einen der schweren Baumstammsessel heran. »Aber das heißt nicht, dass es keine solche Fränkin gibt. Die Verdener sind unter der neuen Herrschaft voll Angst und neigen nicht zur Schwatzhaftigkeit.«

Hermenefred nickte grimmig. »Ja, mit den Franken hat sich vieles geändert.«

»Aber«, fuhr Gunhild etwas enthusiastischer fort, als ihr Tetta einfiel, »ich kenne jemanden, den ich fragen könnte. Ein Bote lässt sich allemal finden.« Was sich als besonders praktisch erweisen könnte, falls wieder einmal eine Nachricht über Billung übermittelt werden müsste.

»Ja, gut«, sagte er unschlüssig.

Offenbar ging es ihm auf diese Weise nicht schnell genug. »Und wenn du dich Ansegisel anvertrauen würdest?«, schlug Gunhild vor. »Ich meine, er kommt ja offenbar herum. Und schnell ist er auch.«

»Wie kommst du denn darauf?«, fragte Hermenefred erstaunt.

»Ich dachte, er wäre erst gestern mit einem Auftrag von dir unterwegs gewesen«, antwortete Gunhild, nun ihrerseits überrascht.

»Nein! Ansegisel bekommt von mir keine Aufträge«, erwiderte der Gaugraf und schien noch etwas hinzufügen zu wollen, ließ es dann aber bleiben. Stattdessen fiel er zurück in die mürrische Stimmung, in der Gunhild ihn schon beim ersten Wiedersehen vorgefunden hatte, und entließ sie mit einem Wink.

»Sei vorsichtig mit dem, was du zu Ansegisel sagst, ja?« Gunhild hielt Haduwich bei den Händen und sah sie beschwörend an. Mittlerweile war sie davon überzeugt, dass Ansegisels unverbindliche, vermittelnde Art nur Fassade war. Dahinter steckte eine entschlossene Intelligenz, die er ganz bestimmt nicht daran verschwendete, im Grenzgebiet herumzubummeln.

»Aber Gunhild«, sagte Haduwich. »Wir haben doch schon darüber gesprochen. Ich bin vorsichtig.«

Gunhild schüttelte den Kopf. Sie bezweifelte mittlerweile sogar, dass Ansegisel sich gestattete, mit Mädchen anzubandeln. »Inzwischen habe ich eine andere Befürchtung. Ansegisel hat gelogen. Es gab keinen Auftrag des Gaugrafen, obwohl er einen ganzen Tag angeblich für ihn unterwegs war.«

»Er ist eben erneut auf seine Weisung hin aufgebrochen, was ist daran so Besonderes«, fragte Haduwich, ohne sich aus der Ruhe bringen zu lassen.

»Wohin reitet er denn jetzt?«

»Zu Pippin nach Verden, mit einer Botschaft von Hermenefred.«

»Aber davon stimmt doch kein Wort«, widersprach Gunhild aufgebracht. »Es geschieht aus eigenem Entschluss. Der Gaugraf gibt ihm keine Anweisungen. Ich habe fast den Eindruck, dass es umgekehrt ist ...«

Haduwich schwieg bedrückt.

»Und wenn du es genau wissen willst, so habe ich einen Verdacht ...« Gunhild zog den Ring aus der Hosentasche, den sie unter dem Laub gefunden hatte, und präsentierte ihn Haduwich auf der offenen Handfläche. »Ansegisel hat gestern die Leiche des Sachsen beseitigt. Hier ist der Beweis, dass sie genau an der Stelle lag, an der ich gesucht habe.«

»Was sollte das für einen Sinn haben?«, fragte Haduwich beunruhigt.

Gunhild wiegte den Kopf. »Mir fällt auf, dass er einen Frieden zwischen Franken und Sachsen herbeiredet, den es gar nicht gibt. Möglicherweise will er dem Frankenkönig den Beweis erbringen, dass es richtig war, die sächsischen Gaue zu erobern. Dass es jetzt hier friedlicher zugeht als vorher.«

»Das ehrt ihn doch«, widersprach Haduwich empört. »Auch wenn er ein bisschen übertreibt.«

»Und du findest es nur ein bisschen übertrieben, wenn er dazu einen Mord vertuscht? Und außerdem sowohl dem Gaugrafen als auch mir einzureden versucht, ich hätte Wahnvorstellungen! Und alles das vermutlich nur, um sich beim König einzuschmeicheln und vielleicht selber einmal Gaugraf zu werden?«

Haduwich senkte den Kopf, ohne zu antworten, und Gunhild stürmte ins Freie, um sich ein wenig abzukühlen.

Gunhild hatte sich längst wieder mit Haduwich ausgesöhnt, als sich am Abend am Hof die Nachricht verbreitete, dass das Sendgericht binnen kurzem eintreffen würde. Ansegisel sei bei den Königsboten und habe den Knecht mit der Nachricht losgeschickt, damit Vorbereitungen getroffen werden konnten.

»Die sind wohl sehr hungrig«, meinte Gunhild zu Haduwich. »Vielleicht will Ansegisel der Schafferin bedeuten, dass sie heute zwei Gänse schlachten soll.«

»Vielleicht«, sagte Haduwich nachgiebig.

Sie tat Gunhild so Leid. »Lass doch den Kopf nicht so hängen. Möglicherweise irre ich mich, was Ansegisel betrifft, obwohl jetzt klar ist, dass er nicht einmal dem Gaugrafen erzählt hat, dass er den Franken entgegenreitet.«

»Möglicherweise. Vielleicht hat er sie auch nur zufällig getroffen.«

»Na ja, vielleicht.« Gunhild grinste zu Haduwich hinüber, dann stand sie auf, um die Tür zu öffnen. Während sie sie mit einem Keil festsetzte, lauschte sie in die Ferne. »Ich glaube, sie kommen schon.«

Wenig später hörte man aus dem fernen Geräusch das Trappeln von Hufen und Pferdeschnauben heraus.

Die Dämmerung war schon fortgeschritten. Gunhild konnte mit Mühe die letzten Grubenhäuser in der Reihe erkennen. Davor schob sich eine massive Wand von Pferdeleibern, und über der Kakophonie von Stimmen erhoben sich einzelne, die Anweisungen bezüglich der Pferde erteilten.

Haduwich erschien neben Gunhild in der Türöffnung. »Zwei Gänse werden wohl nicht reichen«, bemerkte sie erschrocken.

»Glaube ich auch nicht«, sagte Gunhild verblüfft, die sich unter einem Sendgericht einen weltlichen und einen kirchlichen Gesandten sowie vier, fünf bewaffnete Knechte vorgestellt hatte. »Es hört sich an, als hätten die Missi den ganzen päpstlichen Hof mitgebracht.«

Haduwich lachte, allmählich wieder gefasster. An die Türholme geschmiegt, beobachteten sie im Licht der rasch entzündeten Fackeln, wie die Männer abstiegen und sich zu einer Gruppe zusammenfanden, während Hermenefreds Krieger sich um die fremden Pferde kümmerten. Aus der Mitte der Gäste löste sich Ansegisel.

Aber anstatt zur Halle hinüberzugehen, vor die der Gaugraf im Schein von zwei Fackeln getreten war, um die hohe Delegation willkommen zu heißen, kam er auf das Webhaus zu. »Der Archidiakon möchte dich kennen lernen, Gunhild«, sagte er bestimmt.

Irgendetwas war dabei, ganz fürchterlich aus dem Ruder zu laufen, aber Gunhild wusste nicht, was. Sie nickte gefasst und folgte ihm.

Die Aufmerksamkeit der Gäste, zu denen außer den Bewaffneten auch einige Mönche gehörten, richtete sich plötzlich auf Gunhild, als sei sie eine Art Gastgeschenk, das zu begutachten war.

Und dann langte sie bei dem kleinen Mann an, den sie am allermeisten auf dieser Welt hasste und fürchtete.

»Dominus tecum, Hildegunde«, grüßte Vater Grimoald vernehmlich.

Kapitel 10

Gunhilds Mund war so trocken, dass sie kein Wort herausbrachte. Mühsam kämpfte sie ihre Panik nieder und merkte fast zu spät, dass sie gerade dabei war, ein Kompliment zu seinem neuerdings korrekten Latein zu formulieren. Aber da würde sie sich eher die Zunge abbeißen.

»Überrascht, meine Tochter?«

Gunhild kannte den Priester lange genug, um den Hohn herauszuhören. Sie fixierte das Kreuz, das an seinem Hals hing, um nicht die Häme in seinem Gesicht sehen zu müssen. Grimoald reichte ihr seine Hand zum Kuss, an der jetzt ein Ring mit einem prächtigen roten Stein steckte. Gunhild übersah ihn in voller Absicht.

»Ich stelle fest, dass du immer noch mit den Dämonen im Bunde bist, Hildegunde.« Ohne ein weiteres Wort drehte sich Grimoald um und schritt auf den Halleneingang zu.

Ansegisel legte ihr die Hand auf die Schulter. »Es wird alles gut werden«, flüsterte er, »du wirst noch erkennen, wie wir auch dich mit dem Herrn im Himmel versöhnen.«

Gunhild schüttelte seine Hand ab und sah ihm verächtlich nach, als er ging, ohne beleidigt zu wirken. Diese Szene hätte er ihr ersparen können. Oder hatte er sie gar geplant? Mit weichen Knien kehrte sie zum Webhaus zurück, wo Haduwich mit bleichem Gesicht am Türholm zu kleben schien.

»Ausgerechnet er«, sagte sie gehässig. »Von den Tausenden von Priestern, die es in der fränkischen Kirche gibt, müssen sie ausgerechnet ihn zum Archidiakon machen!«

»Es hat Sinn«, überlegte Gunhild, während sie die Tür hinter sich zuzog. »Er kennt diesen Landstrich. Ihm braucht man nicht zu sagen, wer am liebsten den Zehnten verweigern würde.«

Verspätet fiel ihr ein, dass ja eigentlich alles geplündert war. Was wollte ein so großes Sendgericht in einer Missatica, in der es kaum Bewohner gab? Wer sollte denn Streitigkeiten zum Schlichten vorlegen? Und welcher Sachse würde es wagen, den Kirchenzehnten nicht abzuführen?

Oder war Hoya aus einem anderen Grund wichtig geworden?

Bald nach der Ankunft der Gäste wurden Gunhild und Haduwich zum Essen gebeten. Der Saal war zu klein, um alle zu fassen; der Heerbann des Gaugrafen musste warten. Gunhild sah außer Hermenefred, Ansegisel und Grimoald kein bekanntes Gesicht, als sie sich, dicht gefolgt von Haduwich, zum Frauentisch durchdrängte. Ausgenommen natürlich auch die Schafferin, der an diesem Abend die gewohnte Gelassenheit fehlte.

Allmählich fanden alle einen Platz, und Ruhe trat ein, als der Archidiakon sich anschickte, das Tischgebet zu sprechen.

Über die gesenkten Köpfe hinweg betrachtete Gunhild verstohlen die vornehmen Gäste in Hermenefreds Nähe. Zwischen Grimoald und Ansegisel entdeckte sie einen jungen Mann, der Günter geradezu lachhaft ähnlich sah. Im Gegensatz zu Ansegisel betete er nicht sonderlich konzentriert und ihre Blicke begegneten sich für einen Augenblick.

Am Tisch der Vornehmen saßen auch die Mönche. Sie griffen herzhaft zu, als die Reihe an sie kam, sich aus den Schüsseln mit Brei zu bedienen, die nach dem Gebet aufgetragen wurden.

Die Krieger aber schoben die Breischüsseln ans Tischende und begannen, mit ihren Messergriffen rhythmisch und fordernd auf die Tischplatte zu schlagen.

Sie hörten erst auf, als Grimoald beide Hände hob. Sein Blick suchte die Schafferin. »Für einen Mann der Kirche ist auch ein geschmackloser Brei ein Geschenk des Herrn«, bemerkte er säuerlich, »aber unsere Männer sind weit geritten und gewohnt, sich abends an kraftvollerer Nahrung zu stärken.«

Gunhild beugte sich unmerklich zu Haduwich hinüber, ohne den Priester aus den Augen zu lassen. »Erinnerst du dich noch, dass er Brei nie leiden konnte?«

Haduwichs Augen funkelten zustimmend.

»Ich habe Hühner schlachten lassen, Gaugraf«, verteidigte sich die Schafferin mutig. »Niemand hat mir mitgeteilt, dass die Menge der Gäste eine Dorfschaft übersteigt ... Ich musste das Linsenmus strecken. Trotzdem ist es schmackhaft, wegen der fetten Hühnerbrühe ...« Sie verstummte.

Hermenefred hörte auf, seinen Schnurrbart zu strählen, eine Geste der Verärgerung und der Unsicherheit. »Wenn du dich eher angemeldet hättest, Vater Grimoald, hätten wir zwei Schweine am Spieß vorbereiten können«, sagte er mit vorgeschobenem Unterkiefer. »Du wirst sicher einsehen, dass niemand in so kurzer Zeit ein Festessen für so viele Männer zaubern kann.«

Grimoalds Augen wanderten beim Stichwort ›zaubern‹

für einen Moment zu Gunhild hinüber. Nichts war vergessen oder erledigt. »Wäre dieser Hof ordentlich geführt, hätten dir deine Späher schon gestern mitteilen müssen, wo und wie viele wir sind.«

Das saß. Hermenefred versuchte eine Antwort zu umgehen, indem er mit einer einladenden Geste dazu aufforderte, die Schüsseln wieder zu verteilen.

Gunhild lehnte sich während des Wartens an die Wand und machte sich ihre Gedanken. Ansegisel, zum Beispiel, flüsterte dem Typ, der Günter so ähnlich sah, vertraulich ins Ohr und verzichtete derweil auf den Brei.

Im Gegensatz zu ihm schaufelte der weltliche Königsbote, ein massiger Kerl an Hermenefreds linker Seite, das Linsenmus in sich hinein, als liefe er Gefahr, bis zum Morgenmahl zu verhungern.

»Überhaupt sind hier Veränderungen eingetreten, die mir wenig gefallen«, nahm Grimoald seine kritische Beurteilung des Hauses in nörgelndem Ton wieder auf. »Zu Zeiten deiner frommen Frau Itta wären sie undenkbar gewesen, und ich frage mich, warum du ihr Andenken auf diese Weise schmähst. Der Herr verzeihe mir, wenn mein Tadel ein wenig scharf ausfällt, aber mir scheint, es ist nötig.«

Der Gaugraf schob dem fetten Missus eine zweite Musschüssel in Griffweite. »Meine Köchin freut sich, wenn es dir schmeckt, ehrenwerter Chlodwig«, sagte er zuvorkommend, um sich dann wieder an den Priester zu wenden. »Ich weiß nicht, was du meinst.«

»Frauenspersonen hätte sie bei der Mahlzeit frommer Männer nicht geduldet ...«

Gunhild wechselte einen Blick mit Haduwich. Dieser Priester konnte einfach keine Ruhe geben; wo immer er war, säte er Unfrieden. Sie atmete tief durch und machte sich darauf gefasst, sie beide verteidigen zu müssen. Und irgendwie auch den Gaugrafen.

Aber Grimoald erwartete gar keine Antwort, nicht einmal von Hermenefred. »Ich denke, wir werden in den nächsten Wochen Zeit genug haben, alle deine Probleme zu besprechen, Gaugraf.« Er ließ seinen Löffel mit angewidertem Gesicht in die Schüssel klatschen und schob sie mit einer endgültig wirkenden Geste von sich fort.

»Wochen?«, wiederholte Hermenefred entgeistert.

»Ja, gewiss. Ein Todesfall wie der deiner Frau kann nicht ungeklärt bleiben. Die sächsische Bevölkerung könnte andernfalls leicht auf die Idee kommen, dass die Franken Sonderrechte für sich in Anspruch nehmen.«

»Es ist alles geklärt, Archidiakon! Deswegen hättest du nicht zu kommen brauchen!«

Grimoald wischte seinen Einspruch beiseite. »König Karl legt Wert darauf, dass die fränkische Gerechtigkeit durchgesetzt wird. Kann es sein, dass ausgerechnet einer seiner Gaugrafen den königlichen Willen hintertreibt?«

Hermenefred verschlug es die Sprache. Das zufällige Schweigen der mampfenden Männer unterstrich seine Hilflosigkeit.

»Nein, nicht wahr?«, beantwortete Grimoald nach einiger Zeit seine Frage selbst. »Ich bin sehr erleichtert.«

Die Schüsseln mit dem Mus waren immer noch nicht bei den Frauen angekommen. Eine einzige wurde ihnen nach langer Zeit von einem Krieger herübergereicht. Haduwich bedankte sich freundlich.

Als sie hineinblickte, war sie leer. Der Franke grinste hämisch.

Der Bratenduft der Hühner eilte der Schafferin und ihren Helfern voraus, als die Tür geöffnet wurde.

Vater Grimoald schnupperte in die Luft. Für einen Augenblick glätteten sich die neben seinen schmalen gräulichen Lippen eingegrabenen Falten. »Darüber hinaus soll die Frau, die ich selbst auf den Namen Hildegunde getauft habe, nach dem Sendgericht verlangt haben. Ich bin nicht sehr zuversichtlich, aber es wäre immerhin denkbar, dass sie sich inzwischen zu einer christlichen Lebensweise bekennt. Wir werden sehen.«

Gunhild verging auch das letzte bisschen an Appetit. Warum in aller Welt hatte sie nicht die Möglichkeit bedacht, dass Grimoald der Archidiakon sein könnte? Seine Position gab ihm jedes Recht, ihren Lebenswandel bis in die hintersten Ecken zu durchforsten.

Wie aus weiter Ferne hörte sie Grimoalds Monolog. Der Duft einer scharfen Tunke, der inzwischen die Halle durchzog, schien ein unerwartetes Mitteilungsbedürfnis in ihm zu wecken. Widerwillig blickte Gunhild zu ihm hin.

»Und selbstverständlich werde ich, wie in jedem sächsischen Dorf, das ich zu überprüfen und zu beurteilen habe, entdecken, dass diese im Herzen Ungläubigen sich immer noch gegen die Gesetze der Kirche vergehen. Es gibt genug zu tun, Gaugraf.«

Hermenefred nickte geschlagen und bedeutete der Schafferin, die ihn fragend ansah, den Priester zuerst zu bedienen. Sie stellte eine polierte Baumscheibe mit einem knusprigen Huhn und einem irdenen Topf vor Grimoald ab.

Chlodwig, der es kaum erwarten konnte, griff sofort zu, als ihm der Knecht ein Huhn von Gänsegröße hinschob. Das Reißen der Muskulatur und das Knacken, mit dem der Königsbote einen Schenkel aus der Beckenpfanne drehte, war bis zu Gunhild hörbar.

»Grimoald bekommt bestimmt Safransoße«, flüsterte Haduwich ihr zu. »Ihre Spezialität, aber nur für besondere Gäste unter den Vornehmen. Die anderen müssen sich mit Kirschsoße begnügen.«

Die Schafferin und ihr Knecht eilten wieder hinaus, während die beiden anderen noch bedienten.

Am Tisch der Vornehmen war der Schlagabtausch nach dem Auftragen der Hühner endlich beendet. Aber die Krieger begannen die Köpfe zusammenzustecken und machten sich schließlich lauthals Luft.

Der Lärm ebbte nur vorübergehend ab, als die Schafferin, unterstützt von ihren Helfern und zwei zusätzlichen Männern, Bierkrüge hereinschleppte. Weder die Krüge noch die Männer gehörten zum Gaugrafenhof, wie selbst Gunhild erkannte. Wenn die Krieger des Heerbanns erst begriffen, dass sie mit Bier statt mit Fleisch abgespeist werden sollten – wer weiß, was passieren würde?

Stumm verständigte sie sich mit Haduwich, dann verließen sie in aller Stille die Halle.

»Seit Ittas Tod ist es das erste Mal, dass ich hungrig zu Bett gehe«, sagte Haduwich missgestimmt und kroch unter ihre Decke.

»Aber es wird nicht das letzte Mal bleiben«, prophezeite Gunhild düster. »Ich möchte gern wissen, welches Spiel Ansegisel spielt. Er hat anscheinend jedes Wort, das hier gefallen ist, an den Priester weitergetragen. Abgesehen von dem Verdacht gegen Odilo. Untersucht werden sollen wohl nur sächsische Verfehlungen.«

»Bist du mir böse?«, fragte Haduwich kleinlaut.

Gunhild seufzte. »Wenn man verliebt ist, sieht man in dem anderen immer nur das Gute. Offenbar ist Ansegisel in erster Linie ein Mann, der im Dienst eines berühmten Klosters steht, und in zweiter Linie ein Franke, der für die königlichen Interessen arbeitet. Beides ist stärker als eine gewisse Sympathie für eine junge Frau, die von ihrem ganzen Wesen her nicht leugnen kann, dass sie eine Sächsin ist, eine Angehörige des unterjochten Volkes.«

Haduwich brach in Tränen aus.

»Schon gut.« Gunhild setzte sich neben sie. »Ich mache dir ja keine Vorwürfe. Aber es ist vielleicht nicht schlecht, dass ich rechtzeitig gekommen bin.« Obwohl es alles in allem für sie selbst besser gewesen wäre, diesen Ort zu meiden. »Lass dich von Ansegisel auf keinen Fall mehr aushorchen. Im Übrigen scheinen mir seine Vermittlungsversuche zwischen Franken und Sachsen inzwischen mehr als oberflächlich zu sein.«

Haduwich schniefte noch ein wenig und trocknete sich die Tränen. »Wozu braucht Grimoald so viele Krieger? Die machen einem wirklich Angst. Hier ist doch niemand mehr, den sie bekämpfen müssen.«

»Vielleicht, weil sie zu viele davon haben«, rätselte Gunhild laut. »Diese Kerle haben nichts gelernt, außer zu kämpfen, und auch wenn sie das nicht tun, müssen sie ernährt werden. Der Frankenkönig ist bestimmt schlau genug, um seinen Heerbann anderen anzuhängen, damit die ihn füttern, solange er ihn nicht braucht.«

»Ich werde Angst haben, solange sie hier sind«, bekannte Haduwich zögernd. »Franken sind so brutal. Ansegisel ist die einzige Ausnahme. Wenigstens das musst du zugeben ...«

Gunhild rüttelte sanft an ihren Schultern, eine schwesterliche Geste, mit der sie Haduwich Mut machen wollte.

»Weißt du was? Wir gehen zusammen zurück nach Verden. Dort erschlage ich Buto und du ziehst zu Hathumod ins Haus.«

Haduwich fuhr mit hoffnungsvoller Miene zu ihr herum. »Im Ernst? Nein, das geht nicht. Außerdem würden sie meinen Vater umbringen, wenn ich flüchte.«

Gunhild wiegte zweifelnd den Kopf. »Vielleicht nicht. Wenn Hassio sich beim Bischof unentbehrlich gemacht hat, verzichtet der möglicherweise darauf.«

»Aber ich möchte es nicht darauf ankommen lassen, Gunhild, wirklich nicht!«

»Nein«, sagte Gunhild leise. »War auch nur so ein Gedanke.« Es spukten noch weitere Ideen dieser Art in ihrem Kopf herum. Am liebsten hätte sie auf das Urteil durch das Sendgericht verzichtet und wäre gerannt, was ihre Beine hergaben. Aber sie hatte Hassio versprochen, sich um seine Tochter zu kümmern. Und gerade jetzt, wo es hier von fränkischen Kriegern wimmelte, konnte sie unmöglich davonlaufen und sie im Stich lassen. Hinzu kam die Anwesenheit des Priesters. Mit ihm konnte sich an Gefährlichkeit nicht einmal ein Pestbakterium messen.

Gunhild verkniff sich in letzter Sekunde ein saloppes *hallo, Günter,* als der Franke ihr am nächsten Morgen über den Weg lief. Die Ähnlichkeit war wirklich verblüffend.

»Was starrst du mich so ungebührlich an, Frau?«, erkundigte er sich steif und blieb stehen, die Rechtschaffenheit in Person.

»Wieso ungebührlich? Du bist doch weder Mönch noch Priester«, erwiderte Gunhild patzig.

»Ich erwarte, dass man mir Respekt zollt.«

»Dann verdiene ihn dir«, sagte Gunhild spöttisch und wollte weitergehen.

Er packte ihren Oberarm und riss sie zu sich herum. Seine Augen blitzten sie wütend an. »Ansegisel hat Recht. Du bist wie ein Baumstamm, den man erst noch zur Bohle behauen muss. Und dann schleifen und treten, bis die Form passt. Aber mach dir keine Hoffnung: Bisher ist noch jeder Bohlenweg im Sumpf versunken.«

»Warst du in einem früheren Leben mal eine Axt?«, erkundigte sich Gunhild verblüfft.

Er verstand sie nicht. »Ich berate und unterstütze Klöster beim Wegebau«, erklärte er würdevoll und schritt mit hoch erhobenem Kopf davon.

Gunhild brach in Gelächter aus. Dieses Ebenbild von Günter, dem Geologen, war auch noch im gleichen Gewerbe tätig wie er! Erst durch das staunende Glotzen eines Mönches wurde ihr bewusst, wie auffällig sie sich benahm. Sie winkte ihm unbekümmert zu und ging ihrer Wege.

Grimoald verlor keine Zeit. Noch am gleichen Tag schleiften zwei Krieger zu Pferde den Sachsen Billung in den Hof, wo sie ihn fallen ließen, bevor sie wieder hinaussprengten. Er war nicht gefesselt, aber das war auch nicht nötig.

Die Reiter hatten dafür gesorgt, dass Billung nicht mehr gehen konnte. Gunhild betrachtete seine blutigen Schienbeine und ging ins Haus, um ihren Rucksack zu holen. Als sie zurückkam, standen Grimoald und Hermenefred auf dem Hof, offenkundig mitten in einem erbitterten Streit. Sie kauerte sich neben Billung und begann, das Verbandszeug auszupacken. Keiner der Männer beachtete sie. Billung auch nicht.

»Wie kommt es«, fragte Grimoald bissig, »dass ich nach einem halben Tag Anwesenheit bereits in Erfahrung bringe, dass dieser Mann in der Fastenzeit Fleisch gegessen hat, während du doch davon keine Ahnung zu haben scheinst?«

»Ich bespitzele die Leute von Hoya schließlich nicht«, antwortete Hermenefred verdrossen, »meine Aufgaben als Gaugraf sind andere.«

»Die du anscheinend auch nicht wahrnimmst ...«

»Aber natürlich tue ich das«, begehrte Hermenefred auf. »Meine Männer sind ständig unterwegs.«

»Und du selber, Gaugraf? Wann bist du zuletzt an der Spitze des Heerbanns geritten, um der Bevölkerung zu demonstrieren, dass eine starke Macht über sie wacht und die Gerechtigkeit und die Milde der fränkischen Kirche durchsetzt?« Grimoald schüttelte tadelnd den Kopf.

Hermenefred schwieg.

Warum gibt er denn als Vertreter des Königs nicht Kontra, dachte Gunhild aufsässig, während sie die Reste von Billungs Hose zu entfernen begann. Von den Knien abwärts waren beide Beine eine einzige Wundfläche, als hätten die Reiter den Mann über eine Schotterstraße geschleift. Billungs Grimasse ließ darauf schließen, dass er unter starken Schmerzen litt. Möglicherweise war ja auch ein Schienbeinknochen gesplittert.

»Was hast du vor, Hildegunde?«, ließ sich hinter ihr in scharfem Ton Vater Grimoald vernehmen.

Gunhild sprang auf und drehte sich um. »Ihn verbinden. Du weißt doch, dass ich das zu tun pflege.«

»Spare deine weißen Tücher für andere auf, bei denen es sich lohnt«, riet Grimoald ihr griesgrämig. »Die kurze Zeit wird er schon noch aushalten.«

»Welche kurze Zeit?«, fragte Gunhild gedehnt. Sie spürte, dass sich ihre Nackenhaare unter dem Haarnetz zu sträuben begannen.

»Sobald sie den Hackblock aufgestellt haben, wird er sterben.« Grimoald wandte sich ab und ging forsch auf eine Lücke zwischen den Gebäuden zu, hinter der Axtschläge zu hören waren, wie Gunhild erst jetzt registrierte.

Wieder fuhr sie herum. Der Gaugraf stand noch an der gleichen Stelle wie vorher. »Er bekommt nicht einmal ein Gerichtsverfahren, in dem er sich verteidigen kann?«

Hermenefred zuckte mit den Schultern und machte ein ausdrucksloses Gesicht. »Die Blutgesetze des Frankenkönigs sind eben so ...«

»Was ist dieser Karl nur für ein Ungeheuer!«, brach es aus Gunhild hervor.

»Schweig, Gunhild«, befahl der Gaugraf mit unterdrückter Wut. »Ich habe diesen Kerl geschont, obwohl er es nicht verdient hat. Auch mir ist das Gerede über ihn zu Ohren gekommen. Über ihn und andere ... Die Sachsen wissen um die Gefahr, in die sie sich begeben, wenn sie gegen Karls Gesetze verstoßen. Jetzt ist nichts mehr zu machen.«

Nein, jetzt war nichts mehr zu machen. Gunhild, die zwei Reiter dicht nebeneinander im Galopp in den Hof sprengen sah, trat entsetzt zurück. Ohne auch nur ein bisschen zu verlangsamen, wichen die beiden Franken um eine halbe Lanzenlänge auseinander, packten Billung jeder bei einem Arm und schleiften ihn aus dem Hof.

Kurze Zeit später hörte Gunhild einen Schmerzensschrei, der in einem Gurgeln endete.

An diesem Abend waren die Krieger, die das Sendgericht zu schützen hatten, bei guter Laune. Seit dem frühen Nachmittag schon zog der Duft eines am Spieß bratenden Jungbullen und einer fetten Sau zwischen den Häusern hindurch.

Die unreife Leibesfrucht, die die Sau nicht hatte austragen können, war den Hunden vorgeworfen worden. Vor den beiden gierigen Bestien Chlodwigs, des weltlichen Missus, hatten die Stöberhunde des Gaugrafenhofes jedoch Reißaus genommen. Als Gunhild über den Hof ging, warteten sie knurrend und kläffend im Hintergrund auf ihre Chance.

Die Molosser zerrten die blauroten Gebärmutterhörner auseinander, bis zwei Ferkel herauspurzelten. Nur gelegentlich knurrte einer von ihnen tief unten in der Kehle.

Gunhild ging mit abgewandtem Gesicht an den Hunden vorbei. Es war ihr gleichgültig, dass die Krieger, die sie beobachteten, vor Gelächter wieherten. Aber es bestärkte sie in ihrem Entschluss, Haduwich mit diesen Rohlingen nie allein zu lassen.

»Wo sollen wir heute essen?«, erkundigte sie sich bei der Schafferin, die gerade das Feuer im Kochhaus schürte. »Sofern wir überhaupt etwas bekommen.«

»Dazu hat Vater Grimoald sich nicht geäußert, nur dass ihr zwei die Halle auf keinen Fall betreten werdet«, erklärte die Schafferin in geschäftsmäßigem Ton und rührte eine Hand voll Salz in die Gerstengrütze. »Auf Fleisch brauchst du dir keine Hoffnung mehr zu machen. Ich bin dankbar, wenn ich alle Männer satt bekomme. Hunger macht sie gereizt und unberechenbar.«

»Die nächste Zeit wird schwierig werden, wenn sie ausgerechnet die trächtigen Tiere schlachten«, bemerkte Gunhild sarkastisch.

Die Schafferin sah kurz auf. »Die nächste Zeit überleben wir nicht, wenn ich diese verfressene Horde ausschließlich aus dem Viehbestand des Hofes ernähren soll, trächtig oder nicht.«

»Wenigstens werden sie weiterziehen wie Heuschrecken, wenn alles kahl ist«, brummelte Gunhild. »Kann ich uns sofort von der Grütze etwas abfüllen?«

»Ich mache es selbst«, entschied die Schafferin.

Gunhild zuckte ergeben die Schultern. Sie protestierte nicht, als die Portion Grütze so klein ausfiel, dass sie keinen Menschen satt gemacht hätte, geschweige denn zwei. Sie konnte sich denken, unter welchem Druck die Frau stand. Wenn der Heerbann des Sendgerichtes unzufrieden blieb, konnte der Archidiakon sie wegen inneren Widerstandes gegen die Kirche zum Tode verurteilen. Trotzdem fand sie es nicht besonders mutig.

»Warum sollte ich den Zehnten nicht jetzt einsammeln, Vater Grimoald?«, schrie Hermenefred so erregt, dass es über den ganzen Hof zu hören war. »Ich weiß, die fränkische Kirche nimmt keine Rücksicht darauf, dass die Ernte schlecht war oder die Leute nach dem Bezahlen kein Saatgut mehr haben. Sie bekommt immer, was sie einfordert! Warum also bist du dagegen, dass ich mir im Dorf zurückhole, was dein Heerbann von meinem Eigentum verzehrt?«

Grimoalds Murmeln war am Brunnen, wo Gunhild gerade den Eimer heraufzog, nicht zu verstehen, aber es gelang ihm offenbar nicht, den Gaugrafen zu beschwichtigen, denn dieser gab so hitzig wie zuvor zurück:

»Ich sehe doch, wie meine Herde schrumpft! Gestern ein Bulle, heute zwei; die Reste, die man noch gut für die nächste Mahlzeit aufheben könnte, an die Hunde verschwendet ... Wovon soll ich meine eigenen Männer ernähren, wenn ihr wieder fortgezogen seid?«

»Gaugraf!«, erhob jetzt der Priester seine Stimme mit deutlicher Verärgerung. »Du hast nicht den geringsten Grund, auf irgendein Recht zu pochen, nicht einmal auf Nachsicht! Ich habe im Dorf sogar einen Säugling entdeckt, der nicht getauft war. Du darfst dankbar sein, dass ich dir diesen Verstoß gegen die Gesetze nur als Versäumnis auslege. Ich könnte dich auch zusammen mit den Eltern des heidnischen Kindes verbrennen lassen.«

Dem Gaugrafen war jetzt anscheinend der Mut vergangen. Die interessante Diskussion war beendet. Gunhild ergriff den Eimer und wollte gehen.

Im letzten Augenblick bemerkte sie den Königsboten, der unerwartet zwischen zwei Vorratshäusern hindurch in den Hof schlenderte, in Begleitung von Ansegisel.

Chlodwigs Molosser, der eine grau, der andere braun, trotteten träge hinterher. In römischen Zeiten hatten solche Hunde im Krieg und in der Arena gekämpft und entlaufene Sklaven gejagt. Gunhild duckte sich geräuschlos. Man konnte nicht wissen, ob diese Hunde sie für eine Sklavin hielten. Jedenfalls war sie dankbar, dass die Bestien zu gesättigt waren, um sich um ihre Pflichten zu kümmern.

Chlodwig blieb stehen, eine Hand am Ohr. Sein kleiner Mund über dem Dreifachkinn formte sich zu einem frohlockenden Lächeln, während er mit dem Daumen zum Haus deutete.

Ansegisel nickte reserviert.

»Was hältst du von einer kleinen Wette?«, fragte Chlodwig und rieb grinsend Daumen und Zeigefinger vor Ansegisels Augen. »Ich bin sicher, dem König noch vor Ablauf von drei Wochen melden zu können, dass er einen weiteren sächsischen Gaugrafen absetzen kann. Na, wie ist es?«

Der junge Franke schaute ihn verblüfft an, als entspreche es nicht seiner Gewohnheit zu wetten, schließlich zuckte er mit den Schultern und griff an den Beutel, der an seinem Gürtel hing. »Einverstanden. Ich halte dagegen. Es wird länger dauern, an drei Wochen glaube ich nicht. Fünf Solidi ist der Spaß mir wert.«

»Soll mir recht sein«, brummte Chlodwig. »Halt, mein Lieber, so nicht!« Er bückte sich, wobei sein Bauch ihn behinderte, packte seinen Molosser an einer Hautfalte und zog ihn mit einem scharfen Ruck zu sich zurück.

Der Hund jaulte auf und legte sich ihm zu Füßen. Der andere ließ sich umgehend auf sein Hinterteil fallen und sah seinen Herrn furchtsam an, der ihn gar nicht beachtete. »Warum meinst du, dass es länger dauern wird, junger Freund?«

Ansegisel wiegte den Kopf. »Ich habe den Eindruck, dass Hermenefred einen tiefen Groll gegen den Archidiakon hegt. Eifersucht oder Misstrauen – es ist auf keinen Fall hinnehmbar. Fränkische Macht und fränkische Kirche dürfen nicht gespalten werden. Auch Sachsen würden es bemerken, sie sind nicht so stumpf, wie manche es behaupten ...«

Chlodwig brach in unbändiges Gelächter aus.

»Was ist?«, fragte Ansegisel ungehalten. »Sind meine Worte so komisch?«

»Deine Worte nicht, Ansegisel. Meine Hunde. Auch sie können Vater Grimoald nicht leiden, obwohl er Angst vor ihnen hat. Mein Grauer hat neulich nach seinem Beinkleid geschnappt. Ein Stück Haut ging auch mit.«

»Aha. Wie dem auch sei«, fuhr Ansegisel unbeeindruckt fort, »jedenfalls denke ich, es wird Vater Grimoald nicht erspart bleiben, unseren Gaugrafen ein wenig nachdrücklicher als sonst vielleicht üblich zu belehren, selbst wenn es ihm in seiner Güte schwer fallen mag. Schließlich kommt es darauf an, auch allen anderen Sachsen zu zeigen, wo ihr Nutzen liegt, der Umgang mit ihnen wird dann einfacher werden.«

Chlodwig nickte mit bauernschlauer Miene. »Du bist ein kluger junger Mann, Ansegisel«, sagte er bewundernd. »Mir und dem König soll es recht sein, wenn Vater Grimoald einen Sachsen ein bisschen quält. Um das Wettgeld wäre es mir dabei nicht schade. Lass es mich wissen, wenn du eines Tages beschließt, den Dienst in der Kirche gegen den Dienst beim König zu tauschen ...«

»Ich habe mich noch nicht gebunden«, wehrte Ansegisel mit einem spöttischen Lächeln ab.

Der Missus zog sein Untergewand mit einem Ruck nach oben, wo es seinen Kugelbauch bedenklich einschnürte, und schob anschließend Ansegisels Arm mit väterlicher Geste unter den seinen. Offenbar zu weiteren Überredungsversuchen entschlossen, spazierte er mit Ansegisel wieder aus dem Hof hinaus.

Gunhild ließ vorsichtig die angehaltene Luft hinaus und streckte die Beine. Gerade eben noch konnte sie den gefüllten Eimer halten, der beinahe umgekippt wäre. Ein Fluch lag ihr auf der Zunge, als sie den grauen Mastino, oder was immer er war, auf sich zukommen sah. Mit den Bewegungen einer Wildkatze schlich er heran, die Stirn drohend gerunzelt.

»Hau ab, du Biest, nettes«, flüsterte Gunhild, so freundlich, wie sie es unter diesen Umständen fertig brachte, und reichte vorsichtshalber noch eine dicke Schmeichelei nach: »Guter Löwe.«

Ein Pfiff ertönte. Der Hund glotzte sie unschlüssig aus seinen Triefaugen an, dann machte er gehorsam kehrt. Gunhild pochte das Herz. Das war gerade noch mal gut gegangen.

Oder doch nicht?

Ansegisels rückwärts spähender Blick schien dem Hund zu gelten, aber irgendetwas gab ihr das unangenehme Gefühl, dass er einen Molosser an Aufmerksamkeit und Schärfe bei weitem übertraf.

Ansegisel sprach Gunhild auf den Vorfall nicht an, sie hatte sich wahrscheinlich doch geirrt. Er war freundlich zu jedermann und bemühte sich stets, Franken und Sachsen zu versöhnen, wenn sie aneinander gerieten. Auch war er ein großartiger Organisator, was sich besonders im Rahmen der Untersuchung von Ittas Tod offenbarte, bei der er die Reihenfolge der Zeugen bestimmte und in Anwesenheit des Sendgerichtes befragte.

Gunhild erfuhr so gut wie nichts, aber sie sah, dass Hermenefred mit jedem Tag unsicherer wurde. Anscheinend heizten sie ihm tüchtig ein.

In der Hoffnung, aus den Gesprächen der Krieger mehr zu erfahren, beschloss sie, Odilos Wundklammern in aller Öffentlichkeit zu entfernen.

Wie sie sich ausgerechnet hatte, sammelte sich zu dieser späten Vormittagsstunde im Hof ein kleiner Trupp Reiter, ausschließlich Chlodwigs Männer. Hermenefreds Krieger, die als Zeugen bei der Befragung zur Verfügung stehen mussten, warfen ihnen verstohlen neidvolle Blicke zu. Betont lässig schlenderten sie im Hof umher oder schärften ihre Waffen. Aber ihre Nervosität war unverkennbar.

»Was sollen wir euch mitbringen? Fette Weiber oder

lieber fette Kühe?«, spottete ein Franke, der schon auf dem Pferd saß.

»Am liebsten beides!«, kreischte Odilo und sah krampfhaft zu ihm hinauf, um nicht wie gebannt auf Gunhilds Instrumente zu starren.

»Angst?«, erkundigte sich Gunhild anzüglich und wich mühelos seinem Fußtritt aus.

»Aber mach dir keine Hoffnung, Kamerad, es gibt für gestandene Männer hier nichts zu holen ...« Odilos prahlerisches Geschrei wurde immer leiser, schließlich brach es ganz ab.

Gunhild sah sich um und entdeckte Ansegisel, der auf sie zukam.

»Das Gericht stärkt sich für einen kurzen Augenblick bei einer kleinen Zwischenmahlzeit«, verkündete er, »danach ist Odilo an der Reihe.«

»Das schaffen wir«, meinte Gunhild beruhigend und entfernte die erste Klammer. »Geht es um den Mord an dem Sachsen?«

»Wir untersuchen ausschließlich den Todesfall der frommen Itta.« Ansegisel beugte sich vor, die Hände auf dem Rücken, wie ein Zuschauer im sterilen OP, um Gunhilds Instrumentarium in Augenschein zu nehmen. »Erstaunlich, dass du Verletzungen behandelst, ohne Nonne zu sein. Darf ich dein Werkzeug einmal in die Hand nehmen?«

Gunhild nickte überrascht. Bisher hatte keiner gewagt, diese unbekannten modernen Dinge anzufassen.

Ansegisel bog die gebrauchten Klammern weiter auseinander und wieder zusammen. »Das Material, aus dem diese Gerätschaften gemacht sind, kenne ich nicht«, sagte er. »Aber ihr Zweck ist ja ganz einfach zu verstehen. Wo hast du sie her?«

Statt seine Frage zu beantworten, beschloss Gunhild, ein Wagnis einzugehen. Sie traute ihm keineswegs, andererseits schien er der Einzige zu sein, der ihr womöglich helfen konnte. »Du hältst sie nicht für Zauberwerk?«

Er lächelte spöttisch. »Warum sollte ich? Mein Freund Garibald baut Wege, und manchen Menschen erscheint es als Zauberei, wenn sie nicht sofort im Morast versinken. Dabei ist es nur eine Frage des Wissens. Garibald untersucht als Erstes den Untergrund, ob er felsig oder sumpfig ist, ob ein Bächlein so stark anschwellen könnte, dass es seinen Weg wegreißen könnte, und anderes. Verstehst du? Seine Wege halten länger als die anderer Männer.«

»Natürlich verstehe ich.« Gunhild war wider Willen beeindruckt. Bisher war sie kaum Menschen begegnet, die rational dachten.

Ansegisel lächelte zufrieden. »Man muss hinter die Dinge schauen.«

»Und du pflegst hinter die Dinge zu schauen?«

»Meistens«, erwiderte er. »Aber ich stehe damit nicht allein. Vor allem unser König bemüht sich darum, weißt du das? Er lässt aus allen Gegenden seines Reiches Kenntnisse zusammentragen, damit sie aufgeschrieben werden. Er wäre dir bestimmt dankbar, wenn du ihm die Namen von Heilpflanzen und ihre Anwendung nennen würdest. Vielleicht könntest du ihm auch dieses Gerät schenken?«

»Oh, nein.« Gunhild nahm es ihm entschlossen aus der Hand. Sie dachte an ihre Begegnung mit diesem sinnlichen, aber gleichzeitig rohen Mann zurück, der freimütig zugegeben hatte, dass er nie schreiben lernen würde. »Das glaube ich nicht. Dass er dankbar ist, meine ich.«

Ansegisel verzog keine Miene. Gunhild entdeckte eine

stählerne Härte in seinen Augen, die in deutlichem Widerspruch zu seiner sonstigen Milde stand. »Verrätst du mir wenigstens deine Heilmittel?«

»Um etwas über die Heilmittel der Sachsen zu erfahren, wendest du dich besser an Haduwich. Was meine Geräte betrifft: Das Material ist eine Mischung aus verschiedenen Metallen, die die Werkzeuge geschmeidig und trotzdem hart macht«, erklärte Gunhild. »Sie werden in meiner Heimat gefertigt. Wie meine Reitkleidung auch. Vielleicht sollte sich dein König an meinen König wenden.«

Die Tatsache, dass sie sich auf einen König berief, mit dem man verhandeln konnte, schien einige Verblüffung bei ihm hervorzurufen. »Ich erkenne an, dass ihr im kalten Norden Dinge besitzt, die uns Franken unbekannt sind«, meinte er nachdenklich. »Trotzdem geltet ihr als roh und zurückgeblieben.«

»Ansegisel«, sagte Gunhild mit Nachdruck, »es gibt viele Völker, die fortschrittlicher sind als ihr Franken. Sieh dich nur mal in dieser Gegend um. Hier gab es blühende kleine Dörfer und gastfreundliche Menschen, die Ackerbau betrieben und Vieh züchteten. Die meisten sind fort, von Franken erschlagen oder als Sklaven in andere Gegenden verkauft oder verschleppt, damit sie in fränkischen Wäldern Land roden und neue Dörfer bauen. Und kräftig für das Privileg zahlen, auf dem Land des Königs oder der Klöster leben zu dürfen.«

Ansegisel stimmte ihr lächelnd zu. »Dafür erhalten sie Unterricht im Wort des Herrn. Wenn du und ich lange genug lebten, würden wir erkennen, wie dankbar und fromm die Kinder und Kindeskinder dieser Menschen sein werden. Lohnt es sich nicht, zur Rettung der eigenen Seele ein paar Stück Vieh zu opfern?«

»Möchtest du getötet werden und als behaarte Kopfhaut am Gürtel eines Mörders wie Odilo hängen, damit dein Sohn den Vorzug bekommt, in einer Kirche von Reims die Knochen eines verstorbenen Römers anzubeten?«, erkundigte Gunhild sich sarkastisch.

Aus der Halle ertönte Gelächter. Ansegisel drehte sich lauschend um. »Es wird Zeit für Odilos Befragung.«

Verärgert zog Gunhild dem Mann die restlichen Klammern und half ihm auf die Beine. Er hinkte kaum noch, als er neben Ansegisel zur Halle trabte.

Gunhild sah ihnen nach. Ansegisel war ein rational denkender und emotionsloser Mann, außer wenn es um die Kirche ging. Da blendete er alles aus, was ihm als Argument nicht passte. So verhielten sich auch moderne Kirchenmänner, die noch im 21. Jahrhundert die Inquisition als Instanz beibehielten, selbst wenn diese inzwischen einen harmlosen Namen erhalten hatte. Dass die Chefs der Inquisition niemals ein Wort des Bedauerns über deren unzählige Opfer äußerten, war keine dialektische Schummelei, sondern Programm.

Ansegisel schien einer von denen zu sein, die für genau solche Aufgaben qualifiziert waren.

Gunhild hielt die schmutzige Mullbinde noch in der Hand und überlegte, ob sie versuchen sollte, sie zu waschen – schließlich musste sie mit dem Verbandmaterial haushalten –, als Hufgetrappel auf dem Weg ertönte.

Kurz darauf bog die fränkische Patrouille, die am Morgen als erste ausgeritten war, mit zwei mageren Kühen in den Hof ein. Die Männer strömten von allen Seiten zusammen, um sie zu begutachten.

Auch von weitem ließ sich erkennen, dass die Muskulatur über den Beckenschaufeln verkümmert war. Vermutlich hatten die Besitzer aus Angst vor Plünderungen nicht gewagt, ihre Tiere auf die Weide zu schicken, sondern sie schon lange im Stall gefüttert. Aber die hungrigen Eroberer kannten alle Tricks.

Gunhild raffte ihre Sachen zusammen und eilte quer über den Hof zum Webhaus. Sie hatte nicht die geringste Lust, mit anzusehen, wie die Männer mit ihren Wurfäxten auf die Rinder losgingen.

Im Vorbau zur Halle tauchte Ansegisel auf. Er machte eine einladende Handbewegung. »Du bist dran, Gunhild. Sofort.«

Und Odilo? Er war ja kaum zehn Minuten im Haus gewesen. Gunhild atmete tief durch und kehrte um. Im Vorbau verstaute sie die Instrumente und das verschmutzte Verbandszeug im Rucksack, während Ansegisel hinter ihr wartete. Genauer gesagt, er blockierte den Eingang. Plötzlich war ihr ganz elend vor Furcht.

Irgendwie wollten ihr die Inquisitionsgerichte nicht aus dem Kopf gehen.

Kapitel 11

Zum ersten Mal betrat Gunhild die zum Gerichtsraum hergerichtete Halle. Zwei Tischplatten waren wie für die Mahlzeit aufgeschlagen worden, und dahinter saßen in der Mitte die Missi, Vater Grimoald und Chlodwig. Ansegisel schritt würdevoll hinter die Tischplatte, setzte sich und nahm die Schreibfeder zur Hand.

Nach allem, was Gunhild bisher über ihn wusste, wunderte es sie nicht, dass er schreiben konnte. Aber sie fühlte sich getäuscht. Und alarmiert. Vor Ansegisel stand nicht der Bierkrug, wie er anscheinend für die Arbeit der Missi notwendig war, sondern dort lag ein Stapel Pergamente. Obendrein hatte Gunhild das Gefühl, dass Grimoald auf seine Erlaubnis wartete, mit der Verhandlung beginnen zu dürfen.

Während Ansegisel mit dem Pergament knisterte, erhob sich der grau gestromte Molosser gemächlich und schlenderte auf Gunhild zu. Seine dreifache Wamme war beeindruckend. Chlodwigs Blick folgte ihm neugierig und blieb schließlich an Gunhilds Gesicht hängen.

»Na, Herzchen«, sagte Gunhild, ohne den Franken aus den Augen zu lassen, »du bist ein wenig zu fett, du solltest weniger Gekröse essen. Und die Triefaugen sollte man dir auch mal ausputzen, damit du Freund und Feind unterscheiden kannst.«

Chlodwig sank der Unterkiefer herab, während Gunhild seinem Hund den Handrücken wie zum Kuss reichte. Der Graue erschnüffelte nichts außer Frankenduft und Blutspuren, jedenfalls nichts Beunruhigendes, und drängte seine Stirn an ihre Hand, um sich kraulen zu lassen.

Während er zu seinem Platz zurückwanderte, schlug sich Gunhild befriedigt die Hände aus. Ihre Zuversicht hob sich, als sie ein amüsiertes Glitzern in Ansegisels Augen entdeckte.

»Lasst uns anfangen«, sagte er. »Es geht um eine Ehe, soviel ich weiß?«

»Nein, um einen Mord«, widersprach Gunhild.

Der Archidiakon räusperte sich erschrocken und malte ein Kreuz in die Luft. Chlodwig war bei dem Stichwort Ehe in seinem Ehrensessel zusammengesunken und faltete die Hände ermattet über dem Bauch. Sein Kinn lag in Falten, die von den Enden seiner absonderlichen Lederhaube und den Zipfeln seines Schnurrbartes eingerahmt wurden.

Grimoalds frommer Beginn der Verhandlung wurde durch Hermenefred gestört, der in voller Bewaffnung mit gezogenem Schwert hereinstürmte und erst vor dem Tisch Halt machte. »Ein größerer Trupp Sachsen wurde von meinen Männern in unbewohntem Gebiet gesehen«, berichtete er. »Es scheint, dass sie etwas vorhaben.«

»Und es scheint, dass du deinen Hintern endlich wieder hochbekommst«, nörgelte Chlodwig, plötzlich wieder wach geworden. »Dass ich das noch erlebe!«

Grimoald, der sich mit verkrampften Schultern geduckt hatte, nickte automatisch. Sein Blick war fest auf Hermenefreds blankes Schwert gerichtet.

Dies wäre für den Gaugrafen die Gelegenheit gewesen,

die beiden Sendboten zu erschlagen, ohne dass ihn jemand hätte hindern können. Chlodwigs Schwert ruhte zwischen den Fellen auf der Bank, und dass die Hunde ihn verteidigen würden, war nicht zu erwarten. Ein absurder Gedanke, den Gunhild abschüttelte, als sie registrierte, dass sich der Gaugraf jetzt sehr um die Franken bemühte.

Er traute sich nicht einmal zu widersprechen.

»Wie kommt es, dass wir erst jetzt davon erfahren?«, fuhr Chlodwig in inquisitorischer Manier fort.

»Schlagen sie auch schon wieder diese unheimlichen heidnischen Hillebillen?«, warf Grimoald nervös dazwischen und versuchte, das Zittern seiner Hände zu verbergen. »Wie ich sie hasse! Der Herr sei mit uns.«

»Nein, Vater Grimoald«, antwortete Hermenefred beflissen. »Du musst bedenken, dass ich sie verstehen kann und die Sachsen das wissen.«

Gunhild durchfuhr es bei seinen Worten. Sollte man daraus schließen, dass die andere Seite dem Gaugrafen Informationen übermitteln konnte? Richtige, um ihn zu warnen, aber auch falsche, um ihn irrezuführen?

»Wenn ich eine Bemerkung machen dürfte«, meldete sich Ansegisel so leise zu Wort, dass er sofort die Aufmerksamkeit aller auf sich zog. »Wenn diese Signale trotzdem einmal ertönen, sollte niemand glauben, dass unser ehrenwerter Gaugraf plötzlich die fränkische Sache verraten hätte. Ich bin überzeugt davon, dass er ein so guter Franke ist wie jeder von uns.«

Hermenefred wand sich unbehaglich, offenbar war ihm bewusst, dass die Verteidigung seiner Ehrenhaftigkeit schon ein beträchtlicher Schritt auf dem Wege zur Anklage war.

»Du meinst, die feindlichen Sachsen könnten sich mit einem sächsischen Gaugrafen verständigen, ohne dass wir es merken?«, fragte Chlodwig schrill vor Furcht und starrte Hermenefred misstrauisch an. Beide Hunde setzten sich auf und schnupperten in die Luft.

Hermenefred betrachtete die Franken nacheinander mit gerunzelter Stirn. Allmählich schien ihm aufzugehen, dass er sie in Furcht versetzte. Irritiert und mit einem winzigen Anstrich von Verärgerung verwahrte er sein Schwert in der Scheide. »Ich will keine Zeit versäumen«, schnarrte er. »Wir sehen uns heute Abend bei Kutteln und Zunge. Man hat mir erzählt, dass Chlodwig Zunge in Wein liebt. Stimmt's?« Mit einem gekünstelten Lachen hob er die Hand zum Gruß und marschierte hinaus.

Die drei Franken hatten Hermenefred regelrecht demontiert. Während Gunhild die Männer der Reihe nach musterte, zog sie ihre Schlüsse daraus. Eine fränkische Heirat würde ihm nicht mehr helfen. Über seinem Kopf braute sich Unheil zusammen.

Plötzlich entdeckte Gunhild, dass Ansegisel verschwunden war.

»Dem Herrn sei Dank, den sind wir erst einmal los«, seufzte Vater Grimoald erleichtert. »Was hast du vorzubringen, Hildegunde? Was soll die Anklage wegen eines Mordes? Auf so absonderliche Ideen kannst auch nur du kommen. Aber mach es kurz! Ich meine, mir ist eben ein kräftiges Rüchlein von Hirschbraten in die Nase gestiegen. Der ehrenwerte Chlodwig wird es besser bestimmen können.«

Aber Chlodwig war endgültig in bierseligen Schlaf gesunken und hing mit offenem Mund über der Sessellehne. Unter Grimoalds belustigten Blicken begann er vernehmlich zu schnarchen.

Gunhild knurrte unzufrieden. Eigentlich war sie wegen der Ehescheidung in Hoya geblieben. Sie hatte sich trotzdem ganz spontan entschieden, zuerst den Mord zur Sprache zu bringen. Inzwischen drängte sich ihr der Verdacht auf, dass sich Ansegisel aus diesem Grund so unerwartet abgesetzt hatte. Sie würde ihm einen Strich durch die Rechnung machen.

»Was ist mit dem Mord, Hildegunde?«, wiederholte Grimoald, jetzt schärfer.

»Ich möchte zuerst doch lieber von einer irrtümlichen Heirat berichten«, erklärte sie. »Ich bin auf Grund einer äußeren Zwangslage mit einem Mann getraut worden, den ich weder kenne noch jemals freiwillig geheiratet hätte.«

Zum Glück ließ er sich leicht ablenken. »Mit wem? Und durch wen?«

»Mit einem Sachsen namens Buto. Durch den Priester Adalhard in Verden.«

»Vater Adalhard habe ich selbst für das Amt vorgeschlagen. Und Buto ist kein wichtiger Mann, sonst wäre mir sein Name bekannt.«

Schon hatte Gunhild schlechte Karten. Sie nickte zustimmend und beschloss, sich gefügig zu geben. »Wir sind somit zwei unwichtige Sachsen, und unsere Verbindung kann ohne jedes Aufheben getrennt werden.«

Grimoald schlug mit der Handfläche auf den Tisch, dass es knallte. »Du bist keine unwichtige Sächsin. Der König hat sogar darüber nachgedacht, dich zur Erzieherin seiner Töchter zu machen, und ob du nun deiner Hinrichtung durch Zauberei entkommen bist oder von König Karl im letzten Augenblick begnadigt wurdest: Du und deine Eheschließung finden in jedem Fall Aufmerksamkeit im Frankenreich. Ich danke dem Herrn, dass er dich mir wieder vor die Füße gespült hat.«

Gunhild fühlte, dass sie erbleichte. In gewisser Weise plante er offenbar, seine Karriere an sie zu koppeln. Ob er sie als Zauberin oder als Erzieherin in Heristal ablieferte, auf jeden Fall wäre ihm eine weitere Sprosse auf der Leiter sicher. »Die Ehe wurde nicht vollzogen«, sagte sie beharrlich. »Es war von beiden Seiten nur eine Scheinehe ...«

Grimoald verzog missmutig das Gesicht. »Mir knackte es plötzlich in den Ohren. Ich habe nicht gehört, was du gesagt hast.«

Eine Ehe galt als Sakrament, zumindest in späterer Zeit. War sie gerade dabei, sich um Kopf und Kragen zu reden? »Die Ehe wurde nicht vollzogen«, wiederholte sie vorsichtig.

»Aha«, antwortete er zufrieden. »Das ist nicht erstaunlich, weil ihr ja getrennt wurdet, wie ich sehe. Aber du wirst noch ein ganzes Leben lang Zeit haben, deinen Ehemann zu lieben und zu ehren.«

»Archidiakon«, stammelte Gunhild aufgewühlt, »ich wurde zur Ehe gezwungen. Ich will nicht ...«

Grimoald fuchtelte mit den Händen und lehnte sich zurück. »Papperlapapp. Frauen! Hinterher fehlt euch der Mut, und ihr behauptet, gezwungen worden zu sein. Das habe ich schon so oft gehört. Das ist der kleine Dämon, den ihr Frauen gemein habt ...«

Gunhild ballte die Fäuste. ›Bleib ruhig‹, befahl sie sich. Machos gibt es überall.

Der Priester lächelte sparsam. »Aber dein kleiner Dämon wächst, wie ich sehe. Ich rate dir im Guten, nicht auf mich loszugehen. Ein Angriff auf einen Priester wird mit dem Tode bestraft.«

»Ich weiß«, sagte Gunhild mühsam. »Es würde mir nicht einfallen ...«

»Dann bist du sicher bereit, den Dämon in dir zu bekämpfen und zu beweisen, dass du eine fromme Tochter der Kirche bist?«, fragte Grimoald lauernd.

»Wieso das?«, begehrte Gunhild auf. »Ich kam, um eine Ehescheidung zu bewirken, nicht um Beweise für meine fränkische Gesinnung abzuliefern.«

»Du bist also keine fromme Tochter der fränkischen Kirche?«

»Ich will die Ehescheidung«, beharrte Gunhild. Sie war nicht so dumm, in eine solch lächerliche Falle zu tappen.

Der Priester presste die bläulichen Lippen zu einem Strich zusammen. Seine Nasenflügel blähten sich. »Du bist widerspenstig wie eh und je. Wurde die Ehe von einem Priester, mit Trauzeugen und vor der Gemeinde der Gläubigen geschlossen?«

»Ja«, bestätigte Gunhild beklommen. »Plötzlich fand ich mich während der Messe vor dem Altar wieder und konnte nicht zurück, weil die Krieger der Garnison den Eingang blockierten.«

»Das Band deiner Ehe ist somit von Gott, dem himmlischen Herrn, selbst geknüpft. Buto und du seid getauft ... Diese Ehe kann nie aufgelöst werden, Hildegunde.«

So würde sie Buto denn wirklich erschlagen müssen, um ihn loszuwerden, dachte Gunhild, voll Hass gegen die Umstände. Sie warf Grimoald einen wilden Blick zu und verließ an den dösenden Hunden vorbei den Richtertisch.

In der Tür wurde Gunhild beinahe von Ansegisel überrannt, der im Eiltempo zurückkehrte. »Habe ich die Verhandlung versäumt?«, fragte er mit falschem Lächeln. »Seid ihr schon fertig?«

Gunhild betrachtete ihn mit vorgeschobenem Unterkiefer. Das passte ja bestens. »Nein, nein«, sagte sie beflissen, ihre Rachegelüste verbergend. »Wir sind noch nicht fertig. Ich wollte nur mal nachsehen, wo du bleibst.«

»Was willst du noch?«, sagte Grimoald ungnädig, als Gunhild wieder vor ihm stand. »Die Entscheidung ist unwiderruflich.«

»Bevor ich rede, verlange ich, dass der Missus Chlodwig geweckt wird«, erklärte Gunhild. »Es handelt sich um eine weltliche Angelegenheit. Einen Mord.«

»Ich vermute, du meinst einen Totschlag«, übersetzte Grimoald abfällig. »Da dies vor allem ein Verbrechen gegen Gottes Gebote ist, hat der Täter außer König Karls Strafe auch eine schwere Kirchenbuße zu erwarten. Du kannst deshalb sprechen, ohne dass wir den Missus Chlodwigus in seinem wohlverdienten Schlaf stören.«

»Seine ermüdenden Leistungen kenne ich nicht«, versetzte Gunhild patzig, »aber dass im Augenblick hauptsächlich das Bier am schläfrigen Zustand des Königsboten schuld ist, rieche ich.«

Im Unterschied zu ihrem ersten Scharmützel mit Chlodwig und seinen sabbernden Hunden traf sie bei Ansegisel jetzt nicht auf das geringste Wohlwollen. Er hatte erkannt, dass sie ihn überlistet hatte.

Gunhild erschien es wie ein Wink des Schicksals, dass Chlodwig in diesem Augenblick leise rülpsend aufwachte. »Ich klage Odilo, den fränkischen Krieger im Heerbann des Gaugrafen, an, einen Mann aus dem Hinterhalt getötet, verstümmelt und ausgeraubt zu haben«, verkündete sie so laut, dass er auf keinen Fall wieder einschlafen konnte.

»War der Geschädigte ein bewaffneter Sachse?«, erkundigte sich Chlodwig blinzelnd, rückte seine Haube zurecht und übernahm demonstrativ interessiert den Fall. »Ein ungetaufter Sachse vielleicht sogar?«

»Ob er ungetauft war, konnte ich ihm unmöglich ansehen«, bekannte Gunhild. »Er war nackt. Bevor er ausgeplündert wurde, war er bestimmt bewaffnet.«

»Die Tatsache, dass ein Franke ihn getötet hat, wie du ja sicher zu sein scheinst, spricht dafür, dass es sich um einen Feind handelte«, sagte Chlodwig. »Unter diesen Umständen hat der Täter recht daran getan, denn genau zu diesem Zweck befindet er sich in dieser unwirtlichen Gegend.«

»Um Sachsen zu töten?«

»Auch dieser entlegene Außenposten gehört zum fränkischen Reich. Ein Sachse, der es nicht wahrhaben will ...« Der Missus machte eine unbestimmte Handbewegung und schien auf dem Tisch nach einem Bierkrug zu suchen.

»Und dazu gehört auch das Abschneiden der Kopfhaut bei lebendigem Leib«, stellte Gunhild verächtlich fest. »Die blonden Haare des Toten hängen an Odilos Gürtel.«

»Manche Männer«, warf Grimoald beschwichtigend gestikulierend ein, »verwechseln den Schopf eines Sachsen mit dem Schweif eines Pferdes. Sie sind eben nur roh behauene Erben Adams. Aber wenn sie sonst gute Christen sind, ist ihnen verziehen.«

Gunhild tat ein paar tiefe Atemzüge. Ihre Beweisführung, der Mantelrest, der Dolch ... Nichts war von Wert, weil die Ermordung eines Sachsen nicht als Verbrechen galt. »Und wenn er unbewaffnet gewesen wäre? Immerhin war er ja nackt.«

»Kein Sachse geht unbewaffnet aus dem Haus.« Grimoald lächelte belustigt.

»Du hörst es selbst, Frau. Deine Aufregung hättest du

dir sparen können«, bemerkte Chlodwig naserümpfend, um sich übergangslos an Ansegisel zu wenden. »Was meinst du, junger Freund, lässt der Gaugraf die Zunge in dem schlechten Wein schmoren, den er zum Trinken anbietet, oder hat er dafür einen noch schlechteren?«

»Ich denke ...«, setzte Ansegisel höflich zu einer Antwort an, als Gunhild zornig dazwischenfuhr.

»Wenn aber unter Adams Erben die polierten Edelsteine den ungehobelten Klötzen zur Hand gehen, um den Mord zu vertuschen, kann es doch wohl so rechtmäßig nicht zugegangen sein. Nicht einmal in den Augen eines fränkischen Richters, oder?«

Ansegisels Handknöchel wurden weiß und seine Schreibfeder bog sich. Gunhild beobachtete ihn trotzig.

»Wer ist der Edelstein?«, erkundigte sich Chlodwig grollend, aber auch nicht ohne Neugier. Und Argwohn.

Gunhild sah die Stirnfalten des Grauen. Er schien zu wissen, dass Chlodwig nicht eingeweiht worden war. Danke, Hund, dachte sie und ergriff umgehend die Gelegenheit, Chlodwigs Ärger zu schüren. »Ansegisel! Nachdem er von dem Mord erfahren hatte, beseitigte er die Leiche, wie ich vermute. Angeblich war er in Hermenefreds Auftrag unterwegs, das entsprach aber nicht der Wahrheit. Hat man dir nichts davon erzählt?«

»Ein sächsischer Gaugraf ist gar nicht befugt, über fränkische Kirchenmänner zu befehlen«, bestätigte Chlodwig stirnrunzelnd. »Er würde nicht einmal den Versuch machen.«

»Und Ansegisel wollte mir anschließend einreden, die Leiche gäbe es gar nicht. Ich hätte Gesichte ...«

»Das allerdings kommt bei Frauen häufig vor«, sagte Chlodwig überraschend bereitwillig.

Ansegisel lächelte ihn einverständlich an.

»Ich habe einen Beweis!« Unerschrocken führte Gunhild ihren Kampf weiter. Unter Chlodwigs erstauntem Blick öffnete sie ihre Faust, in der sich der Ring befand. »Er lag an der Stelle, wo der Tote ...«

»Das«, Chlodwig winkte ab, »ist kein Beweis, nur ein tölpelhafter Versuch der Beeinflussung eines Richters.«

Gunhild hielt sich nicht mit unnützen Erklärungen auf. Aus seiner Sicht hatte er Recht. »Dann soll Ansegisel beschwören, dass er die Leiche des Sachsen nicht beseitigt hat«, verlangte sie tollkühn. »Ohne Finten, etwa mit hinter dem Rücken gekreuzten Fingern oder Ähnlichem.«

Chlodwig wandte sich behäbig zu Ansegisel um. »Wünschst du das selber, mein Freund?«

Bevor Ansegisel antworten konnte, mischte sich Grimoald mit entrüstetem Gesichtsausdruck ein. »Ein Mann der Kirche, oder doch fast ein Mann der Kirche, wird sich zu einem Schwur einer Frau gegenüber nicht herablassen. Allein dieser Gedanke ist schon abwegig, Missus Chlodwig!«

»So ganz doch nicht, Missus Grimoald«, gab der Mann des Königs ungehalten zurück. »Ansegisel ist weder Geistlicher noch Mönch, und es gibt keinen Grund, weshalb er nicht schwören sollte. Dann wäre die Anklage dieser Frau mit einem Schlag aus der Welt geschafft. Ich für meinen Teil hätte wenigstens diesen Fall gerne erledigt.«

»Hermenefreds Fall ist erledigt!« Grimoald fuhr in die Höhe und funkelte Chlodwig wütend an. »Er wird eine Sühne an die Kirche zahlen. Seine Sünde wiegt schwer.«

»Die Sünde, seine Ehefrau nicht beaufsichtigt zu haben, wiegt nicht schwerer als die der Männer, die diese Frau erschlagen haben!«, brüllte Chlodwig in plötzlichem Jähzorn. »Es ist unmöglich, dass gestandene Krieger sich daran nicht erinnern können und wir ihnen dieses durchgehen lassen. Itta war immerhin die Ehefrau eines Gaugrafen.«

»Liebe Freunde«, griff Ansegisel beschwichtigend, aber mit Nachdruck ein. »Missi sollten sich nicht streiten, sondern im Sinne des Königs zusammenarbeiten. Es wäre ein falsches Signal, einen ganzen Heerbann zu bestrafen oder auch nur die Franken dieses Heerbanns. Die Sachsen würden für ewig mit dem Finger auf diesen einen Fall zeigen. Es ist nur vernünftig, ihn zu begraben, Chlodwig. Wirklich.«

Chlodwig mahlte unentschlossen mit den Zähnen. Schließlich drehte er sich um und blickte suchend hinter sich. »Also, meinetwegen. Aber dann wirst du schwören, Ansegisel. Das ist meine Bedingung. Wo ist das Reliquienkästchen?«

Grimoald und Ansegisel verständigten sich mit Blicken. »Völlig ausgeschlossen«, schnarrte der Priester, »ein Ansegisel kann nicht ...«

Ansegisel schnitt ihm das Wort mit einer Handbewegung ab. »Du brauchst den Kasten nicht zu suchen, ehrenwerter Chlodwig«, erklärte er ruhig. »Ich werde vor ihr nicht schwören, dafür ist diese Angelegenheit nicht wichtig genug. Mein Wort reicht.« Seine oberflächliche Ruhe war gespielt. Im Schein der Kerze, die vor ihm stand, flackerten seine braunen Augen vor Wut, und ein Teil seines Ärgers schien auch dem Priester zu gelten.

Offenbar hätte der beinahe etwas verraten, worüber Stillschweigen bewahrt werden sollte. Aber warum war Chlodwig nicht eingeweiht? Noch während Gunhild versuchte, die verwirrenden Informationen zu sortieren, holte Vater Grimoald zu einem weiteren Schlag aus.

»Ich kenne diese Frau«, sagte er. »Auch nach einem

Schwur wäre Hildegunde nicht zufrieden. Es gibt nichts, was ihr heilig ist.«

»Wenn Männer der Kirche sich so verschworen haben, bleibt mir hier nichts mehr zu tun«, schloss Chlodwig beleidigt und begann sich erneut mit seiner Haube zu befassen, wie um einen Schlusspunkt zu setzen.

Ansegisels Feder kratzte über das Pergament. Nach einer Weile bemerkte er, dass Gunhild immer noch vor dem Tisch stand. »Du kannst jetzt gehen«, sagte er leise, aber sie hörte sehr wohl die mitklingende Drohung.

Erst draußen vor der Halle fiel Gunhild auf, dass Ansegisel sein Wort überhaupt nicht gegeben hatte.

»Kennst du Beinwell, Haduwich?«, fragte Gunhild wenig später. Ansegisels Neugier im Hof hatte ihr in Erinnerung gerufen, dass das Antibiotikum schneller ausgehen konnte, als ihr lieb war. Und in dieser kriegerischen Umgebung waren Wunden immer wieder zu erwarten.

»Beinwohl, meinst du? Ja, Mutter hatte immer einen Vorrat an Wurzeln, vor allem, wenn im Herbst und Winter frische Kräuter nicht zu haben waren. Meine Brüder verletzten sich dauernd irgendwo, und als sie noch klein waren, fühlten sie sich zugleich getröstet, wenn Mutter den Brei auftrug.« Haduwich lachte und schüttelte den Kopf. »Warum fragst du?«

»Einen Vorrat davon könnten wir auch gebrauchen ...«

»Wenn du willst, grabe ich nachher ein paar Pflanzen aus. Ich weiß, wo Beinwohl wächst«, bot Haduwich bereitwillig an. »Der Brei ist einfach herzustellen und wir haben ihn oft verwendet. Nur wenn es um richtige Krankheiten ging, mussten wir Hathumods Mutter rufen.«

Gunhild nickte. Die weise Frau von Verden. »Hat übrigens Ansegisel dich mal nach Heilkräutern befragt? Er sammelt das Wissen für den König, sagt er.«

»Unser Ansegisel? Und wieso für den König?«, fragte Haduwich überrascht. »Kennt er den denn? Er hat schon einmal eine Bemerkung über König Karls Hof gemacht, erinnerst du dich?«

»Genau. Was verbindet ihn eigentlich mit dem König, über den er häufiger als über den Abt spricht«, grübelte Gunhild. »Du hast ja so Recht.«

Hermenefred kehrte am Abend mit allen Kriegern zu seinem Hof zurück. Weit konnten sie nicht geritten sein, dachte Gunhild, während sie darauf wartete, dass man den Franken vom Pferd hob, um den sie sich kümmern sollte. Drei Kälber, die die Männer an Stricken mitführten, blökten jämmerlich, und die ganze Schar wirkte gereizt.

Gunhild ahnte, warum. In dieser Gegend konnten sie höchstens bereits getaufte Sachsen bekämpfen, denn ungetaufte gab es nicht. Wenn sie dann noch unter einem Vorwand Vieh beschlagnahmten, mussten sie die Menschen gegen sich aufbringen. Nur zu, dachte sie, eines Tages ist es so weit! Dann erheben wir uns und werfen sie hinaus.

Die Männer packten den Verletzten auf ein gegerbtes Hirschfell, drehten die Beinansätze zu Würsten zusammen und machten sich bereit, ihn an diesen handlichen Tragegriffen fortzuschaffen. Gunhild zeigte auf das letzte Grubenhaus in der Reihe.

Der Verletzte war überraschend jung und litt offenbar mächtig. Er versteckte sein Gesicht unter dem Arm und rollte sich wie ein Igel zusammen.

Als Gunhild an seine Seite eilen wollte, prallte sie gegen Ansegisel, der sich ihr in den Weg stellte.

»Du wirst mir alle deine Heilmittel verraten«, befahl er. »Auch, womit du ihn behandelst. Ich vermute, eine Lanzenwunde erfordert ein anderes Heilmittel als eine Schwertwunde.«

Seine verbindlichen Manieren waren von ihm abgefallen. Gunhild ließ ihn einfach stehen. Aber sie registrierte, dass er zwischen den Wundarten unterschied, womit er ja völlig Recht hatte. Sie war nicht die Erste, die er befragte.

Ungeduldig wartete sie darauf, dass die Krieger sie endlich mit dem Jungen allein ließen. Kaum hatten diese die Tür hinter sich zugeschlagen, brachen sie in wieherndes Gelächter aus. Ihr Patient schnitt ein Gesicht und drehte den Kopf zur Wand.

Dennoch hatte Gunhild seine Zornestränen gesehen. »Mach dir nichts daraus«, meinte sie. »Ich wette, der ein oder andere von denen hat selbst eine tüchtige Narbe an seiner Kehrseite.«

»Du weißt schon ...?«

»Ich kann es mir denken«, sagte Gunhild beschwichtigend.

»Ich bin weggelaufen.«

»Glaubst du, sonst keiner? Das passiert schon mal, wenn man den Kampf nicht gewohnt ist.«

»So war es nicht. Es war ganz anders. Wir wollten eigentlich nur einen Hof ausräumen. Das gelang ja auch, aber plötzlich tauchte eine Gestalt in einem Gebüsch auf, und ich wagte mich nicht zu rühren. Der Herr möge mir vergeben, aber ich hielt es für möglich, dass ein Engel auch aus einem sächsischen Gebüsch steigen kann«, erklärte der Junge trotzig. »Dann begriff ich meinen Irrtum und wollte weglaufen, aber da fuhr mir die Lanze schon ins Hinterteil.«

»Und warum hast du den Sachsen für einen Engel gehalten?«, fragte Gunhild verdutzt.

»Er hatte fast weiße Haare und Augenbrauen. Aber so alt war er gar nicht.«

»Wittekind«, rief Gunhild entzückt.

»Ja, das haben die anderen auch gesagt, aber sie haben sich vor ihm gefürchtet. Warum du nicht?«

»Nein«, antwortete Gunhild träumerisch und setzte sich neben ihn. »Vor Wittekind fürchte ich mich nicht. Er ist ein wahrhaft großer Mann. Die Sachsen setzen alle Hoffnungen auf ihn.«

»Warum?« Er sah sie verblüfft an. »Er ist ein Wilder. Alle Sachsen sind Barbaren. Wenn wir kommen, schmeißen sie manchmal mit Steinen.«

»Wie heißt du eigentlich?«

»Arbeo. Ich heiße Arbeo«, wiederholte er höflich.

»Sieh mal, Arbeo«, sagte Gunhild geduldig, »wenn die Sarazenen kämen, um deinen Eltern den Hof zu rauben ... Das kannst du dir doch vorstellen?«

Er nickte interessiert. »Sie könnten sich an den Franken für Saragossa und Pamplona und all die anderen Städte rächen wollen.«

»Du bist ja sehr gebildet.« Gunhild lächelte leicht und akzeptierte, dass sein Geschichtsbild von ihrem abwich. »Und wenn du nun gerade dabei wärst, einen Korb zu flechten oder Wasser für deine Mutter zum Kochen hereinzubringen, dann hättest du weder dein Wurfbeil noch deinen Ango zur Hand. Was würdest du tun, um deine Eltern, deine Geschwister und dich zu verteidigen?«

»Einen Stein werfen«, antwortete Arbeo beschämt.

»Du bist ein ehrlicher Kerl«, stellte Gunhild erleichtert fest.

Er grinste. »Ist das ein Nachteil in deinen Augen? Du bist Sächsin, nicht? Wirst du mich verbinden, obwohl Wittekind herkommt? Sie sagen auch, dass du darin besser als ein Mönch bist, obwohl du sonst eher wie der Teufel sein sollst.«

Gunhild musste lachen und kniff ihm sacht in die Wange. »Natürlich verbinde ich dich. Selbst wenn Wittekind herkäme. Aber er kommt bestimmt nicht. Keine Angst.«

Nachdem sie die Wunde begutachtet hatte, entschloss sie sich, Beinwellmus zu verwenden. Zum Glück hatte die Waffe den Muskel an der Seite getroffen, so dass es sich mehr um eine Schnittwunde als um eine Stichwunde handelte.

Während Haduwich neben ihr kniete, die gewaschene Wurzel klein schnitt und sie anschließend zu Mus stampfte, überlegte Gunhild, was Wittekind wohl vorhaben mochte. Und vor allem: War Gerowulf bei ihm?

Arbeo stützte sich auf den Ellenbogen und sah Haduwich bewundernd beim Stampfen zu. Eigentlich ist er ein hübscher Junge, dachte Gunhild und wollte ihm mit einer mütterlichen Geste die langen Haare aus dem Gesicht streichen. Ihre Sehnsucht nach Gerowulf schmerzte immer heftiger.

Arbeo runzelte die Stirn und entzog sich ihr. »Ich habe keine Angst.«

»Nein, natürlich nicht«, sagte Gunhild erheitert.

Unter den Franken des Hofes herrschte eine spürbare Anspannung. Niemand sprach über Wittekind, aber alle trugen Waffen. Sie legten sie jetzt nicht einmal mehr ab, wenn Vater Grimoald eine seiner Messen im Hof unter freiem Himmel hielt. Am Sonntag nach der kriegerischen Begegnung mit Wittekind beabsichtigte Grimoald offenbar einen besonders feierlichen und langen Gottesdienst zu halten. Jedenfalls sollten an die Gläubigen Leib und Blut Christi ausgeteilt werden.

Gunhild hielt sich im Hintergrund und wartete auf die Gelegenheit zu entwischen. Grimoald würde wohl angesichts der an diesem Tag besonders großen Gemeinde, die durch Leute aus dem Dorf verstärkt wurde, nicht sonderlich auf sie achten.

Und Ansegisel war von seiner eigenen herausragenden Rolle in Anspruch genommen, wie überhaupt seine Zusammenarbeit mit dem Priester bemerkenswert war. Mit ehrfürchtigem Gesicht brachte er einen großen, prachtvollen Messkelch herbei, den Vater Grimoald offenbar im Gepäck mit sich führte. Kein Zweifel, Grimoald hatte im Dunstkreis des Frankenkönigs Karriere gemacht.

Welche Heuchelei! An sechs Tagen töteten und plünderten die Franken und am siebten wurden ihnen vom Priester die Sünden vergeben. Gunhild warf noch einen mitfühlenden Blick auf Haduwich, die Ansegisel kaum aus den Augen ließ, und zog sich rückwärts gehend aus dem Hof zurück.

Geduckt huschte sie zwischen den Nurdachhäusern davon, sprang mit geschürztem Rock über den Flechtzaun, der die Hausweide umgab, und rannte hinunter zum Fluss, wo sie sich auf einen Wall setzte, den ein früheres Hochwasser zusammengeschoben hatte.

Das Wasser floss gemächlich und ruhig dahin, aber seine Ruhe teilte sich Gunhild nicht mit.

Wittekinds Auftauchen in der Gegend musste etwas zu bedeuten haben. Gunhild geriet ins Grübeln. Gedankenverloren verfolgte sie mit den Augen ein Ruderboot, dessen einziger Insasse den Schutz des Waldes so lange wie möglich ausnutzte und sich dann in Höhe des Dorfes auffällig ins Zeug legte. Es war kaum zu übersehen, dass er nicht beobachtet werden wollte.

Gerade dieser Umstand trug ihn näher an das Ufer, an dem Gunhild saß. Er sah sich in regelmäßigen Abständen um und plötzlich fiel sein Blick auf Gunhild. Einen Augenblick verharrten die Ruder in der Luft, dann hielt er zügig auf sie zu.

Der Kiel bohrte sich an der flachen Landestelle des Dorfes in den Grund; im Boot lagen ein Schwert und eine Lanze. Der junge Mann schwang die Beine über die Ruderbank, blieb aber mit den Rudern in der Hand sitzen, bereit, sofort wieder abzulegen.

Gunhild ging mit bedächtigen Schritten zu ihm hinunter. Sie hatte das Gefühl, dass er mit ihr sprechen wollte.

»Ich grüße dich«, sagte er auf Friesisch.

Gunhild zuckte zusammen und schwieg ratlos.

»Du kannst kein Friesisch?«, fragte er drohend.

Gunhild schüttelte verlegen den Kopf.

»Oh, gut«, sagte er erfreut. »Dann musst du Gunhild sein. Frauen, die friesische Kleidung tragen, sprechen im Allgemeinen Friesisch. Meine Mutter Tetta hat dich beschrieben, und ich dachte mir fast, dass ich dich irgendwo treffe. Ich bin Onno. Der verbrecherische Grimoald soll sich hier aufhalten, und ich wollte an Hoya vorbeirutschen, während er die Messe feiert. Aber das Ufer schien mir jetzt schon so leer ...«

»Sie feiern die Messe gerade.«

»Und doch bist du hier?«, fragte Onno voller Achtung.

Gunhild zuckte gleichgültig die Schultern.

»Ich suche Billung«, fuhr er fort. »Glaubst du, dass er die Messe auch schwänzt?«

»Er ist tot«, erklärte Gunhild mit einem Seufzer.

Onno schwieg betroffen. »Ich habe eine Nachricht, auf die Wittekind wartet«, sagte er endlich.

»Wittekind ist in der Gegend. Geh auf die Suche nach ihm, du wirst ihn finden. Es darf nicht wieder eine Nachricht verloren gehen.«

An Onnos respektvollem Blick merkte Gunhild, dass sie ihm einen Befehl gegeben hatte. Es stand ihr gar nicht zu, und sie wollte sich entschuldigen, aber er ließ sie nicht zu Wort kommen.

»Ich werde ihn suchen. Mutter möchte noch wissen, wann du nach Verden zurückkehrst. Sie brauchen dich dort.«

»Wer braucht mich?« Gunhild sah ihn überrascht an. »Ist denn jemand verletzt?«

Onno schüttelte den Kopf. »Nicht mehr Menschen als sonst auch. Ich muss jetzt weiter.« Er nickte Gunhild zu und stieß sein Boot energisch vom Ufer ab. Den Nehrstrom der Weser geschickt ausnutzend, kam er gut voran.

Kurz bevor er ihren Blicken entschwand, bemerkte Gunhild, dass sie gar nicht so allein gewesen war, wie sie und wohl auch Onno gedacht hatten. Am Ufer unterhalb des Waldes legte jemand Netze aus.

Hoffentlich war es nicht einer, der für die Franken spionierte. Billung war auch verraten worden, und keiner wusste, von wem.

Kapitel 12

»Ich dachte, ihr wolltet auf die andere Weserseite«, sagte Gunhild schnippisch im Vorbeigehen zu Garibald, dem Wegebauer, der schon im Sattel saß. Der gesamte Heerbann des Gaugrafen hatte sich im Hof versammelt, und der Lärm der wiehernden unruhigen Pferde ließ einen kleinen Streit, zu dem Gunhild gerade aufgelegt war, zu. »Dort gibt es doch noch gar kein Kloster, für das du Wege bauen könntest, oder irre ich mich?«

»Du irrst dich nicht«, antwortete Garibald würdevoll. »Dennoch führe ich einen Auftrag des Bischofs von Köln aus. Irgendwann wird es auch auf der anderen Seite der Weser Klöster geben, wie überall.«

»Aha.« Gunhild betrachtete ihn reserviert. Sein schmaler Schädel mit den trotz seiner Jugend schon angegrauten Haaren gab ihm das Aussehen eines Greyhounds. Diese Windhunde pflegten ohne Sinn und Verstand zu laufen, und er – er baute eben.

»Außerdem baue ich Brücken«, erläuterte Garibald stolz. »Das ist meine Spezialität. Ein Heer, das ein Land dauerhaft besetzen soll, braucht schwimmende Brücken noch dringender als jedes Kloster.«

Plötzlich wurde Gunhild von hinten hart angestoßen und für einen Augenblick an Garibalds Bein gepresst. Er stieß sie mit der Stiefelspitze so grob von sich fort, dass sie rückwärts taumelte.

»Wehgetan, Gunhild?«, hörte sie eine Stimme in ihrem Rücken, hatte aber keine Zeit, sich umzudrehen. Eine derartige Behandlung ließ sie sich von niemandem gefallen, ohne ihm die Zähne zu zeigen.

Aber Garibald ließ sie nicht zu Wort kommen. »Hau ab, Weib!«, knurrte er. »Ich will nicht, dass an mir das Gerücht hängen bleibt, ich hätte eine Sächsin von zweifelhaftem Ruf an mich herangelassen. Der Bischof duldet das nicht.«

»Du bist wirklich widerlich«, erklärte Gunhild mit Inbrunst, bevor sie endlich begriff und jeden weiteren Gedanken an eine Auseinandersetzung aufgab. »Du stehst im Dienst des Bischofs von Köln, sagtest du?«

Garibald sah missmutig zu ihr hinab. Gunhild lächelte ihn einschmeichelnd an, als hätte sie nicht gerade versucht, ihr Mütchen an ihm zu kühlen, und streichelte sanft sein Pferd.

Der Stolz auf sein Amt siegte. »Jawohl. Seit drei Jahren.«

»Dann kennst du sicher den Sachsen Hassio, der für den Bischof Pferde züchtet?«

»Daher weht der Wind also«, versetzte Garibald säuerlich. »An welchen seiner Söhne hast du dich denn herangemacht? Bist du vielleicht das Liebchen von beiden?«

Angewidert verzog Gunhild das Gesicht. »Weißt du, bei euch ist das vielleicht so üblich. Aber Sachsen sind keine Franken, und Wilde schon gar nicht. Da hast du wohl etwas Falsches aufgeschnappt.«

»Falls du mich damit meinen solltest«, entgegnete Garibald vergrätzt, »ich bin kein Franke.«

»Nein, Bayer, ich höre es«, gab Gunhild zu.

»Tatsächlich? Ja, die Franken können zwar Goldstücke zählen, aber keine Entfernungen und Gewichte berechnen.« Er grinste selbstgefällig. An seinem veränderten Gesichtsausdruck merkte Gunhild, dass plötzlich sein Interesse an ihr erwachte. »Ansegisel behauptet, du wärst sogar schon in Rom gewesen. Ich habe es nicht glauben wollen ... Also, ich kenne Hassio. Aber für dich wäre es besser, ihn nicht zu kennen. Er ist seinem Dienstherrn fortgelaufen. Mit fünf guten Pferden. Gestohlen.«

»Wirklich?«, stotterte Gunhild. Ihre Gedanken rasten plötzlich.

»Wenn man ihn findet, wird er hingerichtet. Also lass dir nicht einfallen, ihm in irgendeiner Weise beizustehen. Mitgegangen, mitgehangen.«

»Nein, nein.« Gunhild war auf einmal ganz leicht ums Herz. Vier Reitpferde und ein Pferd zum Wechseln. So gut vorbereitet, war es Hassio bestimmt gelungen, seine ganze Familie in Sicherheit zu bringen.

Garibald musste ihr die Freude angesehen haben. Er furchte die Stirn. »Es ist wohl besser, wir reden nicht so lange miteinander. Ich möchte nicht in ein schiefes Licht geraten.« Ohne einen Gruß stieß er seinem Pferd die Hacken in den Leib und bahnte sich seinen Weg durch das Getümmel.

»Er ist ein Fiesling, stimmt's?«

Gunhild drehte sich überrascht um. Sie blickte in Arbeos Augen, der wie ein Jockey auf einem sächsischen Pferd hockte.

»Dieser Hassio – bedeutet er dir etwas?«

»Ich kenne ihn«, sagte Gunhild vorsichtig. »Er wurde mit seiner Familie deportiert und versklavt.«

»Eben. Du kennst Wittekind. Du kennst Hassio. Und

inzwischen habe ich gehört, dass du eine Zauberin sein sollst. Nicht, dass ich es glaube. Aber dann wird Hassio auch nicht ganz unbedeutend sein.«

Mit seinem arglosen Geplauder kam er der Wahrheit gefährlich nahe. Gunhild hielt es für angeraten, ihn abzulenken. »Was macht deine Wunde? Kannst du schon reiten?«

Arbeo lüpfte vorsichtig sein Hinterteil und zog eine Grimasse. »Glaub schon. Mehr Ärger wird mir wahrscheinlich dieses Pferdchen machen. Sie haben sich einen Spaß daraus gemacht, wollten mir kein anderes geben ... Vor allem dieser Odilo, der eine Ausgeburt der Hölle ist ...«

Gunhild zupfte ihn mahnend an einer Haarsträhne. »Weißt du was«, flüsterte sie geheimnisvoll. »Du wirst unglaublich schnell sein. Und Odilo ist ein Dummkopf, wenn er diese Pferde nicht zu schätzen weiß. Schließe Freundschaft mit deiner Stute, und du wirst selber sehen, wie klug sie ist ...«

Sein Gesicht hellte sich auf, während er dem Füchslein den Hals klopfte. »Meinst du wirklich?«

»Odilo wird vor Neid erblassen«, bestätigte Gunhild feierlich. »Hinzu kommt, dass du viel bequemer sitzen wirst als auf einem Belgier. Vor allem im Hinblick auf die Narbe, die aber dein Hinterteil sehr interessant machen wird, wenn ich das hinzufügen darf ...«

Zuerst wollte Arbeo protestieren, aber er ließ sich von dem Funkeln in Gunhilds Augen anstecken, und schließlich bog er sich vor Lachen über dem Hals seines Pferdes. Die Stute wandte den Kopf und schnoberte ihm im Gesicht herum.

Arbeo richtete sich mit Schwung auf. »An allen Backen kleben mir plötzlich Sächsinnen«, stellte er entrüstet fest.

»Ich sage es doch: Sie ist klug. Und du hast eben Erfolg bei uns.« Gunhild strahlte ihn an. Welchen Sinn sollte es haben, einen netten Jungen für die Untaten der anderen verantwortlich zu machen? Sie mochte ihn.

»Nur bei Haduwich nicht«, sagte er mit schiefem Grinsen und ritt an.

Nein, bei Haduwich nicht. Sie hatte ihr Herz an einen anderen Franken verloren. Und dieser Franke würde nicht lange fackeln, wenn er erführe, dass Hassio mit der Familie geflohen war. Haduwich war jetzt in größter Gefahr.

Aber als Gunhild sich durch den Gang zwischen den Häusern davonstehlen wollte, kam ihr der Gaugraf persönlich entgegen.

Gunhild setzte eine muntere Miene auf. »Ich wünsche euch Glück«, sagte sie. Schließlich konnte er ja nicht wissen, welches Glück sie meinte.

Hermenefred blieb stehen und stützte beide Hände auf die Dächer rechts und links. Er schob sein kantiges dreieckiges Gesicht vor und blinzelte sie misstrauisch an. »Du wünschst mir Glück bei einem Raubzug? Ausgerechnet du?«

»Und wieso spricht ein sächsischer Franke von einem Raubzug, wenn es gegen Sachsen geht?«, gab sie zurück. »Ausgerechnet du, der du bei den Franken zu Ehren gekommen bist?«

Er fuhr sich durch die Haare. »Ach, machen wir uns doch nichts vor. Sie zwingen mich zu einem Beutezug jenseits der Aller. Hier in der Gegend ist alles ausgeplündert, nichts mehr zu holen. Wenn sie nicht gekommen wären, hätte sich dieser Gaugrafenhof aus der eigenen Landwirtschaft und von den wenigen Strafgeldern ernähren können. Aber jetzt haben wir selber nichts mehr, und die Missi sind uneinsichtig.«

War er möglicherweise im Begriff, die Seiten zu wechseln? Gunhild entschloss sich, einen Versuchsballon zu starten. »Deine Freunde, die Franken, haben gewettet, dass sie dich innerhalb von drei Wochen so in die Enge treiben, dass der Frankenkönig dich absetzen kann.«

»Wer?«

»Chlodwig hat es vorgeschlagen und Ansegisel ist darauf eingegangen.«

Der Gaugraf begann vor Wut zu zittern. »Die beiden? Ich hielt Grimoald für meinen ärgsten Feind. Ich dachte, meinen Niedergang mit einer frommen Heirat noch aufhalten zu können.«

»Ich weiß. Und um dich zu retten, bist du auch bereit, für die fränkische Sache im Osten zu räubern«, ergänzte Gunhild mit einem schalen Geschmack im Mund.

Hermenefred mahlte mit den Zähnen.

»Ihr werdet einige Sachsen erschlagen, anderen werdet ihr die Höfe abbrennen, so dass sie verhungern, die Frauen und Kinder vor allem. War es das, was die Stämme wollten, als sie sich zum Großstamm der Sachsen zusammenschlossen?« Gunhild wurde unerbittlich.

»Die Zeiten ändern sich«, sagte Hermenefred.

»Nicht die Zeiten. Die Männer«, widersprach Gunhild hitzig. »Du hast dich entschlossen, auf fränkischer Seite mitzumachen, und dich machen die Franken auf eine ganz heimtückische Art zu ihrem Werkzeug. Einige Sachsen werden selbstverständlich übrig bleiben, wenn du mit deinem Heerbann dort durchgezogen bist. Sie werden Rache schwören und aus dem Hinterhalt kleine Überfälle auf die Franken ausüben. Das wird der Frankenkönig liebend gern zum Anlass für eine harte Bestrafung nehmen, und dann wird er mit seiner Scara mordend und sengend durch das Land fegen. Das wird sich wiederholen, bis Ruhe eingekehrt ist und die Franken das Land der Sachsen endlich für sich allein haben. Und du bist einer derjenigen, die ihnen den Weg bereitet haben.«

»Das ist nicht wahr«, protestierte der Gaugraf bestürzt.

»O doch! Verstehst du nicht, sie benutzen dich, um einen Aufstand der Sachsen heraufzubeschwören, an dessen Ende es kaum noch Sachsen geben wird! Ich weiß nicht, ob Ansegisel das alles so schlau ins Werk gesetzt hat, aber ein solch perfider Plan ist ihm am ehesten zuzutrauen!«

Maßloser Zorn spiegelte sich im Gesicht des Gaugrafen. »Lass mich durch!«, verlangte er brüsk und drängte sich an Gunhild vorbei.

Sie sah ihm nach. Nicht Reue hatte sie in ihm hervorgerufen, sondern Wut. Er würde seinen Männern befehlen, sie festzunehmen. Weglaufen war sinnlos.

Wie festgenagelt wartete sie auf das Ende. Aber stattdessen hörte sie Befehle und Hufgetrappel, und als sie vorsichtig um die Ecke lugte, lag der Hof verlassen, abgesehen von zwei Krähen, die zwischen den dampfenden Hinterlassenschaften der Pferde umherspazierten.

Haduwich stand am Webrahmen, als Gunhild sich ins Haus stahl. Gelassen und ruhig zählte sie die Fäden ihres Musters und drehte sich nur kurz um, um Gunhild zuzulächeln. Gunhild sank auf das Bett und wunderte sich, dass Haduwich nicht alarmiert war durch den Gestank von Krieg und Verwesung, der Gunhild einzuhüllen schien.

»Endlich ist es wieder stiller im Hof geworden«, bemerkte Haduwich, als sie fertig war.

»Ja, nur ist es die falsche Stille, eine gefährliche Stille. Auf dem Hof ist nur das Sendgericht mit seinen zwei Kampfhunden und einem Teil des Heerbanns zurückgeblieben. Kein Einziger von Hermenefreds Leuten ist noch hier.«

Haduwich steckte den Webschlitten zwischen den Fäden fest und begann die verschiedenfarbigen Wollknäuel in die richtige Ordnung zu bringen. »Warum traust du ihnen nicht? Ansegisel ...«

»Ich kann ihnen nicht trauen. Und Ansegisel ... Könnte es sein, Haduwich, dass er das Sendgericht absichtlich hergeholt hat? Ich meine, ihre Missatica ist so groß, sie umfasst mehrere Gaue, aber sie kamen von Heristal offenbar über Köln direkt hierher. Warum?«

»Am Frühlingsanfang war er in Heristal, glaube ich ...«

»Dann«, sagte Gunhild grimmig, »ist wahrscheinlich von Anfang an beabsichtigt gewesen, Hermenefred als Gaugraf unmöglich zu machen. Sie arbeiten darauf hin, dass der König ihn entlassen kann ...«

»Und nun?« Haduwich sank mit gequältem Gesichtsausdruck neben Gunhild auf die bunte Decke, die sie selbst gewebt hatte. »Ich glaube dir in allem, Gunhild, aber Ansegisel beurteilst du falsch ...«

»Wir müssen fort, heute Nacht noch«, erklärte Gunhild übergangslos. »Dein Vater ist mit der ganzen Familie geflohen. Garibald hat es zufällig erwähnt, er steht ebenfalls im Dienst des Kölner Bischofs.«

»Nein!«, rief Haduwich halb entsetzt, halb erleichtert aus und schlug die Hand vor den Mund.

Gunhild ließ ihr nur wenig Zeit, die Nachricht zu verdauen. »Offenbar hat Garibald keine Ahnung, dass du als Geisel für Hassios Wohlverhalten bürgst, aber wenn er mit Ansegisel darüber sprechen sollte ... Ein Glück, dass er fort ist. Der junge Arbeo weiß es auch, aber er mag dich ...

Nur Grimoald würde dich noch in derselben Stunde hinrichten lassen. Er ist der gnadenloseste Priester, den ich jemals kennen gelernt habe, ihm würde es sogar Freude bereiten, der Welt diese Art von christlicher Gerechtigkeit zu demonstrieren, glaube ich.«

Haduwich atmete ganz flach.

»Ihm hat es auch nicht gepasst, dass Hermenefred dich nicht als Unfreie behandelt hat, sondern tatsächlich als Geisel. Deshalb könnte Hermenefred dir nicht helfen, selbst wenn er hier wäre.«

Haduwich nickte resigniert und stand auf. »Wenn du diesen besonderen Blick hast, kann man dir nicht widersprechen. Ich werde für unser Essen sorgen, ich rede mit der Schafferin.«

Gunhild lächelte Haduwich an. Glücklicherweise hatte sie ihre Tatkraft nicht verloren, und als Erstes an den Proviant zu denken sah Haduwich ähnlich. Dann fiel ihr etwas ein. »Lieber nicht«, sagte sie voll Unbehagen. »Ich traue der Schafferin nicht so ganz. Und mein Blick verrät nichts als Konzentration. Widersprich bitte, wenn ich Blödsinn erzähle.«

»Ich glaube, das wagt niemand. Wenn du dich mal erheben könntest ...«

Gunhild gehorchte. Missgestimmt zupfte sie an ihrem Ohrläppchen, während Haduwich begann, die Decke zusammenzurollen. Zuweilen entstand eine merkwürdige Distanz zwischen ihnen, aber sie hatte keine Ahnung, warum. Von ihr selbst ging sie ganz bestimmt nicht aus.

Der Himmel war bewölkt, als Gunhild leise die Tür aufdrückte. Es musste lange nach Mitternacht sein, wie sie an der Stellung der schmalen Mondsichel erkannte. Gedämpfter Lärm drang aus der Halle, anscheinend tranken sich dort noch einige Männer müde.

Die Nachtluft war feucht, eine Brise trug Aasgeruch von vergammelnden Fleischresten herbei. Aber Chlodwigs Hunde befanden sich natürlich bei ihrem Herrn. So gesehen war die Luft rein.

Gunhild zupfte Haduwich am Ärmel und nickte ihr auffordernd zu. Im Schatten des Webhauses tappten sie an der Wand entlang und schlüpften gleich darauf in den Zwischengang.

Hier herrschte vollkommene Dunkelheit. Selbst die Lücke zwischen den Rückwänden der beiden Hütten, wo es zur Hausweide und von dort hinunter zum Fluss ging, war tiefschwarz. Fast beängstigend.

Als Gunhild hinter Haduwich ein scharrendes Geräusch hörte, wusste sie, dass ihr Gefühl sie nicht getrogen hatte.

»Habt ihr jungen Frauen wirklich geglaubt, euch davonstehlen zu können?«, fragte Ansegisels kultivierte Stimme, in der ein Hauch von Belustigung mitschwang.

»Ich kann gehen, wann ich will«, sagte Gunhild trotzig und zugegebenermaßen ein wenig einfältig.

»Ich glaube nicht, dass jemand diesen Hof verlassen wird, nur weil er oder sie es will. Aber wir werden es ausführlich in der Halle bereden«, antwortete Ansegisel, während die beiden Frauen von harten Händen gepackt und abgeführt wurden.

In der Halle ging es hoch her. An drei Tischen wurde gewürfelt. Die Vornehmen, unter denen nur Garibald fehlte, saßen an dem quer stehenden Tisch. In Hermenefreds Sessel thronte der Priester.

Gunhild konzentrierte sich sofort auf ihn. Beim Essen konnte er zulangen, ohne dass man es seiner hageren Figur ansah, aber im Trinken war er mäßig und blieb stets nüchtern. Er war der Feind.

Grimoalds Augen folgten Gunhild, seitdem sie die Halle betreten hatten. Ansegisel glitt auf den freien Platz neben ihm.

»Unser Freund Ansegisel hat dich vom ersten Augenblick an richtig beurteilt, Hildegunde«, begann Grimoald. »Ohne zu ahnen, was ich ihm später über deine Zauberkünste erzählen konnte. Der Herr stehe uns bei.«

Ihre angeblichen Zauberkünste hatten Ansegisel gewiss kaum beeindruckt, aber als Argument für andere mochten sie in seinen Augen durchaus tauglich sein. Gunhild beschloss, sich unbefangen zu geben. »Der Frankenkönig hat mich freigelassen. Er hat erkannt, dass es keinen Grund gibt, mich als Zauberin zu beschuldigen.«

Grimoald sah Gunhild über seine gefalteten Hände hinweg unbeeindruckt an. »Der König wird selbst darüber entscheiden, wenn du ihm vorgeführt wirst. Ansegisel hat sich bereit erklärt, dich zu ihm zu bringen. Damit ist sogar unser Mitbruder und Missus Chlodwig einverstanden, der im Übrigen große Angst um seine Hunde hat. Dein Einfluss auf sie sei übernatürlich und auf keinen Fall menschlich, sagt er.« Er warf einen Blick zur Seite, wo Chlodwig wie üblich in seinem Sessel hing und mit offenem Mund schnarchte.

Plötzlich begriff Gunhild, dass es hier nicht um Haduwich, sondern um sie selbst ging. Von Hassios Flucht hatten sie offenbar noch nichts erfahren. Die Erleichterung machte sie kühn. »Welche Belohnung erwartet ihr für eure beflissenen Dienste, eine Frau wie mich zu ergreifen? Das Bischofsamt für Vater Grimoald? Einen Gau für den Grafen Chlodwig? Und was bekommt Ansegisel, der sich noch nicht entschlossen hat, ob er in der Kirche oder beim König in höhere Ämter aufsteigen will? Mit einem Satz neuer Schreibfedern kann er bestimmt rechnen.«

»Der Herr stehe uns bei!«, rief Grimoald entrüstet, aber auch voller Angst. »Sie kehrt wieder die rachsüchtige Sächsin heraus, die sie im Herzen ist! Die Taufe hat bei ihr keine Umkehr bewirkt.«

Ansegisel nahm es nüchterner. Mit zusammengekniffenen Augen betrachtete er Gunhild grübelnd. Er schien jede Facette ihres Wesens einer Würdigung zu unterziehen, bevor er sein Urteil abgab. »Als heimliche Lauscherin habe ich dich ertappt. Dein Versuch, mich als Mittäter bei einem Totschlag darzustellen, war hinterhältig, aber schlau. Auch deine Frechheit lässt sich hinnehmen. Es sind alles ganz gewöhnliche Eigenschaften, die sich bei dir allerdings zu einem ungewöhnlichen Maß steigern. Was mir Sorge bereitet, ist, dass manche Menschen dir eine Art Ehrfurcht entgegenbringen, die ich mir nicht erklären kann. Dies ist wirklich wider die Natur.«

»Ansegisel!«, rief Haduwich empört. »Wie kannst du nur!«

Grimoald wischte ihren Einwurf mit seiner knochigen Hand beiseite. »Ehrfurcht sollte überhaupt nur denjenigen entgegengebracht werden, die das Wort des Herrn verkünden«, sagte er eifersüchtig.

Ansegisel beachtete ihn nicht. Seine braunen Augen bohrten sich förmlich in Gunhilds, während er sich bekreuzigte. »An ihr ist etwas …«

Es war das erste Mal, dass Gunhild diese Geste an ihm beobachtete. Es war kein Reflex wie bei den meisten. Sie war sich nun sicher, dass Ansegisel hinter allem steckte, was gegen Hermenefred angezettelt wurde. Er war nicht der einfache Schreiber, sondern der Treiber.

Gunhild fasste sich ein Herz und deutete auf ihr Kleid und die Schuhe. »Was soll an mir sein? Ich bin eine einfache Nordfrau mit geliehenem Kleid, die leider ihre Fibeln verloren hat – ich bekenne mich dazu, manchmal etwas schlampig zu sein. Ich kam, um eine unrechtmäßige Ehe auflösen zu lassen, was misslang, und ich möchte jetzt meiner Wege gehen. Nichts in König Karls Capitulatio de partibus Saxoniae gibt euch das Recht, mich festzuhalten. Nicht einmal, wenn man sie als Blutgesetze erfährt, wie die Sachsen es täglich tun.«

Ansegisel lachte erheitert. »Die Capitulatio hat es ihr angetan. Welche einfache Nordfrau würde auch nur diesen Namen aussprechen können? Du hast dich verraten, Gunhild.«

»Blutgesetze«, brabbelte Grimoald nach, blass geworden.

Grimoald hatte sie mit ihrem Wissen immer beeindrucken können. Ansegisel nicht. Gunhild konnte nicht behaupten, dass ihr die Situation auch nur im Geringsten behagte.

Ansegisel beugte sich vor und betrachtete Gunhild wie Ungeziefer, das er gleich zertreten würde. »Die Blutgesetze. Nach dem fränkischen Gesetz ist die Verwendung dieses Begriffes Hochverrat. Unter diesen Umständen erübrigt es sich, die Frau nach Heristal zu bringen.«

Gunhilds Magen schrumpfte zu einem eisigen Klümpchen zusammen.

»Morgen zur Mittagsstunde werde ich die Sächsin Gunhild, getauft auf den Namen Hildegunde, kraft meiner Befugnis durch König Karl hinrichten lassen.« Ansegisel tunkte die Feder in die Tinte und schrieb sein Urteil nieder.

»Bringt diese heidnische Gunhild hinaus«, hauchte Grimoald. »Sie erfüllt den Raum mit dem Schwefelgestank des Teufels.«

Ihre Beine trugen Gunhild kaum noch, als sie von zwei angetrunkenen Kriegern aus der Halle gezerrt wurde. Das hinter ihr unter den würfelnden Kriegern einsetzende Getöse bewies deutlich, wie wenig hier Menschenleben zählten. Ihre Erbitterung war viel zu groß, als dass sie darauf geachtet hätte, in welche Hütte sie gestoßen wurde.

Nur Haduwichs Gegenwart, die ihre eiskalten Hände zu wärmen versuchte, nahm sie dankbar wahr.

Ein kratzendes Geräusch an der Tür brachte Gunhild in die Wirklichkeit zurück. Sie richtete sich auf und entdeckte, dass sie neben Haduwich auf dem Boden lag, eingewickelt in deren warme Decke.

Da war jemand. Gunhild befreite sich hastig von der Decke. Haduwich drückte ihr das Beil in die Hand.

Die Tür ruckte Zentimeter um Zentimeter auf. »Hier ist gebratenes Huhn für zwei Tage und ein Schlauch Bier«, wisperte eine Stimme.

Gunhild erkannte die Schafferin und wollte ihr Glück kaum glauben. »Wir danken dir! Wo sind die Männer?«

»Die schlafen. Sie werden morgen alle Kopfschmerzen haben. Seid trotzdem leise und kommt schnell.«

Haduwich hatte bereits begonnen, die Decke einzurollen. Gunhild griff nach ihrem Rucksack, den niemand ihr abgenommen hatte, dann waren sie startbereit.

Inzwischen musste es schon gegen Morgen gehen,

aber der Mond war hinter den schnell ziehenden Wolken verborgen. In seinem fahlen Licht waren die zusammengesunkenen Gestalten der schnarchenden Wachen erkennbar und bei ihnen die Stöberhunde, die draußen schliefen, seitdem die Molosser Herren der Halle waren.

Die Jagdhunde träumten lebhaft, einer bellte im Schlaf. Bestimmt jagt er gerade Vögel, Menschen jedenfalls nicht, dachte Gunhild, während sie von der Schafferin resolut in den Gang zwischen den Hütten geschoben wurde, der zur Weser hinunterführte. Gunhild umarmte sie kurz und fest, dann zog sie Haduwich mit sich.

Am Ufer stolperten sie über ein Ruderboot, das vorher nie dort gelegen hatte.

Am frühen Morgen sahen sie die Fährstelle der Straße nach Verden vor sich. Gunhild steuerte den Nachen ans Ufer und versteckte ihn im Schilf.

Der Landweg nach Verden war an diesem Morgen menschenleer, und sie entschlossen sich kühn, ihn zu benutzen.

Als sie die Aller erreicht hatten, spähte Gunhild zur hölzernen Palisade der Garnison hinüber. Sie war grau vor Feuchtigkeit, der Nebel hing noch tief darüber. Der Fährmann schlief am jenseitigen Ufer in seinem Kahn, was ihnen nur recht war. Wie alle armen Leute stapften sie durch die Furt, Gunhilds Kopf und Rucksack mit Haduwichs Decke verhüllt.

Sie pirschten sich an das Dorf heran und warteten versteckt bis zum Einbruch der Dunkelheit, um sich in Tettas Haus zu retten.

Kurz darauf lagen Haduwich und Hathumod sich in den Armen. Tetta, die glücklicherweise unverändert wirkte, und ihr Sohn Onno freuten sich von Herzen, nur Enno hielt sich abseits.

Gunhild hob fragend die Augenbrauen. Tetta signalisierte Zweifel und Unsicherheit, was sich aber offensichtlich mehr auf Ennos unversöhnliche Haltung ihr gegenüber bezog als auf seinen Gesundheitszustand. »Hast du denjenigen gefunden, den du gesucht hast?«, erkundigte sich Gunhild etwas umständlich.

»Ich habe Wittekind gefunden, ja«, antwortete Onno mit zusammengebissenen Zähnen. »Es war ein großes Unglück für die Sachsen, dass Hessi die erste Botschaft nicht überbringen konnte, wie ich erfuhr …«

Gunhild schrak zusammen, aber Onnos warnender Blick hinderte sie daran, weiterzufragen. »Ist Gerowulf …«

Sein Kopfschütteln entmutigte sie. »Nein, Gerowulf war nicht bei Wittekind, und ich weiß nicht, wo er ist. Du musst wissen, dass nur die nötigsten Nachrichten ausgetauscht werden. Die Franken versuchen immer wieder, Informationen aus Männern herauszupressen, die noch nicht ganz tot sind …«

Gunhild war es, als würde ihr der Boden unter den Füßen weggezogen. Sie hatte so sehr auf Wittekind gehofft.

Onno merkte von ihrem Kummer nichts. »Es gab sogar schon Männer, die so dumm waren, Informationen in der Beichte auszuplaudern«, sagte er böse.

Gunhild sah ihn betroffen an. »Aber diese Dinge fallen doch unter das Beichtgeheimnis.«

»Ich weiß. Aber die Priester sind schlau. Sie holen alles aus den Beichtenden heraus, mit der Begründung, dass sie prüfen müssen, ob einer eine heidnische Tat begangen hat«, höhnte Onno. »Und da wird selbst ein Treffen mit einem anderen Mann zum heidnischen Vergehen, das sie in der Garnison melden müssen.«

Spionage im Beichtstuhl. Im Hinterkopf speicherte Gunhild diese Information, während sie verfolgte, wie Ennos Hand nach dem Arm seines Verwandten tastete.

Als er ihn zu fassen bekommen hatte, richteten sich seine vernarbten Augäpfel auf Onno. »Der Herr wird dich für solche Worte strafen«, sagte er mit ungewohnt tiefer Stimme, die plötzlich ins Schrille umschlug.

Enno wirkte weniger kindlich als vor einigen Wochen und er befand sich im Stimmbruch. Gunhild hatte Mitleid mit ihm, aber das war kein Grund, ihn im Unklaren über Recht und Unrecht zu lassen. »Der Herr wird seine Priester strafen«, verbesserte sie ihn.

Enno spuckte auf den Boden und ging hinaus.

»Wittekind hatte vor, ein Thing einzuberufen, er wollte die Männer zum Widerstand sammeln«, flüsterte Onno Gunhild zu. »Und ausgerechnet die Zustimmung der Friesen erreichte ihn nicht. Er musste davon ausgehen, dass sie nicht kommen würden, und brach die Vorbereitungen wieder ab. Du musst verstehen – der Kampf wird unmittelbar nach einem Thing beginnen, weil das Thing unter die Blutgesetze fällt und sofort die fränkischen Truppen herbeirufen wird.«

»Und jetzt?«, fragte Gunhild.

Onno zog die Schultern hoch. »Ich bin sicher, dass Wittekind es weiter versuchen wird. Aber fest steht auch, dass es schwieriger wird. Immer mehr Priester werden hierher geschickt, ihr Netz wird immer dichter, und sie verstehen es, besonders Frauen und Kinder einzuwickeln. Und die sind geschwätzig.«

Gunhild starrte ihn ausdruckslos an. In Anbetracht

dessen, was er gerade über die Männer im Beichtstuhl berichtet hatte, ärgerte sie sich. »Frauen und Kinder, meinst du?«

Er nickte. »Unfreie Männer natürlich auch.«

»Ich denke«, erklärte Gunhild bedächtig, »ich kümmere mich mehr um die Frauen und Kinder.«

»Tu das«, stimmte Onno gleichgültig zu, »irgendjemand hat sich bestimmt die Hand verbrüht.«

Tetta strafte ihn mit einem Klaps auf den Hinterkopf, während sie Gunhild zublinzelte.

Gunhild grinste und machte sich an die Planung. Ihr Platz war jetzt in Verden, trotz Pippin.

Hathumods Haus sah aus, als hätten darin kriegerische Franken gehaust. Entsprechend frostig fiel Gunhilds Gruß aus. »Ich bin wieder da«, bemerkte sie nur.

Buto schaute verschlafen und mit blutunterlaufenen Augen aus den Fellen. »Es wird Zeit. Ich habe keine Lust, noch länger in einem Schweinekoben zu wohnen«, schnauzte er. Seine säuerliche Bierfahne wehte bis zu Gunhild herüber.

»Ich werde noch vor Mittag mit zwei jungen Frauen zurückkommen, an denen ich Mutterstelle vertrete«, sagte Gunhild leise und hielt sein Foto wie einen Schutzschild vor sich. »Wenn du bis dahin dieses Haus nicht in Ordnung gebracht hast ...«

Aber Buto fuhr in die Höhe, um sich wie ein Berglöwe mit vorgestreckten Pranken auf Gunhild zu stürzen. Nur war ihm entfallen, dass sich ein Balken über ihm befand. Mitten im Sprung prallte er mit der Stirn gegen das Holz und sackte wie ein entleerter Ziegenbalg auf den Boden.

»Sachse Buto, hast du noch immer nicht verstanden,

dass du gegen mich nichts ausrichten kannst?«, fragte Gunhild geistesgegenwärtig.

Er hob den Kopf und schaute sie mit getrübtem Blick an. Hatten ihre Worte sein benebeltes Gehirn überhaupt erreicht? Auf dem Rückweg zu Tetta fragte Gunhild sich, ob sie noch Macht über Buto ausübte. Sie brauchte seine Mithilfe.

Der Umzug in Hathumods Haus musste verschoben werden. Am Nachmittag stürmte ein junger Mann in Tettas Haus, der nach Gunhild verlangte, sie ohne lange Erklärungen hinter sich auf sein Pferd setzte und mit ihr davonsprengte. Allein die Tatsache, dass Tetta Gunhilds Rucksack zu Onno hinaufreichte, der auf sein eigenes Pferd gesprungen war, beschwichtigte ihren Argwohn.

Die Siedlung Verden blieb hinter ihnen zurück. Der Sachse lag fast waagerecht über dem Pferdehals und der Hengst jagte mit angelegten Ohren dahin. Bald verließen sie den verwilderten Pfad, der zum sächsischen Friedhof führte, und bogen tiefer in den Wald ein, wo dichtes Gebüsch die Pferde zum Schritt zwang.

Der Weg endete an einer Lichtung, auf der inmitten einiger Felder ein einzelnes Gehöft stand. Der Sachse zerrte Gunhild vom Pferd und ins Haus, vorbei an einer älteren Frau.

Der Kranke, ein Mann mit graublonden schütteren Haaren, hatte ein Beißholz zwischen den Zähnen. Blut lief ihm aus einem Mundwinkel. Die linke Hand lag auf seiner Brust, auf der eine Wunde mit einem dünnen Wundkanal prangte, dessen blaurote Ränder kraterförmig angeschwollen waren. Gunhild betrachtete die Verletzung mit Argwohn. So etwas hatte sie noch nie gesehen.

»Ein fränkischer Pfeil.«

Der Verletzte holte giemend Luft und warf den Kopf nach hinten. Die Frau stürzte herbei und schob ihm die Fäuste unter den Oberkörper, der sich über dem Lager wie ein Bogen spannte. Sein Adamsapfel wölbte sich bis zum Zerreißen unter der bläulichen Haut, trotzdem bekam er keine Luft.

Endlich sackte er in sich zusammen und atmete wieder. Die Frau wischte ihm unbeholfen das Gesicht ab und wackelte davon.

Gunhild hockte sich neben den Verletzten. Dessen Puls hatte Aussetzer und Unregelmäßigkeiten, die allmählich zunahmen. »Der Pfeil war vermutlich vergiftet«, sagte sie ratlos. »Er wird noch mehr Krämpfe bekommen. Wenn es ganz schlimm kommt, wird er ersticken. Ich hoffe aber, dass er einfach einschlafen wird.«

Ein Wimmern hinter ihr veranlasste sie, sich umzudrehen. Die Frau hielt ihr einen irdenen Topf unter die Nase. »Wir haben Thor geopfert, aber er hat nicht geholfen«, klagte sie dumpf.

Gunhild fuhr zurück, als sie grob zerteiltes, sehr blutiges Fleisch erkannte, ein hellbraunes Auge und ein kleines Herz. »Ich kann nichts für ihn tun«, murmelte sie und machte sich klar, dass es sich um ein Schaf gehandelt haben musste.

»Der neue Gott hat gezeigt, dass er einem Sachsen nicht helfen wird. Siehst du?« Wie um es zu beweisen, schlug die Alte das Kreuz über dem Topf.

»Ach, mach dich fort, Waldarada«, befahl der Jüngling unwirsch und wandte sich an Gunhild. »Es ist so schnell gegangen. Die Franken kamen und wollten unsere Schafe stehlen, und mein Vater hat unser Eigentum verteidigt.«

Das Blut an der Umfriedung des Schafpferches hatte

Gunhild gesehen. Sie nickte still und begann den Kranken zu verlagern, bis er sich in der stabilen Seitenlage befand. Als sie das Beißholz entfernt und dafür gesorgt hatte, dass die Zunge nicht in den Rachen zurückfallen konnte, schlug er die Augen auf.

»Es ist gut«, murmelte er. »Ich habe mein Leben für unsere Freiheit gegeben, und mehr kann ein Mann nicht tun. Ich werde mich bald bei meinen Ahnen einfinden. Werde ich das, Sohn?«

»Ich schwöre, Vater, dass du den Weg zu ihnen finden wirst«, versprach der Jüngling mit geballten Fäusten.

Gunhild überließ ihm den Platz neben seinem Vater und zog sich auf einen Baumstumpf zurück, der als Hocker diente. Sie hatte nicht das Herz, die beiden zu verlassen. Diese Waldarada war wahrscheinlich nicht ganz bei Trost und würde dem jungen Mann keine Hilfe sein.

Sie drehte sich um und vergewisserte sich, dass Onno noch da war. Er stand wie ein Wachposten an der Tür und nickte ihr ernst zu.

Nach einer Weile versank der alte Mann in Bewusstlosigkeit, wie es Gunhild schien. Seine Lippen nahmen eine bläuliche Farbe an, und er atmete so schwach, dass sich sein Brustkorb kaum bewegte.

Irgendwann hörte auch das auf.

Auf dem Rückweg führte Onno sein Pferd, auf dem jetzt Gunhild saß. »Der Übergang ins Jenseits ist ihm mit deiner Hilfe leicht geworden«, sagte er mit einem verwunderten Seitenblick auf Gunhild.

Sie presste die Kiefer zusammen und schüttelte den Kopf, weil sie ihrer Stimme nicht traute.

»Doch, doch«, bekräftigte Onno. »Er ist als Krieger in

Würde gestorben. Weil du bei ihm warst, ist er nicht erstickt. Du musst nicht um ihn trauern.«

Gunhild schluckte den Kloß in ihrer Kehle hinunter. »Ich trauere auch um den Sohn«, meinte sie beklommen. »Die Franken kennen die Wirksamkeit ihres Gifts. Sie brauchen nur einen Beobachter zum Begräbnisplatz zu schicken, und wieder wird ein Sachse in Verden gehängt werden. Der Sohn wird nie zu seinem Vater und den Ahnen gelangen.«

»Das stimmt. Manchen Männern wird dieses Opfer abverlangt. Aber habe Geduld, Gunhild.«

Gunhild warf die Hände in die Höhe. »Geduld! Geduld! Wofür? Worauf warten wir? Onno, ich will dir etwas verraten: In mehr als tausend Jahren wird es immer noch Völker geben, die geduldig darauf warten, dass sich ihre Lebensumstände verbessern. Aber das tun sie nie, denn es gibt keine Gerechtigkeit, die einem Volk von irgendwoher zu Hilfe kommen kann! Und je geduldiger das geknechtete Volk ist und je länger es wartet, desto mehr verschenkt es die Möglichkeit, sich überhaupt noch zu wehren. Denn in der Zwischenzeit festigen die Angreifer nach allen Seiten ihre Macht, suchen Verbündete und schließen Verträge, und am Ende kommt dabei heraus, dass die, die ihr Land verloren haben, obendrein noch als schuldig an ihrem Unglück bezeichnet und mit einem Anstrich von Recht verjagt oder getötet werden.«

Onnos Handknöchel am Zügel färbten sich weiß und er biss sich auf die Unterlippe. »Ich habe davon munkeln hören und es nicht glauben wollen«, sagte er leise. »Wir Friesen sind wohl etwas nüchterner als die Sachsen. Aber jetzt weiß ich, dass sie Recht haben.«

Seine unerwartete Gemütsbewegung machte Gunhild verlegen, sie hätte sich nicht so hinreißen lassen dürfen.

Sie hatte eigentlich von ihren Erfahrungen aus dem 21. Jahrhundert gesprochen. Was genau er meinte, wusste sie nicht, aber sie wagte auch nicht nachzufragen. Was ausgesprochen war, wurde zum Fakt. Schlimm genug, dass es etwas Unausgesprochenes gab, das mit ihr zu tun hatte.

Kapitel 13

Zu Gunhilds Erstaunen bewahrheitete sich Onnos flapsige Bemerkung, dass sie es mit Brandwunden zu tun bekommen würde. Kaum hatte sie sich mit beiden Mädchen in Hathumods Haus, das Buto persönlich gesäubert hatte, eingerichtet, stellten sich schon die ersten Patienten ein, Frauen, die bisher gleichgültig an ihr vorbeigegangen waren. Manche brachten auch Kinder, deren Verbrühungen so gelinde waren, dass kaltes Wasser zur Behandlung genügt hätte.

Gunhild begriff nach einigen Stunden, dass man sie besichtigen kam, gewissermaßen als Nachfolgerin der heilkundigen Frau, die vor ihr dieses Haus bewohnt hatte, Hathumods Mutter. Die Gründe für diesen Wandel interessierten Gunhild nicht. Er passte prächtig in ihren Plan, der allmählich Gestalt annahm.

Nach einigen Tagen war sie um viele Informationen reicher, während Haduwich die eingenommenen Hühnereier und frühen Rüben im Vorratshaus sortierte. Hathumod überließ sie beide ihren Geschäften. Zu Gunhilds Verwunderung hatte sie eine kleine Flöte hervorgekramt, auf der sie hübsche, wenn auch traurige Melodien spielte. Wenn jemand eintraf, versah sie jedoch den Dienst an der Tür, wobei sie durchaus fähig war, so manchen energisch abzuweisen.

»Aber, Junge, was soll denn Gunhild mit einem kranken Vogel anfangen?«, fragte Hathumod eines frühen Morgens. »Willst du ihn nicht lieber deiner Mutter für den Kochtopf überlassen?«

Die Antwort war ein entsetztes Geheul, das eine Weile anhielt, bis es in Schniefen überging. »Sie haben aber gesagt, dass sie Hirsche heilt«, schluchzte der Junge eigensinnig. »Vögel sind auch Hirsche!«

»Lass ihn nur hereinkommen, Hathumod«, rief Gunhild schmunzelnd, obwohl jetzt leider nicht mehr zu übersehen war, dass jemand eins und eins zusammengezählt und in Gunhild jene Hildegunde wiedererkannt hatte, die dem Hirschzähmer Wenda zur Hand gegangen war. Wie lange würde es dauern, bis Ansegisel erfuhr, dass sie sich in Verden aufhielt, und kam, um Gunhild kraft seiner Befugnis, von der sie immer noch nicht wusste, worin sie bestand, hinzurichten?

Der Junge tappte auf Zehenspitzen herein. Im Arm hielt er eine Dohle, die er mit kurzen, hastigen Handbewegungen streichelte, aber Augen hatte er nur für Gunhild.

Sie lächelte ihn an, um ihm die Furcht zu nehmen, und ließ sich von ihm beim Schienen des Vogelbeines helfen. Es gehörte nicht gerade zu den Fertigkeiten, die sie auf der Uni gelernt hatte. Als sie ihm die Dohle wieder in den Arm gelegt hatte, floh er, stumm wie während der ganzen Behandlung.

»Was war denn los mit ihm?«, fragte Gunhild verdattert.

Hathumod zog Haduwich an der Hand zu Gunhild. »Sag schon.«

»Die Ehrfurcht«, erklärte Haduwich.

Hathumod kicherte leise und drückte ihr Gesicht in Haduwichs Ärmel. Plötzlich schütteten sich alle drei vor

Lachen aus. »Ich weiß trotzdem immer noch nicht, was los ist«, sagte Gunhild.

Hathumod setzte sich neben sie und umklammerte ihre Hand. »Weißt du noch«, begann sie ernsthaft, »wie Hessi und ich dich unter diesem Vorratshaus gefunden haben? Schmutzig und verkommen hast du ausgesehen ...«

Gunhild konnte es sich denken. Sie war übermüdet, halb verhungert und gereizt gewesen, außerdem war sie beraubt worden. Sie nickte.

»... und keiner hätte gedacht, dass du in Wahrheit eine weise Frau bist. Entschuldige, deshalb habe ich gelacht.«

»Ich bin nicht weise, ich kann einige Wunden ...«

»Aber inzwischen weiß es jeder«, unterbrach Hathumod Gunhild, ohne sich um ihren Einwand zu kümmern. »Und auch, dass du die Frau bist, die sich in den heiligen Baum zurückgezogen hat.«

Gunhild blickte mit Unbehagen zu Haduwich auf.

»Tetta wusste es schon und ich habe es ihr bestätigt«, bekannte Haduwich. »Und sie hat entschieden, dass es Zeit ist zu verbreiten, dass diese Frau zurückgekehrt ist. Es hat sich in Windeseile herumgesprochen.«

»Recht ist mir das nicht. Hoffentlich haben wir jetzt nicht ein neues Problem am Hals«, meinte Gunhild grimmig. »Pippin oder Ansegisel, ihr dürft selbst wählen.«

Aber es war Vater Adalhard. Gunhild ahnte es schon, als er mit wehenden Haaren und verkniffenem Gesicht zur Tür hereinstürmte. Leise murmelnd richtete er das große Kruzifix gegen alle vier Hausecken und tat so, als ob sie gar nicht vorhanden sei.

»Es reicht, Priester«, sagte sie drohend, um seine selbstherrliche Unverschämtheit zu beenden.

Adalhard fuhr so schnell herum, dass er das Kreuz fallen ließ. Ohne Gunhild aus den Augen zu lassen, ging er in die Knie und hob es mit zitternder Hand auf.

Gunhild wurde klar, dass er die Mädchen draußen gesehen und angenommen hatte, sie sei bei ihnen. »Du bist sicherlich gekommen, um mich um Hilfe zu bitten. Welche Beschwerden hast du denn?«, erkundigte sie sich ironisch.

»Der Herr stehe mir bei«, stammelte Adalhard und rang immer noch um Fassung.

»Das tut er, schließlich ernähren seine Almosen dich. Du gehst nur aus Spaß am Töten auf die Jagd, stimmt's?« Gunhild war sich sehr wohl bewusst, dass sie ihn reizte, aber sie konnte der Versuchung nicht widerstehen.

Seine Miene nahm einen Zug von Verbissenheit an. »Ich bin gekommen, um dir vor Augen zu halten, dass Leben und Tod allein in des Herrn Hand liegen. Du mischst dich in Dinge ein, die heilig sind, Sächsin!«

»Nach heidnischer Art, meinst du doch bestimmt«, ergänzte Gunhild harmlos.

»Du gibst es zu? Ja, nach heidnischer Art«, bestätigte Adalhard mit wiedergewonnener Überlegenheit. »Nach heidnischer Art der Sachsen.«

»Es ist also heidnisch, einen Kranken zu heilen?«

»Ohne den Beistand des Herrn ist alles heidnisch.«

»Tatsächlich?«, wunderte sich Gunhild. »Bist du denn nicht der Meinung, dass der Herr vielmehr seinen Beistand geleistet hat, wenn der Kranke gesund geworden ist? Ich glaube ganz fest daran. Menschen vermögen nur nicht immer, ihn in seiner Herrlichkeit zu begreifen. Vor allem Franken nicht, wenn der Herr einem Sachsen hilft. Womöglich fehlt es dir an Frömmigkeit, Adalhard.«

Adalhards Miene vereiste, als er bemerkte, dass er in

die Falle gegangen war. »Dir hilft nicht der Herr, sondern Satanas«, fauchte er. »Das große Unglück ist, dass die meisten Menschen sich weigern, ihn zu erkennen, selbst wenn er vor ihnen steht.«

»Satanas«, wiederholte Gunhild. »Ach so.« Ihr Blick wanderte wie zufällig zu Hathumod hinüber, die gerade hereingekommen war.

Hathumod nickte und verzog sich wieder nach draußen, während Haduwich den großen Vorratskrug mit Wasser so dicht am Priester vorbeischleppte, dass er sich genötigt sah zurückzuweichen. »Du solltest dich in Sicherheit bringen, Vater Adalhard«, sagte sie freundlich. »Du könntest sonst nass werden. Ich will sauber machen.«

»Ein neues Gesicht?«, erkundigte sich Adalhard misstrauisch, setzte sich aber gehorsam auf das Bett und zog die Beine hoch. »Wer bist du?«

»Mein Name ist Haduwich. Wie erkennt man Satanas denn, Vater Adalhard? Ich möchte nicht gerne etwas mit ihm zu tun haben, deswegen ...«

»Das ist vernünftig, meine Tochter. Ich freue mich, ausgerechnet in diesem Haus ein frommes Kind der Kirche vorzufinden«, sagte Adalhard erleichtert. Das Kruzifix zwischen den zusammengelegten Handflächen, legte er den Kopf in den Nacken und suchte nach den richtigen Worten. »Satanas ...«

Ein wildes Poltern, Holz auf Holz, hob an, das in den aufregenden Rhythmus von *Tochter Zion* überging. Adalhard erstarrte vor Bestürzung. Erneut rutschte ihm das Kreuz aus den feuchten Fingern, aber er merkte es nicht einmal.

Gunhild war versucht mitzusingen, entschied sich aber im letzten Augenblick dagegen, um nicht mit Satanas verwechselt zu werden, der vermutlich auch nicht den richtigen Ton halten konnte. Sie begnügte sich damit, den Priester grimmig anzulächeln.

Er schlotterte vor Angst und war außerstande, eine Erklärung für das zu finden, was sonst er zu inszenieren pflegte. Haduwich dagegen lauschte hingerissen, wobei sie gekonnt eine Mischung aus Ungläubigkeit und stillem Vorwurf an den Tag legte.

»Das ist er!«, krächzte Adalhard, an sie gewandt. »Es ist Satanas' Signal! Wieder treibt er in diesem Haus sein böses Spiel.«

»Er ist dir gefolgt«, sagte Gunhild ihm auf den Kopf zu. »Er klebt an dir, weil du sein Herr bist.«

»Nein!« Adalhard presste die Hände auf die Ohren und schloss die Augen.

In diesem Augenblick tauchte Hathumod im sonnendurchfluteten Eingang auf. Sie schwenkte die Keule wie eine Beute und warf sie Adalhard vor die gekreuzten Beine.

Erschrocken schlug der Priester die Augen wieder auf.

»Ein Satanas war nicht da«, berichtete Hathumod fröhlich. »Aber ein Knüppel, der gegen die Hauswand donnerte, stellt euch nur vor! Gerade in dem Augenblick, als Vater Adalhard *Satanas* rief.«

»Tatsächlich«, bemerkte Gunhild sarkastisch, ohne den Priester aus den Augen zu lassen. »Der Knüppel sieht aus wie gewöhnliches Holz. Vater Adalhard wird doch nicht gezaubert haben, um ihm Leben einzuhauchen? Oder etwa doch?«

»Nein, nein«, heulte Adalhard und spreizte alle zehn Finger abwechselnd gegen Gunhild und die Mädchen.

»Und es hörte sich haargenau an wie damals, als Vater Adalhard Satanas aus meinem kranken Vater austrieb«, merkte Hathumod an und schob die Unterlippe nachdenklich vor.

»Ja, merkwürdig, nicht wahr?«, stimmte Gunhild ihr zu. »Ob man das Sendgericht informieren sollte, dass der Priester Adalhard entweder mit Satanas im Bunde steht oder sich schwarzer Magie bedient?«

»Ja, tu das bitte! Wie schrecklich, wenn er hier sein Unwesen triebe!«, jammerte Haduwich.

Wenn wer sein Unwesen triebe? Gunhild zwinkerte Haduwich zu und fuhr fort, Adalhard Angst einzujagen. »Es wäre wahrscheinlich richtig, dem Archidiakon den Knüppel als Beweis zu übergeben und ihm die Entscheidung zu überlassen.«

Adalhard gab ein undefinierbares Geräusch von sich und stürzte mit Kruzifix und satanischer Keule zum Eingang, wo er sich durch eine Ansammlung neugieriger Verdener hindurchkämpfen musste.

»Gut gemacht, ihr beiden«, lobte Gunhild, bevor alle drei in schallendes Gelächter ausbrachen.

Der Priester würde bestimmt nicht nach dem Sendgericht rufen. Jetzt blieb noch Pippin.

Dass sich auch die Niederlage des Priesters in Windeseile herumsprach, merkte Gunhild an Butos geradezu unterwürfigem Verhalten. Ein Blick von ihr, und er schien auf dem Sprung, um ihr einen Gefallen zu tun, und er ging noch ausdauernder auf die Jagd als bisher schon. Gunhild gab seine Beute an Tetta weiter, die am besten wusste, wer hungerte und Hilfe gebrauchen konnte.

Eines Abends kurz vor Sonnenuntergang stahl sich ein Besucher besonderer Art ins Haus.

»Vater!«, rief Haduwich und warf sich in seine Arme, noch bevor Gunhild überhaupt begriffen hatte, wer gekommen war. Hassio schob Haduwich von sich und schien erleichtert, nachdem er sie von oben bis unten betrachtet hatte. »Es geht dir gut, Tochter«, stellte er fest. »Ich musste kommen und mich selbst davon überzeugen. Bist du hier in Sicherheit, obwohl die Männer des Hauses tot sind? Wo ist Hathumod? Ich will sie begrüßen, wie es sich gehört.«

Gunhild beobachtete Vater und Tochter still. Hassio war ergraut, er sah abgekämpft aus und seine Kleidung war zerrissen und ungepflegt. Anscheinend musste er sich im Wald verstecken.

Dummerweise war Buto schon von der Jagd heimgekehrt und lümmelte wie üblich auf seinem fellbedeckten Lager herum. Auf einen Ellenbogen gestemmt, hörte er neugierig zu.

»Wir sind in Sicherheit, Vater. Wie geht es Mutter und meinen Brüdern?«

»Gut. Ich habe sie in ...«

»Es freut mich, dass du wieder hier bist, Hassio«, unterbrach Gunhild ihn vernehmlich.

Die Blicke des Sachsen flogen irritiert durch den Raum, registrierten im Schatten der Wand Gunhild, der er zunickte, und blieben argwöhnisch an Buto hängen. »Wer ist er?«

»Buto von der Ruhr.« Gunhilds Stimme war eisig.

Hassio krauste die Stirn. »Ist das der Mann, der die Geschichte eines anderen erzählt, als wäre es seine eigene? Ehre machst du mir nicht, das muss ich schon sagen, du Hund, der zu Füßen der Franken um Brosamen winselt!«

Buto sprang auf, zog sein Messer unter dem Fell hervor und schlich geduckt um die Feuerstelle herum auf Hassio zu.

»Nein, nicht!«, rief Gunhild entsetzt.

Hassio stieß seine Tochter von sich fort und zog sich mit dem Sax in der Hand Schritt für Schritt zur Tür zurück. »Komm nach draußen, wo wir Platz haben, Kerl!«

Haduwich wollte ihrem Vater hinterherlaufen, aber Gunhild hielt sie zurück. Beide Männer brodelten vor Wut, als hätten sie aufeinander gewartet, eine Gefahr für jeden, der sich dazwischenwarf. In gewisser Weise gab sie sich die Schuld an der plötzlichen Eskalation.

Buto war ein erfahrener Krieger, jünger und besser ernährt als Hassio, der ehrlich und bieder kämpfte. Immerhin gelang es Hassio, sich das Messer vom Leib zu halten, aber nach einer Weile begann er zu ermüden.

Haduwich biss sich vor Angst auf die Fingerknöchel. Gunhilds Gedanken rasten. Wie um Himmels willen konnte sie Buto aufhalten? Er umkreiste seinen Feind, der sich mit ihm drehte. Hassios Schwert glänzte im schwachen Schein der untergehenden Sonne.

Gunhild hatte eine Idee.

Sie rannte ins Haus, kippte den Inhalt aus dem Rucksack und griff nach ihrem Fotoapparat. Ungeachtet der Gefahr schob sie sich zwischen die Kämpfer, richtete die Kamera auf Buto und betätigte den Blitz direkt vor seinen Augen, um ihn zu blenden.

Gunhild hatte allerdings nicht damit gerechnet, dass Buto ohnmächtig zu Boden gehen würde. Sie betrachtete seine ausgestreckte Gestalt noch überrascht, als sie hinter sich Haduwichs eindringliches Flüstern hörte.

»Es ist nur Gunhilds Fotoapparat, Vater, nichts Schlimmes. Buto lebt, und du solltest jetzt gehen.«

Gunhild wandte sich um. Hassio starrte bestürzt auf seine Tochter, als hätte sie den Kampf gegen seinen Willen beendet, dann auf Buto. Endlich akzeptierte er, dass Buto im Augenblick nicht mehr kämpfen würde, und verwahrte seinen Sax. »Gut, wir verschieben die Entscheidung. Sag ihm das, Haduwich.«

Ohne Hast wanderte er die Gasse entlang und bog um die Ecke. Gunhild atmete tief durch. Dank Butos überwältigender Suggestivkraft war es gerade noch mal gut gegangen. Unangenehm war nur, dass sie den Blitz in aller Öffentlichkeit hatte benutzen müssen.

Am nächsten Morgen schlüpfte eine hagere Frau zur Tür herein, die Gunhild noch nie gesehen hatte. »Ich brauche deine Hilfe«, bat sie scheu.

»Ja, komm nur und setz dich«, sagte Gunhild mit einem grimmigen Seitenblick auf Buto, der immer noch den Schrecken und sein anschließendes Besäufnis ausschlief. Sie schob ihre Besucherin zu Hathumods Lager hinüber, wo sie Gelegenheit hatte, sie besser zu betrachten. Sie bestand nur noch aus Haut und Knochen. »Bist du schon lange krank?«, fragte sie entsetzt.

Die Frau schüttelte den Kopf. »Ich bin nicht krank. Ich habe gehört, dass du dich auf verschiedene Künste verstehst, und du bist meine letzte Hoffnung. Die Sippe ist verstreut, und mein Ehemann ... Er ist in den Wald gegangen.«

Gunhild verstand jäh. Der Mann war sächsischer Partisan und die Frau halb verhungert. Haduwich, die mehr Gespür für solche Dinge besaß, schnitt bereits kaltes Fleisch auf. Neben ihr begann im Grapen eine Flüssigkeit zu blubbern.

»Der Knecht des Priesters erscheint regelmäßig bei mir und nimmt mir alles ab, was ich und meine drei Kinder ernten, und trotzdem nehmen die Verpflichtungen, die wir angeblich der Kirche gegenüber haben, kein Ende«, berichtete sie mit gesenktem Kopf.

»Du musst dich nicht schämen«, sagte Gunhild und bemühte sich, ihren Zorn im Zaum zu halten. »Du kannst nichts dafür. Sie machen es mit Absicht. Sie versuchen vor allem die Familien in den Ruin zu treiben, von denen sie vermuten, dass sie es im Herzen mit Wittekind halten.«

»Wirklich?«

»Ja, wirklich«, bestätigte Gunhild aufmunternd. »Haduwich bereitet dir eine Stärkung vor. Und womit kann ich dir helfen? Soll ich dem Knecht Angst einjagen?«

Die Sächsin hob den Kopf und lächelte. »Nein, natürlich nicht. Ich wollte dich bitten, mit dem Priester zu reden, damit er mir den weiten Weg zu den vielen Messen erlässt. Es kostet mich jedes Mal einen halben Tag. Und meine Kinder arbeiten bereits über ihre Kräfte. Sonntags würde ich kommen, wenn er es für nötig hält, aber nicht an den Gedenktagen ihrer Heiligen. Es sind zu viele.«

Während Haduwich das Essen brachte, musterte Gunhild unauffällig Buto, der gerade erwacht war. Trotz seiner gegenwärtigen Beflissenheit traute sie ihm nicht über den Weg. »Ich rede mit Adalhard«, versprach sie wortkarg, »und schicke dir einen Boten mit der Antwort.«

»Ich wusste es«, murmelte die Besucherin und schlürfte dankbar die heiße Brühe aus der Schüssel, während sich Gunhild immer noch Gedanken darüber machte, welche Rolle ihr wohl in dem Spiel von Pippin und Buto zugedacht sein mochte. Bei Butos Anblick hatte sie ständig das Gefühl, dass hinter ihm Pippins hässliche Fratze lauerte.

Manchmal ertappte Gunhild sich dabei, dass sie mit geschlossenen Augen dastand, Gerowulfs Arme an ihren Schultern spürte und seinen warmen Atem auf ihrer Stirn. Sie musste sich mit Gewalt von diesen Träumereien losreißen, um ihre selbst auferlegten Pflichten erfüllen zu können.

Zwei Tage, nachdem die fast verhungerte Sächsin bei ihr gewesen war, löste Gunhild ihr Versprechen ein und ging zu Adalhard. Der Knecht weigerte sich, sie hereinzulassen, und holte stattdessen den Priester an die Tür.

»Was willst du?«, fragte er.

Gunhild spürte seine Angst, die so groß sein musste, dass er sich nicht einmal zu verleugnen gewagt hatte. »Deine Gemeinde wächst zwar täglich durch Einwanderer«, sagte sie brüsk, »aber es besteht seit kurzem die Gefahr, dass sie wieder schrumpft oder ganz ausgelöscht wird.«

»Der Herr ist mit uns«, antwortete Adalhard beherrscht. »Du brauchst deine Drohungen nicht zu wiederholen. Wir wissen, dass die Sachsen etwas vorbereiten. Aber deine Tage sind gezählt. Bist du gekommen, um zu erfahren, wie viele es noch sind?«

»Du missverstehst mich«, widersprach Gunhild. »Ich spreche nicht von Sachsen, die sich gegen Eroberer verteidigen, sondern von einer Krankheit.«

»Eroberer«, schnaubte Adalhard. »Dies ist jetzt fränkisches Land. Ohne dein freches Eingreifen wäre es längst befriedet.«

Tatsächlich, dachte Gunhild überrascht. Dann hatte alles, was sie tat, ja seinen Sinn gehabt. »Es geht um eine Krankheit«, wiederholte sie.

Adalhard neigte verdrossen den Kopf.

»Auf dem Hof, der in der Nähe des alten Begräbnisplatzes der Sachsen liegt, ist eine Krankheit ausgebrochen, die mit euch Franken hierher gekommen ist. Sie äußert sich als Lähmung der Beine.«

»Die kenne ich«, warf Vater Adalhard erschrocken ein. »Die Kinder werden am schlimmsten befallen. Der Herr straft über sie die sündigen Eltern. Ich habe von einem Kloster gehört, in dem alle Novizen erkrankten und die meisten starben.«

»Eben. Der Herr findet diejenigen immer heraus, die er nicht für würdig hält, ihm zu dienen. Priester sind oft darunter, besonders diejenigen, die jagen.«

Adalhard wurde blass. »Was soll ich tun?«, fragte er zögernd.

»Du musst deinem Knecht verbieten, bei dieser Frau Schulden einzutreiben; der Herr könnte sich sonst an euch beide erinnern und eure Hartherzigkeit bestrafen. Und ihr musst du verbieten, zur Messe zu kommen, solange die Krankheit bei ihr ist.«

»Ja, ja«, stimmte Adalhard erleichtert zu. »In diesem unseligen Zustand darf die Sächsin die Kirche nicht betreten. Aber hinterher muss sie Buße tun.«

»Das wird sie, im stillen Gebet«, versprach Gunhild. »Wenn sie und ihre Kinder überleben, ist es der Wille des Herrn, und es wäre sehr überheblich von dir, ihm in den Arm zu fallen. Du musst ihr vor allem die wenigen Feldfrüchte, die sie erntet, lassen, damit sie im Herrn leben und bereuen kann.«

»Der Herr hat dich erleuchtet, Hildegunde ...«, stammelte Adalhard ungläubig.

Wenn er es so sehen wollte, sollte es ihr recht sein. »Übrigens ist die Krankheit besonders scheußlich, weil der Kranke am Ende erstickt.«

»Ja, ja. Ich werde für die Frau beten«, erklärte Vater Adalhard eilig.

»Und damit du deinen Knecht nicht zu bemühen brauchst, werde ich sie selber benachrichtigen.« Gunhild gab ihm mit einem Nicken zu verstehen, dass die Unterredung von ihrer Seite beendet war.

Vor lauter Erleichterung segnete er sie.

Auf dem Rückweg kam Gunhild ein beschwingter Onno entgegen.

»Wittekind beruft das Thing ein«, platzte er heraus. »Ich reite mit der Botschaft nach Friesland. Wir Friesen und Sachsen werden die Franken endlich aus unserem Land jagen.«

»Ja«, sagte Gunhild zweifelnd.

»Glaubst du das nicht?«

»Doch. Aber wie verhindert ihr, dass die Franken erfahren, wo und wann das Thing stattfinden wird? Selbst der Priester wusste schon, dass etwas vor sich geht. Ich, an Pippins Stelle, würde alle abfangen, die sich zum Thingplatz aufmachen, damit es gar nicht erst zu einer Ansammlung von Kriegern kommt.«

Onno staunte Gunhild mit offenem Mund an. »Du bist die erste Frau, von der ich höre, dass sie Kriegspläne schmiedet.«

»Dann hast du deiner eigenen Mutter noch nie zugehört«, meinte Gunhild grimmig. »Die macht das auf ihre Weise.«

Onno zuckte die Schultern. »Wenn du meinst. Jedenfalls muss Wittekind sich darüber Gedanken machen. Ich wollte dir nur Bescheid geben, dass Hassio jetzt mit ihm Kontakt halten wird. Er wird außerdem Buto im Auge behalten und zu euch kommen, wenn die Luft rein ist.«

»Aber wie können wir Hassio erreichen, wenn wir in Not sind?«, erkundigte sich Gunhild hastig.

Der junge Friese lachte. »Frage Haduwich. Ihr Vater wird schon kommen.« Er winkte ihr zu und wanderte gemächlich zur Aller hinunter. Die fränkische Streife, die auf der Suche nach aufständischen Sachsen täglich die Gassen durchkämmte, beachtete den Müßiggänger nicht.

Aber ganz sicher würde auf der anderen Seite der Aller, wo Pferd und Sax auf ihn warteten, der Schlendrian wie trockener Lehm von ihm abbröckeln.

Haduwich hörte Gunhild belustigt zu, lief in den Hof und pfiff durchdringend. Nach wenigen Augenblicken kam sie zusammen mit ihrem Vater wieder herein.

»Ich bin im leeren Getreidespeicher eingezogen«, sagte Hassio zur Erklärung. »Keine Angst, Gunhild, diesem Kerl gehe ich aus dem Weg. Dass er in gewisser Weise ein guter Schutz gegen die Franken ist, habe ich inzwischen begriffen. Was gibt es?«

Gunhild erklärte ihm, dass ein halbes Reh zusammen mit einer Botschaft in die Nähe des Begräbnisplatzes zu überbringen sei.

Hassio nickte schmunzelnd. »Befiehl nur. Schon bei unserer ersten Begegnung habe ich gemerkt, dass du anders als alle anderen Frauen bist. Ich bin dankbar, dass du dich um meine Tochter gekümmert hast.«

»Sie hat sich um mich gekümmert«, widersprach Gunhild lachend. »Ohne Haduwich wäre ich verhungert.«

»Aber mit dem Erfolg, dass der Priester Grimoald sie um ein Haar vom Leben zum Tode befördert hätte, weil unser einziger Fang ein verbotener Hase war«, warf Haduwich dazwischen.

»Ja, und es wäre gut, wenn du dich auf den Weg machen könntest, bevor sie da draußen beim Hasen- oder

Biberfang erwischt werden«, mahnte Gunhild. »Ich traue weder dem Priester noch dem Knecht.«

»Vater, ich habe einen Korb mit Getreide, Eiern und Bohnen gepackt. Ein Nachbar hat versprochen, uns sein Pferd zu leihen, wenn wir eins brauchen.«

»Wir Verdener scheinen wieder zu unserem alten Zusammenhalt zurückzufinden, der durch die Franken so sehr gelitten hat.« Hassio sah Gunhild fragend an.

Sie zog die Schultern hoch. »Ich weiß nicht, wie es früher war. Aber verglichen mit meinen ersten Tagen in Verden ist es ganz anders. Mir fällt auf, dass die Frauen jetzt wieder miteinander reden. Sie lassen sich nicht mehr allein durch den Anblick der fränkischen Streife auseinander treiben.«

»Nicht nur das, Vater«, ergänzte Haduwich. »Sie behaupten ihren Platz. Gestern sah ich, wie sie einander unterhakten, damit die Franken nicht zwischen ihnen hindurchmarschieren konnten, als ob sie Luft wären.«

»Nicht nur Verden, auch du hast dich verändert«, stellte Hassio fest. »Das haben wir wohl alles Gunhild zu verdanken.«

Gunhild schüttelte den Kopf. »Es ist Donars Rache.« Als Hassio sie ganz sonderbar ansah, merkte sie erst, dass sie ihre Gedanken laut ausgesprochen hatte. In letzter Zeit schien ihr das öfter zu passieren.

»Die Gäule gehen mit den Verdenern durch«, sagte Buto hämisch lachend, als er am Abend zurückkam.

»Was stimmt dich denn daran so fröhlich?« Gunhild sah ihn erstaunt an.

»Der Ärger, den Arno mit ihnen hat. Es scheint, als würde er nicht einmal mehr mit den Weibern fertig.« Buto schlug sich auf die Schenkel vor Vergnügen, bevor er einen tiefen Zug aus dem Krug nahm, den Hathumod ihm schon hingestellt hatte.

Gunhild nickte ihr unauffällig zu. Sie waren übereingekommen, jetzt alles zu vermeiden, was Butos Wut anfachen konnte. Das Blitzlicht hatte er nicht zur Sprache gebracht, und für seinen Respekt vor Zauberei war sie dankbar, aber auf die Spitze treiben durften sie es nicht.

»Pippin hat schon verkündet, dass er noch eine Weile in der Garnison bleiben wird«, fuhr Buto leise rülpsend fort, »um Arno gegen die Weiber zu verteidigen.«

Die Hoffnung, dass Buto bald von hier verschwände, war also vergebens. Gunhild seufzte verstohlen. »Haben die zwei öfter Ärger miteinander?«, fragte sie gespielt interessiert.

Buto lachte dröhnend. »Ständig mehr. Dass Pippin bleiben muss, ist in Wahrheit natürlich ein Befehl unseres Königs. Er erwartet Aufruhr unter den Sachsen.«

»Er erwartet Aufruhr?«, hakte Gunhild erschrocken nach. »Woher weiß er das denn?«

»Er weiß alles«, erklärte Buto sorglos und wischte sich seinen kurzen Schnurrbart ab. »Es gibt überall schlaue Männer. Sie streuen hier und da Nachrichten und sind auf beiden Seiten willkommen. Wenn sie in Erfahrung gebracht haben, wer siegen wird, kämpfen sie dort mit.«

Gunhild spielte mit einem liegen gebliebenen Löffel. Es gab also Informanten auch außerhalb des Beichtstuhls. Diese Nachricht musste sie erst einmal verarbeiten. Und vor allem mehr erfahren. »Ihr könnt schon unter die Decken kriechen«, sagte sie leise zu den Mädchen. »Ich richte Buto heute das Essen.«

Namen von Verrätern gab Buto zu Gunhilds Bedauern nicht preis, vielleicht wusste er sie selbst nicht. Bevor

Buto nach dem Genuss mehrerer Krüge Bier einschlief, erfuhr sie nur noch, dass derzeit keine Patrouillen ausgeschickt wurden, damit die Garnisonseinheit in voller Stärke bereitstand.

Im Dorf wusste man nichts von einem Aufstand der Sachsen. Der schlaue Ewald hatte allerdings kürzlich ein kleines Kreuz auf seine Tür gemalt und den Pferdeschädel heruntergenommen.

Ein paar Tage später kam Onno mit der Nachricht in Hathumods Haus, dass die friesischen Häuptlinge bereit seien. Während Hassio sich auf den Weg zu Wittekind machte, horchte Gunhild Onno aus, bis sie genau Bescheid wusste.

Ihr klopfte das Herz vor Aufregung, als sie ihren Plan umzusetzen begann. Als Erstes führte sie mit Tetta ein langes vertrauliches Gespräch.

Am nächsten Tag wanderte Tetta zur Morgenmesse, kam tief in Gedanken zurück und ließ sich den ganzen Tag außerhalb des Hauses nicht blicken. Am Spätnachmittag schickte sie Enno zu den Mädchen in Hathumods Haus und ging anschließend mit gesenktem Kopf zur Kirche, ein Bild der Reue.

Bei einsetzender Dunkelheit schlüpfte Gunhild in Tettas Haus. »Wie war es?«, platzte sie heraus.

»Alles bestens«, sagte Tetta und setzte ihr zur Feier des Tages ein starkes Bier vor. »Ich habe ihm gebeichtet, dass ich aus unserem gläubigen Enno wieder einen Sachsen machen wollte, jetzt aber erkennen muss, dass es falsch war, weil er nicht will.«

»Der Herr will auch nicht«, fügte Gunhild hinzu.

»Das stellte Adalhard auch fest«, berichtete Tetta zufrieden. »Und wo ich schon beim Beichten war, habe ich auch erzählt, dass ich die Sünde der Eifersucht gegenüber meinem Sohn begangen habe, der mich vernachlässigt, weil er so viel unterwegs sein muss. Ab dem nächsten Sonntag schon wieder, ich Ärmste.«

»Fragte er, wohin?« Gunhild, die ihren Krug fast in einem Zug geleert hatte, reichte ihn Tetta zum Nachfüllen.

»Das«, meinte Tetta, »wollte ich dem Priester doch geraten haben! Ja, und ich habe es ihm ausführlich geschildert, das war ich unserer neuen Freundschaft schuldig. Er kannte den Ort nicht. Du, Gunhild, du solltest nicht so viel von dem Bier trinken. Es ist sehr stark.«

»Fein«, sagte Gunhild etwas undeutlich. »Und wer ist morgen dran mit Beichten?«

»Haduwich, meine vor kurzem eingetroffene fromme Verwandte, die er ja schon kennen gelernt hat. Sie ist meinem Sohn Onno versprochen, hat aber Angst, dass er am Versammlungsort andere Frauen treffen könnte, die ihm schöne Augen machen. So ein Blödsinn! Aber er glaubte mir. Haduwich wird sich also Trost und Beistand des Herrn bei Vater Adalhard holen und sich nochmals über Satanas aufklären lassen. Er hat alles versprochen. Er ist so entgegenkommend, wie ich fromm geworden bin.«

»Soll ich noch einmal mit Haduwich reden?«

»Nicht nötig«, erklärte Tetta beruhigend. »Sie kennt ihren Text. Vier Tagesritte hin, vier zurück und dazwischen zwei Tage Aufenthalt. Dasselbe gilt für die beiden Frauen, die ich ausgesucht habe. Beide sind sehr zuverlässig. Die eine wird sich in der Beichte entlocken lassen, wohin ihr Mann unterwegs ist – er hat übrigens die Tür von Waltberts Haus gerichtet –, die andere wird zugeben, dass ihr fauler Sohn zehn Tage lang nicht ackern will. Damit hätte Adalhard alle Informationen von mehreren Seiten bestätigt bekommen. Das sollte reichen.«

Gunhild kicherte haltlos.

»Ich bringe dich wohl am besten selbst ins Bett und bewache dich, bis du eingeschlafen bist«, sagte Tetta belustigt. »Damit du mir nicht herausspringst und den Verdenern deine geheimen Pläne verkündest.«

Kapitel 14

Gunhild fuhr der Schreck in die Glieder, als sie zwei Tage später durch Waffenlärm in der Gasse geweckt wurde. Der gesamte Heerbann schien aufzumarschieren. Unmittelbar vor der Haustür bellte Arno seine Befehle. »Die Sächsin Hildegunde soll herauskommen! Sonst keiner.«

»Es ist alles zu spät! Sie holen mich. Pippin will seine Rache. Oder Ansegisel mein Leben«, flüsterte Gunhild den Mädchen zu, die sofort aus dem Bett gesprungen waren. »Ihr wisst, was ihr zu tun habt.«

»Was will der Kerl eigentlich?«, fragte Buto schlaftrunken und richtete sich auf seinem zerwühlten Lager auf. »Wenn Pippin vorhätte, dich hinrichten zu lassen, müsste ich es wissen.«

»Sehr einfühlsam, Buto, wirklich«, murmelte Gunhild, indes sie sich in aller Hast anzog und dabei verzweifelt nach einem Ausweg suchte. Ihre Verhaftung traf sie im Augenblick völlig unerwartet. Sie hatte gedacht, dass Pippin von den Kriegsvorbereitungen zu sehr in Anspruch genommen war, um an sie zu denken. Vielleicht war ja Ansegisel gekommen.

»Ich werde ihm den Kopf mal zurechtrücken«, tönte Buto großspurig und schwang die Beine aus dem Bett. »Dieser Arno wird unerträglich.«

»Dich nehme ich mir später vor, Sachse«, erklang Arnos Stimme von der aufschwingenden Tür her, gepresst vor Anstrengung, die private Fehde nicht an Ort und Stelle auszutragen. »Erst ist Hildegunde dran.« Funken sprühten zwischen ihm und Buto, als er eingetreten war.

Buto sah seine Waffen unerreichbar auf einem Baumstubben liegen und blieb mit geballten Fäusten sitzen.

»So ist es recht«, sagte Arno drohend. »Rühr dich ja nicht! Und nun komm, Weib. Nimm deinen komischen Sack mit.«

Gunhild sah sich verzweifelt um. Anscheinend war es ein Abschied für immer. Sie umarmte die beiden Mädchen, küsste sie auf die Wangen und griff nach ihrem Rucksack.

Beim Betreten des Garnisonsgeländes musste Gunhild all ihren Mut zusammennehmen. Sie widerstand der Versuchung, sich zu Boden zu werfen und Widerstand zu leisten. Arno, den sie für einen Sadisten hielt, würde sie vermutlich gerne auf Knien zu Pippin schleifen lassen. Er marschierte zu einem Raum, den sie noch nicht kannte, öffnete die Tür und stieß sie hinein.

Gunhild sank mit weichen Knien auf eine Kleidertruhe neben der Tür. Vor den Augen der Verdener war sie wie eine Gefangene abgeführt worden; nun fand sie sich in einer privaten Kammer wieder, wie sie an der Schlafbank mit Kissen und Decken sowie einem Betbänkchen erkennen konnte, als sich ihre Augen an das Dämmerlicht gewöhnt hatten. Würde Pippin sie wirklich mit Gewalt zu einem Schäferstündchen holen lassen?

Noch während sie sich ausmalte, wie sie versuchen würde, die Wachen durch infernalisches Gebrüll herbeizurufen, bewegte sich die Decke auf der Bank. Erschrocken sah Gunhild unter wirren schwarzen Haaren Pippins Gesicht auftauchen.

Es war fast grau, und seine Augen, die er einen Spaltbreit öffnete, schwammen in Tränen. Er griff sich an beide Schläfen und massierte sie, ließ aber schnell wieder mit einem Seufzer davon ab. Stattdessen drückte er die Wange an die Wand, als ob er Kälte suchte. »Danke, dass du gekommen bist.«

Gunhild glaubte, nicht recht gehört zu haben. Sie wartete ab, was er von ihr wollte. Dass er unter starken Schmerzen litt, war erkennbar.

»Ich hatte Vater Adalhard hergebeten. Der Schädel des Heiligen, der unsere Kirche schützt, soll auch gegen Kopfschmerzen helfen. Aber vielleicht ist er für mich nicht heilig genug. Da wären so viele Sünden ...«, ächzte er benommen.

Ja? Gunhild nahm es interessiert zur Kenntnis. Weitere würde er vermutlich derzeit nicht hinzufügen.

»Weißt du Rat?«, sprach er mühsam weiter. »Man hört nur Lob über dich, mit Ausnahme von Vater Adalhard, natürlich ...«

Gunhild holte tief Luft. Dieser Arno hatte an ihr tatsächlich nur sein Mütchen gekühlt. »Ich kann dir ein Mittel dagegen geben«, sagte sie trotz ihrer Wut auf den Wachführer mitfühlend. Sie wusste, wie man sich bei rasenden Kopfschmerzen fühlte. »Ich brauche Wasser oder Bier.«

»Wein habe ich hier.« Pippins Zeigefinger kroch unter der Decke hervor und deutete in eine Ecke, wo ein Krug stand.

»Nein, bei Kopfschmerzen nicht.« Gunhild ließ zwei Schmerztabletten aus einem Röhrchen auf ihre Hand gleiten und wartete, bis der vor der Tür wachende Krieger mit einem Becher Wasser herbeieilte.

Pippin schluckte die Tabletten, ohne zu fragen, und ließ sich wieder zurücksinken. Gunhild setzte sich auf die Truhe und baumelte mit den Beinen. Es würde einige Minuten dauern, aber sie wollte die Wirkung des Medikamentes abwarten.

Noch zuckten seine Gesichtsmuskeln, wenn eine besonders schwere Attacke ihn überfiel. Seine Hände irrten ruhelos unter der Decke umher. »Diese weißen Brocken sind nutzlos«, murmelte Pippin. »Ihr macht alle nur Versprechungen, aber wenn ihr sie einlösen sollt, ist nichts dahinter! Hätte ich dich wirklich für eine weise Sächsin gehalten, wärst du schon lange an die Kirche ausgeliefert worden. Aber ich mache mich nicht gerne lächerlich ...«

»Vor allem aber wolltest du mich als Hure, und das hat dich davon abgehalten, mich auszuliefern«, unterbrach Gunhild ihn brüsk.

Er keuchte vor Schmerz. Oder Wut.

Einige Minuten später beruhigte sich sein Atem und er entspannte sich. Gunhild glaubte sogar, er sei eingeschlafen. Sie erschrak fast, als er wieder anfing zu sprechen.

»Ich verzichte endgültig auf dich.«

Selbst er kannte so etwas wie Dankbarkeit. Gunhild lächelte flüchtig und rutschte von der Truhe. Sie war in jeder Beziehung erleichtert.

»Wohin zieht es diese Sachsen, die jetzt alle so dringend fortmüssen? Erwarten sie die Ankunft einer Reliquie?«, erkundigte er sich plötzlich, als sie den Türgriff schon in der Hand hielt.

»Ich weiß es nicht«, antwortete Gunhild automatisch, bevor ihr Kleinhirn Alarm auslöste. »Aber es könnte sein. Ich glaube, sie gehen nach Süden.«

Pippin hielt seinen Kopf, während er ein kleines hässliches Lachen ausstieß. »Reliquie! Dann stimmt es also, was mir gewisse Leute berichten: Euer neuer Versammlungsort liegt im Norden. Du kannst jetzt gehen. Versuche ruhig, sie zu warnen, dass wir Bescheid wissen: Glauben wird dir sowieso niemand mehr, nachdem du deine Leute verraten hast.«

Der Ausritt der gesamten fränkischen Garnison bot ein Schauspiel, das die Verdener offenbar vorher noch nicht erlebt hatten. Die Leute säumten im Nu die Gasse, die nach Norden aus der Siedlung hinausführte.

Die Elitekrieger ritten diszipliniert in Viererreihen, die langen Angos aufgepflanzt. Im Gürtel ihrer mit gehärteten Lederschuppen gepanzerten Westen steckten die Wurfbeile. Unter den zottenbehangenen Hufen ihrer schweren Pferde dröhnte der Boden dumpf.

Die Zuschauer wurden still.

An der Spitze seiner Krieger ritt Pippin, vom Helm bis zu den Stiefeln schwarz gekleidet. An seiner linken Seite befand sich der Standartenträger, der statt der Lanze das graue Banner mit dem Raben hielt. Gunhild wurde die Kehle eng vor Angst und Hass, während sie beiden mit den Augen folgte.

Dann begann sie, nach Arno Ausschau zu halten. Wie Pippin und die anderen Unterführer unterschied er sich durch die schwarze Kleidung von den anderen Kriegern.

Sie entdeckte ihn ganz hinten unter den Männern, die auf leichteren Pferden ritten oder zu Fuß gingen. Deutlicher konnte das Zerwürfnis zwischen ihm und Pippin kaum demonstriert werden.

»Es hat geklappt«, unterbrach Tetta Gunhilds Überlegungen. Sie wirkte höchst zufrieden.

»Was hat geklappt?«, fragte Enno, der mit gespitzten Ohren neben ihr stand und eine Falte ihres Kleides fest in der Hand hielt. »Es sind auch Männer zu Fuß dabei.«

»Das sind die Sachsen. Sie sind in fränkischen Augen nicht wert zu reiten, Enno.« Gunhild legte ihm den Arm auf die Schulter, mit Körperkontakt fühlte er sich immer sicherer.

»Den Friesen in fränkischen Diensten geht es nicht anders. Die Franken sind ein beispiellos hochmütiges Volk, Enno. Deswegen haben wir sie nach Norden gelockt. Wir Frauen kämpfen jetzt an der Seite unserer Männer. Wir hatten ganz vergessen, dass wir das früher auch schon getan haben.« Tetta platzte fast vor Stolz.

Gunhild verzog das Gesicht, als hätte sie auf eine Zitrone gebissen. Tetta traute ihrem Großneffen keinen Verrat zu, aber sie selbst hätte lieber Vorsicht walten lassen.

»Und was machen die Franken im Norden?«, erkundigte er sich.

»Sie wollen die Sachsen bei einer verbotenen Thingversammlung überrumpeln. Sie werden keine vorfinden. Wahrscheinlich werden sie deshalb aus Wut Siedlungen zerstören«, gab Gunhild zu. »Ich wünschte, es wäre anders.«

»Eine Falle«, schnaubte der Junge. »Das wird dem Herrn aber nicht gefallen. Er wird euch Sachsen strafen.«

»Er hat reichlich Anlass, die Franken noch viel mehr zu bestrafen, Enno«, erklärte Gunhild geduldig.

Enno stampfte mit dem Fuß auf. »Aber Er tut es nicht. Also findet Er richtig, was die Franken machen! Die Sachsen müssen eben mit Blut büßen, bevor sie unter Seine Völker aufgenommen werden.«

»Ich gehe lieber, Tetta«, murmelte Gunhild, zumal nur noch der vom Heer aufgewirbelte Staub zu sehen war. »In letzter Zeit verliere ich gelegentlich die Beherrschung über meine Zunge.«

»Ich werde Vater Adalhard erzählen, was ihr getan habt«, rief Enno ihr nach.

»Das wirst du nicht!« Tetta packte ihren Großneffen am Oberarm und schritt energisch mit ihm in entgegengesetzter Richtung davon.

Hoffentlich würde es ihr gelingen, ihn zu bewachen, dachte Gunhild besorgt. War das fränkische Heer erst weit genug fort von Verden, würde das Thing im Süden ungestört ablaufen können. Dann spielte es keine Rolle mehr, ob Enno die List verriet. Aber bis dahin konnte noch eine Menge passieren.

Eine Traube von Leuten auf der Straße zog Gunhilds Aufmerksamkeit auf sich. Außerdem meinte sie, dort auch die Mädchen zu sehen, und beschloss auf der Stelle, sie nach Hause zu bringen.

Hathumod löste sich aus der Menge und lief ihr entgegen. »Stell dir vor, es ist Buto«, rief sie.

»Haben sie ihn zum Abschied verprügelt?«, erkundigte sich Gunhild verdutzt.

»Er ist so tot, wie einer nur sein kann«, sagte Hathumod feierlich.

Gunhild zog sie zu sich. »Du warst doch nicht beteiligt, oder?«, raunte sie ihr besorgt ins Ohr. Schließlich hatte Hathumod allen Grund, den Mörder ihres Bruders zu hassen, trotzdem wäre ihr der Gedanke unangenehm gewesen.

Hathumod schüttelte entrüstet den Kopf, aber sie schien stolz, weil Gunhild ihr so etwas zutraute.

»Butos Frau«, flüsterte jemand vernehmlich. Die Menge machte eine Gasse frei, und Gunhild blieb nichts anderes übrig, als hindurchzugehen.

Butos Leichnam bot einen schrecklichen Anblick. Seine Schuhe und Füße waren bis zu den Knöcheln schlickverschmiert, die Kleider hingen in Fetzen an seinem Leib, einer der Unterschenkelknochen stach durch die Haut hervor. Die Verdener beobachteten Gunhild still. Sie kämpfte mit sich, um ihren Schock zu überwinden.

Die Mörder hatten Buto auch die Lippen abgeschnitten.

»Er lag unten am Ufer. Sie hatten anscheinend vor, ihn zu ertränken, aber vorher ist er schon gestorben, so dass es nicht mehr notwendig war«, verkündete ein Mann, der die Stille nicht aushielt.

Gunhild warf ihm einen gleichgültigen Blick zu. Sie hätte ihm mitteilen können, dass vermutlich Butos Herz versagt hatte. Im Schock durch Schmerz und Blutverlust. »Wer: sie?«

»Arno und seine Leute«, antwortete Haduwich, die sich inzwischen unbemerkt hinter Gunhild gestellt hatte. »Man hat ihn gesehen. Er hat es wohl nicht für nötig gehalten, seinen Hass auf Buto zu verheimlichen.«

»Aber es gab keinen Grund, sich einzumischen. Dein Ehemann ist so fremd geblieben wie die Franken selbst. Und er hat seine Beziehungen genutzt ...«

»Stimmt alles«, gab Gunhild leise zu. Sie hatte schließlich am meisten unter diesem Mann gelitten.

Sie holte aus ihrem Rucksack sein Foto heraus und legte es ihm behutsam auf die Brust, auf die einzige Stelle, die einigermaßen unversehrt war. Sie hatte nicht vor, dem toten Buto zu verweigern, woran er im Leben am meisten gehangen hatte.

Ein Aufschrei ging durch die Menge. Im Nu sprach sich herum, dass Gunhild ihrem verstorbenen Ehemann Buto das Gesicht zurückgegeben hatte, den rachsüchtigen Franken zum Trotz.

Ihr kam zu Bewusstsein, dass sie endlich frei war. Die Beine gaben unter ihr nach.

Bisher hatte Gunhild nur hin und wieder mit dem Gedanken geliebäugelt, zu dem Thing in Marklo zu gehen, doch hatte sie nicht im Ernst daran denken können. Ohne ihren und Hassios Schutz hätte Buto sich an Hathumod und Haduwich für alle möglichen Ärgernisse schadlos gehalten und wäre während des anschließenden Krieges ohnehin verschwunden.

Jetzt hatte sich die Situation grundlegend verändert. Nichts konnte Gunhild noch davon abhalten, auf dem Thing nach Gerowulf zu suchen. Sie rannte zum Priester. Wieder ließ er sie geraume Zeit vor der Tür warten, bis er geruhte zu erscheinen. Sie brachte ihr Anliegen vor, vielleicht etwas zu eifrig.

»Diese Beerdigung wird wohl noch zwei Tage warten müssen«, erklärte Adalhard kühl, »zwei Tage, in denen du in aller Stille trauern kannst. Du wirst in dieser Zeit und auch lange nachher keine Besucher empfangen.«

Daher wehte also der Wind. Er war eifersüchtig auf ihre Heilerfolge. Aber sie hatte weder Zeit, noch trauerte sie. »Gewiss«, sagte Gunhild. »Aber der Leichnam wird anfangen zu stinken, weil er verstümmelt wurde. Für dein Entgegenkommen, ihn schnell unter die Erde zu bringen, würde ich dir einen in Honig und Wein eingelegten jungen Dachs überlassen. Haduwich kann wunderbar kochen, musst du wissen. Allerdings, wenn du tatsächlich keine Zeit hast ...«

»Ich werde es einrichten«, versprach Adalhard hastig, dem die Felle davonzuschwimmen drohten.

»Fein«, meinte Gunhild und verabschiedete sich. Der Dachs war in Wirklichkeit ein Hase. Man durfte gespannt sein, wie die Strafe des Herrn ausfallen würde.

Anschließend eilte Gunhild tatendurstig zu Tetta, die mit Kochen beschäftigt war und sich nebenher von den Mädchen die grausigen Neuigkeiten über Buto berichten ließ. Aus dem Topf stiegen Dampfschwaden auf, die nach einer kräftigen Brühe rochen. Enno saß auf der Schlafbank und schnitzte an einem Löffel. Wie an seinen griesgrämig verzogenen Lippen abzulesen war, stand er immer noch unter Tettas Aufsicht.

»Ich werde zum Thing gehen«, verkündete Gunhild voller Vorfreude. »Jetzt kann ich es endlich, wenn du dich um Butos Leichnam kümmern könntest.«

Tetta sperrte den Mund auf und vergaß zu rühren. »Aber«, wandte sie ein, nachdem es ihr gelungen war, den Unterkiefer wieder zu heben, »sächsische Frauen gehen nicht zum Thing.«

Gunhild zog die Augenbrauen fragend in die Höhe.

»Oh, ich verstehe«, murmelte Tetta entschuldigend.

»Was ist denn, Tetta?«, wollte Gunhild ungeduldig wissen. »Dieses Hin und Her in deiner Miene ...«

»Ich sage ja, du musst doch gehen«, beharrte Tetta, ohne irgendetwas zu erklären. »Du bist anders.«

Gunhild beruhigte sich wieder und begann zu überlegen, was sie mitzunehmen hatte. Und wie sie reisen würde. Im Boot flussaufwärts zu rudern schien nicht sehr verlockend. Es würde sehr langsam und zu anstrengend sein.

»Und ich gehe mit«, erklärte Haduwich.

»Aber du bist Sächsin«, rief Tetta entsetzt. »Du kannst nun wirklich nicht dorthin.«

»Tetta, liebe Tetta«, sagte Haduwich weich und umarmte sie. »Mit Gunhild hat sich hier so viel verändert, du siehst es doch selbst. Und wir mit ihr. Außerdem war ich mit ihr beim fränkischen Gerichtstag, wo sie von König Karl zum Tod verurteilt wurde. Glaubst du wirklich, dass ich beabsichtige, beim sächsischen Gerichtstag zu fehlen, auf dem König Karl verurteilt werden soll?«

»Gunhild hat König Karl gesehen?«, fuhr Ennos aufgeregte Stimme dazwischen, während Tetta mit verbiesterter Miene in den Kochtopf murmelte. »Haduwich, du auch? Wie ist er? Ähnlich wie Christus?«

»Eher wie Satan, mein Lieber«, antwortete Gunhild sarkastisch. »Und so sind auch seine Krieger. Den Namen ihres Herrn im Himmel tragen sie nur auf den Lippen. Es macht ihnen nichts aus, andere Menschen zu erschlagen oder zu blenden und danach ihrem Gott dafür zu danken.«

Enno warf sein Werkzeug hin und tappte behände an der Wand entlang zur Tür.

»War das nicht etwas gemein von dir?«, fragte Haduwich unbehaglich.

»Jawohl.« Tetta nickte lebhaft.

»Nein«, sagte Gunhild fest. »Einmal muss man ihm klar machen, dass er sich von den Priestern betrügen lässt. Sie tun dasselbe wie die fränkischen Krieger, nur mit anderen Mitteln. Sie arbeiten Hand in Hand. Versteht ihr?«

»Das stimmt zwar«, gab Tetta widerwillig zu. »Aber du warst doch bisher nicht so hart.«

»Ich bin nicht hart, ich spreche nur aus, was jedermann täglich sehen kann. Wo ist Enno übrigens hin?«, fragte Gunhild alarmiert.

»Oh! Lauf ihm nach, Haduwich, schnell!«, rief Tetta aufgebracht. »Ich habe ihn gehütet wie mein Nadelbüchschen, aber wer weiß ...«

Zu dritt rannten sie hinaus. Der Junge war spurlos verschwunden.

Enno kehrte abends zurück. Irgendwo an der Aller hätte er seinen Zorn abgekühlt, erklärte er. Tetta umarmte ihn erleichtert.

Gunhild betrachtete ihn schweigend, konnte aber nichts Widersprüchliches entdecken. Seine Hose war an den Knien etwas nass, das war alles. »Ich habe von mehreren Leuten Pferde angeboten bekommen«, berichtete sie. »Haduwich und ich reiten morgen früh.«

»Ich mache euch Proviant fertig«, sagte Tetta mit einem tiefen Seufzer, der Gunhild zum Lachen brachte. Plötzlich war sie mächtig aufgeregt.

Letztendlich wurde es doch später Nachmittag, bis sie aufbrechen konnten. Gunhild hatte eine kräftige Fuchsstute ausgewählt, die Haduwichs leichtes Gewicht zusätzlich zu ihrem gut tragen konnte. Dazu hatten sie ein Handpferd mit dem Gepäck.

Sie waren ein gut eingespieltes Team. An ihrer ersten abendlichen Raststelle holte Gunhild Holz und machte Feuer, während Haduwich sich um das Essen kümmerte. Bald stieg der würzige Duft von Rehkeule mit Pilzen in die Luft. Gunhild brachte die Pferde von der Tränke zurück, hobbelte sie in der Nähe ihres Lagers an und setzte sich zum Feuer.

Gedankenverloren blickte sie den Rauchschwaden nach, die sich auf halber Höhe des Ufers auflösten, bis ihr bewusst wurde, dass sie bereits mehrfach hier gewesen war, meistens im Tross der Franken oder auf der Flucht vor ihnen. Franken!

Ihre Hand wanderte zum Beil, das griffbereit neben ihrem Rucksack lag.

»Was ist?«, hauchte Haduwich erschrocken.

»Franken«, murmelte Gunhild zwischen den Lippen.

»Gunhild mit dem Beil?« Die Stimme des Mannes war vom Alter zittrig.

»Firderich?«, fragte Gunhild ungläubig und spähte dem alten Sachsen entgegen, der zwischen den Büschen zu ihnen hinuntertorkelte. Seine Beinkleider waren zerrissen und die Beine bejammernswert dünn. »Ich dachte, du wärst tot.«

»Beinahe, Gunhild, beinahe.« Er war so mitgenommen, dass er gerade noch das Feuer erreichte, bevor seine Beine unter ihm nachgaben.

Haduwich füllte ihm eine Schale mit Brühe, angereichert mit klein geschnittenem Fleisch. Als sie bemerkte, dass Firderichs rechte Hand fast unbeweglich war, hielt sie ihm den Löffel an die Lippen. Er schlürfte die Flüssigkeit in sich hinein wie ein Verhungernder. »Langsam, Freund Firderich«, sagte sie mitleidig. »Du kannst dir Zeit nehmen. Du bestimmst, wann du satt bist, wir haben genug.«

Firderich gelang es mit Mühe, seine Gier zu kontrollieren. Noch kauend, begann er seine Geschichte zu erzählen. Die Franken hatten ihn und seinen Sohn am Ufer erwartet. Der Junge war erschossen worden, eigentlich mehr zum Zeitvertreib als aus Feindschaft. Abgesehen hatten sie es nur auf Gunhild, die ihnen der

Fährmann in glühenden Farben angepriesen hatte. Er selbst war fortgekrochen, ohne dass es die Männer gekümmert hatte.

Schließlich rülpste Firderich und schob Haduwichs Hand fort. »Es ist genug.«

Er hätte ruhig etwas dankbarer und weniger griesgrämig sein können, fand Gunhild. »Haduwich, der du das Essen verdankst, ist die Tochter von Hassio, dem Pferdezüchter«, merkte sie an. »Buto hat sich Hassios Geschichte zu Eigen gemacht und sehr viel Ärger angerichtet.«

»Ideen hat der Junge«, bestätigte Firderich. »Ich hätte ihn sonst nicht mitgenommen.«

»Das wäre besser gewesen. Er wurde zum Verräter an der sächsischen Sache und ist jetzt tot, während Hassio die Fesseln abgeworfen hat.«

»Mein Vater sitzt inzwischen bestimmt in Marklo an Wittekinds Seite«, sagte Haduwich stolz.

»Wird denn ein Thing sein?«, fragte Firderich in heller Aufregung.

»Du weißt nichts davon?« Gunhild staunte über seine Unkenntnis. Da erst wurde ihr klar, dass er sich vermutlich wochenlang in den Wäldern herumgetrieben hatte, immer auf der Flucht vor den Franken. »Wir werden uns gegen die Franken erheben.«

»Aber Gunhild«, wandte Haduwich ein. »Woher willst du wissen, was Wittekind plant?«

Inzwischen konnte es wohl keinen Schaden mehr anrichten, darüber zu sprechen, trotzdem ärgerte sich Gunhild über sich selbst. Schweigend untersuchte sie das Handgelenk des alten Mannes. Die Verletzung hatte ein Antibiotikum dringend nötig.

Am Tag darauf erreichten sie Marklo, eine große Lichtung im Wald, auf der es von Männern und Pferden nur so wimmelte. Es gab aus Holz gebaute Unterstände, Zelte aus Fellen und Windschutz hinter Wolldecken, und trotzdem bestand eine gewisse Ordnung, ja, Gunhild entdeckte sogar Lagergassen, die alle zum Zentrum führten, das frei geblieben war. Überall saßen die Männer und schnitten sich gegenseitig die Haare kurz.

Sie suchten sich an der Peripherie einen Platz zwischen den Bäumen und markierten dort ihr Lager mit Tettas großem Hirschfell. Firderich bedankte sich für die Gastfreundschaft und humpelte davon, den weiß verbundenen Arm, der außerdem noch durch eine Plastiktüte geschützt war, auffällig schwenkend.

»Etwas merkwürdig«, sagte Haduwich ein wenig beklommen, »so allein unter diesen vielen Männern ...«

»Unter den Franken im vergangenen Herbst war die Einsamkeit noch größer, meinst du nicht?« Gunhild befestigte den zweiten Zipfel einer Wolldecke an einem Ast und betrachtete zufrieden den Sichtschutz, der nicht perfekt, aber sehr effektiv war.

»Nein. Inmitten von Feinden ist es etwas anderes als unter den eigenen Leuten ...«

»Das hört sich ja an, als ob du dies für gefährlicher hieltest«, staunte Gunhild.

»Nein, aber meine Angst ist trotzdem größer«, gab Haduwich zu.

»Meine auch.« Aber Gunhild hatte nicht vor den Männern Angst. Ihre Besorgnis galt der Zukunft. Denn die Entscheidung stand kurz bevor.

Am nächsten Morgen begann das Thing, was zunächst einmal nur bedeutete, dass die gewählten Vertreter der

Gaue zusammenkamen und sich miteinander berieten. Der zentrale Platz füllte sich, während im Übrigen das Lagerleben weiterlief wie vorher.

»Wir sind tatsächlich die einzigen Frauen hier«, berichtete Gunhild, als sie von einem Erkundungsgang zurückgekehrt war. »Erinnerst du dich noch, dass sie uns bei den Franken für Huren hielten?«

»Ja, pfui.« Haduwich wurde rot. »Wenn Vater das wüsste!«

»Hier kommt noch nicht einmal der Verdacht auf, wir könnten welche sein.« Gunhild wunderte sich mehr, als sie laut äußern mochte. »Ein mir unbekannter Mann fragte mich sogar, ob er mich zu Wittekind führen solle. Er wollte mir wohl den Weg durch die Menge bahnen. Aber ich weiß nicht, wie er darauf kam, dass ich zu Wittekind wollte ...«

Haduwich lachte leise.

»Was ist?«, fragte Gunhild irritiert.

»Gunhild, du kennst deinen Ruf als weise Frau immer noch nicht«, sagte Haduwich mit leisem Tadel. »Die meisten haben schon von dir gehört. Und unser Firderich wird an jedem einzelnen Kochfeuer für einen Happen Fleisch oder einen Becher Bier damit prahlen, dass er dich hierher geführt hat. Er wird den Heilsbewahrer spielen, alle werden ihn bewundern und über dich sprechen.«

»Das kann nicht dein Ernst sein«, meinte Gunhild fast empört.

Doch zumindest bis zu Hassio verbreitete sich die Kunde. Am Nachmittag kam er und setzte sich zu ihnen. »Es ist befremdlich, Tochter, dich hier zu sehen«, bemerkte er mit einem Seufzer.

»Vater, unser ganzes Leben ist befremdlich geworden«,

erwiderte Haduwich geduldig. »Ihr wurdet verschleppt, nur weil ein fanatischer Priester es wollte, und musstet für andere Menschen arbeiten, und ich ... fiel einem fränkischen Krieger in die Hände. Das Leben der Sachsen ist nicht mehr wie in deiner Jugend, als Töchter beschützt wurden, bis sie heirateten. Vielleicht wird es sogar einmal eine Zeit geben, in der Sachsen Fränkinnen heiraten. Und umgekehrt.«

Gunhild musterte Haduwich verstohlen. So ganz hatte sie ihre Liebe zu Ansegisel noch nicht überwunden. »Ja, natürlich«, pflichtete sie ihr unwillkürlich bei. »Die Unterschiede im Aussehen sind längst verschwunden, man kann sie kaum noch erkennen. Nur aufmerksame Menschen ...«

Hassio lächelte sie ernst an. »Du hast das zweite Gesicht, nicht wahr? Was wird aus den Sachsen? Was siehst du, Gunhild?«

Sie schrak zusammen. »Im Augenblick nichts, Hassio«, erklärte sie fest. »Gar nichts!«

»Ich verstehe, dass es nichts Gutes ist«, sagte Hassio bedrückt.

Am nächsten Morgen strömten die Männer zum Versammlungsplatz, Gunhild und Haduwich schlossen sich zögernd an. Kurz vorher hatte Gunhild von Haduwich erfahren, dass Gerowulf nicht anwesend war, Hassio hatte es ihr unter der Hand mitgeteilt. Gunhild gab sich Mühe, ihre Verzweiflung nicht allzu deutlich zu zeigen.

Irgendwo in der letzten Reihe ließ sie sich nieder, wo sie weder Wittekind noch die Gaufürsten oder die Ständevertreter sehen konnte. Wittekinds Ansprache war zu hören, und das reichte ihr.

»Sahsnotas, Schwertgenossen!«, rief Wittekind. »Wir,

zwanzig Gaufürsten mit je sechsunddreißig Standesvertretern, macht insgesamt siebenhundertvierzig Männer, denen ihr euer Vertrauen geschenkt habt, haben einen ganzen Tag miteinander beraten. Übereinstimmend haben eure Sprecher aus allen Teilen der Heerscharen darüber berichtet, dass die Knechtschaft durch die Franken mit jedem Tag unerträglicher wird.«

»Stimmt!«, brüllten die Männer.

Gunhild sah sich um. Die Stimmung war ganz schön aufgeheizt.

»Dies gilt nicht nur für ihre Gaugrafen, die nach Art ihrer Könige sich anmaßen, über Leben oder Tod jedes einzelnen Mannes, jeder einzelnen Frau und jedes einzelnen Kindes zu entscheiden. Dies gilt auch für ihre Priester. Inzwischen ist uns allen bekannt, dass die christlichen Priester fast ohne Kenntnisse ihres Buches, das sie Bibel nennen, zu uns geschickt werden; was sie uns erzählen, ist hohl und ohne Inhalt, kraftvoll sind nur die Bußen, an denen sie sich bereichern.«

»Ich habe meinen Hof verloren«, schrie ein Mann in Gunhilds Nähe hitzig.

»Ich meine drei Söhne!«

»Dabei lassen diese Priester als Männer, als Menschen sehr zu wünschen übrig. Oft waren sie Verbrecher, bevor sie in den Dienst Roms traten, und ihre Gewohnheiten, vor allem das Rauben, haben die meisten, wie es scheint, beibehalten. Und ihre Sitte, kleine Jungen zu stehlen und für ihre eigenen Zwecke zu erziehen und obendrein zu missbrauchen, ruft bei allen Sachsen Abscheu und Entsetzen hervor.«

Empört stießen die Männer ihre blanken Schwerter in die Luft.

Wittekind wartete eine Weile, bis der Tumult sich gelegt hatte. »Aus Angelsachsen, dem Land, in das ein Teil unserer Vorfahren eingewandert ist, die längst das Christentum angenommen haben, kommt üble Kunde zu uns.«

Jetzt verstummte auch das letzte Gewisper.

»Ihr wisst alle, dass es in christlichen Gegenden Höfe gibt, auf denen Männer oder Frauen leben, die sich angeblich dem Gebet widmen. Diese Klöster der Angelsachsen sind inzwischen zum Hort der Unzucht geworden. Bevor unsere Verwandten dort ankamen und römische Bräuche und römischen Glauben annahmen, waren sie wie wir. Glaubt also nicht, dass wir frei von solchen Anwandlungen sind.«

Die Männer senkten voll Scham die Köpfe.

»Dieses alles sollt ihr bedenken, Schwertgenossen, wenn ihr überlegt, wie wir vorgehen sollen«, sprach Wittekind in die Stille hinein. »Ihr habt den ganzen Tag und die Nacht Zeit, euch miteinander zu beraten, und morgen werdet ihr eure Entscheidung bekannt geben.«

In der Nacht ging es turbulent zu. An den Kochfeuern herrschte ein unaufhörliches Kommen und Gehen, und die Gespräche und Diskussionen legten sich wie ein Rauschen über den Thingplatz, das bis zum Morgen nicht nachließ.

Bei Helligkeit gingen die offiziellen Beratungen weiter. Jeder, der sich meldete, kam zu Wort. Aber plötzlich wurden die Verhandlungen unterbrochen. Männer in der Umgebung der Frauen raunten sich zu, dass Franken erschienen seien. Haduwich sah Gunhild verstört an.

»Sachsen! Diese Versammlung ist verboten!« Den fränkischen Worten folgte prompt und geläufig die sächsische Übersetzung.

»Grimoald«, japste Gunhild und packte Haduwich entgeistert am Arm. »Dass sie den sprechen lassen!«

»Wenn ihr beabsichtigt, mich zu erschlagen, weil ich hier das Wort ergreife, tut ihr mir einen Gefallen, weil ihr mich damit zum christlichen Märtyrer macht.«

»Großmaul! Er hat Todesangst«, sagte Gunhild verächtlich. »Mutig ist Grimoald nur mit einem Heer im Rücken. Wer ist eigentlich der andere?«

Haduwich war blass geworden, aber sie schüttelte den Kopf.

»Sachsen sind keine Totschläger, Priester, im Gegensatz zu Franken«, ließ sich Wittekind mit einer Spur von Verachtung vernehmen. »Du störst uns mitten in einer Beratung. Aber du sollst sprechen dürfen, wenn du unsere Großmut nicht zu einer Predigt ausnutzt. Mach es also kurz!«

»Wahrscheinlich ist der Platz von Franken umzingelt, und Wittekind ahnt nichts«, flüsterte Gunhild aufgeregt und sprang auf. »Ich muss zu ihm.«

»Wie du wünschst«, erwiderte Grimoald kalt. »Auf diesem Platz hält sich eine Zauberin auf, Hildegunde. Ich verlange ihre Auslieferung!«

Viele Gesichter wandten sich Gunhild zu, die sich schon auf den Weg zu Wittekind gemacht hatte. Vor ihr öffnete sich eine Gasse, die vor der schwarz gekleideten Gestalt des Priesters endete. Wie üblich steckte eine Wurfaxt in seinem Gürtel. Der Griff war dunkel von Blut, während die Schneide in der Morgensonne bösartig glitzerte.

Gunhild ließ Grimoald keine Sekunde aus den Augen. Sein anfängliches Staunen ging in ein gehässiges Grinsen über. »Dominus vobiscum«, grüßte er.

Gunhild verzog amüsiert die Lippen. »Dominus tecum

wolltest du sicherlich sagen. Aber ich schlage dir vor, dass du deine christlichen Floskeln eine Weile unterdrückst. Dies hier ist ein sächsischer Thingplatz. Welche Klagen hast du jetzt wieder vorzubringen? Und warum ausgerechnet hier?«

Dem Priester stieg die Zornesröte ins Gesicht. »Du hast die Garnisonskrieger von Verden auf hinterlistigste Art getäuscht, damit sie euch Sachsen nicht bei einer verbotenen Versammlung ertappen. Darüber hinaus ist der Gaugrafenhof jetzt ohne Schutz!«

»Ohne Schutz? Wo ist denn dein Heerbann geblieben?«, unterbrach Gunhild ihn. »Oder haben sie die Gegend schon zufrieden stellend kahl gefressen?«

»Sie begleiten den Missus Chlodwig, der dem König eine wichtige Nachricht zu überbringen hat, nach Heristal. Und Gaugraf Hermenefred befindet sich weit weg an einem Fluss namens Elbe. Es ist mir unbegreiflich, dass es dir gelungen ist, Pippin, einen Verwandten des Königs, zum Narren zu halten. Es kann sich nur um eine besonders verruchte Zauberei handeln. Dieses Verbrechen ist dein letztes, Weib, so wahr mir Gott helfe.«

Gunhild lachte ihm ins Gesicht. »Wenn du dir etwas nicht erklären kannst, wirfst du mit dem Schuldspruch der Zauberei um dich, Grimoald. Wie erklärst du dir, dass ich lesen und schreiben kann, du aber nicht? Ist das meine Zauberei oder deine eigene Unfähigkeit?«

Mit Interesse verfolgte Gunhild, wie Grimoalds Hals sich zu verkürzen schien. Es stand zu erwarten, dass er in Kürze vollkommen die Beherrschung verlieren würde.

Bedauerlicherweise konnte sie den Vorgang nicht zu Ende beobachten. Denn plötzlich schob sich Ansegisel zwischen sie und den Priester, gefolgt von seinem schwarzen Hengst.

Der Mann, der Sächsisch so geläufig wie Fränkisch spricht. Der Diplomat in des Frankenkönigs Diensten, dessen Vermittlungsversuche zwischen Franken und Sachsen nichts sind als schöner Schein, dachte Gunhild. Es wunderte sie nicht, dass er hier war; irgendjemand musste Grimoald den Rücken stärken, wenn es kein Heer war. Außerdem war sein Interesse an ihr noch größer als Grimoalds.

Ansegisel wandte sich an den Priester, jedoch in sächsischer Sprache. »Es stimmt, Vater Grimoald, das ist zu kurz gesprungen. Eine Frau wie Hildegunde braucht keine Zauberei. Allein ihre Worte und Gedanken sind unserem Herrn und der Verbreitung Seines Glaubens gefährlich.« Er sprach bestimmt, passend zu seiner kriegerischen Aufmachung.

Grimoald stieß verärgert Luft durch die Nase aus. »Hildegunde wurde durch ein fränkisches Gericht zum Tode verurteilt. Ich werde jederzeit bezeugen, dass sie eine sächsische Zauberin ist. Im Namen der fränkischen Kirche fordere ich ihre Auslieferung.«

»Du kannst fordern, was du möchtest, Priester. Aber bekommen wirst du es nicht«, erhob sich eine tiefe, bedächtige Stimme, die Gunhilds Herz galoppieren ließ.

Gerowulf.

Im Prachtmantel des Anführers stand er neben Wittekind, Saum und Hose staubig. Er musste vor kurzem erst eingetroffen sein.

»Du hast dein Anliegen vorbringen dürfen, Priester«, fuhr Gerowulf gelassen fort, »wir haben es gehört, gewogen und wir schlagen es dir ab. Du darfst dennoch gehen, wohin du möchtest.«

Während Grimoald seine Ratlosigkeit kaschierte, indem er sich entrüstet aufblähte, kreuzte Gerowulf mit

Ansegisel Blicke wie scharfe Waffen. Ihm war nicht entgangen, wer der Gefährlichere war. Gunhild musste daran denken, wie lange sie gebraucht hatte, um den Franken zu durchschauen.

Gerowulf beendete den stummen Kampf mit einem belustigten Lächeln. »Unsere Krieger werden dich und deine bewaffnete Begleitung die nächsten Stunden schützen, Priester Grimoald, damit ihr auf eurem Weg vor marodierenden Franken sicher seid. Dass wir höfliche Menschen sind, erkennst du daran, dass wir deinem jungen Freund das kostbare Schwert lassen.«

Ansegisel quittierte Gerowulfs Worte mit einer Miene, als habe dieser eine Majestätsbeleidigung begangen. Unvermittelt warf er sich auf sein Pferd, gefolgt von Grimoald, der sich behänder als je in den Sattel schwang.

Sie kamen nur einige Schritte weit. Die Männer, die als Zuhörer in den vordersten Reihen gesessen hatten, sprangen auf und schlossen die Flüchtlinge mühelos ein. Unter allgemeinem Jubel zogen sie die Franken von ihren Pferden herunter und fingen an, sie vor ihren Lanzen her auf den Wald zuzutreiben.

Grimoald versuchte den Spitzen mit höchst unwürdigen Sprüngen zu entgehen, während Ansegisel mehr Haltung bewahrte. Bewacht von sechs Sachsen, verschwanden sie schließlich im Wald.

Das dröhnende Gelächter der Sachsen berührte weder Gunhild noch Gerowulf. Sie tauschten stumme Blicke, in denen die ganze Saga ihrer unbeabsichtigten Trennung lag.

»Sie hat das zweite Gesicht!« Dieser Ruf verbreitete sich mit zunehmender Lautstärke in der Versammlung, bis Wittekind Einhalt gebot und Gunhild einen Sitz inmitten der Fürsten und Delegierten der Gaue anbot. Verlegen nahm sie Platz, es wäre ihr viel lieber gewesen, wenn sie hätte gehen dürfen.

»Zu welchem Schluss sind eure Männer gekommen?«, fragte Wittekind in die Runde.

Jeder Gaufürst gab das Votum seines Gaues ab; wo der Gaufürst nicht hatte kommen können oder wollen, weil er sich König Karl verpflichtet hatte, sprach ein Edeling für seinen Stand. Das urdemokratische Verfahren, das gleichberechtigt den Standpunkt der Bauern mit eigenem Landbesitz und der Laten auf gepachtetem Land berücksichtigte, nötigte Gunhild viel Respekt ab. Trotzdem kreisten ihre Gedanken immer wieder um Gerowulf, der als Ratgeber neben Wittekind saß.

»Wir werden also kämpfen«, fasste Wittekind das Ergebnis zusammen.

»Unter einem Heerkönig! Sei du unser Heerkönig, Wittekind.«

Es gab ausschließlich Zustimmung, als Wittekind sich umsah. »Wir müssen das Los werfen«, wandte er ein.

Einer der Gaufürsten erhob sich und sah sich im Kreise der anderen Fürsten um. »Wir haben auch das besprochen. Wir verzichten auf das Los und tragen dir das Amt an.«

»Ich danke euch und nehme an«, erwiderte Wittekind und richtete seine Aufmerksamkeit auf Gunhild. »Hast du, Gunhild, in die Zukunft gesehen? Was siehst du für uns?«

Gunhild rang vor Überraschung nach Luft. Es hätte vieles zu sagen gegeben. Die Sachsen waren dem Untergang geweiht, weil die Franken ein eisernes Bündnis mit dem militanten Christentum geschlossen hatten. Kriegerische Mentalität in Verbindung mit einer fanatischen

Religion waren unschlagbar. Aber dieses Wissen würde niemandem helfen. Sie schüttelte traurig den Kopf.

»Ich verstehe«, sagte Wittekind knapp. »Wir treffen uns am Nachmittag zu weiteren Beratungen.«

Kapitel 15

Gunhild und Gerowulf verflochten ihre Finger miteinander, als sie endlich allein auf einer winzigen Lichtung standen, in deren Mitte hellgrünes weiches Gras wuchs und in die jetzt zur Mittagszeit die Sonne senkrecht hereinschien.

Gerowulf breitete seinen Umhang auf dem Boden aus. Er zog sie auf den lauschigen Platz hinunter und strich ihr zärtlich eine blonde Haarsträhne aus den Augen. »Ich hätte nicht gedacht, dass ich dich jemals wiederfinde. Als die Gerüchte von deinem seltsamen Verschwinden umgingen, erschienst du mir wie die Schwanenfrau im Märchen, die sich in einen Menschen verwandelt hatte und später ihren Mann und ihre Kinder verließ ...«

»So ähnlich war es«, bestätigte Gunhild, »und wäre ich sicher gewesen, dass du in dem Verdener Gemetzel umgekommen bist, wäre ich nicht zurückgekommen. Aber niemand von den gefangenen Sachsen hatte dich gesehen ... Das gab mir Hoffnung.«

»Ich war bei einer kleinen Auseinandersetzung mit den Franken verletzt worden – eigene Dummheit. Ich konnte weder reiten noch gehen, und statt dass ich meine Männer nach Verden anführte, musste ich mein Hinterteil von einer mitleidigen Frau mit Honig salben lassen.«

Gunhild lächelte. »Wie der junge Arbeo. Wenn in diesem Krieg nur Hinterteile zu Schaden kämen, wäre es nicht schlimm. Und später? Ich habe ständig nach dir gefragt, aber niemand wusste etwas ...«

»Später schickte Wittekind mich mit einer Botschaft zum Dänenkönig. Du hast wahrscheinlich gehört, dass wir darüber abgestimmt haben, ob Wittekind sich am Gerichtstag in Verden stellen sollte. König Karl betrachtet ihn als abhängigen Edeling in erobertem Gebiet. Wir freien Sachsen wollten ihn aber lieber in Sicherheit wissen und baten ihn, nach Dänemark zu gehen. Diesen Aufenthalt nutzte er zu Verhandlungen, um Beistand gegen Karl zu gewinnen. Und ich brachte dann später die Antwort der Stämme zum König.«

»Erinnerst du dich noch, dass ich dich gewarnt habe vor Karls Tücke und du fest davon überzeugt warst, unbewaffnete Männer, die sich dem Gericht stellen, hätten Anspruch auf ihr Leben? Es sei ein heiliges Gesetz, das von Franken, Sachsen und allen anderen uns bekannten Völkern respektiert werde, hast du behauptet.«

»Ja. Ich verstehe es heute noch nicht«, gab Gerowulf unumwunden zu. »König Karl ist der größte Verräter der eigenen Gesetze, den die Franken jemals hatten, scheint mir.«

»Das«, sagte Gunhild und spielte mit Gerowulfs Fingern, »ist ein Irrtum. Während ich, sagen wir, als Schwanenfrau fort war, habe ich in alten Aufzeichnungen nachgelesen. Ein Franke namens Karlmann, ein Onkel von Karl, hat einige Jahrzehnte früher in Cannstadt genau das Gleiche gemacht wie Karl in Verden. Dort waren es Alemannen, die auf dieselbe Weise wie die Sachsen betrogen wurden. Auch in Cannstadt erschien das ganze Heer unbewaffnet, um sich einem Schiedsspruch der

Franken zu stellen, und sie wurden ausnahmslos niedergemetzelt.«

»Die Alemannen sind doch mit den Franken verbündet ...«

»Heutzutage, ja. Sie haben aus dem Gemetzel ihre Lehre gezogen und sich der fränkischen Herrschaft unterworfen.«

Gerowulf zog heftig den Atem ein. »Und du meinst nun, dass Verden für uns Sachsen als Lehre gedacht war.«

»Ganz bestimmt. Und wenn ihr sie nicht verstehen wollt, werden die Franken so lange Sachsen morden oder als Sklaven verschleppen und verkaufen, bis zu wenige übrig bleiben, um sich zu wehren. Die Grausamkeit und die Skrupellosigkeit der Franken unterscheiden sie von anderen Völkern. Dass sie mit euch nicht verwandt sind, kannst du allein schon daran sehen, dass sie ein Reitervolk, alle anderen aber Ackerbauern sind. Ihr solltet deshalb nichts voraussetzen, was ihr für euch selber als selbstverständlich erachtet. Die Franken halten sich weder an Verträge, die sie selbst gemacht haben, noch an die Regeln anderer. Und eigene haben sie nicht.«

»Das wissen wir, Gunhild. Wir hatten ausreichend Zeit, um unsere Erfahrungen mit ihnen zu machen.«

»Eben. Bei den Franken zählt nur die Beute, und dafür sind sie bereit, sich mit jedem zu verbünden, der ihnen dienlich erscheint. Mit jedem, auch mit Satanas, den ihre Priester erfunden haben und als größten Übeltäter ständig auf den Lippen führen.«

»Ist unser Untergang beschlossene Sache?«

Gunhild nickte.

»Dann verstehe ich, dass du Wittekind nicht antworten wolltest.«

»Ich konnte es nicht. Es werden noch so viele schreckliche Dinge geschehen, dass kaum jemand sie glauben würde.« Gunhild stieß einen Seufzer aus. Die skrupellose Herrschaftsschicht des Römischen Reiches war schließlich in der nicht minder skrupellosen römischen Kirche aufgegangen, die in den Franken einen beispiellos willfährigen Partner gefunden hatte. Ob man an die Vernichtung der Katharer, an Juden- oder Hexenverfolgungen oder an die Kreuzzüge dachte – Nachfahren der Franken waren stets beteiligt. Und ob Kölner Klüngel oder bayerische Amigos – das alte Clanverhalten schimmerte bis in die Neuzeit durch. Wenn nur jemand dem Einhalt gebieten könnte ... Gunhild spürte Gerowulfs Hand auf ihrer eigenen und blickte auf. In seinen Augen sah sie Liebe. Und dieselbe Achtung, die sie gelegentlich bei Haduwich zu erkennen glaubte und gegen die sie sich wehrte.

»Gunhild«, meinte Gerowulf leise, »es muss entsetzlich sein, dein Wissen zu haben. Uns bleibt ja noch Hoffnung, aber dir?«

»Weißt du«, sagte Gunhild zaghaft, »ich habe die Hoffnung nicht aufgegeben. Vielleicht ist das, was geschieht, nicht die schlimmste aller Möglichkeiten. Vielleicht ist es bereits abgemildert ...« Es war schwer, ihm zu erklären, was sie meinte.

Offenbar spürte er es auch. Mit einer Plötzlichkeit, die Gunhild erschreckte, sprang er auf und streckte seine Hand aus. »Ich werde Wittekind überzeugen, dass du bei den Besprechungen dabei sein musst. Komm, wir müssen zurückgehen.«

Sie zitterte plötzlich und schlang die Arme um ihren Körper. »Ich habe dich so lange entbehrt, Gerowulf. Du weißt nicht, wie es ist, glauben zu müssen, dass der geliebte Mann im Krieg umgekommen ist ... Niemand wusste etwas von dir.« Mit einem Mal war ihr so elend zumute. Not, Krieg und Verantwortung – was hatte sie denn anderes in dieser Welt erlebt?

In Gerowulfs Gesicht wechselten ungläubiges Erstaunen und Zärtlichkeit einander ab.

»Bitte, lass uns hier bleiben«, flüsterte Gunhild.

Er sank vor ihr auf die Knie. »Du willst mich heiraten? Ist es die Antwort auf die Frage, die ich dir vor langer Zeit stellte? Ist es das, was du mir sagen willst?«

Gunhild vergrub ihre Finger in Gerowulfs dichten blonden Haaren. Es gab in dieser Welt keinen anderen Begriff für das, was sie wollte. Er war tabu. »Ja, das will ich. Jetzt sofort.«

Es dämmerte bereits, als Gunhild ins Lager zurückkehrte. Haduwich nähte schwungvoll an einer Männerhose. Ihre Wangen waren gerötet.

Gunhild schlüpfte zwischen den Decken hindurch und ließ sich geräuschlos nieder, dankbar, dass Haduwich mit eigenen Gedanken beschäftigt war. Andernfalls hätte sie ihr an der Nasenspitze ansehen müssen, was geschehen war.

»Mein Vater hatte endlich Zeit, einmal mehr von sich, meiner Mutter und meinen Brüdern zu erzählen«, platzte Haduwich glücklich heraus. »Sie sind im Friesischen in Sicherheit, einstweilen jedenfalls. Der Sohn der Familie, die sie gastfreundlich aufgenommen hat, war mit Vater hier. Sie haben einen Zeitvertreib, den sie Boßeln nennen, stell dir vor, und meine Brüder haben schon gelernt, mit den Kugeln umzugehen.«

Mehr gab es über die Familie, von der Haduwich so lange getrennt gewesen war, nicht zu berichten? Gunhild lächelte verstohlen. »Ist er nett? Der Sohn, meine ich.«

»Kaiko, o ja. Er hatte eine Boßelkugel dabei und hat mir gezeigt, wie sie es machen ...«

»Sieht Kaiko denn gut aus?«

Haduwich legte den Kopf in den Nacken. »Oh, ja. Er ist groß und schlank. Seine Haare und Augenbrauen haben die Farbe von Butterblumen, und seine Augen gleichen Veilchen, die sich gerade geöffnet haben«, sagte sie träumerisch.

»O ja, wie fein. Kaiko mit den Veilchenaugen«, neckte Gunhild sie liebevoll.

Haduwich schrak so zusammen, dass sie sich stach. »Du hast mich hereingelegt«, rief sie bestürzt.

Gunhild umarmte sie und legte ihren Kopf auf Haduwichs Schulter. Ihr war gerade ein Stein vom Herzen gefallen. Haduwich hatte sich endgültig von Ansegisel gelöst. »Aber nein. Ich freue mich für dich. Und wenn dein Vater auch in Zukunft nicht mit sich über deine Heirat reden lässt, kann er was erleben! Aber du hast ihm gestern ja selbst gesagt, dass nichts mehr so ist wie in seiner Jugend, und ich denke, er hat es begriffen.«

»War ich zu vorlaut?«, fragte Haduwich erschrocken.

»Bestimmt nicht. Du hast ihm klar gemacht, dass du eine eigene Sichtweise und Meinung hast. Und da er nicht bei dir war, um dich zu schützen, wird er anerkennen müssen, dass du gar nichts Besseres tun konntest. Schließlich bist du die Tochter deines Vaters!«

Haduwich lächelte. »Würdest du für mich mit Vater sprechen, wenn es einmal so weit sein sollte?«

»Das werde ich«, versprach Gunhild feierlich. Hatte sie doch selbst gerade ein Tabu gebrochen. Aber wenn man liebte, gab es wohl auch bei den Sachsen keine Tabus mehr.

Gunhild, der vor Glück alles andere unwichtig schien, verspürte wider Erwarten nach einer Weile Hunger. Sie begann ihre gemeinsamen Vorräte zu inspizieren.

»Morgen geht es los«, sagte Haduwich plötzlich. »Die Kundschafter berichten, dass die Franken aus Verden sich auf dem Rückweg befinden. Und dass sie vor Wut rasen. Wittekind hat den Befehl ausgegeben, dass sich alle vorbereiten, Waffen schärfen, Zaumzeug ausbessern und solche Dinge ...« Haduwich ließ die Hose auf ihre Knie sinken. »Was werden wir tun, Gunhild, außer Hosen zu flicken?«

»Ihr werdet nach Verden zu den anderen Frauen zurückgeschickt«, antwortete ein Krieger, der den Vorhang beiseite schlug. Ohne um Erlaubnis zu bitten, betrat er ihren privaten Bereich.

Gunhild kannte ihn nicht einmal, Haduwich auch nicht, wie sie sich mit einem Seitenblick vergewisserte. »Nein, bestimmt nicht«, widersprach sie ihm ärgerlich. »Pippin wird sich die Gelegenheit nicht entgehen lassen, mich zusammen mit den Resten der heiligen Eiche zu verfeuern. Wir bleiben.«

Der Mann zuckte mit den Schultern. »Besprich es mit Wittekind. Der Fürst meint ja, hier über alle das Sagen zu haben. Ich soll dich zu ihm bringen.«

Gunhild ging schweigsam neben ihm her. Gern hätte sie gewusst, ob es noch mehr Männer gab, die nicht mit Wittekinds Führung einverstanden waren. Erfolg oder Misserfolg hingen davon ab, wie gut er sich durchsetzen konnte.

»Gunhild«, begann Wittekind, als sie vor ihm stand, »die Männer sehen dich als weise Frau an und betrachten deine Anwesenheit als einmaligen Glücksfall. Ich möchte, dass du während der Beratungen hier Platz nimmst, als stille Zuhörerin und Garant für unsere Klugheit und die Folgerichtigkeit unserer Beschlüsse.«

»Ach, ja«, sagte Gunhild erstaunt. Als Säulenheilige, gewissermaßen. Aber warum nicht? Auf jeden Fall bekam sie hier alles mit, besser als in der hintersten Reihe. »Übrigens habe ich nicht vor, nach Verden zurückzugehen, wie ein etwas unhöflicher Krieger es mir eben als euren Beschluss übermittelte.«

»Die Garnison wird es nicht mehr geben. Und die Frauen brauchen deine Ratschläge bei der Pflege der Verletzten, Gunhild.«

Sie nahm schweigend zur Kenntnis, dass er unter dieser Voraussetzung Recht hatte.

Als kurze Zeit später die Beratungen erneut begannen, entdeckte Gunhild, dass Wittekind in allem, was mit Krieg und Strategie zu tun hatte, überragende Fähigkeiten besaß. Dabei erwog er geduldig jeden einzelnen Vorschlag der Männer, bedachte Für und Wider, nahm ihn auf oder verwarf ihn und konstruierte so Stück für Stück einen Schlachtplan. Gunhild wunderte sich, wie diszipliniert es dabei zuging.

Ganz zum Schluss gab Wittekind den Männern einen eindringlichen Rat mit auf den Weg: Sie sollten nicht viel trinken, damit keiner am nächsten Morgen mit schwerem Kopf den Kampf antreten musste. »Wir brauchen jeden Einzelnen«, betonte er. »Aber wir werden siegen.«

Die Männer mit den Hillebillen hatten genaue Positionen angewiesen bekommen. Gunhild erwachte im Morgengrauen aus einem unruhigen Schlaf von dem Lärm, der von allen Seiten gleichzeitig dröhnte. Wenn die Hillebillen die Franken nicht in Angst und Schrecken versetzten – sie bestimmt.

Gunhild fröstelte es, als sie anfing zusammenzuräumen. Sie erschrak fast zu Tode, als sie sich von hinten umfasst fühlte. »Gerowulf!«

»Du machst alles so, wie wir besprochen haben«, murmelte er an ihrem Ohr. »Und wenn wir uns nicht wiedersehen sollten: Ich liebe dich. Vergiss es nicht.«

Sie konnte nicht antworten. Als er gegangen war, begann Gunhild blind vor Tränen die Decken abzuhängen und sie dem Packpferd aufzuladen. Danach setzte sie sich neben Haduwich, um mit ihr zusammen zu warten.

Gunhild dachte mit Grausen daran, dass die Franken den ihnen bekannten Thingplatz in aller Stille umzingelt hätten, wenn sie sie nicht nach Norden gelenkt hätte. Jetzt preschten sie offenbar von Norden kommend in kleineren Gruppen heran und machten ihrer Wut mit Gebrüll Luft. Im Gegensatz zu ihnen verhielten sich die sächsischen Kampfeinheiten still. Ihre Hillebillen reizten die Franken noch mehr und führten sie in die Irre. Auf ein Zeichen ihrer jeweiligen Anführer setzten sich Fußkrieger und Reiter lautlos in Bewegung und verschwanden in unterschiedlichen Richtungen. Der Versammlungsplatz leerte sich allmählich.

»Wir sollten uns jetzt zum Ufer zurückziehen«, sagte Gunhild, als der Lärm nach Norden hin abebbte. »Bisher läuft alles so, wie Wittekind es vorausgesagt hat.«

Kurze Zeit später lief es schon nicht mehr so. Als Gunhild und Haduwich die Pferde leise den Pfad zur Weser hinunterführten, sprang ihnen ein junger Mann in den Weg.

Ohne lange Erklärungen zerrte er Gunhilds Pferd in

das dichte Unterholz, wo überraschenderweise ein Wildwechsel seinen Anfang nahm, dem sie eine Weile folgten. Seine sächsische Kleidung beruhigte Gunhild nur vorübergehend. Irgendwann überwog ihr Misstrauen und sie blieb stehen.

Er drehte sich um und ließ sich zu einer Erklärung herab. »Der Gaugraf Hermenefred naht«, fauchte er stimmlos. »Er setzt gerade mit seinen Leuten über den Fluss. Zum Glück war ich informiert worden, dass ihr diesen Weg nehmt.«

Hermenefred kannte den Thingplatz natürlich. Blitzschnell wurde Gunhild klar, dass er in Wittekinds Planung keine Rolle gespielt hatte, weil er sich angeblich an der Elbe aufhielt. Der Priester hatte in diesem Punkt gelogen oder eine Falle gestellt.

Inzwischen hatten sie einen Platz erreicht, auf dem der Wald gelichtet worden war. Unschlüssig sah Gunhild zu, wie der Sachse die Hillebille in aller Hast von den Ständern abhängte und die Taue um das Holz schlang. Auf dem Pfad, auf dem sie sich vor wenigen Augenblicken befunden hatten, war jetzt Hufschlag zu hören; die fränkische Heeresmacht war anscheinend auf dem Weg, um den Sachsen in den Rücken zu fallen.

»Kannst du unsere Leute denn nicht warnen?«, fragte Gunhild unglücklich.

»Was verstehst du denn vom Krieg«, fauchte der junge Mann nervös. »Der Verräter Hermenefred ist ein Edeling. Der kann dir sogar sagen, wer die Hillebille schlägt. Als Erstes schickt er seine Leute her, damit sie uns umbringen.«

Gunhild zuckte zusammen. »Du bist auch ein Edeling, nicht wahr? Gibt es einen Schlag für *Heerkönig*, sag schnell!«

Er runzelte die Stirn. »Doch, den gibt es. Ein besonderer Wirbel. Er wird kaum benutzt, weil es so selten einen Heerkönig gibt«, erklärte er bedächtig.

»Dann«, befahl Gunhild, »hänge deine Hillebille wieder auf und trommele folgendermaßen: *Heerkönig Wittekind an Hermenefred. Wittekind ruft alle Sachsen zum Krieg gegen den Frankenkönig auf!* Kannst du das?«

Der Jüngling schob die Hände in die Achselhöhlen und schüttelte den Kopf. »Könnte ich. Aber Frauen geben keine Befehle im Krieg. Ich gehorche nur Wittekind.«

»Sei doch nicht dumm«, warf Haduwich ein. »Du weißt doch, wer sie ist. Tu, was sie sagt.«

»Du setzt den Sieg aufs Spiel«, erklärte Gunhild ruhig. »Hermenefred hat Grund genug, wieder auf die Seite der Sachsen zurückzukehren, glaube mir. Und der Zeitpunkt dafür ist jetzt gekommen. Er und seine Sachsen werden die Franken des Heerbanns aufhalten.«

Er biss sich auf die Unterlippe und schüttelte den Kopf.

Mit Gunhilds oberflächlicher Ruhe war es vorbei. »Dann muss ich Thor zu Hilfe rufen«, schnauzte sie, zerrte die Kamera wieder einmal aus dem Rucksack und blitzte, dieses Mal zwischen die Bäume und nicht dem Mann ins Gesicht, damit er nicht ohnmächtig wurde. »Thor ist aufs äußerste erzürnt! Der nächste Blitz trifft dich!«, übersetzte sie den Willen des Donnergottes.

Der Sachse verlor keine Zeit. Er hängte das Schlagholz wieder an seinen Platz und begann zu trommeln. »Ich habe es nicht geglaubt, tut mir Leid«, sagte er bedauernd, als er fertig war.

»Ja, ja, ich bin es allmählich auch leid«, murmelte Gunhild.

Ferne Geräusche wurden hörbar und ebbten wieder ab. Als alles still war, setzten sie ihren Weg zum Fluss fort und überquerten ihn schwimmend an der Seite ihrer Pferde.

Am Nachmittag erhob sich das Trommeln der Hillebillen von allen Seiten. Selbst da, wo angeblich niemand mehr gelebt hatte, weil die Weiler abgebrannt waren, ertönten die triumphierenden Wirbel.

»Sie verkünden einen großen Sieg«, sagte Haduwich glücklich. »Jetzt wird alles gut.«

»Ja, jetzt wird alles gut«, stimmte Gunhild aus vollem Herzen ein und merkte erst nach einer Weile, dass sie anfing, den tatsächlichen Verlauf der Geschichte aus den Augen zu verlieren. Immer öfter machte sie sich die Hoffnungen und Wünsche der Sachsen zu Eigen, während das, was sie über die historischen Ereignisse wusste, in den Hintergrund trat. Es war beängstigend.

»Freust du dich nicht?«, erkundigte sich Haduwich hinter ihr, die jetzt das Packpferd ritt.

»Doch, doch. Aber möglicherweise ist dies nur eine Verschnaufpause für die Sachsen. Der Frankenkönig wird nicht aufgeben. Schließlich hat er bei der Zerstörung der Irminsul unermessliche Schätze gefunden, und bis er das Gebiet der Sachsen völlig durchstöbert hat, wird er auf mehr hoffen. Diese Männer sind so gierig nach Gold wie die Goldene Horde, aus deren Gegend sie stammen.«

»Ich verstehe nicht alles, was du sagst, Gunhild. Du wolltest mir eines Tages erklären ...«

Gunhild wandte sich um. »Ich weiß, Haduwich«, sagte sie weich. »Eines Tages, ja? Nicht hier auf dem Weg, wo unbekannte Gefahren lauern, zum Beispiel eine geschwätzige Elster oder eine bissige Maus ...«

Eine Wurfaxt sirrte so dicht an Gunhilds Gesicht vorbei, dass ihr der Luftzug den Atem verschlug. Erschrocken starrte sie ihr nach, um zu sehen, wie sich die Schneide tief in einen Erlenstamm senkte. Wenn die Waffe sie getroffen hätte, wäre sie jetzt tot.

»Oder eine gut gezielte Wurfaxt. Und du solltest dich nicht der Illusion hingeben, dass ich versehentlich vorbeigeworfen hätte, Hildegunde.« Der Zügel wurde Gunhild aus der Hand gerissen.

Sie fuhr so schnell herum, dass sie fast vom Pferd gestürzt wäre.

Ansegisel.

»Wenn es um dich geht, würde mir das nie einfallen«, murmelte Gunhild.

Der Franke lächelte höflich und neigte mit spöttischer Miene den Kopf. »Ich treffe, was ich will, musst du wissen. Aber für dich gibt es natürlich eine bessere Verwendung, als dich totzuschlagen. Und Haduwich verdient ein wenig Mitleid.«

»Ich brauche dein Mitleid nicht, Ansegisel!«, fauchte Haduwich.

»Nein, Mitleid mit diesen Sächsinnen ist überflüssig«, erklärte Grimoalds scharfe Stimme im Unterholz. Er befreite sich mit seinen dürren Armen von Ästen und Kraut und trat auf den Pfad hinaus. »Dieses ganze gottlose Volk muss man mit Hilfe des rächenden Herrn umerziehen, und alle, die sich sperren, müssen von der Erde getilgt werden!«

»Endlich sagst du einmal die Wahrheit, Priester«, versetzte Gunhild voll Verachtung. »Deine lügnerische Zunge säuselt ja meistens in unerträglicher Weise. Himmlisches Manna und Chöre von Engeln ... Und dann der

Betrug mit den Fingernägeln und Knöchelchen von Heiligen ... Es gibt nur wenige Menschen, die als Märtyrer für den christlichen Glauben gestorben sind, weißt du das, Priester? Ihr behauptet nur, es wären so viele gewesen. Und gerade Kaiser Nero verdient euren Hass als Christenschlächter überhaupt nicht, denn das war er nicht. Ein Glück, dass die meisten Sachsen auf diese Lügen nicht hereinfallen ...«

Sie musste Luft holen.

Ansegisel fiel Grimoald in den Arm, der seine eigene Axt aus dem Gürtel gerissen hatte. »Es ist viel wirkungsvoller, sie von einem Gericht verurteilen zu lassen, als sie zu erschlagen. Glaube mir, Vater Grimoald. Die Sachsen sollen mit eigenen Augen sehen dürfen, wie wehrlos selbst ihre angeblich weise Frau Gunhild angesichts der Herrlichkeit Gottes ist. Diese Kunde wird sich rasch verbreiten und wirkungsvoller sein als erzwungene Taufen.«

»Das glaube ich zwar nicht, edler Herr«, widersprach Grimoald erbost, »aber da ich vermute, dass sie uns bei einer Begegnung mit sächsischen Haufen lebend noch von Nutzen sein könnte, mag es so sein.«

»Nur Mut, Vater Grimoald, der Herr wird uns vor den Barbaren bewahren.« Ansegisels herrische Kopfbewegung bedeutete Gunhild abzusteigen.

Sie dachte gar nicht daran. »Erinnerst du dich noch an meine Instrumente?«, fragte sie süffisant. »Und da du ein ausgezeichneter Beobachter bist, hast du sicher bemerkt, dass fast alle sächsischen Männer Ohrlöffel und Pinzette benutzen. Bestehst du wirklich darauf, ausgerechnet sie als Barbaren zu bezeichnen? Sieh dir doch mal die verwahrlosten fränkischen Priester und Krieger an.«

Ansegisel hatte sich zu gut im Griff, um ausfallend zu werden. Dass er sich ärgerte, war unverkennbar.

»Abgesehen von den Heilmitteln der Sachsen, auf die du so viel Wert legst, weil ihr Franken kaum welche kennt. Nicht wahr, Haduwich?«

»Ich glaube, meine Mutter würde Ansegisel einen Saft aus Weißdorn gereicht haben. Er hilft bei Aufregung, vor allem, wenn einer schon ein schwaches Herz hat«, stieß Haduwich tapfer hervor.

Gunhild lächelte spöttisch.

»Runter vom Pferd!«, befahl Ansegisel. »Diebische Sachsen haben unsere gestohlen.«

»Es handelte sich wohl kaum um Stehlen«, widersprach Gunhild abfällig beim Absteigen, »sondern darum, eure Reisegeschwindigkeit zu verringern. Seid dankbar, dass sie euch nicht erschlagen haben. Und dir haben die Sachsen sogar das Schwert gelassen, Ansegisel, nicht wahr? Weißt du, was Franken im umgekehrten Fall gemacht hätten? Hast du eigentlich jemals genau hingesehen, wie die grausige Eroberung des Landes vor sich geht? Oder bist du fest entschlossen, deinem König die Unwahrheit zu berichten?«

Grimoalds Hand zuckte wieder zur Axt.

»Vater Grimoald! Beherrsche dich. Die Bänder.«

Der Priester schnaufte laut und entrüstet, aber er reichte Ansegisel gehorsam Lederbänder, mit denen dieser Haduwich und Gunhild die Handgelenke fesselte. Anschließend kramte er auch noch einen Viehstrick aus seinem großen Lederbeutel.

Mit zusammengebissenen Zähnen verfolgte Gunhild, wie Ansegisel den Strick am Sattel ihrer Stute befestigte und die Enden mit den Lederbändern an ihrem und Haduwichs Handgelenk verknotete.

Danach schob der Franke den Priester etwas achtlos auf das sattellose Packpferd und stieg selbst auf. Als er den Kopf in den Nacken legte, um mit geschlossenen Augen in die Ferne zu lauschen, horchte auch Gunhild.

Die Hillebillen schwiegen, offenbar waren die Kämpfe beendet, und die Sachsen feierten ihren Sieg.

»Die Sachsen lecken ihre Wunden«, behauptete Ansegisel forsch und gab seinem Pferd die Sporen. »Aber aus Vorsicht, Archidiakon, werden wir uns einstweilen in den Schutz der Garnison begeben, bis die Ordnung überall wiederhergestellt ist. Man wird dir dort auch eine bewaffnete Begleitung zusammenstellen.«

Grimoald brummelte vor sich hin und versuchte sich auf dem glatten Pferderücken einzurichten. Gunhild wunderte sich einen Moment darüber, dass er keinen Anspruch auf das bessere Pferd erhob, bis Ansegisel der Stute in die Weichen trat und sie beide beinahe unter ihre Hufe gekommen wären.

»Was ist dies nur für eine Mähre!«, sagte Ansegisel abfällig.

»Sie ist ein treues Tier«, murrte Gunhild und ruckte verärgert am Tau. »Wage ja nicht, sie zu quälen, du würdest dann keine Freude an dem Zustand haben, in dem ich in Verden ankomme.«

Ansegisel warf ihr einen flüchtigen Blick zu. »Was glaubst du, wie gleichgültig mir der Zustand ist, in dem du in Verden ankommst«, meinte er. »Du wirst nur für den Weg dorthin gebraucht. Und sind wir erst einmal in der Garnison, wird es keine Nachsicht mehr mit euch Sachsen geben. Nicht nach diesem Aufstand. Und du bist die Erste.«

Ansegisel schlug anfangs ein scharfes Tempo an, parierte aber wohl aus Einsicht bald zum Schritt durch.

Es war noch nicht ganz dunkel, als sich das Tor der Garnison vor ihnen öffnete. Gunhild taumelte auf Beinen, die weich wie Gummi waren, und hörte das Blut in ihren Ohren rauschen. Haduwich sank in sich zusammen, aber Gunhild hatte nicht mehr die Kraft, ihr aufzuhelfen, so dass sie in den Hof hineingeschleift wurde.

»Dominus tecum. Dem Herrn sei Dank, der uns sicher hierher geleitet hat. Amen.« Grimoald wuchtete mit Mühe ein Bein über den Pferderücken und ließ sich stöhnend hinabrutschen.

Als selbst Ansegisel etwas steif vom Pferd geglitten war, sah er sich im Licht einer Fackel einem sächsischen Gesicht gegenüber. »Ich möchte zum Befehlshaber Pippin gebracht werden«, verlangte er.

»Das möchtest du bestimmt nicht«, antwortete der Sachse. »Dein Befehlshaber ist auf der Flucht oder tot.«

Ansegisel drehte sich um sich selbst. »Was ist hier los?«, fragte er scharf.

»Beruhige dich, Franke. Du wirst ja nicht erschlagen. Wir sind nicht so. Und vielleicht lässt Wittekind dich ja auch laufen.«

Gunhilds Lebensgeister erwachten langsam wieder. Ihre Hoffnung hatte sie nicht getrogen, wenn sie auch zum Schluss in ihrer Erschöpfung nicht mehr wirklich daran geglaubt hatte. »Alles in Ordnung, Haduwich«, sagte sie aufmunternd. »Ansegisel hat uns zwar sehr raubeinig herumgescheucht, aber freundlicherweise doch zu den richtigen Leuten gebracht.«

Von der anderen Hofseite her waren Rufe zu vernehmen. Eilige Schritte näherten sich. Plötzlich fand sich Gunhild in Gerowulfs Armen wieder, während Haduwich von ihrem Vater auf die Füße gestellt wurde.

Das Mädchen hatte allerdings nur Augen für den jungen Mann, der ihre Fesseln durchschnitt. Als er sich aufrichtete, stellte Gunhild fest, dass Kaiko tatsächlich noch einen Kopf größer als die meisten Sachsen war.

Gunhild erwachte am späten Morgen vom Lärm im Hof. Als sie die Tür einen Spalt aufgeschoben hatte, sah sie, dass eine größere sächsische Heerschar eingetroffen war, in ihrer Mitte Wittekind. Er wurde vom Pferd gehoben, von seinen Kriegern in die Luft geworfen und weitergereicht, bis er sich endlich lachend befreien konnte.

Ziemlich stürmisch weckte sie Haduwich. Diesen Triumph würde sie wohl kaum verpassen wollen. Haduwich richtete gerade ihr Haarnetz, als es klopfte.

»Ihr beide sollt dabei sein«, erklang Hassios Stimme.

»Wir kommen.« Gunhild war aufgeräumt, vor allem war sie gespannt, bei was sie dabei sein sollten. »Hoffentlich keine Hinrichtung«, sagte sie zu Haduwich, die ihrem Vater schon nacheilte. Immerhin meinte sie, Grimoalds schwarze Kleidung zwischen den bunten Mänteln der vornehmen Sachsen gesehen zu haben.

Eine Weile wogte die Menge aus Kriegern und Verdener Bevölkerung hin und her, schließlich stellte sich eine gewisse Ordnung ein. Die meisten setzten sich auf die Erde. Hassio aber bedeutete Gunhild und seiner Tochter, ihm zu folgen, bis er vor Wittekind stehen blieb.

Wittekind wies ihnen einen Platz auf einem Baumstamm zu, auf dem mehrere Edelinge saßen, unter ihnen auch Hermenefred. Gunhild nickte ihm zu und trommelte verstohlen mit den Fingern. Er grinste breit und strich sich bedeutungsvoll über die Oberlippe, an der jetzt der fränkische Schnurrbart fehlte.

Es wurde still.

»Schwertgenossen«, begann Wittekind, »wir haben die Franken verjagt.«

Nach dieser Mitteilung brach sich der Triumph der Menge Bahn. Immer neue Wellen von Jubel brandeten auf. Haduwichs Hand suchte Gunhilds und hielt sie fest. »Auf diesen Tag haben wir alle gewartet«, rief sie ihr ins Ohr.

Gunhild nickte bewegt.

»Und auf diesem Boden, auf dem das Blut von so vielen Menschen vergossen wurde, werden wir unseren Sieg feiern«, setzte Wittekind seine Rede fort. »Ein Sieg, den wir auch Gunhild zu verdanken haben ...«

»Zuerst müssen die beiden Franken hingerichtet werden, damit sie uns nicht durch ihren Anblick beleidigen. Der Priester und sein Begleiter sollen für die Tausende stehen, deren Blut in diese Erde geströmt ist«, verlangte ein Gaugraf, der neben Hermenefred saß, und erhielt die uneingeschränkte Zustimmung der Menge.

Nicht schon wieder, dachte Gunhild und vermied es, Grimoald anzusehen. Noch mit seinem Blut würde er die Siegesfeier der Sachsen besudeln.

»Der Priester ist so armselig«, erklärte Wittekind. »Und der andere ist nur sein bewaffneter Begleiter. Ich rate euch von einer Hinrichtung ab. Aber ihr entscheidet natürlich.«

Ansegisel hob die Hand und Wittekind erlaubte ihm zu sprechen. »Vater Grimoald sollte euch als Priester eigentlich so heilig sein wie uns Franken«, wandte er ein. »Im Übrigen: Wenn ihr euch an jemandem rächen müsst, dann an mir. Der Archidiakon erhält seine Anweisungen von mir.«

Also doch. Und er hatte sogar Ehrgefühl genug, um einen Priester in Schutz zu nehmen, der es wirklich nicht wert war.

»Wer bist du, dass du einem Priester befehlen kannst?«, fragte Wittekind.

»Ich bin der Sohn einer Schwester des Frankenkönigs Karl und in seinem Auftrag hier.«

Für einen Moment stockte Gunhild der Atem. Ein Karolinger, ein Neffe von Karl. Ihr wurde vieles klar.

Die Sachsen waren weniger beeindruckt. Zuerst war nur ein Murren zu hören.

Als Gunhilds Blick über die Gesichter flog, sah sie plötzlich nur Lippen vor sich, blutige und blasse Lippen. Allmählich synchronisierten sich deren Bewegungen, und mit Mühe gelang es ihr schließlich zu verstehen, was sie skandierten.

»Hin-rich-tung, Hin-rich-tung, Hin-rich-tung!«

Wittekind wandte sich zu Gunhild um und wartete, bis die Männer aufhörten zu rufen. »Seid ihr einverstanden, dass die weise Frau Gunhild diesen Fall entscheidet? Sie und unsere Haduwich sind diejenigen, die im Gegensatz zu euch persönlich unter dem Priester und dem Königsverwandten zu leiden hatten. Mit Ausnahme von Hermenefred, aber der ist ein Mann.«

Gunhild schüttelte den Kopf. Nein, diese Verantwortung wollte sie ganz bestimmt nicht auch noch aufgebürdet bekommen.

»Wie ich sehe, haben sich die meisten dafür entschieden, dass du das Urteil fällst, Gunhild«, stellte Wittekind nach einer Weile fest. »Bitte, enttäusche sie nicht, sie vertrauen dir.«

Gunhild erhob sich langsam. Grimoald bebte vor Furcht, und doch konnte er den Hass kaum unterdrücken, den er ihr vom ersten Tag ihrer Bekanntschaft an entgegengebracht hatte. Als hätte er geahnt, dass sie sich eines Tages in dieser Weise gegenüberstehen würden. An solchen Männern konnte man sich leicht die Hände schmutzig machen.

Wortlos wandte sie sich Ansegisel zu. Er hatte das getan, was von ihm erwartet wurde. Ohne persönlichen Hass hatte er verhindert, dass ein Mord an einem Sachsen gesühnt wurde, und es für selbstverständlich gehalten, den Ruf einer Nordfrau zu untergraben und sie zum Tode zu verurteilen.

»Ich möchte mit Ansegisel sprechen«, sagte Gunhild.

Wittekind signalisierte ihr, dass sie freie Hand hatte.

Gunhild wandte sich an Ansegisel. »Hat der fränkische König den Sachsen Gerechtigkeit versprochen, ja oder nein?«

Ansegisel nickte grimmig.

»Gehört zu seiner Gerechtigkeit auch, dass Totschläger bestraft werden?«, setzte Gunhild ihr Verhör fort.

»Doch, ja.«

»Und wenn jemand verhindert, dass der Totschläger gerecht bestraft wird, etwa indem er die Leiche beseitigt ... Muss dieser Mann auch vor Gericht?«

»Soviel ich weiß, ja«, gab Ansegisel zu. »Ich habe es für das Frankenreich getan, angesichts der besonderen Bedingungen, die im fränkischen Sachsenland herrschen, nicht für meinen Verwandten Karl.«

»Und zu den besonderen Bedingungen der Franken gehören auch die Blutgesetze, die ihr die Capitulatio de partibus Saxoniae nennt?«

Ein Raunen ging durch die Volksmenge, während Gunhild auf Ansegisels Antwort wartete.

Er nickte gelangweilt.

»Hältst du sie für gerecht?«

Ansegisel schob das Kinn vor, augenscheinlich nicht gewillt zu antworten.

»Hältst du die Capitulatio für gerecht, Ansegisel aus dem Geschlecht der Karolinger?«, wiederholte Gunhild beharrlich. »Würdest du für dich selbst ein Leben unter der Capitulatio akzeptieren?«

»Nein«, sagte er schließlich.

Gunhild nickte knapp. »Dann habe ich nur noch eine Frage. Warum hast du deine Verwandtschaft mit Karl geheim gehalten? Außer Grimoald gegenüber, soviel ich weiß.«

»Kannst du dir das nicht selber denken?«, erkundigte sich Ansegisel mit leichtem Spott. »Du bist doch sonst so klug. Es hätte sich herumgesprochen. Und was hätte für die Sachsen näher gelegen, als mich gefangen zu nehmen und zu erschlagen?«

»Glaubst du das wirklich? Sachsen sind weder dumm noch Barbaren, wie ich dir bereits erklärt habe, Ansegisel, Verwandter des Königs. Ich hoffe, dass du dich in Zukunft als lernfähiger erweist.«

Ansegisel kräuselte nur die Oberlippe.

Gunhild drehte sich zu Wittekind um. »Ich möchte, dass ihr diese beiden Franken nach Hause schickt, unter der Bedingung, dass sie sich nie wieder in den Gauen der Sachsen sehen lassen. Ansegisel wird dies mit seinem Petschaft auf einem Vertrag bestätigen, den ich aufsetzen werde. In diesem Vertrag wird außerdem festgehalten, dass Ansegisel die Blutgesetze in aller Öffentlichkeit für ungerecht erklärt hat. Der Priester, der nicht schreiben kann, wird vor Zeugen auf die Bibel schwören, dass er die sächsischen Gaue nicht mehr betreten wird.«

»So soll es sein«, bestätigte Wittekind zufrieden, und der Jubel brandete noch lauter auf als zu Beginn seiner Rede.

Kapitel 16

Die Freude der Verdener kannte kein Maß. Die Verluste unter den Sachsen waren dank Wittekinds kluger Kriegführung nicht besonders hoch. Viele Männer kehrten aus den Wäldern zurück. Erstmals sah Gunhild, wie viele Kinder im Dorf lebten, weil sie jetzt wieder unbekümmert draußen umherliefen.

Der glänzende Sieg der Sachsen sollte dem Frankenkönig endgültig klar gemacht haben, dass er in den sächsischen Gauen nichts zu suchen habe, so war die allgemeine Meinung. Sein Verwandter, der Edle Ansegisel, und der Priester Grimoald hatten den Vertrag anerkannt und waren abgezogen.

Die nächsten Wochen vergingen ruhig. Von einem Rachefeldzug des Frankenkönigs war nichts zu vernehmen. Die meisten Menschen nahmen ihr früheres Leben wieder auf.

Der windstille Tag, an dem die Kirche des spurlos verschwundenen Priesters Adalhard abgebrannt werden sollte, war für die Verdener ein weiterer Tag des Triumphcs.

Gunhild ging nur widerwillig mit, weil Gerowulf sie darum bat. Sie stand neben Tetta und Onno, die sich mit Hassio und seiner Frau Hasala unterhielten, alle in festlicher Kleidung und in aufgeregter Stimmung. Gerowulf blieb hinter ihr. Seine Hände lagen auf ihren Schultern, eine besitzergreifende Geste, die aber zugleich Verbundenheit ausdrückte.

Die Kirche brannte bereits. Das Knacken des Holzes und der Funkenflug über dem Reetdach waren nicht erfreulicher als beim Brand sächsischer Häuser. Gunhild schloss die Augen, riss sie aber erschrocken wieder auf.

Es war Ewald, der sich mit lautstarkem Gebrüll und einer brennenden Fackel bemerkbar machte. Er war weit und breit der einzige Sachse, der die Haare noch nach fränkischer Art halb lang trug.

»Warum stellt keiner diesen unerträglichen Ewald zur Rede? Oder verprügelt ihn einfach?«, fragte Gunhild an Tetta gewandt. »In ein paar Tagen wird er behaupten, alles wäre nur ein Missverständnis und er hätte es nie mit den Franken gehalten. Wetten, dass er sich dann auch die Haare abschneidet?«

»Ich weiß es auch nicht«, sagte Tetta. »Ich glaube aber, die Leute hier sind einfach zu friedlich dafür. Man lebt und lässt leben.«

Gunhild seufzte leise. Vielleicht war es wirklich so. Sie selbst hatte dagegen die Erfahrung gemacht, dass sie in einer feindlichen Umgebung kämpferisch wurde.

Gerowulf streichelte Gunhild am Hals, was ihr kleine Schauer über den Leib jagte. »Kümmere dich nicht um Ewald«, sagte er, »du solltest lieber darüber nachdenken, wie groß ich unser Haus bauen soll. Außerdem wäre zu überlegen, ob ich die Rückseite unseres Hauses gegen Ewalds Haustür kehren muss. Oder könntest du dich damit abfinden, ihn jeden Morgen in seinem Vorgarten zu sehen? Ich würde unsere Laube nämlich lieber zur Gasse hin ausrichten. Was meinst du dazu?«

Tetta drehte sich zu Gerowulf herum, zog seinen Kopf

resolut zu sich herunter und küsste ihm die Stirn. »Oh, eine Hochzeit! Herrlich! Ich freue mich für euch.«

Gunhild verschlug es für eine ganze Weile die Sprache. »Du willst ein Haus bauen? An dieser Stelle?«

»Unseren Hof. Wir heiraten, sobald das Haus fertig ist«, erklärte Gerowulf und schloss die Arme um Gunhild.

»Aber«, stotterte Gunhild und versuchte vergeblich, sich aus seiner Umklammerung zu befreien, während auch ihre Gedanken sich der Tragweite seiner Ankündigung entzogen, »hätte man dann nicht wenigstens das Holz der Kirche noch verwenden können?«

»Aber Gunhild!«, rief Tetta. »Ihr werdet heiraten, und du denkst an Holz!«

»Nein«, sagte Gerowulf hart, »das Holz wurde vom Priester mit Zaubersprüchen unbrauchbar gemacht für jeden Sachsen. Zwischen solchen Wänden werde ich meine Kinder nicht aufziehen.«

Ewald, der inzwischen seine Fackel in die brennende Kirche geschleudert hatte, warf einen neidischen Blick auf Gunhild. Seiner Miene konnte sie leicht entnehmen, was er dachte: Dieses Mal hatte sie es vor ihm geschafft, sich bei einem der künftig wichtigen Männer einzuschmeicheln.

Ihr wurde schwarz vor Augen.

Gunhild lebte wie vorher in Hathumods Haus, während Gerowulf Unterschlupf suchte, wo er ihn gerade fand.

Sie funktionierte wie ein Automat. Wie gewohnt nahm sie sich der kranken Menschen und Tiere an, aber mit großer innerer Unruhe. Die Franken würden wiederkommen, und ihre Angst davor war so groß, dass es an Panik grenzte. »Bitte, Gerowulf, lass uns Hathumod zu ihrer neuen Familie bringen«, bat sie, als er wieder einmal wie ein Besucher auf der Bank in Hathumods Haus saß. »Wir selber sollten über die Elbe gehen und uns dort ein neues Leben aufbauen. Nicht hier.«

Gerowulf griff nach ihren Händen und hielt sie fest. »Ich weiß gar nicht, wovor du solche Angst hast«, sagte er zärtlich. »Ich würde gerne hier bleiben. Ich werde Roggen und Bohnen säen, außerdem baue ich mir ein Boot. Hier gibt es Flussfische in Mengen, und auf den Fang verstehe ich mich gut. Daneben halten wir uns eine Herde Schweine und ein paar Kühe wegen der Milch. Du wirst sehen, es wird ein friedliches und schönes Leben und wir werden mindestens vier Kinder haben.«

Friedliches Leben! Gunhilds Gedanken wanderten zurück nach Hoya. Der Mann, den sie an einem Sonntagmorgen als möglichen Spion der Franken verdächtigt hatte, war wenige Tage später wegen Auslegens des Fischernetzes am heiligen Sonntag hingerichtet worden. Sobald die Franken zurückkehrten – und dass sie es tun würden, stand fest –, kämen mit ihnen die Priester, und der christliche Terror würde von neuem beginnen.

»Vielleicht«, meinte sie zögernd. »Auf der anderen Elbseite ...«

Er schüttelte nachsichtig den Kopf. »Weißt du, dort züchten sie Rinder, es gibt gutes Gras, aber wenig Eichen und keine Eichelmast. Und aus der Elbe verschwindet alle paar Stunden das Wasser und lässt weit und breit nur Schlick zurück. Auf eine solche Fischerei verstehe ich mich nicht.«

Gunhild schlug die Hände vor das Gesicht. »Die Franken werden zurückkommen, Gerowulf! Frieden wird es nicht geben.« Sie spürte Gerowulfs Hand auf ihrem Rücken, er kraulte ihren Nacken beschwichtigend, wie er einen Hund oder ein Kind gekrault hätte. Aber er glaubte ihr nicht. Der Sieg in dieser einen Schlacht gaukelte den Männern vor, sie hätten den Krieg gewonnen. Sie vertrauten auf die eigene Stärke. Jede Warnung verhallte ungehört.

»Ich liebe dich, Gunhild. Aber mein Entschluss hat auch damit zu tun, dass meine Verwandten an meiner Stelle umgebracht wurden. Wenn ich jetzt fortginge ... Ich hätte das Gefühl, vor den Folgen davonzulaufen, verstehst du?«

Gunhild sah ihn verstört an. Nicht er trug die Schuld am Tod seiner Sippe. Wenn überhaupt jemand, dann sie.

»Alles wieder in Ordnung?«

Sie nickte gequält.

Haduwich lebte wieder bei ihrer Familie. Gunhild vermisste sie sehr. Ein kleiner Lichtblick war der Abend, an dem sie gebeten wurde, zu ihnen zu kommen. Ihr Haus war zwar durch die Unachtsamkeit des fränkischen Pächters abgebrannt und sie wohnten deshalb bei Nachbarn, aber trotz der Beengtheit bestanden sie darauf, sich bei Gunhild für alles zu bedanken, was sie für Haduwich getan hatte.

Haduwichs Mutter Hasala wirbelte fröhlich und ungezwungen durchs Haus, während sie die letzten Vorbereitungen für das Festessen traf.

Gunhild durfte nicht helfen, fühlte sich aber trotzdem sofort von der ganzen Familie aufgenommen. Bald stellte sie fest, dass einer der Söhne das lustige Gemüt der Mutter geerbt hatte, während der Ältere mehr dem nachdenklichen Vater nachzuschlagen schien.

Im Verlauf des Abends kamen sie fast zwangsläufig auf den ausgeplünderten toten Sachsen zu sprechen. Gunhild holte ihren Rucksack, ohne den sie nie mehr ausging, und zog das Stoffdreieck heraus.

Hasala glättete es auf ihren Knien. Tränen stiegen ihr in die Augen. Hassio strich sanft über ihr Haar.

Haduwich sah ihre Mutter bestürzt an. »War er wirklich ein Freund?«

»Mehr«, antwortete Hassio mit einem Seufzer. »Er war der Bruder deiner Mutter, der auf dem Weg zu Wittekind spurlos verschwand. Jetzt wissen wir, warum. Diese Botengänge wurden gefährlicher, je mehr Franken ins Land kamen.«

»Ich war immer dankbar, wenn unsere beiden gesund zurückgekommen waren«, warf Hasala leise schluchzend ein.

»Sie trafen sich auch mit Waltbert und Hessi, nicht wahr?«, fragte Gunhild.

»Aber natürlich«, antwortete Hassio, während er seine Frau mit Blicken zu trösten versuchte. »Meistens gelang es uns, einen Vorwand für ihre Abwesenheit zu finden. Und sie kamen ja zurück, das war für die Franken ausschlaggebend.«

»Warum habt ihr mir nie eine Nachricht zukommen lassen, dass es euch gut geht?«, fragte Haduwich entrüstet.

»Weißt du«, sagte Hassio mit einer Spur von Verlegenheit, »unser Kampf gegen die Franken war von solcher Bedeutung, dass wir dafür immer wieder unser Leben riskiert haben. Aber jedes Wort darüber hinaus wäre leichtsinnig gewesen. Und ich habe auf Gunhilds Versprechen gebaut, sich um dich zu kümmern.«

Hasala streichelte ihrer Tochter zärtlich die Wange. »Sieh, mein Herzchen, die Franken sind geschlagen und wir sind beisammen. War es das nicht wert?«

Gunhild wurde es sehr unbehaglich zumute. Sie war entschlossen, es nicht zur Diskussion über die Zukunft kommen zu lassen. Sie müsste entweder schweigen oder die Wahrheit verkünden, und das eine wäre unhöflich, das andere unmöglich. »Ich könnte dir zeigen, wo Hasalas Bruder erschlagen wurde, Hassio«, erbot sie sich mühsam und versuchte, nicht allzu genau an den Toten zu denken. »Du würdest wohl besser als ich herausfinden, wo er verscharrt wurde. Ein guter Hund aber bestimmt.«

Hassio ballte die Fäuste. »Wenn ich das geahnt hätte. Ich hätte nach diesem Odilo gesucht, um Genugtuung zu fordern.«

Gunhild erinnerte sich an seinen Kampf mit Buto. Odilo war ganz sicher nicht weniger gefährlich. Die Vorstellung von einem grauen Skalp neben dem blonden drehte ihr fast den Magen um. Sie atmete mehrmals tief ein, um sich zu beruhigen.

Hasalas kluge Augen ruhten forschend auf Gunhild.

Es war an der Zeit, das Thema zu wechseln, fand Gunhild. »Hat Hermenefred sich jetzt endgültig entschieden, auf welcher Seite er stehen will?«, erkundigte sie sich. »Oder ist er wie Ewald?«

Hassio zuckte die Schultern. »Männer wie ihn gibt es viele. Hermenefreds Sohn Brun ist in Heristal. Am Hof des Kölner Bischofs erzählt man sich, dass Karl begabte Jungen erziehen lassen will. Brun gehört angeblich zu den ersten. Da ist es sehr fraglich, wie Hermenefred sich letztendlich entscheiden wird, meine ich. Schließlich leben wir in unseren Kindern fort.«

Gunhild nickte. Hermenefreds Karriere im Dienst des Frankenkönigs war zu Ende, aber die seines Sohnes würde er möglicherweise gerne erleben.

»Bruns Leben ist natürlich jetzt in großer Gefahr«, meinte Hasala. »Ob er freiwillig dort ist oder als Geisel, spielt überhaupt keine Rolle. Nicht einmal, wie sich Hermenefred entscheidet, ist wesentlich. Es kommt allein darauf an, wie König Karl zu Brun steht.«

»Nur das nicht!«, wehrte Gunhild erschrocken ab. Heristal war kein guter Ort für einen kleinen Jungen, der von dem Priester, der ihn getauft hatte, missbraucht worden war. Karls engster Berater galt als homosexuell, dem König selbst wurde Inzest nachgesagt. Wozu sie die kleinen Jungen der Palastschule anhalten würden, mochte der Himmel wissen.

Hasala warf ihrem Mann einen bedeutungsvollen Blick zu. »Ich habe die Gerüchte über den verkommenen Haushalt des Frankenkönigs auch gehört. Du solltest Hermenefred warnen ... Ich glaube, wenigstens das sind wir alle ihm schuldig, nachdem der Sieg über die Franken zum Teil ihm zu verdanken ist.«

Hassio lächelte seine Frau an. »Du bist wie immer die Vernünftigere von uns beiden. Ich werde mit ihm reden. Auf mich hören wird er nicht.«

Als Gunhild sich später am Abend verabschieden wollte, bestand Hasala darauf, sie nach draußen zu begleiten. Sie nahm Gunhilds Hände. »Wenn du mich brauchen solltest«, sagte sie herzlich, »jederzeit. Du weißt, wo du mich findest.«

»Ja, danke«, antwortete Gunhild etwas verwirrt.

»Auch ich habe«, fuhr Hasala fort, »mit Hassio über Haduwich und Kaiko gesprochen. Es dürfte heutzutage keinen Sachsen mehr geben, der sich weigert, seine Tochter zu verheiraten, weil sie von einem Franken entehrt wurde. Es gibt zu viele Fälle dieser Art, als dass wir es uns leisten könnten, an den alten Bräuchen festzuhalten. Hassio braucht noch einige Zeit, um es einzusehen, aber er wird nachgeben. Er ist von dir sehr angetan. Ich glaube, am meisten hat ihn dein Gerät beeindruckt, dein Foto...«

»Fotoapparat«, ergänzte Gunhild warmherzig.

»Ja. Männer lassen sich am leichtesten durch neue Waffen überzeugen. Ich wollte, dass du es weißt, Gunhild. Danke, dass du für Haduwich gesprochen hast.«

»Frauen sind klüger als Männer«, stellte Gunhild wieder einmal fest. »Wir sollten öfter darauf bestehen, uns durchzusetzen.«

Hasala umfasste ihre Oberarme und sah sie ernst an. »Meistens sind wir klüger. Aber ob du in diesem Fall wirklich klug gehandelt hast, wage ich jetzt nicht zu entscheiden. Und nun geh.«

Die Verdener hatten keine Verwendung für eine Garnison. Das weitläufige Gelände blieb ungenutzt. Lediglich das Holz der Palisaden wurde nach und nach abgebaut und für den Neubau von Häusern verwendet. Und an neuen Häusern bestand großer Bedarf, weil viele aus den Wäldern zurückkehrende Männer es vorzogen, in Verden zu bleiben, statt die zerstörten Weiler wiederaufzubauen.

Gerowulf als geschickter Handwerker war den ganzen Tag beschäftigt. Gunhild zog es dagegen häufig in die Garnison, obwohl sie selbst dafür anfangs keine Erklärung fand. Immerhin hatte sie dort die schlimmsten Stunden ihres Lebens in Erwartung ihrer Hinrichtung verbracht.

Schließlich entdeckte sie, dass es mit der heiligen Eiche zusammenhängen musste. Sie begann die von den

Franken noch nicht verfeuerten Holzklötze neben dem Baumstumpf aufzustellen, bis sie eine Art Plattform errichtet hatte. Darauf zog sie sich gelegentlich zurück, um über ihr zukünftiges Leben nachzudenken.

Von Tag zu Tag wuchs in Gunhild die Gewissheit, dass sie ein Kind erwartete. Hasala hatte es vor ihr geahnt. Aber wollte sie wirklich, dass ihr Sohn Schweine mit Eicheln mästete und später in neuen Kämpfen umkam? Oder dass ihre Tochter vielleicht als junge Frau schon im Kindbett starb?

Trotz ihrer Liebe zu Gerowulf war sie sich nicht sicher, ob sie sich damit zufrieden geben konnte – und durfte. Sie fühlte gegenüber ihren Kindern die Verpflichtung, sie bestmöglich aufzuziehen. Da ging es ihr nicht anders als Hermenefred.

Dann nistete sich plötzlich ein anderer Gedanke in ihrem Kopf ein. Gerowulf als Sachse im modernen Verden. Wäre das möglich? Konnte sie ihn mitnehmen?

Man würde ihn wie eine Touristenattraktion ansehen und seine Authentizität bewundern. Nein, er wäre verloren in einer solchen Welt. Gunhild musste selbst über ihre absurden Vorstellungen lachen.

Beinahe hätte sie den warnenden Klang der Hillebillen überhört. Ein Brand? Wurden Helfer gerufen, um eine Eimerkette zu bilden?

Gunhild kam auf die Füße. Nach Norden und Osten, wo das Holz zum Teil entfernt worden war, klafften Lücken, durch die Wohnhäuser zu erkennen waren. Aber keines brannte und Rauch stieg nirgends auf. Zur Aller hin war die Palisade intakt. Selbst auf Zehenspitzen konnte sie nicht darüber hinwegsehen.

Der Rhythmus der Hillebille irgendwo südlich von Verden wurde immer schneller. Es war eindeutig Alarm!

Gunhild sprang vom Holzstapel und lief zur wasserseitigen Palisade.

An Astknorren zum Hochklettern mangelte es nicht. Als sie hinübersehen konnte, schloss sie vor Schreck die Augen. Und öffnete sie wieder, um sich zu vergewissern, dass sie sich nicht getäuscht hatte.

Ein fränkisches Heer war gerade dabei, die Aller zu durchqueren.

Gunhild ließ sich fallen und rannte zum Tor.

Zu spät. Dort galoppierte schon die fränkische Vorhut herein. Gunhild hielt an und rang entsetzt nach Luft. Die drei Reiter waren nicht irgendeine Vorhut, sondern ihre persönlichen Feinde.

Der kurze Pippin hob den Arm, um seine Begleiter auf sie aufmerksam zu machen. »Da ist sie ja, Vetter Ansegisel.« Es klang eher erstaunt als triumphierend. An seiner anderen Seite ritt Garibald, der Brücken- und Wegebauer.

Sie hatte Recht gehabt. Es war eine sehr kurze Atempause für die Sachsen gewesen. Jetzt kamen die Franken, um das Land nicht nur zurückzuerobern, sondern mit Wegen und Brücken zu befestigen.

Ohne lange darüber nachzudenken, machte Gunhild kehrt. Sie musste die Eiche vor den Franken erreichen.

Die Männer stimmten ein Gelächter an, das zwischen den Palisaden widerhallte, und brachten ihre Pferde in einen gemächlichen Galopp.

Gunhild lief um ihr Leben.

Als sie den heiligen Baum erreicht hatte, wusste sie, dass sie gerettet war. Während sie ihre Verfolger erwartete, strich sie mit der Hand über das Holz, ein wenig wehmütig, weil es jetzt gänzlich verbrannt werden würde.

In dem Augenblick, als Pippin ihr sein Langschwert auf

die Brust setzte, fühlte Gunhild sich in die Luft gehoben und umhergewirbelt.

Sie befand sich ein zweites Mal auf der Rückreise in ihr anderes Leben.

Kleines Wörterverzeichnis

Ad usum proprium: lat., zum eigenen Gebrauch
Ango: fränkische Lanze; im Gegensatz zur sächsischen Lanze mit brutalen Widerhaken ausgestattet
Edeling: Adelsstand bei den Altsachsen
Franziska: Wurfaxt der Merowinger und Karolinger (Franken)
Friling: freier Sachse auf unbelastetem Grundbesitz
Gloria in excelsis deo: lat., Ehre sei Gott in der Höhe
Heristal (Herstal): Hof König Karls bei Lüttich
Hillebillen: Hartholzbretter, die von Sachsen und Thüringern als Buschtelegrafen verwendet wurden
Late: freier Sachse auf belastetem Grundbesitz
Missatica: Bezirk der Missi
Missi: Königsboten, die im Auftrag Karls umherreisten
Nordleute (Nordliudi): Bezeichnung der nördlichsten der zu den Sachsen zusammengeschlossenen Stammesgruppen, auch Nordalbinger genannt (heute Dithmarschen und Holstein)
Sax: einschneidiges Kurzschwert
Scara francisa: Karls Kerntruppe; diese Krieger kehrten im Gegensatz zu den jährlich zum Märzfeld Einberufenen im Winter nicht in die Dörfer zurück
Schafferin: eine Art Haushälterin; im Friesischen gebräuchlich
Spatha: zweischneidiges Langschwert

Thing: Versammlung der Germanen
Tumulus: Hügelgrab, in dem außer dem verstorbenen Fürsten die getöteten Ehefrauen und Pferde begraben wurden; zum Grab des Merowingers Childerich (gestorben 481/482) gehörten 22 geopferte Pferde und eine Frau; Hügel- und Pferdegräber kamen mit den Franken nach Mitteleuropa; 200 Jahre später als in fränkischem tauchen sie auch in altsächsischem Gebiet auf
Viagra: Potenzmittel
Wittekind: alte Form von Widukind

Nachwort

Die Frühgeschichte der Franken liegt weitaus mehr im Dunklen als die der Sachsen. Jedoch wirft eine neuere Hypothese über ihren Ursprung Schlaglichter auf viele Phänomene, die die Franken von den damaligen Sachsen (heute: Niedersachsen) unterschieden und eine enge Verwandtschaft schon immer fraglich erscheinen ließen.

Einen Stamm der Franken gab es nicht; zunächst verwendeten nur die Römer diesen Sammelnamen für Neuankömmlinge in ihrem Interessenbereich.

Schon der Chronist Gregor, Bischof von Tours (573–594), berichtete, dass die Franken von Pannonien (mittlere Donau) her gekommen seien. Diesen Weg nach Europa nahmen seit Jahrhunderten kriegerische Reitervölker (Kimmerier, Skythen, Sarmaten, Hunnen) aus dem Kaukasus bzw. den asiatischen Steppen. Die ebenfalls berittenen Franken kamen im Gebiet der germanischen Salier (Rheinmündung, Belgien) zum Stillstand und unterwarfen die bäuerliche Bevölkerung. Wie bei anderen Reitervölkern auch, war nicht Staatengründung, sondern Raub ihr Lebensinhalt. Römische Quellen beschreiben die unglaubliche Zerstörungswut und Brutalität der Franken.

Aus einzelnen Clans mit Warlords gingen allmählich führende Dynastien wie die Merowinger und Karolinger hervor. Allianzen wurden nach Zweckmäßigkeit geschmiedet: Der erste fränkische König, Chlodwig, ließ sich taufen, um sich die gute Infrastruktur der Kirche zunutze machen zu können. Die Kurie wiederum fand Chlodwig äußerst brauchbar im Kampf gegen die Arianer.

Die Franken waren im Gegensatz zu den unter dem Namen Sachsen vereinigten Völkern keine Bauern, Viehzüchter oder Fischer, sondern Krieger. Noch der Frankenkönig Karl versammelte jährlich seine Reiter auf dem Märzfeld, um in den Krieg zu ziehen, zuweilen nur, um die Männer zu beschäftigen. Ein europäisches Volk nach dem anderen wurde das Opfer dieser Eroberungs- und Beutegier, wobei sich die Könige gigantische Großgrundbesitze aneigneten. Das von Karl zusammengeraffte persönliche Besitztum war so wenig wie das seiner Vorgänger ein gestaltetes Reich, es war eine Verschiebemasse, die dem Machtgewinn diente und nach seinem Tod zerfiel.

Die Zusammenarbeit mit Karl brachte auch der Kirche unermessliche Reichtümer; sie hielt am Ende des 7. Jahrhunderts ein Drittel der Gesamtfläche Galliens. Die Christianisierung war für beide Seiten nur ein Vorwand.

Die Franken unterschieden sich nicht nur durch die erbliche Sippenführerschaft und unterschiedliche Auffassungen zu Recht, Ethik, Moral etc. von den Sachsen, sondern auch in vielen archäologisch nachgewiesenen Bräuchen. Zum Beispiel wurde der Merowinger Childerich im belgischen Tournai in einem Tumulus, einem Hügelgrab, zusammen mit 21 geopferten Pferden und einer (geopferten?) Frau beigesetzt (481 oder 482). Hügel- und Pferdegräber waren kennzeichnend für Skythen und Kimmerier; mit den Franken verbreiteten sie sich vom 5.-7. Jahrhundert vor allem am Oberlauf der Donau und des Mains sowie im fränkischen und thüringischen

Gebiet. Erst ab dem 7. Jahrhundert gab es auch im sächsischen Gebiet Pferdegräber.

Dass die Franken Gegner blendeten und Kinder raubten, ebenso wie die Skythen, ist bekannt. Der skythische Brauch, den Schädel eines Verstorbenen zu vergolden und aus ihm zu opfern, wurde von der frühmittelalterlichen Kirche übernommen.

Während ich im ersten Band, *Das Blutgericht,* den Schwerpunkt auf die Christianisierung durch die Franken gelegt habe, beschreibe ich in diesem zweiten Band die Gegenwehr der Sachsen gegen die Franken. Entsprechend heutiger Auffassung kämpften die Sachsen diszipliniert und intelligent und waren daher bei weitem nicht so unterlegen, wie die fränkische Geschichtsschreibung es glauben machen will. Die Gegenwehr der Sachsen war deshalb mit Wittekinds Unterwerfung und Taufe (785) nicht beendet, sondern dauerte noch weitere 19 Jahre.

Kari Köster-Lösche